Liefde op de werkvloer

# Een Zomer in Maine

## alia smith

BAL
KON
media

OOK VAN ALIA SMITH

EEN ZOMER IN MAINE

Uitgegeven door Balkon Media

Paperbackeditie ISBN: 978-1-916970-40-3
Ook verkrijgbaar als e-book



Redactie door Hanna Elizabeth
Omslagillustraties & -ontwerp: graphichouse123

www.balkon.media

*Voor de optimisten en dromers,*
*de overdenkers die op koffie draaien...*
*en iedereen die ooit per ongeluk verliefd is geworden*
*toen ze het het minst verwachtten.*

## EEN

Ik haal diep adem en stap met ferme pas de vergaderzaal binnen, mijn hakken tikken helder op de geboende vloer. De lucht is zwaar van de geur van dure koffie en nauwelijks verholen scepsis. Twaalf leidinggevenden uit de fastfood-branche zitten rond de strakke glazen tafel met hun armen over elkaar, hun blikken verwachtingsvol. Ze denken dat ik dit niet aan hen kan verkopen. Wat aandoenlijk.

Ik tover mijn beste zakelijke glimlach tevoorschijn en plaats mijn portfolio met een resolute *plof* op tafel.

'Heren. Stelt u zich een plantaardige burger voor die niet alleen fantastisch smaakt, maar ook perfect aansluit bij de duurzaamheidsbelofte van uw merk,' zeg ik, met een heldere, krachtige stem. 'Onze campagne zal uw nieuwe aanbod positioneren als de vanzelfsprekende keuze voor gezondheids- en milieubewuste consumenten.'

Er valt een stilte. Een van de directeuren trekt een wenkbrauw op, alsof ik zojuist heb voorgesteld om boerenkoolmilkshakes te gaan serveren.

Ik houd hun blik vast en ga verder. 'Het is niet zomaar een burger – het is de burger die de discussie verandert.'

Terwijl ik dieper inga op de details van de voorgestelde

marketingstrategie voor hun nieuwe, gezonde menuoptie, zie ik de leidinggevenden instemmend knikken en de bezwaren die ze van plan waren te uiten, als sneeuw voor de zon verdwijnen. Ik belicht de belangrijkste verkoopargumenten: de heerlijke smaak van de burger, de voedingswaarde en het potentieel om een nieuwe demografische klantengroep aan te trekken. Je ontwikkelt een zesde zintuig voor of je pitch aanslaat bij een publiek en, niet om mezelf op de borst te kloppen... na zeven minuten eet iedereen in de kamer uit mijn hand.

'Door samen te werken met influencers uit de welzijnssector en sociale media in te zetten, creëren we een buzz en stimuleren we de vraag naar uw plantaardige optie,' leg ik uit, terwijl ik naar de kleurrijke dia's wijs die achter me worden geprojecteerd. 'Dit is een kans om uw merk te vestigen als een leider in de verschuiving van de fastfoodindustrie naar gezondere, duurzamere producten. Kortom, mijn team en ik zullen uw product positioneren als een burger die goed is voor u, goed voor de planeet en goed voor de zaak.'

De hoofddirecteur, een man met grijzend haar en een eeuwige frons, schraapt zijn keel. 'Dat is... indrukwekkend.'

En terecht.

Het beleefde applaus vertelt me dat ik de spijker op zijn kop heb geslagen. Ik beantwoord de vragen met gemak en houd mijn antwoorden beknopt en strategisch.

Dit is mijn speeltuin, en ik ben de baas.

Net als we aan het afronden zijn, stapt een man naar voren aan wie ik niet veel aandacht had besteed – een lange directeur met donker haar en de zelfverzekerde nonchalance van iemand die gewend is zijn zin te krijgen. Hij glimlacht.

'Geweldige presentatie.' Hij steekt zijn hand uit. 'Lyle.'

Ik schud zijn hand, stevig maar kort. 'Rachel Holmes.'

'U weet duidelijk waar u het over heeft. Ik zou het er graag verder over hebben. Misschien tijdens een etentje?' Zijn glimlach is glad, alsof hij het antwoord al weet.

Ik glimlach terug, maar mijn glimlach is professioneel, onverstoorbaar. 'Ik heb als principe om zaken en privé gescheiden te houden.'

Zijn gezichtsuitdrukking vertoont een fractie van een seconde een hapering voordat hij zich herpakt. 'Nou, dat is jammer.' Hij geeft me zijn kaartje. 'Maar hoe dan ook, ik verheug me op onze samenwerking.'

Ik stop het kaartje in mijn portfolio, alweer met mijn gedachten elders. Terwijl ik door de gang loop, gonst de vertrouwde roes van succes door mijn aderen. Een stap dichter bij het binnenhalen van deze klant. Een stap dichter bij het partnerschap. Mijn privéleven mag dan een dorre woestenij zijn, maar mijn carrière? *Die staat in vuur en vlam.*

De waarheid is dat ik altijd beter ben geweest in het managen van merken dan van mensen. Verhalen bedenken en ideeën verkopen is voor mij net zo natuurlijk als ademhalen, maar relaties opbouwen? Dat is waar het rommelig wordt. Op het werk verloopt alles volgens een strategie: doelstellingen, deliverables, meetbare resultaten. Als een pitch niet aanslaat, kan ik precies aanwijzen waarom, ervan leren en het opnieuw proberen. Maar in mijn privéleven? Daar is geen keurige PowerPointpresentatie om me door de chaos van menselijke relaties te loodsen.

Ik heb jarenlang mijn professionele imago geperfectioneerd: de competente, zelfverzekerde, altijd voorbereide vrouw die alles aan iedereen kan verkopen. Ik weet hoe ik een indruk moet maken, hoe ik een kamer kan achterlaten die bruist van ideeën en mogelijkheden. Maar na werktijd, als de kantoorlichten doven en ik alleen in mijn smetteloze, eenzame appartement ben, voel ik het gewicht van dat gepolijste vernis me verpletteren.

Ik denk aan mijn oude vrienden, degenen die langzaam uit mijn leven verdwenen terwijl ik de carrièreladder beklom. Verjaardag-sms'jes die onbeantwoord bleven, uitnodigingen voor etentjes die werden afgeslagen vanwege deadlines en vergaderingen. Zelfs als ik die vriendschappen nu weer zou willen aanhalen, zou ik niet weten waar ik moest beginnen. Ik heb me in mijn ambitie gewikkeld als een veiligheidsdeken, overtuigd dat ik niemand nodig heb.

Maar soms, heel soms, betrap ik mezelf erop dat ik door sociale media scrol en pauzeer bij foto's van mensen die ik vroeger kende. Lachend in drukke kroegen, hand in hand op strandvakanties, kijkend hoe hun kinderen hun eerste stapjes zetten – hun beste leven leidend. En dan raakt het me, scherp en onverwacht: ik heb een leven opgebouwd dat zo perfect is samengesteld, dat ik er zelf niet echt meer in pas.

Ik duw de gedachte weg en focus me in plaats daarvan op de overwinningsroes van de pitch. Vandaag is er geen ruimte voor zelfmedelijden. Ik heb ze overtuigd, en dat is wat telt. Ik vier het later wel, misschien met een glas van iets duurs en een stille toost op mezelf. Wie anders zal het tenslotte doen?

Terwijl ik door de gang loop, nog steeds nagenietend van de succesvolle presentatie, zie ik Helen door de glazen wanden van haar kantoor. Mijn baas is het toonbeeld van moeiteloze autoriteit, perfect gekleed in een marineblauw mantelpak, haar gemanicuurde vingers in elkaar gevouwen. Maar haar uitdrukking is onleesbaar, en dat – *dat* – is verontrustend.

'Rachel, ga zitten.'

Ik laat me in de stoel tegenover haar bureau zakken, nog steeds high van de succesvolle pitch. 'Wat is er? De vergadering ging goed.'

'Inderdaad,' beaamt ze. 'Sterker nog, het ging zo goed dat ik je verplicht op vakantie stuur.'

Ik knipper met mijn ogen. 'Pardon. U *wat*?'

Helen leunt achterover en bestudeert me als een puzzel die ze net heeft opgelost. 'Je hebt in achttien maanden geen enkele dag vrij genomen. Je hebt een pauze nodig voordat je instort. Twee weken. Geen discussie mogelijk.'

'Maar-'

Ze houdt een hand op. 'Niet onderhandelbaar. Ga een

boek lezen, zoek je familie weer eens op. Verdorie, neem een hobby.'

Ik doe mijn mond open en dan weer dicht. Helen is een van de weinige mensen op aarde die nog koppiger is dan ik. Ik zou hiertegen kunnen vechten, maar ik zou verliezen. En de waarheid is dat er niemand in mijn leven is die mijn tijd opeist. Geen partner. Geen kinderen. Zelfs mijn vriendschappen zijn onder het gewicht van mijn werk vervaagd.

Een handig excuus om die realiteit niet onder ogen te hoeven zien.

'Goed dan,' zucht ik. 'Maar ik ben er niet blij mee.'

Helen trekt een spottende grijns. 'Dat verwacht ik ook niet van u. En nu weg uit mijn kantoor, voordat ik ga vermoeden dat u het hier *leuk* vindt. En wie weet? Misschien verrast u uzelf nog en geniet u er zelfs van.'

Ik laat mezelf binnen met de sleutel die mijn zus Claire verstopt houdt onder een plastic steen die, eerlijk gezegd, een belediging is voor het begrip camouflage. Technisch gezien is het het huis van Claire en Richard – een groot, modern huis dat ze kochten nadat Lily was geboren. Kort daarna nodigden ze mam uit om bij hen in te trekken. Ze woonde al tientallen jaren alleen, nog steeds in het kleine huisje waar we allemaal opgroeiden, en ze vonden het geen fijn idee dat ze daar in haar eentje zat. Dit huis had de ruimte en de redenering was simpel: meer hulp met de kinderopvang voor hen, meer gezelschap voor haar.

Toch ruikt het, zodra ik binnenstap, als het huis van mam: naar lavendel en versgebakken koekjes. Een geur die zo diep nostalgisch is dat hij me bijna van mijn stuk slaat.

Een vertrouwde warmte omhult me en trekt aan herinneringen die ik lang begraven waande. De indeling is anders, zeker, maar het gevoel is hetzelfde. En mams invloed is overal zichtbaar: de bloemenkussens, de gebreide plaid over de rugleuning van de bank, de fauteuil waarin ze nog steeds de krant leest met haar thee, net als toen we klein waren.

Destijds had ik mezelf ervan overtuigd dat de beste zijn – op school, met atletiek, zelfs op de jaarlijkse wetenschapsbeurs – de enige manier was om ertoe te doen. Mam heeft me nooit gepusht om perfect te zijn, maar ik hunkerde naar de geruststelling van hoge cijfers en trofeeën als bewijs dat ik iets goed deed. Eens, nadat ik het regionale debatkampioenschap had gewonnen, had mam me zo stevig geknuffeld dat ik dacht dat ik zou breken, terwijl ze fluisterde hoe trots ze was. Maar het enige waar ik aan kon denken, was de jongen die tweede werd, de manier waarop zijn gezicht betrok toen mijn naam werd genoemd.

In mijn hoofd was er geen ruimte voor fouten of een tweede plaats. Ik dacht dat als ik maar hard genoeg werkte en elke variabele onder controle hield, ik dat knagende gevoel van ontoereikendheid nooit meer zou hoeven voelen. Zelfs nu, hier in deze vertrouwde gang, is het moeilijk om de drang om de beste te zijn van me af te schudden – om harder te werken, beter te presteren en aan iedereen, inclusief mezelf, te bewijzen dat ik de moeite waard ben.

Misschien is dat de reden waarom ik nooit ben gestopt met pushen – waarom ik mezelf in werk begroef in plaats van duurzame relaties aan te gaan, waarom succes synoniem werd met eigenwaarde. Als ik ook maar een seconde zou verslappen, zou alles misschien uit elkaar vallen. En dat is een risico dat ik nooit heb durven nemen.

'Mam? Claire?' roep ik.

Mams stem doorbreekt mijn gedachten en brengt me terug naar het heden. 'Rachel? Gaat het?'

Ik forceer een glimlach en schud de restanten van oude onzekerheden van me af. 'Ja, mam. Ik had gewoon... wat tijd over.'

Ik tref haar aan in de woonkamer, opgekruld in haar fauteuil, met haar ogen vastgelijmd aan de tv.

'Hé.' Ik schuif wat speelgoed aan de kant en plof naast haar op de bank.

'O! Perfecte timing. Je *moet* echt deze serie zien die ik aan het kijken ben.'

Ik werp een blik op het scherm. Een ruig knappe man met doordringende blauwe ogen is in een verhitte discussie verwikkeld met een al even mooie vrouw. *Malibu Lagoon*, lees ik op de titelinformatie. Ik heb er nog nooit van gehoord, maar dat zegt niet veel. Ik heb nauwelijks tijd om de televisie aan te zetten, dus grote, populaire series gaan compleet aan me voorbij. Een snelle zoekopdracht op IMDb onthult dat deze telenovela-achtige soapserie vier seizoenen liep voordat ze acht jaar geleden abrupt werd stopgezet. Ze heeft een verrassend hoge beoordeling en, afgaande op de commentaren, een legioen fans net als mijn moeder.

Ik trek een wenkbrauw op. 'Echt? Een soapserie?'

Mam wuift mijn opmerking weg. 'Hij is *heel* goed gemaakt. En de hoofdrolspeler? *Ugh*, zo getalenteerd.'

Ik bestudeer het scherm. De man *is* opvallend, een en al broeierige intensiteit en het uiterlijk van een filmster. Als ik een campagne zou casten, zou hij een droom voor elke marketeer zijn.

'Is hij niet knap?' zwijmelt mam, alsof ze mijn gedachten leest. 'Zo goed.'

Ik knik afwezig, mijn gedachten dwalen alweer af naar mijn werk. Instinctief pak ik mijn telefoon om mijn e-mails te checken, maar een breaking news-melding trekt mijn aandacht.

'Mount Spurr in Alaska opnieuw uitgebarsten,' luidt de kop, vergezeld van een dramatische foto van een enorme aswolk die uit de vulkaan opstijgt.

Ik voel een knoop in mijn maag. Ik kan me niet voorstellen dat je naast zo'n angstaanjagende natuurkracht woont die elk moment kan uitbarsten. Ik weet niet hoe de mensen die dat wel doen 's nachts überhaupt kunnen slapen.

'Rachel, luister je wel naar me?' Mams stem rukt me terug naar de realiteit.

'Sorry, mam. Ik was even het wereldnieuws aan het bijlezen. Ik ben één en al oor, beloofd.'

Mam zucht en schudt haar hoofd. 'Je zit altijd aan dat ding vastgeplakt. Zelfs als je verondersteld wordt te ontspannen.'

Ik voel een steek van schuldgevoel, wetende dat ze gelijk heeft. Ik ben de laatste tijd zo opgeslokt door mijn werk dat ik nauwelijks tijd heb gehad voor iets anders, inclusief een bezoek aan mijn moeder.

Ik leun achterover en sta mezelf toe om voor het eerst in wat maanden lijkt te ontspannen. Ik ben al een hele tijd niet op bezoek geweest en het voelt... vreemd. Bijna alsof ik hier niet meer thuishoor.

Ik verhuisde zo snel als ik kon uit mams huis, wanhopig om iets van mezelf te maken. Zelfs op de middelbare school was ik al het meisje met de gekleurde agenda en de stapel schoolboeken die groter was dan mijn hoofd. Het meisje dat tot middernacht opbleef om extra opdrachten af te maken, puur om er zeker van te zijn dat niemand mij kon verslaan als beste van de jaargang.

Mijn hemel, ik herinner me het gevoel nog toen ik die acceptatiebrief van Northwestern opende, mijn handen trilden zo erg dat ik hem bijna in tweeën scheurde. Het ging niet eens om het weggaan – nee, daar was ik klaar voor. Het ging erom te bewijzen dat ik het kon. Dat ik de beste kon zijn. Dat al die late nachten en door stress veroorzaakte migraines iets betekenden.

Mam maakte zich toen zorgen om me en zei altijd dat ik mezelf te hard pushte. Claire, aan de andere kant, dacht gewoon dat ik gek was. 'Je bent net een hamster aan een espresso-infuus,' grapte ze eens toen ik aan het blokken was voor de examens. 'Rustig aan, Rach. Je bent al zo goed als binnen.'

Maar rustig aan doen voelde nooit als een optie. Niet voor mij. Ik kon het mezelf niet toestaan om gewoon goed genoeg te zijn. Ik moest de beste zijn. Ik moest iets van mezelf maken – iets groots, iets belangrijks.

Misschien had mam al die jaren geleden gelijk. Misschien heb ik mezelf te hard gepusht. Maar de gedachte om het rustiger aan te doen, om te stoppen en de balans van mijn leven op te maken, beangstigt me. Want wat als ik, wanneer ik stop, besef dat het allemaal helemaal niets waard is?

'Ik weet het, ik weet het,' geef ik toe, terwijl ik mijn telefoon wegleg. 'Ik zal proberen meer los te koppelen, dat beloof ik.'

'Dat kun je maar beter doen. Je bent nog niet te oud voor de vliegende pantoffel, hoor.'

Eerlijk is eerlijk, het vermogen van mijn moeder om iemand vanaf de andere kant van de kamer met een pantoffel te raken is legendarisch. Toen Claire en ik opgroeiden, kon ze je arm, je been, of welk lichaamsdeel haar dan ook ergerde, van tien meter afstand raken. Hij werd nooit met kwade opzet gegooid, maar de precisie was verbluffend.

'Denk je dat je het nog in je hebt, mam? Je bent geen dertig meer en ik ben geen acht.'

'Dat is waar, maar *jij* bent nu wel in de dertig, en gelukkig voor mij ben je een veel groter doelwit. Ik schat mijn kansen goed in.'

Mam laat een hand boven haar enkel zweven, haar vingers trillen boven haar pantoffel als een revolverheld die op het punt staat te trekken.

'Oké. Oké.' Ik geef me gewonnen en leg mijn telefoon met het scherm naar beneden op de salontafel. Uit het oog, uit het hart.

Zodra ik dat doe, glimlacht mam en zet ze de televisie uit. 'Dus, wat is er aan de hand?'

'Er is niets aan de hand.'

'Het is vier uur 's middags. Ben je ontslagen?'

'Nee!' piep ik, geschokt door de gedachte. 'Ik... Ik heb vakantie.'

'Sinds wanneer?'

'Sinds ongeveer een uur.'

Ik praat mam bij over mijn gedwongen sabbatical en geef stom genoeg toe dat ik niet echt weet wat ik met mezelf aan moet. Maar zelfs terwijl de woorden mijn mond verlaten, weet ik dat het een fout is.

Met de soepele gratie van een poema staat ze op uit haar fauteuil en belt het mobiele nummer van mijn zus voordat ik weet wat er gebeurt.

Dertig minuten later is mijn leven verwoest.

'Claire haalt je zondag om tien uur op,' kondigt mam aan, veel te ingenomen met zichzelf. 'Pak warme kleren in.'

Ik staar haar aan. 'Mam. Nee.'

'O, kom op. Een blokhut aan Lake Michigan! Frisse lucht! Tijd met het gezin! Je bent *dol* op je nichtjes.'

'Ik ben dol op ze in kleine doses,' mompel ik. 'Liefst als ze slapen.'

Mam grijnst. 'Zie dit dan als karaktervorming.'

'Ik *heb* geen karakter nodig. Ik heb wifi nodig en een koffiezetapparaat waar geen handarbeid aan te pas komt.'

Mam dept op mijn wang. 'Je moet een beetje leven, lieverd.'

'Bedankt voor de steun.'

'Graag gedaan.'

'Ik was sarcastisch.'

'Dat weet ik. Nou, ik vind het geweldig dat jullie allemaal samen weggaan,' zegt ze en ze richt haar aandacht weer op haar programma.

Ik staar vol ongeloof naar de stralende, zelfvoldane grijns van mijn moeder. Ik hou niet van vakanties. Ik hou zeker niet van kamperen. En ik ben meer het soort tante van 'hier heb je je verjaardagscadeau, ga nu maar lekker spelen', tenminste totdat ze zindelijk zijn en een fatsoenlijke zin kunnen vormen.

Op de een of andere manier moet ik nu tien dagen opgescheept zitten met mijn zus, haar man en hun twee luidruchtige peuters in hun blokhut aan Lake Michigan. Het is niet dat ik niet van mijn zus en haar gezin hou, maar het idee om weg te zijn van mijn werk, van de stad, vervult me met een onbehaaglijk gevoel van angst. Op de een of andere manier zit ik vast aan een reis naar de wildernis, om op elanden te jagen en uit beekjes te drinken, of wat mensen dan ook doen als ze in de buitenlucht zijn.

Ik kreun.

*Dit wordt een ramp.*

Of, op zijn minst, heel, *heel* onhandig.

Twee weken weg van mijn werk? Weg van mijn team, mijn klanten, mijn *vooruitgang*? Ik werk al jaren toe naar een partnerschap, en ik kan geen indruk maken op de hoge piefen als ik marshmallows aan het roosteren ben en doe alsof ik van de natuur geniet.

Ze zeggen: uit het oog, uit het hart. Wat als iemand anders instapt en hen imponeert tijdens mijn afwezigheid? Wat als ik terugkom en ontdek dat al mijn harde werk stilletjes op het bordje van iemand anders is geschoven?

Ik zorg dat het lukt. Dat *moet* wel. Want het laatste wat ik me kan veroorloven is om vergeten te worden.

## TWEE

<br>

♥

'Woehoe, we zijn in Wisconsin!', juicht Richard als we het bord passeren dat de staatsgrens aankondigt. Claire, die op de passagiersstoel zit, grijnst en geeft hem een high five.

De roadtrip naar de blokhut is nu al een ware beproeving van mijn geduld en we zijn pas negentig minuten onderweg. Ik zit op de achterbank samengeperst tussen twee kinderzitjes, met mijn babbelende en giechelende nichtjes aan weerszijden van me. De lucht is zwanger van de geur van aardbeienyoghurt en babydoekjes, en ik voel al een hoofdpijn opkomen achter mijn ogen.

'Rach, Rach, kijk!' Mijn oudste nichtje, Lily, duwt een kleverige handvol chips onder mijn neus. 'Ik deel met jou!'

'O, ehm, dank je, Lily', breng ik eruit, terwijl ik voorzichtig een slap chipje aanneem en probeer geen vies gezicht te trekken. 'Dat is heel lief van je.'

Claire vangt mijn blik in de achteruitkijkspiegel en grijnst. 'Is dit niet leuk, Rach? Net als vroeger, op pad voor een familieavontuur.'

'Zeker, als je met "vroeger" bedoelt "nooit", want we hebben in onze jeugd absoluut niet veel roadtrips gemaakt', mompel ik, en ik schuif ongemakkelijk heen en weer als Lily's zusje, Anna, een schelle gil laat horen.

'Ach, kom op, waar is je avontuurlijke geest gebleven?', plaagt Claire. 'Dit wordt geweldig, zul je zien. Qualitytime met de familie!'

Ik open mijn mond om iets terug te zeggen, maar plotseling klinkt er gerinkel en gespetter, en als ik naar beneden kijk, zie ik een klodder paarse yoghurt van mijn blouse druipen. *Versace. Geruïneerd.*

'Oepsie!', giechelt Lily, zwaaiend met haar nu lege yoghurtbeker. 'Tante Rachel heeft mijn tussendoortje aan!'

Ik sluit mijn ogen en tel tot drie, en herinner mezelf eraan dat dit slechts tijdelijk is, dat ik een beetje rommel en lawaai wel aankan omwille van mijn familie. Maar als ik de koude yoghurt door mijn kleding op mijn huid voel sijpelen, kan ik niet anders dan me afvragen waar ik in hemelsnaam aan begonnen ben.

*Dit is een fout, waarschuwt een stemmetje in mijn hoofd. Je zou terug in Chicago moeten zijn, gefocust op je carrière, in plaats van babysitter te spelen in een afgelegen blokhut.*

Maar dan herinner ik me mijn belofte aan mama, en de weemoedige blik in haar ogen toen ze me aanspoorde om iets meer te vinden dan alleen werk. En ik denk aan Claire, die er altijd voor me is geweest, zelfs als ik het te druk had om iets terug te doen.

*Nee, zeg ik streng tegen mezelf. Dit is geen fout. Dit is een kans. Een kans om weer in contact te komen met wat er echt toe doet, om uit te zoeken wie ik ben buiten mijn functietitel.*

Ik open mijn ogen en glimlach naar Lily, die nu vrolijk yoghurt op haar eigen gezicht smeert. 'Weet je wat, Lil? Ik denk dat paars me eigenlijk best goed staat.'

Claire lacht vanaf de voorstoel, en ik voel een sprankje warmte in mijn borst. Misschien valt deze reis toch wel mee.

'Oké meiden, wat moeten we morgen als eerste doen als

we wakker worden in het huisje aan het meer?', vraagt Richard aan Lily en Anna.

'S'mores maken!', roept Lily.

'Zwemmen!', is het weerwoord van Anna.

Ze kwebbelen opgewonden verder, terwijl ik probeer het te negeren. Ik schraap mijn keel.

'Dus, ehm, Lily... hoe gaat het op de kleuterschool?', vraag ik, in een poging een gesprek aan te knopen met mijn vijfjarige nichtje.

Ze draait zich om en knippert met haar ogen. 'Ik vind het niet leuk.' Er valt een ongemakkelijke stilte. 'We moeten er werken. Letters en cijfers schrijven. Saai.'

'O, uh, wauw. Dat klinkt... leuk.' Ik forceer een glimlach.

Ik word van een verder ongemakkelijk gesprek gered wanneer mijn mobiel overgaat. Ik frons naar de naam op het scherm: Helen, mijn baas. Dat kan niet veel goeds betekenen.

'Sorry, deze moet ik even aannemen. Noodgeval op het werk', zeg ik, opgelucht door de onderbreking. 'Helen, wat is er aan de hand?'

'Rachel, ik heb geweldig nieuws', zegt Helen ademloos. 'Raad eens wie er net aan de lijn hing om ons uit te nodigen voor een pitch?'

'Doe me dit niet aan. Wie?', Ik wist meteen dat als Helen zo geheimzinnig deed, het groot nieuws was. 'Wie?!'

'Je probeert ze al maanden binnen te halen?'

Mijn hartslag versnelt. 'GreenShoots?'

'Jep. Ze willen een nieuwe richting inslaan. Maar er is een addertje onder het gras: ze hebben een aanbesteding uitge-schreven. Vier bureaus, waaronder wij.'

Een golf van opwinding stroomt door me heen, gevolgd door een ijzeren vastberadenheid. Ik heb te hard gewerkt om GreenShoots binnen te halen om ze nu te verliezen. Bijna achttien maanden van subtiele maar constante benadering, en het heeft eindelijk zijn vruchten afgeworpen.

'Een pitch is prima; de concurrentie kan ik wel aan. Wanneer willen ze het voorstel hebben?'

Helen zucht. 'Dat is nu juist de crux. Ze willen de pitches morgen al.'

'Morgen?!', Het woord explodeert uit mijn mond, waardoor Richard bezorgd achterom kijkt. Ik wuif hem weg.

'Ik weet het, ik weet het. Ze doen het met opzet, om te zien hoe we onder druk reageren. Ze willen frisse ideeën, geen gelikte poppenkast', legt Helen uit.

Mijn gedachten gaan op hol, ik zie de kernboodschappen, tactieken en casestudy's die ik nodig heb om ze omver te blazen al voor me, jetlag of niet. Ik ben de juiste persoon voor de klus en dat moeten ze weten.

'Oké, dat regel ik', zeg ik vastberaden. 'App me alle details van de pitch, dan begin ik met de strategie. Zeg maar tegen GreenShoots dat ze het meest overtuigende voorstel krijgen dat ze ooit hebben gezien, zelfs met zo weinig tijd.'

'Dat is mijn steronderhandelaar', zegt Helen trots. 'Ik wist dat ik op je kon rekenen.'

Ik hang op, de adrenaline giert door mijn aderen. Deze pitch kan mijn carrière maken. Ik moet hem winnen. Ik moet naar Portland, en snel.

Maar als ik opkijk, herinner ik me plotseling waar ik ben: klem in de SUV van mijn zwager, die met elke afgelegde kilometer verder van het vliegveld wegscheurt. De moed zinkt me in de schoenen.

Wat moet ik in hemelsnaam nu doen?

Ik zet me schrap voor het gesprek dat ik op het punt sta te voeren. 'Richard, ik wil dat je de auto omdraait. Ik moet naar het vliegveld.'

'Wat?', Claire draait zich in haar stoel om naar mij te kijken, haar wenkbrauwen gefronst. 'Dat meen je niet! We gaan letterlijk op vakantie.'

'Ik weet het, ik weet het.' Ik houd sussend mijn handen omhoog. 'Maar dit is een enorme kans. Ik probeer al meer dan een jaar een grote klant binnen te halen, en de pitch is morgen. Ik moet erbij zijn.'

'Ongelooflijk.' Claire schudt haar hoofd, haar lippen tot een dunne streep samengeperst. 'Kies je nu echt weer werk boven familie? Alweer?'

Ik krimp ineen bij de beschuldiging, maar ik krabbel niet terug. 'Als ik deze klant binnenhaal, is mijn partnerschap zo goed als binnen. Het is alles waar ik naartoe heb gewerkt. Ik beloof het, zodra ik deze deal heb gesloten, gaan we op een echte vakantie, op mijn kosten.'

Claire snuift en draait zich om, met haar armen strak over elkaar. De meiden op de achterbank zijn stilgevallen; hun eerdere opwinding is verdwenen. Ze hebben geen idee waar we het over hebben, maar ze voelen aan dat het niet goed zit.

'Richard, alsjeblieft.' Ik leun naar voren, mijn stem dringend. 'Ik zou het niet vragen als het niet belangrijk was.'

Richard ontmoet mijn blik in de achteruitkijkspiegel, met een onbesliste uitdrukking. Na een lang moment zucht hij. 'Goed dan, Rach.'

Een golf van opluchting overspoelt me, snel gevolgd door een steek van schuldgevoel als de meiden beginnen te jammeren.

'Maar mam, dat betekent dat het nog langer duurt voor we bij het meer zijn!'

'Ik wil niet nog langer in de auto zitten!'

Ik sluit me af voor hun geklaag, mijn gedachten draaien al op volle toeren met ideeën voor de pitch. Dit is mijn kans om mezelf te bewijzen, om iedereen bij Channing Gabriel te laten zien dat ik uit het juiste hout gesneden ben om partner te worden.

Terwijl Richard de auto door het verkeer loodst, terug richting Chicago, pak ik mijn telefoon en begin als een bezetene te typen. Ik moet een presentatie voorbereiden, en ik laat me deze kans verdomme niet door de vingers glippen.

Het vliegveld bruist van de activiteit als ik door de schuifdeuren haast. Ik zie mijn assistente, Emily, bij de incheckbalies staan, haar rode haar een baken in de menigte.

'Emily!' roep ik, zwaaiend om haar aandacht te trekken.

'Rachel, daar bent u!' Ze haast zich naar me toe en overhandigt me mijn ticket, een kleine handbagagekoffer en een kledingzak. 'Ik heb het blauwe pak gekozen, ik hoop dat u dat goed vindt. U gaat deze pitch helemaal rocken.'

Ik neem de spullen dankbaar aan, een glimlach trekt aan mijn lippen. 'U bent een reddende engel, Em. Echt waar.'

We banen ons een weg door de drommen reizigers, op weg naar de security. Terwijl we in de rij wachten, praat Emily me bij over de laatste kantoorroddels, maar mijn gedachten zijn al bij de pitch, terwijl ik de belangrijkste punten doorneem en anticipeer op mogelijke vragen. Em zwaait me uit als ik mijn ticket aan de TSA-medewerker laat zien.

Eenmaal in de lucht pak ik mijn laptop en stort me op de presentatie, waarbij ik dia's verfijn en mijn voordracht oefen. De uren vliegen voorbij, en als het vliegtuig landt in Portland, voel ik een golf van zelfvertrouwen. Dit kan ik.

Bij het uitstappen grijp ik naar mijn koffer in het bagagevak boven mijn hoofd, mijn gedachten nog steeds bij de openingszinnen van mijn pitch. Als ik de slurf in stap, doorbreekt een diepe, welluidende stem mijn gedachten.

'Pardon, mevrouw? Ik denk dat u mijn koffer heeft.'

Ik draai me om en zie een opvallende man met een gebeiteld gezicht en een charmante glimlach. Er zijn kaaklijnen... en dan is er hij. Hij wijst naar de tas in mijn hand, en ik kijk omlaag en zie een klein rood lintje aan het handvat. Het bloed stijgt me naar de wangen als ik mijn vergissing besef.

'O mijn god, het spijt me zo!' Ik overhandig hem de koffer, verward, en hij geeft me de mijne.

Zijn ogen fonkelen van vermaak. 'Geen zorgen, het overkomt de besten. Ik neem aan dat u hier voor zaken bent?'

We lopen samen verder en kletsen gemoedelijk over de beproevingen van het bedrijfsleven. Er is een onmiskenbare vonk, en ik voel me aangetrokken tot zijn scherpzinnigheid en warmte.

Maar als we de slurf verlaten, rent er een prachtige vrouw met wapperende blonde haren op hem af en trekt hem in een stevige omhelzing. 'Schat, ik heb je zo gemist!'

De realiteit slaat hard in, en ik lach innerlijk om mijn dwaasheid. Natuurlijk is een man als hij bezet. Ik geef een beleefd knikje en draai me om richting de uitgang, mijn focus weer gericht op de taak die voor me ligt.

En dan zie ik het. Het bord dat me ter plekke doet verstijven.

'Vacationland, welkom in de staat Maine.'

Nee!

Dit.

Kan.

Niet.

Waar zijn?

Mijn hart zakt in mijn schoenen als het besef tot me doordringt. Ik ben niet in Portland, Oregon. Ik ben aan de verkeerde kant van het land.

Nee. Nee, nee, nee. Dat kan niet kloppen. Ik knipper hard met mijn ogen, alsof ik het bord kan dwingen te veranderen. Ik graai in mijn tas, trek bijna de rits eraf terwijl ik mijn ticket tevoorschijn haal en het met trillende handen openvouw. Mijn ogen scannen de kleine lettertjes: Portland International Jetport (PWM).

O mijn God. PWM. Niet PDX.

Mijn hart bonkt zo luid in mijn oren dat ik het geklets van de andere passagiers om me heen nauwelijks hoor. Ik staar naar de letters en probeer ze te dwingen van plaats te wisselen, om op magische wijze te veranderen in de juiste luchthavencode. Maar dat doen ze niet. Omdat het niet kan.

Ik klem het ticket vast als een reddingslijn, mijn brein probeert verwoed te reconstrueren wat er in hemelsnaam zojuist is gebeurd. Hoe heb ik dit niet gemerkt? Hoe heb ik dit kunnen laten gebeuren? Ik ben altijd zo nauwgezet, zo georganiseerd; ik controleer alles dubbel, zelfs driedubbel.

Ik voel me licht in mijn hoofd. Ik kijk om me heen, alsof iemand tevoorschijn kan springen om me te vertellen dat het allemaal een grap is, dat ik niet zojuist naar de verkeerde verdomde kant van het land ben gevlogen; het is gewoon een verborgen camera, een YouTube-prankkanaal. Maar er is niemand om met me mee te lachen, geen vriendelijk gezicht om me gerust te stellen dat het niet zo catastrofaal is als het lijkt.

Paniekerig pak ik mijn telefoon en scroll naar de bevestigingsmail van Emily. Daar staat het, zo klaar als een klontje: Portland, ME. Mijn maag draait om. Hoe heb ik dat kunnen missen? Hoe hebben wij dat allebei niet gezien? Ik blader opnieuw door de vluchtinformatie, alsof de woorden op de een of andere manier zullen veranderen, maar het zijn nog steeds dezelfde verdoemde coördinaten die naar Vacationland wijzen in plaats van naar de westkust.

Mijn knieën worden week en ik strompel naar een bankje en zak erop neer. De ernst van mijn fout raakt me als een op hol geslagen trein. Ik ben in Maine. Ik hoor in Oregon te zijn. Ik hoor morgenochtend te pitchen voor een van de grootste potentiële klanten uit mijn carrière.

Ik kan niet ademen. Ik druk mijn handpalm tegen mijn voorhoofd en probeer te kalmeren, maar het heeft geen zin. De realiteit verstikt me en ontneemt de zuurstof uit mijn longen.

'O, hemeltjelief.' De woorden ontsnappen aan mijn lippen, terwijl ongeloof en paniek tegelijkertijd in mijn borst opstijgen. 'Wat heb ik gedaan?'

Als een bezetene haast ik me naar de servicebalie van de luchtvaartmaatschappij, mijn gedachten malend over de ernst van mijn fout. De rij lijkt eindeloos lang, en elke seconde die voorbijgaat, voelt als een eeuwigheid. Ik tik ongeduldig met mijn voet, mijn ogen schieten naar de vertrekborden, tegen beter weten in hopend dat er een vlucht is die me op tijd in Oregon kan krijgen.

Terwijl ik wacht, flitsen de tv's boven de balie met het laatste nieuws. De ernstige toon van de nieuwslezer vult de lucht. 'De aswolk van de vulkaanuitbarsting in Alaska verspreidt zich snel over Canada en de noordelijke Verenigde Staten, wat leidt tot ongekende verstoringen van het luchtverkeer. Experts voorspellen de komende uren massale vertragingen en annuleringen.'

Mijn maag draait zich om terwijl ik kijk naar het flikkerende vertrekbord, waar het woord 'VERTROUD' naast de ene na de andere vlucht verandert in 'GEANNULEERD'. De realiteit van de situatie overspoelt me als een vloedgolf. Ik ben gestrand en ik ga op geen enkele manier naar die pitch kunnen vliegen.

Met trillende handen pak ik mijn telefoon en begin te zoeken naar alternatieve routes. Trein- en busdienstregelingen, alles wat me naar Portland, Oregon zou kunnen brengen. Maar diep vanbinnen weet ik dat het zinloos is. De afstand is te groot, de tijd te kort.

Ik stap uit de rij, mijn benen voelen als lood. Het drukke vliegveld lijkt te vervagen terwijl de last van mijn falen op mijn schouders neerdaalt. Ik zoek een rustig hoekje en laat me in een stoel zakken, terwijl ik mijn gezicht in mijn handen begraaf.

'Denk na, Rachel, denk na', mompel ik in mezelf en probeer wanhopig een oplossing te bedenken. Maar hoe meer ik mijn hersens pijnig, hoe duidelijker het wordt dat er geen uitweg is uit deze puinhoop.

De teleurstelling is een bittere pil om te slikken, maar ik weet dat ik de realiteit van de situatie moet accepteren. De pitch, het partnerschap, de toekomst waar ik zo hard voor heb gewerkt... het glipt allemaal door mijn vingers en er is niets wat ik kan doen om het te stoppen.

Met een bezwaard hart pak ik mijn telefoon weer en mijn

vingers zweven boven Helens nummer. Ik aarzel, opziend tegen het gesprek dat me te wachten staat. Maar ik weet dat ik het niet langer kan uitstellen.

Zodra de verbinding tot stand komt, zet ik me schrap voor de onvermijdelijke gevolgen. 'Helen, met Rachel. Ik heb slecht nieuws...'

Terwijl ik uitleg dat ik in Maine ben, blijft ze grotendeels kalm, hoewel je haar woordkeuze gerust pittig zou kunnen noemen. De magische oplossing die ik hoopte dat ze uit de hoge hoed zou toveren, blijft echter uit.

'De TSA legt alle vluchten stil. U komt op geen enkele manier in Oregon.'

De moed zinkt me in de schoenen. 'Maar de pitch...'

'Maakt u zich daar maar geen zorgen over. Gezien de omstandigheden, zal Zoe de presentatie overnemen. Zij kan vanuit Seattle rijden.'

'Zoe?' Ik voel een golf van frustratie. 'Maar ik werk hier al maanden aan, Helen. GreenShoots is *mijn* klant.'

'Nog niet, Rachel. Ik heb geen keus. De pitch is morgen, we moeten daar aanwezig zijn.'

Ik ijsbeer heen en weer, terwijl mijn gedachten op hol slaan. 'Wat als ik mijn invloed bij GreenShoots gebruik om de dag van de pitch te veranderen? Ik weet zeker dat ze er begrip voor zullen hebben, gezien de situatie.'

'Nee, Rachel', zegt Helen kordaat. 'Zij hebben de datum vastgesteld en wij moeten ons daaraan houden. We sturen Zoe.'

'Maar Zoe heeft mijn *groene* geloofsbrieven niet', werp ik tegen, terwijl de wanhoop in mijn stem kruipt. 'Ze werkt in hemelsnaam voornamelijk voor grote oliemaatschappijen. En ze rijdt in een 5-liter Mustang GT. Zou het niet beter zijn als ik via Zoom aan de vergadering deelneem, om onze $CO_2$-voetafdruk te verkleinen?'

Mijn argumenten zijn aan dovemansoren gericht. 'Rachel, dit staat niet ter discussie', zegt Helen op een toon die geen tegenspraak duldt. 'Zoe is, na u, de beste closer in het bedrijf en GreenShoots is een klant die Channing Gabriel absoluut moet binnenhalen.'

Ik voel mijn woede opkomen, maar ik probeer die in bedwang te houden. 'Dus, als Zoe de deal sluit, betekent dat dan dat zij het partnerschap krijgt?'

Er valt een stilte aan de andere kant van de lijn. 'Rachel, ik stel voor dat u van uw twee weken vakantie in Maine geniet en uw werk een tijdje vergeet.'

'Maar Helen...'

'Dat is een bevel, Rachel. Stuur uw presentatie en aantekeningen naar Zoe. Nu.'

De verbinding wordt verbroken en ik blijf naar mijn telefoon staren, kokend van frustratie. Ik kan niet geloven dat dit gebeurt. Ik heb zo hard gewerkt en nu komt Zoe binnenvallen om er met de eer vandoor te gaan.

Ik wil schreeuwen, mijn telefoon door de luchthaven gooien, maar ik dwing mezelf om te kalmeren. Als ik mijn kalmte verlies, los ik niets op.

Ik kijk uit het raam en zie hoe vliegtuigen die hadden moeten vertrekken, terugkeren naar de terminal om hun passagiers uit te laden. Niemand van ons gaat ergens heen.

Twee weken in Vacationland. Vergeef me maar als ik geen gat in de lucht spring.

De taxi laveert door de drukke straten van Portland en ik buig me naar voren, de gebouwen afspeurend naar enig teken van een vrije hotelkamer. Ik probeer opnieuw te kijken op de vele reisapps die ik op mijn telefoon heb, maar alles is grijs gekleurd en spot met me met een 'uitverkocht'-banner. De chauffeur kijkt me aan in de achteruitkijkspiegel, zijn blik vol medeleven.

'Pech met al die geannuleerde vluchten, hè?' zegt hij hoofdschuddend. 'Het lijkt wel of iedereen gestrand is.'

Ik knik, mijn aandacht nog steeds gericht op de voorbijkomende winkelpanden. 'Zou u toevallig hotels kennen waar nog kamers beschikbaar zijn?'

Hij grinnikt. 'Ik wou dat ik u kon helpen, maar ik rijd al de hele dag mensen rond en elke tent is volgeboekt.'

Ik zak achterover in de stoel, terwijl mijn gedachten op hol slaan. Ik kan de nacht niet op straat in Portland zwerven. Ik heb een plan nodig.

Alsof het zo moet zijn, gaat mijn telefoon. Het is mijn moeder. Ik aarzel even voordat ik opneem, me schrap zettend voor de onvermijdelijke stroom vragen.

'Rachel, schat, gaat het wel met je? Je zus vertelde me wat er met je vlucht is gebeurd.'

Ik zucht en wrijf over mijn slaap. 'Het gaat prima, mam. Ik probeer alleen een slaapplaats voor de nacht te vinden.'

'O, liefje, wees nou niet als Maria en Jozef en eindig in een kribbe. Waarom huur je niet gewoon een auto en kom je naar ons toe bij Lake Michigan? We zouden het enig vinden als je erbij bent.'

Ik weet niet zeker of mam helemaal begrijpt hoe ver ik van Wisconsin af ben. 'Mam, het zou dagen duren om terug te rijden naar... Wacht eens? Ben je bij Claire?'

'Ja, toen ze je op het vliegveld hadden afgezet, kwam Richard langs en vroeg of ik jouw plek wilde innemen. Dus hier ben ik. Eerlijk gezegd denk ik dat ze gewoon een babysitter wilden, maar een gegeven paard moet je niet in de bek kijken. Kom op, kom ook.'

De gedachte om de rest van mijn vakantie met mijn familie door te brengen is verleidelijk, aangezien het alternatief is om die alleen door te brengen in een vreemde stad. Ik sta op het punt om mams suggestie serieus te overwegen als de taxi langs een enorm industrieel complex rijdt, met op het bord in dikke letters 'Harcourt Foods'.

Plotseling ontstaat er een idee in mijn hoofd. Harcourt Foods is een van de grootste producenten van diepvriesmaaltijden in het land. Als ik hen als klant zou kunnen binnenhalen...

'Rachel? Ben je daar nog?'

Ik word teruggeroepen naar het heden. 'Ja, mam, ik ben er nog. Luister, ik waardeer het aanbod, maar ik denk dat ik een tijdje in Portland blijf. Er is iets waar ik voor moet zorgen.'

'Weet je het zeker, schat? We zouden je er echt heel graag bij hebben.'

'Dat weet ik en ik beloof dat ik het goedmaak met jullie. Maar dit is belangrijk.'

Er valt een stilte en ik kan de radertjes in haar hoofd bijna horen draaien. 'Nou, goed dan. Ik moet zeggen dat ik er niets van begrijp. Beloof je dat je belt als je iets nodig hebt?'

'Zal ik doen. Bedankt, mam. Ik hou van je.'

Terwijl ik ophang, buig ik voorover en tik de chauffeur op zijn schouder. 'Zou u me trouwens naar het dichtstbijzijnde autoverhuurbedrijf kunnen brengen?'

Hij knikt en voegt in op de afslagstrook. Ik leun achterover, terwijl mijn gedachten al een plan vormen. Partnerschap of niet, ik verlaat Maine niet met lege handen.

Harcourt Foods, hier kom ik.

Het autoverhuurbedrijf is een gekkenhuis, vol met gestreste reizigers die zich haasten om een voertuig te bemachtigen. Ik sluit aan in de rij en tik ongeduldig met mijn voet terwijl ik door mijn telefoon scroll, op zoek naar zo veel mogelijk informatie over Harcourt Foods. Hun CEO, Jonathan Harcourt, heeft de reputatie een onvervalste traditionalist te zijn. Zowel vriend als vijand noemt hem 'Oude Harcourt' en hij staat zeker niet bekend om zijn inzet voor innovatie en duurzaamheid. Als steunpilaar van de pluimvee-industrie zal het een hele kluif worden om hem ervan te overtuigen af te stappen van de diepvrieskipnuggets waarop hij zijn imperium heeft gebouwd.

Maar... dankzij mijn marktonderzoek voor GreenShoots en IncrediBurger heb ik data. Heel veel. Overtuigende, gedetailleerde feiten en cijfers die een verschuiving in eetgewoonten en een groeiende vraag naar plantaardige alternatieven aantonen. Als ik CGPR kan pitchen als het bureau dat hun imago kan vernieuwen en hem ervan kan overtuigen dat plantaardig winst betekent, zou dat alles kunnen veranderen.

Verzonken in gedachten schrik ik op als de medewerker roept: 'Volgende!'

Ik stap naar de balie en zet mijn charmantste glimlach op. 'Hallo. Ik wil graag een auto huren, het liefst iets elektrisch, compacts en zuinigs.'

De medewerker, een jonge man met een naamplaatje waarop 'Ethan' staat, kijkt me verontschuldigend aan. 'Het spijt me, mevrouw, maar we hebben bijna niets meer als gevolg van de geannuleerde vluchten. Het enige voertuig dat we nog hebben, is een pick-up.'

Ik knipper met mijn ogen terwijl ik deze informatie verwerk. Een pick-uptruck? Dat staat zo ongeveer zo ver af van mijn strakke, stadse, groene levensstijl als maar kan. Maar nood breekt wet, toch?

'Die neem ik', zeg ik en ik overhandig mijn creditcard.

Even later staar ik naar een gigantische truck, waarvan de rode lak onder de lichten van het parkeerterrein glinstert. Ik klauter achter het stuur en pas de stoel aan voor mijn kleinere postuur. De motor brult tot leven en, eerlijk is eerlijk, ik kan een grijns niet onderdrukken. Er is iets krachtigs aan het zitten achter het stuur van dit beest. Het doet me pijn om het te denken, maar misschien, heel misschien, snap ik waarom Zoe ervoor kiest om in haar Mustang te rijden, ondanks de maatschappelijke druk om elektrisch te rijden.

Terwijl ik door de onbekende straten van Portland navigeer, buitelen de ideeën voor een mogelijke pitch voor Harcourt Foods door mijn hoofd. Ik zal de nadruk leggen op

CGPR's staat van dienst met groene initiatieven, onze innovatieve socialemediastrategieën en ons vermogen om een band op te bouwen met jongere, milieubewuste consumenten. Bijna op instinct rijdend heb ik de stad verlaten en bevind ik me in de rustigere buitenwijken.

Er verschijnen borden voor Biddeford en als ik de stadsgrenzen nader, vind ik een schilderachtig motel aan de rand van de stad, waarvan het neon 'vrij'-bord een baken van hoop is na een paar zeer zware uren. De eigenaar, een heer van begin veertig, stelt zichzelf voor als James, staat erop mijn handbagagekoffer naar mijn kamer te dragen en geeft me een sleutel met een veelbetekenende glimlach.

'Bel maar naar de receptie als u iets nodig heeft', zegt hij vriendelijk.

Ik knik dankbaar en voel plotseling het gewicht van de dag op me drukken.

'Dank u wel. Dat zal ik doen.'

## DRIE

De deur van het motel klikt achter me dicht en ik slaak een diepe zucht. Ik schop mijn hakken uit, het kan me niet schelen waar ze terechtkomen, en trek mijn blouse en rok uit, die ik op de vervaagde leunstoel in de hoek gooi.

Terwijl ik me in de gezellige kamer installeer, voel ik ondanks de teleurstelling toch een sprankje opwinding. Natuurlijk is het een flinke tegenslag dat ik niet de hoofdverantwoordelijke ben voor de GreenShoots-pitch. Maar Harcourt Foods binnenhalen? Dat zou de sleutel kunnen zijn tot alles waar ik naartoe heb gewerkt.

Ik pak mijn laptop erbij en stuur snel een e-mail naar Emily om meer informatie te verzamelen over Harcourt Foods. We zullen een serieus gesprek moeten voeren als ik weer op kantoor ben over die kleine blunder met de tickets, maar op dit moment heb ik haar op haar scherpst nodig, niet iemand die zich zorgen maakt of ze ontslagen wordt. Als ze me de informatie kan bezorgen die ik nodig heb, en snel, zal dat haar zeker in een beter daglicht stellen. Morgen zal ik proberen rechtstreeks contact op te nemen met Jonathan Harcourt.

Maar voor nu moet ik rusten en opladen. Ik heb het gevoel dat ik al mijn energie nodig zal hebben voor wat komen gaat.

De gekreukte bloemetjessprei is niet bepaald uitnodigend, maar het enige wat ik nu wil, is mijn ogen sluiten en vergeten dat deze rampdag ooit heeft plaatsgevonden.

Ik strek me uit op het klonterige matras in alleen mijn beha en slipje, te uitgeput om zelfs maar onder de dekens te kruipen. Misschien, als ik mijn ogen even laat rusten, kan ik genoeg energie verzamelen om een fatsoenlijke maaltijd te vinden en mijn volgende stappen te bedenken. Ik laat mijn oogleden dichtvallen...

BAM! De deur vliegt open en mijn hart klopt in mijn keel terwijl ik overeind schiet. Een man in een moteluniform loopt achteruit de kamer in, terwijl hij onhandig een schoonmaakkar achter zich aan sleept. Er bungelen oordopjes uit zijn oren, waaruit een blikkerig ritme pulseert. Hij neuriet vals terwijl hij zich omdraait.

Onze blikken kruisen elkaar en zijn mond valt open, wat mijn eigen schok weerspiegelt.

'O, mijn God, het spijt me zo!', stamelt hij, terwijl hij zijn blik afwendt. Een blos kruipt langs zijn nek omhoog. 'Ik dacht dat deze kamer leeg was.'

'Heb je er een gewoonte van om halfnaakte vrouwen te storen?', snauw ik, terwijl ik haastig de sprei over mijn naakte lichaam trek, mijn gezicht gloeiend.

Zijn blos wordt dieper en hij haalt een hand door zijn haar, de spanning zichtbaar in zijn schouders.

'Nee, nee, ik zweer het. Dit was gewoon... een enorme blunder. De kamer stond als leeg genoteerd en ik hoorde niets van binnen.'

Er is iets aan de manier waarop hij praat; zijn woorden zijn nonchalant, maar zijn dictie is vreemd genoeg weloverwogen, alsof hij elk woord met meer zorg kiest dan de situatie vereist. Het valt me op hoe snel hij zich herpakt, hoe zijn stem zich egaliseert, met een zelfverzekerde maar niet overheersende toon. Het is alsof hij gewend is kalmte uit te stralen, zelfs als hij zich doodschaamt.

Even denk ik dat het misschien gewoon een soort klant-vriendelijke charme is; de manier waarop hij ontspannen blijft en zich zo soepel verontschuldigt. Maar het is meer dan dat. Hij is niet alleen een fout aan het verdoezelen; hij stapt in een rol, alsof hij dit al honderd keer heeft gedaan, alsof zijn tekst uit zijn hoofd geleerd heeft.

Voordat ik het verder kan analyseren, schraapt hij zijn keel. 'Kijk, het spijt me echt. Ik zal ervoor zorgen dat het niet nog eens gebeurt.' Hij buigt zijn hoofd en schiet praktisch de deur uit, waarbij hij in zijn haast bijna over de schoonmaakkar struikelt, en laat me alleen achter om te verwerken wat er in hemelsnaam zojuist is gebeurd.

Ik slaak een trillende zucht en probeer mijn hartslag onder controle te krijgen. Het is waarschijnlijk niets. Gewoon een man die zich doodschaamt en zijn best doet om het te verbergen. Maar toch... er was iets aan zijn houding, aan de manier waarop hij zijn excuses aanbood, dat niet helemaal paste bij zijn schoonmaakuniform.

Het is waarschijnlijk niets. Ik duw de gedachte weg en concentreer me op kalmeren. Ik heb genoeg verrassingen gehad voor één avond.

Ik stort met een kreun terug op het bed, mijn hart nog steeds op hol. Ik moet toegeven, hij was best schattig, op een onhandige, verlegen manier. Maar na de dag die ik heb gehad, is schattig niet genoeg. Ik heb een sterke borrel en een stevige maaltijd nodig om deze herinnering uit te wissen.

Ik kan nu onmogelijk slapen, dus ik glijd van het bed, klaar om mezelf te herpakken en nog iets van normaliteit te redden. Eén ding is zeker: dit is een check-in in een motel die ik niet snel zal vergeten. Hoewel ik, voor ons beider bestwil, zou willen dat ik dat wel kon.

Ik kijk op de klok en besef met een schok dat ik bijna twee uur knock-out ben geweest. Acht uur 's avonds al? Mijn maag gromt uit protest en herinnert me eraan dat het laatste wat ik at een droge bagel was voordat ik aan boord stapte van mijn noodlottige vlucht.

Ik sleep mezelf naar de badkamer en vang een glimp op van mijn verwarde spiegelbeeld. Wasbeerogen, dankzij mijn uitgelopen mascara. Haar dat in vreemde hoeken staat door mijn geïmproviseerde dutje. Prachtig. Met een zucht draai ik de douche aan, hopend dat het hete water de stress van de dag zal wegspoelen en me genoeg zal opkikkeren om op zoek te gaan naar eten.

Terwijl de stoom de kleine ruimte vult, stap ik onder de straal en laat het mijn gespannen spieren kalmeren. Mijn gedachten dwalen af naar de man die eerder binnenstormde. Er was iets vaag bekends aan hem, maar ik kan er de vinger niet op leggen. Waarschijnlijk gewoon zo'n gezicht dat je meent te kennen.

Ik zeep me in, de geur van de generieke motelzeep vult mijn neusgaten. Het is heel wat anders dan mijn gebruikelijke bodywash met kokosgeur, maar het moet maar. Terwijl ik me afspoel, laat mijn maag nog een dwingende grom horen. Tijd om te stoppen met dagdromen en me te concentreren op de missie van dit moment: eten.

Na het afdrogen doorzoek ik mijn koffer op zoek naar iets toonbaars. Een spijkerbroek en een comfortabele trui zullen moeten volstaan. Ik ben niet in de stemming om me op te doffen, en trouwens, voor wie zou ik hier in dit schilderachtige stadje indruk willen maken?

Een snelle föhnbeurt en een veegje lipgloss later ben ik zo klaar als ik maar kan zijn. Ik pak mijn tas en kamersleutel en zet me schrap voor de kille avond in Maine. Als ik de parkeerplaats opstap, bijt de frisse lentelucht in mijn wangen, een schril contrast met de muffe motelkamer.

Ik pak mijn telefoon in de hoop op wat culinair advies. 'Kom op, Siri,' mompel ik, 'laat me niet in de steek. Ik heb troosteten nodig, en wel zo snel mogelijk.'

Met een paar spraakopdrachten verschijnt er een lijst met

restaurants in de buurt. Ik scroll door de opties, het water loopt me al in de mond bij de gedachte aan een warm, hartig gerecht. Zeevruchten misschien? Als je in Maine bent, toch? Ik besluit te gaan voor een eetcafé dat volgens de lovende recensies de beste clam chowder van de stad heeft.

Terwijl ik door de rustige straten van Biddeford navigeer, dwalen mijn gedachten terug naar de chaos die op me wacht in Chicago. De PR-crisis, de veeleisende klanten, de eindeloze e-mails. Maar voor nu, op dit moment, is mijn enige zorg het vullen van mijn knorrende maag en misschien, heel misschien, een sprankje rust vinden in deze onverwachte omweg.

Maar eerst het belangrijkste: kom maar op met die zeevruchten.

Het belletje boven de deur rinkelt als ik Julie's Diner binnenstap, een golf van warmte en de geur van sissend spek omhult me. Het is een gezellig plekje, met geblokte vloeren en vinyl bankjes, het soort plek dat als thuis voelt, zelfs als je er nog nooit bent geweest.

Ik schuif in een hokje, het rode kussen piept onder me. Voordat ik zelfs maar naar een menukaart kan reiken, verschijnt er een serveerster met een glimlach die feller is dan het neonbord buiten aan mijn tafel.

'Nou, hallo daar, schat!', kwettert ze, haar blonde paardenstaart enthousiast op en neer wippend. 'Wat mag het zijn vanavond?'

Ik knipper met mijn ogen, overrompeld door haar energie. Het is bijna negen uur. Hoe kan iemand zo opgewekt zijn op dit tijdstip van de avond?

'O, ehm, ik las dat jullie clam chowder de beste van de stad is,' slaag ik erin te zeggen, met een vermoeide glimlach.

'Reken maar van yes! Eén kom van onze beroemde chowder, komt eraan!' Ze knipoogt en noteert mijn bestelling. 'Nog iets anders, schat?'

Ik schud mijn hoofd, en met een knikje draait ze zich om

en laat me de omgeving in me opnemen. Dan zie ik vijf tafels verderop een bekend gezicht.

Hij is het. De man uit de motelkamer. Hij zit in een hokje en deelt wat lijkt op een enorme sorbet met een jong meisje, misschien elf of twaalf jaar oud. Ze giechelt als hij een klodder slagroom op haar neus dept, en de genegenheid tussen hen is voelbaar.

Ik kijk toe hoe ze met elkaar omgaan, het gemakkelijke geklets, de onderlinge grapjes. Het is duidelijk dat ze een speciale band hebben, het soort dat voortkomt uit jarenlange liefde en vertrouwen. Een vader en dochter, vermoed ik, en ik merk op hoe hij naar haar kijkt alsof ze het middelpunt van zijn universum is.

Het is ontegenzeggelijk lief en ik zie de aantrekkingskracht: het gelach, de liefde, het gevoel van erbij horen. Maar kinderen krijgen is de doodsteek voor een carrière. Tenminste, voor vrouwen. En ik heb nog zoveel meer te bereiken.

Terwijl ik daar in gedachten verzonken zit, keert de serveerster terug met een dampende kom chowder. 'Alsjeblieft, lieverd,' zegt ze, en ze zet het met een zwier neer. 'Voorzichtig, het is heet.'

Ik knik mijn dank en adem het rijke, troostrijke aroma in. Het ruikt naar thuis. Niet mijn thuis, maar het straalt warmte en veiligheid uit, en alle dingen waarvan ik niet wist dat ik ernaar verlangde.

Terwijl ik mijn eerste lepel neem en geniet van de romige, ziltige smaak, kan ik het niet laten om nog een blik te werpen op de man en zijn dochter. Ze zijn verzonken in hun eigen wereldje, zich niet bewust van de rest van het eetcafé, van de rest van de wereld.

En voor een vluchtig moment vraag ik me af hoe het zou zijn om deel uit te maken van zoiets. Om iemand naar me te laten kijken zoals hij naar zijn dochter kijkt, alsof ik de belangrijkste persoon in de kamer ben.

Ik schud mijn hoofd en duw de gedachte opzij. Ik heb

geen tijd voor domme dagdromen of de sentimentaliteit van een klein stadje.

Ik heb werk te doen, een leven om naar terug te keren. Dit is slechts een tijdelijke omweg, een stip op de radar. Niets meer.

Of dat vertel ik mezelf tenminste, terwijl ik me op mijn chowder concentreer en probeer het knagende gevoel te negeren dat er misschien, heel misschien, meer in het leven is dan marktonderzoek en nachtelijke conferencecalls.

Hij vangt mijn blik op en ik kijk snel weg, plotseling gefascineerd door de patronen in mijn chowder. Maar het is te laat. Hij komt al naar me toe, zijn dochter achter hem aan.

'Hé, ik dacht al dat jij het was,' zegt hij met een warme en vriendelijke stem. 'Ik wilde me nogmaals verontschuldigen voor eerder. Ik wilde je echt niet zo laten schrikken.'

Ik wuif het weg, met een geforceerde glimlach. 'Het is goed, echt. Geen kwaad geschied.'

Maar zijn dochter laat zich niet zo gemakkelijk afschepen. Ze kijkt me aan met die grote, nieuwsgierige ogen, haar hoofd schuin.

'Je ziet er heel mooi uit,' zegt ze met een stem zo oprecht dat het me overvalt. 'Maar je ziet er ook heel verdrietig uit. Gaat het wel?'

Ik knipper met mijn ogen, overrompeld door haar scherpzinnigheid. Hoe kan dit kleine meisje dwars door me heen kijken, terwijl ik jarenlang mijn pokerface heb geperfectioneerd?

'Het gaat goed, lieverd,' verzeker ik haar, mijn stem iets te opgewekt. 'Gewoon een lange dag, dat is alles.'

'Ik ben trouwens Dan. Laat het me weten als we iets voor je kunnen doen in het motel. O, en dit is Chloe.'

'Hoi.' Chloe zwaait.

'Leuk jullie te ontmoeten.'

Dan raakt haar schouder aan en stuurt haar zachtjes richting de deur. 'Kom op, Chloe. Laten we de dame met rust van haar avondeten laten genieten.'

Ik knik, dankbaar voor de adempauze.

Op dat moment, als Dan naar de deurklink reikt, ontstaat er tumult bij de toonbank. Een oudere vrouw, haar gezicht bleek en getekend, wankelt op haar voeten en zakt dan in elkaar op de grond.

'Ga even zitten, lieverd, ik moet even iets afhandelen.' Dan wijst naar een lege stoel en Chloe volgt de instructie op.

Instinctief haasten Dan en ik ons allebei naar de vrouw op de grond. Ik controleer haar pols terwijl Dan roept dat iemand 112 moet bellen.

De oudere vrouw heeft nauwelijks tijd om naar adem te happen voordat hij naast haar knielt, zijn stem laag en stabiel.

'Gaat het, mevrouw? Blijf even rustig liggen, goed?'

Er is iets aan de manier waarop hij het zegt; kalm, maar vastberaden, waardoor mensen hem onmiddellijk vertrouwen. Ze knikt, ademloos, en grijpt zijn arm vast terwijl hij haar voorzichtig helpt overeind te komen. Het personeel van het eetcafé haast zich bezorgd naar hen toe, servetten en ijs aanbiedend, het soort milde paniek en willekeurige aanbiedingen dat ontstaat als niemand precies weet wat te doen.

Maar Dan? Die heeft het al geregeld.

Het is zo'n klein moment. Niets dramatisch, niets bijzonder heldhaftigs. Maar terwijl ik hem de jas van de vrouw zie gladstrijken, en ervoor zorg dat ze stabiel is voordat hij haar loslaat, dringt het tot me door.

Dit is wie hij is. De man die ingrijpt. De man die erom geeft. Niet omdat er iets te winnen valt, niet omdat hij erkenning verwacht, maar gewoon omdat dat is wat je doet als iemand hulp nodig heeft.

Iets trekt samen in mijn borst, onverwacht en onbekend.

Ik breng mijn leven door met indruk maken op mensen. Vergaderzalen vol sceptische mannen overtuigen dat ik het waard ben om naar te luisteren. Ideeën verkopen, strategieën bedenken, ervoor zorgen dat niemand mijn naam vergeet als ik een vergadering verlaat.

Dan hoeft dat allemaal niet te doen. En toch, op de een of andere manier, in dit kleine, onbeduidende moment, is hij erin geslaagd diepe indruk op me te maken.

Samen werken Dan en ik om de vrouw zo comfortabel mogelijk te maken, onze bewegingen synchroon en efficiënt. Nu haar rug tegen de toonbank rust, rol ik een trui die de serveerster me geeft op tot een geïmproviseerd kussen en leg het achter het hoofd van de vrouw. Dan pakt een van haar handen vast en houdt die in de zijne, om haar te laten weten dat er hulp onderweg is en alles goedkomt.

Terwijl we wachten tot de ambulancebroeders arriveren, kruist mijn blik die van Dan over het hoofd van de vrouw heen. En op dat moment zie ik iets wat ik herken, iets wat mijn eigen vastberadenheid weerspiegelt, mijn eigen drang om te helpen, om te herstellen, om dingen recht te zetten.

'Komt ze er weer bovenop?', vraagt Chloe, haar voorhoofd gefronst van bezorgdheid terwijl ze vanaf het hokje toekijkt.

'Ik hoop het,' antwoord ik, onzeker. 'We laten de ambulancebroeders beslissen wat er nu moet gebeuren.'

We vervallen in stilte, het gewicht van het moment hangt zwaar in de lucht. Om ons heen zoemt het eetcafé van de angstige energie, de andere klanten kijken met bezorgde gezichten toe.

'Weet je,' zegt Dan plotseling, zijn stem doorbreekt de spanning, 'ik had nooit gedacht dat ik op een zondagavond de held zou spelen in een eetcafé.'

Tegen wil en dank voel ik een glimlach om mijn lippen trekken. 'Ja, nou, ik had nooit gedacht dat ik in Maine zou stranden, maar hier zijn we dan.'

Dan grinnikt, een laag, warm geluid dat de spanning in mijn borst lijkt te verlichten. 'Grappig hoe het leven soms loopt, hè?'

Ik knik, mijn blik nog steeds op het gezicht van de vrouw gericht. 'Het was een helse dag, dat is zeker.'

'Vertel mij wat,' zegt Dan en hij gaat wat comfortabeler zitten. 'Ik werd vanmorgen wakker met het idee dat mijn grootste uitdaging van de dag zou zijn om Chloe haar groenten te laten eten.'

Ik kan het niet helpen dat ik daarom moet lachen, een echte, oprechte lach die vreemd en tegelijkertijd heerlijk aanvoelt.

Bij het horen van haar naam schiet Chloe's hoofd als een stokstaartje omhoog van haar telefoon. Ze springt uit het hokje en in Dans warme omhelzing.

'Ik hou van je, schatje. Je hebt het goed gedaan.'

Er zit iets in zijn stem, een warmte en oprechtheid die me overvalt. Ik kijk naar hem en zie hem voor het eerst echt. De vermoeidheid getekend in de lijnen van zijn gezicht, de liefde en trots die in zijn ogen schijnen als hij naar zijn dochter kijkt. Misschien schuilt er meer in deze man dan je op het eerste gezicht zou zeggen. Meer dan de gehaaste alleenstaande vader, meer dan de schoonmaker van een motel in een klein stadje.

Dan draait zich weer naar me om. 'Het spijt me echt–'

'Het is oké. Echt waar.' Ik steek Dan mijn hand toe. Hij glimlacht en schudt hem. 'Ik ben Rachel.'

Op dat moment vult het geluid van sirenes de lucht, die met elke seconde luider worden. Dan en ik wisselen een blik uit, opluchting en verwachting vermengen zich in de ruimte tussen ons.

'Lijkt erop dat de hulptroepen er zijn,' zegt hij en hij staat op.

Ik knik, mijn hart bonst als de ambulancebroeders door de deuren stormen, een wervelwind van activiteit en doelgerichtheid. Ze nemen het over, hun bewegingen geoefend en precies, en ik doe een stap achteruit, zodat ze hun werk kunnen doen.

Dan komt naar me toe als de ambulancebroeders de oudere vrouw op een brancard naar buiten rijden en de overgebleven klanten weer rustig aan hun tafels gaan zitten, nu de show voorbij is.

'Bedankt voor je hulp vanavond. Je was ongelooflijk.'

Ik wuif het compliment weg, me plotseling bewust van mezelf. 'O, het was niets. Ik ben gewoon blij dat ze in orde is.'

Hij schudt zijn hoofd, een glimlach trekt aan de hoeken van zijn mond. 'Het was niet niets. Je bleef kalm onder druk. Dat is best cool.'

Ik voel een blos op mijn wangen komen en kijk weg.

Hij lacht zachtjes en Chloe glimlacht een klein, wankel lachje. 'Je was heel dapper,' zegt ze met zachte stem.

'Jij ook, meid. Je deed het geweldig.'

Dan knijpt in haar schouder en geeft me een knikje. 'Nou... we moeten er waarschijnlijk vandoor. Ik moet haar thuisbrengen en naar bed brengen. Maar... ik hoop je nog te zien?'

Ik kan de kleine glimlach die aan mijn lippen trekt niet onderdrukken. 'Vergeet alleen niet te kloppen.'

Hij blijft een seconde langer hangen, alsof hij nog iets wil zeggen, maar dan knikt hij weer en stuurt Chloe naar de deur. Ik kijk hen na, een vreemde mix van emoties kolkt in me op; opluchting dat de oude dame in goede handen is, en iets zachters, iets wat ik niet helemaal kan definiëren als het om Dan gaat.

Ik draai me om naar mijn tafel, mijn niet-opgegeten chowder is nu steenkoud en volkomen onsmakelijk. Ik zak neer op het bankje, laat de adrenaline wegebben, en kijk naar de puinhoop van servetten en half opgegeten eten. Ik duw de kom van me af, mijn kin rustend in mijn handen, maar de scène blijft zich in mijn gedachten afspelen; de oude vrouw, zo bleek en kwetsbaar, die op de grond in elkaar zakte.

De serveerster verschijnt weer met een kleine glimlach, wat me uit mijn roes haalt. 'Hé,' zegt ze zachtjes. 'Hoe hou je je?'

Ik forceer een glimlach, hoewel ik zeker weet dat het meer

een grimas is. 'Goed. Ik maak me gewoon... zorgen om haar, denk ik.'

Ze knikt en veegt de tafel schoon, haar bewegingen langzamer dan normaal. 'Je hebt het goed gedaan, weet je. Dat je zo hielp.'

Ik kijk naar haar, dan weer naar mijn chowder. 'Dank je. Hoewel ik denk dat Dan het meeste zware werk heeft gedaan. Ik heb gewoon... zijn leiding gevolgd.'

'Telt nog steeds,' zegt ze en ze geeft me een geruststellend knikje. 'Jullie waren een goed team.'

Ik weet niet wat ik daarop moet zeggen, dus ik knik maar en reik naar mijn tas, op zoek naar wat contant geld om de maaltijd te betalen. Maar als ik het op tafel leg, wuift ze het weg.

'Maak je geen zorgen. Deze is van het huis. Het minste wat we kunnen doen na wat je voor Marjorie hebt gedaan. Ze is hier een vaste klant, ik ken haar al jaren. Een taaie tante, maar haar hart heeft haar de laatste tijd wat problemen gegeven.'

Ik duw het geld toch naar haar toe, maar ze schudt haar hoofd vastberaden. 'Houd het maar. Dat kunnen we onmogelijk aannemen.'

Met een berustend knikje schuif ik het geld terug in mijn tas en pak mijn spullen. Terwijl ik naar de deur ga, kijk ik terug naar de nu lege plek op de vloer waar Marjorie in elkaar was gezakt. Het is alsof het nooit is gebeurd. Gewoon een normale avond in Julie's Diner.

Buiten is de nachtlucht fris en koel. Ik loop de rustige straat in, terug naar het motel. Mijn voetstappen klinken te luid, alsof ze de rust van de nacht verstoren.

Ik zou naar bed moeten gaan. Ik ben uitgeput, zowel mentaal als fysiek, maar er zit een knagende knoop in mijn maag die niet loslaat. Ik kan niet zomaar weglopen en Marjorie vergeten, niet nu ik niet eens weet of ze in orde is. Wat als ze alleen in het ziekenhuis ligt, bang en verward?

Ik blijf staan op de stoep. Ik zal niet kunnen slapen voordat ik het weet. Ik graaf in mijn tas tot ik mijn telefoon vind en zoek het dichtstbijzijnde ziekenhuis met een spoedeisende hulp op. Er is er een op ongeveer een kwartier rijden.

Zonder mezelf de tijd te geven om erover na te denken, pak ik de sleutels van mijn huurauto en ga terug naar waar hij geparkeerd staat. Het beest van een voertuig is nog steeds irritant rood, nog steeds absurd groot, maar op dit moment kan het me niet schelen. Ik moet gewoon zeker weten dat Marjorie in orde is.

Terwijl ik in de bestuurdersstoel glijd en de motor start, kan ik niet anders dan denken aan hoe volkomen uitputtend vandaag is geweest. Niets is gegaan zoals ik had verwacht. Het universum lijkt vastbesloten om me de ene na de andere tegenslag te bezorgen, en ik heb moeite om bij te blijven.

Maar dit kan ik tenminste doen. Ik kan tenminste bij haar gaan kijken.

Als ik de glazen deuren openduw, word ik begroet door de onmiskenbare geur van ontsmettingsmiddel en het zachte gemurmel van stemmen van een tv waarop een natuurdocumentaire wordt afgespeeld in de wachtruimte. Een verveeld uitziende receptioniste kijkt op van haar computer als ik dichterbij kom.

'Hoi,' begin ik, en ik probeer mijn stem stabiel te houden. 'Ik zoek een patiënt die eerder is binnengebracht. Een oudere vrouw genaamd Marjorie. Ze is ingestort in Julie's Diner.'

Het gezicht van de receptioniste wordt iets zachter en ze knikt. 'Bent u familie?'

'Eh... nee. Een vriendin, denk ik. Ik wilde gewoon zeker weten dat ze in orde is.'

Ze aarzelt, duidelijk de regels afwegend tegen de empathie die ze tijdens de nachtdienst heeft weten vast te houden. Uiteindelijk glimlacht ze een beetje.

'Een ogenblik. Ik kijk het voor u na.'

Terwijl ze iets in de computer typt, friemel ik aan de riem van mijn tas, mijn gedachten nog steeds op hol. Wat doe ik hier eigenlijk? Ga ik te ver? Maar ik kon gewoon niet naar bed gaan zonder het te weten.

Na een paar momenten kijkt de receptioniste op. 'Ze is stabiel en bij bewustzijn. Kamer 204. De bezoektijden zijn technisch gezien voorbij, maar... als u snel bent, denk ik niet dat iemand het erg zal vinden.'

'Dank u wel,' zeg ik, en een golf van opluchting stroomt door me heen.

Ik volg de borden door een gang met vervaagde posters over diabetesbewustzijn en vind uiteindelijk kamer 204. Ik sta op het punt om te kloppen als ik binnen bekende stemmen hoor.

Ik duw de deur voorzichtig open, gluur naar binnen, en verstijf.

Dan zit in een van de plastic stoelen bij het bed en praat zachtjes met Marjorie, die op de kussens is gestut en er verrassend monter uitziet. Chloe zit op de rand van het bed, houdt Marjorie's hand vast en knikt mee met welk verhaal ze ook vertelt.

Dan kijkt op als ik binnenkom, zijn wenkbrauwen gaan verbaasd omhoog. 'Rachel?'

'O,' mompel ik, me plotseling ongemakkelijk voelend. 'Ik... ik wilde alleen even kijken hoe het met haar ging. Zeker weten dat ze in orde is.'

Marjorie's gezicht licht op als ze me ziet. 'O, hallo.'

Ik stap volledig naar binnen en glimlach aarzelend. 'Ik was... ik was vanavond in het eetcafé. Ik kon niet stoppen met aan u te denken. Ik wilde zeker weten dat u in orde was.'

Marjorie wuift met een gerimpelde hand en doet mijn bezorgdheid af. 'Het gaat goed met me, lieverd. Gewoon een kleine aanval, dat is alles. De dokter zegt dat ik morgenochtend hier weg ben. Jullie jonge mensen hebben nogal een ophef over me gemaakt.'

Chloe grijnst naar me vanaf haar plek op het bed. 'We hebben bloemen voor haar meegenomen,' zegt ze trots en ze wijst naar een klein, lichtelijk verwelkt boeket, nog in een 7-Eleventas. 'Papa zei dat die goed zijn om mensen op te vrolijken.'

'Ze zijn prachtig,' zeg ik, terwijl ik naar Dan kijk. 'Goed idee.'

Hij vangt mijn afkeurende blik op. 'De keuzes waren beperkt op dit tijdstip van de avond.'

Marjorie's ogen schieten heen en weer tussen ons, haar glimlach wordt ondeugend. 'Jullie zijn een leuk stel,' zegt ze.

Dans hoofd schiet omhoog, zijn mond opent zich om te protesteren, maar ik ben hem voor. 'O, nee, we zijn niet—'

Hij onderbreekt me en schraapt zijn keel. 'Gewoon vrienden.'

Marjorie geeft hem een blik die zegt dat ze er geen seconde iets van gelooft. 'Nou, dat zouden jullie moeten zijn. Zij is een blijvertje, die daar.'

Ik voel mijn wangen warm worden en ik kijk naar Dan, wiens uitdrukking is veranderd in iets bijna onleesbaars. Hij reageert niet, kijkt alleen maar weg, zijn kaak spant zich aan.

De verpleegster steekt haar hoofd om de deur en kijkt ons streng aan. 'Het spijt me, maar de bezoektijden zijn voorbij. Jullie moeten afscheid nemen.'

Marjorie wuift haar weg en ziet de bezorgdheid over mijn gezicht schieten bij de gedachte haar alleen te laten. 'O, maak je maar geen zorgen om mij, lieverd. Het komt wel goed met me. Je hebt al meer dan genoeg gedaan.'

Ik knijp zachtjes in haar hand. 'Zorg goed voor uzelf, Marjorie.'

Ze klopt warm op mijn hand. 'Jij ook, lieverd. Laat deze niet ontsnappen,' voegt ze eraan toe, en ze geeft Dan een veelbetekenende blik.

Hij rolt met zijn ogen en mompelt iets, maar er is ook een vage glimlach.

We lopen de kamer uit, en terwijl we door de gang lopen, zegt Chloe: 'Kijken of ze honger heeft, pap?'

Dan kijkt me aan. 'Heb je eerder al iets gegeten?', vraagt hij, bijna voorzichtig.

De waarheid is dat ik uitgehongerd ben. Maar ik aarzel, mijn gedachten tollen van de implicaties. Eten bij een vreemde thuis? Het voelt te intiem, te persoonlijk.

'Ik weet het niet. Het was een lange dag. Ik heb mijn eetlust een beetje verloren en ik moet waarschijnlijk maar terug naar het motel...'

'Natuurlijk, dat begrijp ik. Je moet uitgeput zijn. Ik dacht gewoon... ach, laat maar. Een andere keer misschien.'

Ik bijt op mijn onderlip, verscheurd. Het zou zo makkelijk zijn om nee te zeggen, om me terug te trekken in de veiligheid van mijn eenzaamheid. Maar iets in Dans ogen, in de oprechte houding van zijn schouders, doet me twijfelen.

Wanneer heb ik mezelf voor het laatst toegestaan om het rustiger aan te doen? Wanneer heb ik voor het laatst gewoon iets voor de lol gedaan?

Ik denk aan de eindeloze reeks late avonden op kantoor, de lege planken in mijn koelkast, de afhaalbakjes die zich opstapelen in mijn prullenbak.

Misschien is het tijd om iets anders te proberen. Misschien is het tijd om niet na te denken over klanten en werk en pitches, na de dag die ik heb gehad...

Ik ontmoet Dans blik met een voorzichtige glimlach. 'Weet je wat? Zeker. Ik heb de hele dag amper gegeten.'

De grijns die op zijn gezicht verschijnt is oogverblindend, en ik voel een corresponderende warmte opbloeien in mijn borst. 'Fantastisch. Dan heb ik het gevoel dat ik het goedgemaakt heb voor het binnendringen van je kamer. En, om de verwachtingen te temperen, ik maak een geweldige tosti.'

Ik lach en schud mijn hoofd met gespeeld ongeloof. 'Tosti? Je weet wel hoe je een vrouw moet versieren.'

Hij knipoogt. 'Lach er maar niet om voordat je het hebt geproefd.'

# VIER

Terwijl ik bij Dans huis aankom rijden, valt het me op hoe adembenemend het eruitziet tegen de nachtelijke hemel. Het landgoed aan het water is gehuld in de zachte gloed van lichtslingers, hun gouden tint die op het water reflecteert als verspreide vuurvliegjes. Het huis met twee verdiepingen staat verscholen tussen hoge pijnbomen, hun donkere silhouetten die zachtjes wuiven in de avondbries. Warm licht stroomt uit de ramen, verlicht de veranda die het hele huis omringt en werpt lange, uitnodigende schaduwen over het keurig onderhouden gazon. Het lijkt wel iets uit een film: moeiteloos charmant, alsof het wachtte tot er iemand thuiskwam.

Chloe springt al uit de auto voordat Dan hem goed en wel in de parkeerstand kan zetten en rent meteen het huis in. Ik stap uit mijn truck en neem een moment om de frisse, zoute lucht in te ademen. Het geluid van zachte golven die tegen de rivieroever klotsen vult mijn oren, en er spoelt een gevoel van rust over me heen, een schril contrast met de chaos van de dag. Dan blijft bij zijn auto hangen tot ik hem bijgehaald heb en werpt me een blik toe die zowel dankbaar als een beetje onzeker is.

'Het was aardig van je dat je even bij Marjorie ging kijken.

Ze is een soort instituut in Biddeford. Ik wist niet zeker of ze het zou halen.'

'Iemand moet toch een oogje in het zeil houden op jullie koppige Mainers. We kunnen niet hebben dat jullie in eettentjes neervallen elke keer als de vissoep iets te zout is.'

Dan laat een kort lachje horen, maar de spanning tussen ons hangt er nog steeds, als onuitgesproken woorden in de lucht. Voordat ik weet wat ik moet zeggen, verschijnt Chloe weer op de veranda en wenkt ons naar binnen.

'Kom op! Ik sterf van de honger!', roept ze, duidelijk onverstoord door de chaos van de avond.

'Dan moeten we haar maar te eten geven.'

'Inderdaad. Je wilt geen ruzie met een hongerige tiener. Welkom in Casa Rhodes, trouwens', zegt Dan met een glimlach, en hij leidt me de traptreden van de veranda op. 'Het stelt niet veel voor, maar het is ons thuis.'

Ik schud mijn hoofd en neem de charmante details van het huis in me op: het witgeschilderde hout, de decoraties met een nautisch thema op de veranda. 'Het is prachtig, Dan. Echt waar.'

Zodra we binnenstappen, word ik onmiddellijk omhuld door de warmte en gezelligheid van de ruimte. De woonkamer is versierd met zachte, uitnodigende banken en zachte, versleten vloerkleden. Een grote stenen open haard domineert een van de muren, en de schoorsteenmantel staat vol met familiefoto's.

Ik stap dichterbij, mijn ogen getrokken naar een specifieke foto: een jongere Dan met zijn arm om een prachtige vrouw met lang, donker haar en een stralende glimlach. Ze zien er zo gelukkig uit, zo verliefd. Mijn hart krimpt ineen als ik me realiseer dat hij getrouwd is. *Natuurlijk is hij dat.*

Dan merkt mijn blik op en schraapt zijn keel, een flits van verdriet die over zijn gezicht trekt. 'Die is genomen op onze huwelijksreis', zegt hij zacht. 'Becca hield altijd van de oceaan. Ze is overleden.'

Ik knik, niet zeker wat ik moet zeggen.

Net op dat moment komt Chloe de kamer binnenstormen. Ze heeft haar pyjama al aan en stuitert opgewonden. 'Heb je honger?', vraagt ze.

Ik lach. 'Eigenlijk verga ik van de honger. En ik kon de kans niet voorbij laten gaan om de beroemde tosti-kunsten van je vader in actie te zien.'

Chloe giechelt, grijpt mijn hand en trekt me mee naar de keuken. 'Kom, je kunt me helpen de tafel te dekken.'

Als we de keuken binnenkomen, trekt Chloe alle kasten open en haalt genoeg servies tevoorschijn om een banket te geven. Dan staat bij het fornuis en verhit een grote gietijzeren koekenpan. Daarna haalt hij de ingrediënten uit de koelkast.

Chloe geniet duidelijk van de verantwoordelijkheid en plaatst het servies nauwgezet. We dekken samen de tafel en ik moet toegeven, het ziet er geweldig uit.

Met een zwierig gebaar trekt Chloe een stoel voor me naar achteren. 'Mevrouw.'

'Dank je.' Ik ga zitten en kijk hoe Dan vordert.

'Het ruikt heerlijk', merk ik op, diep inhalerend. 'Wat is je geheime ingrediënt?'

Dan grijnst en tikt tegen de zijkant van zijn neus. 'Ah, als ik dat zou vertellen... Laten we zeggen dat het een familierecept is, doorgegeven door generaties van Rhodes-tostikenners.'

Chloe rolt met haar ogen en geeft me een servet. 'Hij doet knoflookpoeder in de boter', fluistert ze alsof het een groot geheim is. 'Zo bijzonder is het niet.'

'Hé!', protesteert Dan, zwaaiend met zijn spatel in gespeelde verontwaardiging. 'Niet al mijn culinaire geheimen verklappen, juffertje.'

Terwijl we lachen en grapjes maken en glazen ijskoude limonade inschenken, voel ik een gevoel van warmte en geborgenheid dat ik me niet kan herinneren te hebben gevoeld. Het ontspannen geklets, de oprechte genegenheid tussen vader en dochter, het is een inkijkje in een leven waarvan ik niet wist dat het bestond en het staat in schril contrast met mijn eigen relatie met mijn afwezige, nu overleden, vader.

En terwijl we gaan zitten om te eten, de goudbruine, smeuïge tosti's bijna te heet om vast te houden, kan ik me niet herinneren ooit een late snack te hebben gegeten die zo goed smaakte.

Ik neem nog een hap en slaak een tevreden zucht. 'Oké, ik geef het toe, dit is echt iets bijzonders. Je hebt de edele kunst van brood en kaas onder de knie.'

Dan grinnikt, een beetje verlegen door het compliment. 'Dat vat ik op als een groot compliment. Het is een van de weinige dingen die ik kan koken zonder het te laten aanbranden.'

Terwijl we aanvallen, licht Chloe's gezicht op van opwinding. 'O, Rachel! Raad eens? Ik doe volgende maand mee aan de "Sing!" Talentenjacht!'

'Wauw, dat is fantastisch, Chloe!', roep ik uit, oprecht onder de indruk. 'Wat ga je doen?'

Chloe straalt, haar ogen fonkelen van verwachting. 'Ik zing "Brave" van Sara Bareilles. Het gaat erover dat je trouw moet zijn aan jezelf en niet bang moet zijn om je stem te laten horen. Ik vind het liedje echt heel, heel leuk!'

Ik knik, begrijp de betekenis van het lied, al ben ik een beetje verbaasd dat het haar eigen keuze is, aangezien het lied bijna net zo oud is als zij. 'Dat is een krachtige boodschap, Chloe. Ik weet zeker dat je geweldig zult zijn.'

'Ik oefen elke dag', zegt ze enthousiast, haar grijns breed en aanstekelijk. 'Ik denk echt dat ik kans maak om door te gaan naar de staatsfinales.'

Dan reikt naar haar en knijpt in de hand van zijn dochter. 'Ik heb haar nog nooit zo toegewijd aan iets gezien.'

Chloe's enthousiasme is aanstekelijk, en ik merk dat ik me laat meeslepen door haar opwinding. 'Ik zou je graag een keer horen zingen. Als je dat prettig vindt, natuurlijk.'

Ze grijnst en knikt gretig. 'Zeker! Ik kan alle feedback gebruiken die ik kan krijgen.'

Ik ben onder de indruk van Chloe en vind het geweldig hoe ze haar passie met zoveel vuur najaagt. Het herinnert me aan mijn eigen jeugddromen, die waar ik nooit de kans of de aanmoediging voor kreeg, en die nu allang begraven liggen onder het gewicht van volwassen verantwoordelijkheden en verwachtingen.

Dan klapt in zijn handen. 'Vooruit, naar bed.'

'Maar we hebben bezoek', kreunt Chloe.

'Leuk geprobeerd. Vooruit.'

'Kom je mee naar boven om naar het verhaal te luisteren?', vraagt Chloe.

Ik knipper met mijn ogen. 'O, eh... ik...'

Ik kijk naar Dan en voel me onmiddellijk ongemakkelijk. Dit is *hun* ding, hun routine, en ik heb plotseling het gevoel dat ik iets privés binnendring. Alsof ik op de een of andere manier te diep in hun wereld ben beland.

Chloe maalt echter niet om mijn bedenkingen. Ze stapt naar voren, met haar armen over elkaar, alsof ze al voor me heeft besloten. 'Je moet meekomen', dringt ze aan. 'Papa is er echt goed in.'

Dan grijnst om haar vertrouwen in zijn vertelkunsten. 'Ze heeft geen ongelijk', zegt hij, zijn hoofd naar me toe buigend. 'Ik doe stemmetjes en alles. Als je geluk hebt, laat ik je misschien zelfs een personage of twee lezen.'

Ik laat een klein lachje horen en schud mijn hoofd. 'Ik weet het niet... Ik wil niet storen...'

Chloe kreunt dramatisch. 'Je *zou niet* storen.' Ze draait zich naar haar vader. 'Zeg haar dat ze niet zou storen.'

Dan grinnikt en zet zijn glas neer. 'Je zou niet storen.'

Ik zucht, verslagen door hun gezamenlijke aandringen. 'Oké dan', zeg ik en ik sta op. 'Maar als dit uitmondt in een of andere geïmproviseerde toneelproductie, ben ik niet verantwoordelijk voor enige plaatsvervangende schaamte.'

Dan grijnst. 'O, geloof me, jij zult niet degene zijn die zich schaamt.'

Chloe kreunt opnieuw en loopt al de trap op. 'Papa, *alsjeblieft*, lees vanavond gewoon normaal voor.'

We volgen haar naar boven en ik voel me een beetje misplaatst als ik Chloe's kamer binnenstap. De kamer heeft veel persoonlijkheid: stapels boeken op een nachtkastje, kerstlichtjes gedrapeerd rond het bedframe, een paar geliefde knuffels opzij geschoven. Aan de muren hangen posters van zangers en anime-personages die ik niet herken, ingeklemd tussen foto's van wat lijkt op schoolreisjes en zomeravonturen.

Chloe klimt in bed en trekt de dekens op tot aan haar kin, terwijl Dan een boek van de plank pakt. Hij slaat het open en schraapt dramatisch zijn keel.

Ik ga op de grond bij de deuropening zitten en probeer zo onopvallend mogelijk te blijven, maar zodra Dan begint te lezen, realiseer ik me dat *dat* niet gaat lukken.

Want hij leest niet *zomaar*.

Hij *voert op*.

Compleet met stemmetjes voor de personages, overdreven uitdrukkingen en buitensporige dramatiek brengt hij het verhaal tot leven als een doorgewinterde toneelacteur. Hoewel Chloe duidelijk uit deze verhaaltjes voor het slapengaan groeit, is ze er nog steeds dol op.

'*Papa, kom op*', mompelt ze als hij een van de personages laat klinken alsof die helium heeft ingeademd.

'Wat?', zegt Dan, alsof zijn neus bloedt. 'Dit is *hoe* de koninklijke tovenaar spreekt. Dat staat hier in de subtekst.'

Chloe zucht dramatisch, maar ze glimlacht. Ik merk dat ik op mijn lip bijt om te voorkomen dat ik moet lachen als hij doorgaat en er op de een of andere manier in slaagt een doorsnee avonturenverhaal te laten klinken als een prijswaardige voorstelling.

Tegen de tijd dat hij bij de laatste pagina aankomt, vecht Chloe duidelijk tegen de slaap; haar ogen fladderen lichtjes, ook al probeert ze de schijn op te houden dat ze niet onder de indruk is.

Dan verzacht zijn stem voor de laatste paar zinnen en sluit het boek met een zachte *plof*.

Ik kijk toe hoe hij zijn hand uitsteekt, een paar lokken haar van Chloe's gezicht strijkt en ze zachtjes achter haar oor stopt.

Het is zo'n klein gebaar. Eenvoudig. Onopvallend.

Maar op de een of andere manier trekt mijn borstkas ervan samen.

'Welterusten, meid', zegt hij.

Chloe mompelt slaperig iets terug, al half in dromenland.

Dan staat op, legt het boek stilletjes opzij en kijkt dan naar me, een veelbetekenende glimlach die aan de hoek van zijn lippen trekt.

'Nou?', fluistert hij als we de kamer uitlopen. 'Ik zei toch dat ik goed was.'

Ik schud mijn hoofd, nog steeds glimlachend, terwijl we terug naar beneden lopen.

'Je bent belachelijk', zeg ik.

Dan en ik zitten op de veranda achter het huis, nippend aan mokken dampende koffie, gewikkeld in een paar van Dans zware winterjassen en een ongelooflijk zachte deken die hij van de bank in de woonkamer heeft toegeëigend.

'Ze is een opmerkelijk meisje', zeg ik zacht, de stilte verbrekend. 'Je hebt haar fantastisch opgevoed.'

Hij glimlacht, maar er ligt een zweem van verdriet in zijn ogen. 'Dank je. Dat waardeer ik. Het is niet makkelijk geweest, in mijn eentje. Nadat Rebecca overleed, wist ik niet zeker of ik het wel aankon. Maar Chloe, zij is mijn rots in de branding geweest, mijn reden om door te gaan.'

Ik knik, met medeleven voor zijn verlies. 'Ik kan me niet eens voorstellen hoe moeilijk dat geweest moet zijn.'

Dan haalt zijn schouders op en staart naar het glinsterende water. 'We hebben onze weg gevonden. Ik doe het niet altijd goed, maar het werkt. Hoewel ik moet toegeven dat ik opzie tegen de tienerjaren. Maar ik denk dat ik die zorg maar voor later bewaar...'

'Totdat je gedwongen bent haar voor de rest van haar leven huisarrest te geven?', maak ik af, met een grijns.

Hij lacht en schudt zijn hoofd. 'Zoiets, ja. Ze zeggen dat het makkelijker wordt als ze ouder worden. Dat hoop ik maar, want op sommige dagen kan ik mijn haar wel uit mijn hoofd trekken.'

'Mijn zus zegt dat mijn nichtjes haar tien jaar ouder hebben gemaakt.'

'Soms voelt dat ook zo. Ik wist dat alleenstaand vaderschap zwaar zou zijn, maar ik had niet beseft hoe meedogenloos het zou zijn. Je moet niet alleen de kostwinner zijn, je moet ook de kok zijn, de verpleger, de chauffeur, de leraar... Soms voelt het alsof ik een half dozijn banen heb, allemaal in één.'

Ik proef dat hij niet echt klaagt, alleen maar eerlijk is. 'Ik neem aan dat je niet veel tijd voor jezelf hebt.'

Hij schudt zijn hoofd met een wrange glimlach. 'Niet echt. Het is lonend, begrijp me niet verkeerd. Chloe zien opgroeien... niets is daarmee te vergelijken. Maar het is gewoon zo... uitputtend. Soms heb ik het gevoel dat ik net mijn hoofd boven water houd, door ervoor te zorgen dat de juiste sportspullen op de juiste dag in de juiste tas zitten en dat er een zelfgemaakte, gezonde lunch is die niet geruild wordt voor een zak M&M's met pinda's. En dat alles terwijl ik de was doe die zich op de een of andere manier blijft vermenigvuldigen en probeer uit te zoeken waarom bepaald eten plotseling onacceptabel is, terwijl het vorige week nog haar favoriet was.'

Ik lach, terwijl ik me voorstel hoe die chaos zich ontvouwt. 'Ik weet niet hoe je het doet. Ouderschap klinkt als de moeilijkste, en meest ondergewaardeerde, baan ter wereld.'

Dan kijkt me aan, de hoeken van zijn mond trekken op in een dankbare glimlach. 'Ja. Dat is het wel zo'n beetje. Je begrijpt het pas echt als je er middenin zit. Voordat Chloe er was, dacht ik dat ik wist wat hard werken was. Maar het is anders als het je kind is. Je kunt niet uitklokken. Er is geen eindtijd. Je moet het gewoon laten werken, want ze rekenen op je.'

Hij pauzeert, bijna alsof hij zich inhoudt voordat hij te veel zegt. Ik zie het in zijn ogen: de felle liefde, de onwankelbare toewijding, maar ook die knagende twijfel of hij wel genoeg doet. Ik ken het gevoel. Andere context, dezelfde angst.

'Het klinkt alsof je het geweldig doet', zeg ik zacht, en ik meen het. 'Ze is gelukkig. Dat zegt veel.'

Dan kijkt me aan, zijn uitdrukking gevangen tussen verbazing en iets bijna kwetsbaars. Hij zegt niets, knikt alleen, en het gewicht in de lucht wordt net iets lichter.

Er heerst een comfortabele stilte, alleen het ritmische klotsen van de golven vult de ruimte. De lucht is koel, maar niet oncomfortabel onder de zware deken, en voor het eerst in lange tijd voel ik me... stil. Niet gehaast naar het volgende, niet drie stappen vooruitdenkend. Gewoon hier.

Dan neemt een slok van zijn drankje. 'En jij dan?'

'Wat, ik dan?'

'Wat voor werk doe je?'

'Ik werk in de PR. Public relations.'

Hij knikt langzaam, alsof hij de woorden in zijn hoofd omdraait. 'Dus jij bent de persoon die dingen er goed uit laat zien, zelfs als ze uit elkaar vallen?'

'Zo'n beetje wel', zeg ik. 'Ik vertel verhalen voor mijn beroep. Verander chaos in een verhaal. Laat mensen en bedrijven er verzorgd, herkenbaar en betrouwbaar uitzien, zelfs als ze allesbehalve dat zijn.'

Dan trekt een wenkbrauw op. 'Klinkt intens.'

'Dat kan het zijn.' Ik omklem mijn mok. 'Maar het is ook een soort van verslavend. Je krijgt de kans om perceptie te vormen. De conversatie te beïnvloeden. Het is alsof je de tovenaar achter het gordijn bent.'

'En daar geniet je van?'

Ik knik. 'Meestal wel. Er is iets bevredigends aan het nemen van een puinhoop en er iets betekenisvols van maken.'

Dan bestudeert me een moment. 'Dus is dat wat je altijd al wilde doen? Een tovenaar achter het gordijn zijn?'

Ik proest het uit. 'Niet echt. Ik wist niet eens dat PR een echt beroep was totdat ik halverwege mijn studie was.'

Hij grijnst. 'Wat wilde de jonge Rachel dan worden?'

'Eerlijk?', Ik pauzeer even, nadenkend. 'Ik wilde gewoon... meer.'

'Meer?'

'Meer dan wat mijn moeder had. Meer dan waar ik mee opgroeide. Het waren alleen ik, mijn moeder en mijn zus. Geen grote tragedie of zo, we hadden gewoon niet veel. Mam was lerares, maar ze had ook extra baantjes. We leefden van salaris tot salaris. En ik zag hoe moeilijk het voor haar was, hoe ze er altijd moe uitzag. Altijd voor alles moest vechten.'

Dans uitdrukking wordt zachter.

'Ik lag 's nachts wakker en beloofde mezelf dat ik nooit zo zou leven. Dat ik iets stevigs zou opbouwen, iets stabiels. Dus ja... ik denk dat ik altijd al gedreven ben geweest. Ambitieus. Hoe je het ook wilt noemen.'

Hij knikt, even stil. 'Nu snap ik het.'

'Wat snap je?'

Hij haalt zijn schouders op. 'Je hebt zo'n... aanwezigheid. Alsof je altijd in beweging bent, zelfs als je stilstaat.'

Ik laat een zacht lachje horen. 'Ik weet niet zeker of dat een compliment of een waarschuwing is.'

'Het is een compliment', zegt hij glimlachend. 'Het is... indrukwekkend.'

We zitten een moment in stilte, van de comfortabele soort. Ik kijk terug naar het huis, de lichten van binnen werpen een zachte gele gloed op het terras, de lucht boven ons al inktzwart van de nacht.

Ik aarzel, en besluit dan te vragen wat me al bezighoudt

sinds we elkaar voor het eerst ontmoetten. 'Dus... heb je altijd al in het motel gewerkt?'

Dan stopt halverwege een slok, alsof de vraag hem overvalt. Hij zet zijn beker voorzichtig op tafel voordat hij eindelijk mijn blik vangt.

'In het motel?'

Ik knik.

Hij proest het uit van de lach en schudt zijn hoofd. 'Nee. Ik help alleen als mijn broer me nodig heeft. James, ik denk dat je hem wel hebt ontmoet toen je incheckte. Hij is degene die het echt runt. Hij nam het over toen onze vader overleed.'

Er is iets in de manier waarop hij het zegt, net iets te achteloos, een lichte zwaarte in zijn toon die me doet pauzeren.

'Dus, het was het bedrijf van je vader?'

'Ja', zegt Dan, en hij haalt een hand door zijn haar. 'Niet echt mijn ding, maar mijn broer wilde het voortzetten.'

Ik aarzel voordat ik vraag: 'Hadden jullie een hechte band?'

Zijn kaak spant zich heel even aan voordat hij zijn schouders ophaalt. 'Niet echt.'

Zijn stem is licht, maar ik weet genoeg over afleiding om het te herkennen als ik het hoor.

'Dat zou ik niet weten', geef ik na een moment toe. 'Over een slechte relatie met een vader hebben.' Ik adem uit. 'Ik heb de mijne nooit ontmoet.'

Dan kijkt me dan aan, iets onleesbaars flitst over zijn gezicht, alsof hij dat niet had verwacht.

Er heerst een stilte, niet ongemakkelijk, gewoon zwaar. Alsof we allebei in realtime iets onuitgesprokens verwerken.

Ik kijk naar de trap. En plotseling beginnen de puzzelstukjes op hun plek te vallen. De manier waarop Dan zonder aarzelen die vrouw in het eettentje te hulp schoot, de manier waarop hij zich bukte om met haar te praten, om er zeker van te zijn dat het goed met haar ging voordat hij een stap terug deed. De manier waarop hij altijd zo afgestemd lijkt op Chloe, zo aanwezig in haar wereld.

Het is niet alleen omdat ze zijn dochter is.

'Je bent dol op haar', zeg ik zacht, de realisatie dringt door terwijl ik spreek. 'Niet alleen omdat ze je dochter is. Maar misschien omdat je het anders probeert te doen.'

Dan ademt uit. 'Misschien.' Hij geeft me een kleine, wrange glimlach. 'Of misschien heb ik gewoon geluk gehad en heb ik een kind gekregen dat het waard is om dol op te zijn.'

Ik glimlach daarom, maar dring niet verder aan.

In plaats daarvan verander ik van onderwerp. 'Dus, als je niet altijd in het motel bent, wat doe je dan?'

Dan leunt achterover. 'Ik werkte vroeger bij de televisie.'

Dat trekt mijn aandacht. Ik trek een wenkbrauw op. 'Echt waar?'

'Ja.' Hij grijnst, maar er is iets afstandelijks aan. 'Maar dat was lang geleden.'

'Mis je het?', vraag ik, mijn hoofd schuin houdend.

Dan overweegt de vraag. 'Het geld? Zeker. Maar niet de lange uren. Of de tijd weg van huis. Om eerlijk te zijn, voelt acteren als een vorig leven. Soms vraag ik me af of het wel echt gebeurd is, of dat het gewoon een raar verhaal is dat ik vroeger vertelde.'

Ik kijk hem een seconde aan, alsof er iets onuitgesprokens net achter zijn glimlach schuilt. Hij zegt het zo achteloos, alsof het er niet meer toe doet. Maar er is iets in de manier waarop zijn ogen op de muur blijven hangen, iets weemoedigs in zijn stem dat hij waarschijnlijk zelf niet eens hoort.

En ik snap het. Echt waar.

Er is een deel van me dat wil doorvragen, meer wil weten, een beetje aan die gesloten deur wil rammelen, maar ik doe het niet. Nog niet.

Toch kan ik de gedachte die onuitgenodigd binnensluipt niet tegenhouden.

Hij was ooit iemand. Niet alleen iemands vader, of

iemands echtgenoot, of iemands klusjesman in een motel. Hij was... groter. Beroemd en succesvol, zeker, maar er was een versie van hem die voor een camera of een menigte stond en geloofde, echt geloofde, dat hij iets te geven had.

Ik vraag me af wat er nodig zou zijn om die versie van hem terug te brengen.

Hij ademt uit, zijn blik richt zich weer op mij. 'En bovendien heb ik nu Chloe. Dat is gewoon geen leven dat samengaat met kinderen.'

Ik knik langzaam en laat dat bezinken.

Ik heb mijn hele leven gejaagd op het volgende grote ding: succes, erkenning, het bepalende moment in mijn carrière. Dan, zo lijkt het, heeft zijn leven besteed om ervoor te zorgen dat hij het verleden niet herhaalt.

Een blik op mijn horloge laat me met mijn ogen knipperen. Op de een of andere manier is de nacht voorbijgegleden zonder dat ik het heb gemerkt. De warmte van Dans gezelschap, de rust van het water, het gemakkelijke ritme van het gesprek; het heeft me allemaal in een staat gebracht die ik niet gewend ben. Een staat waarin ik mijn telefoon niet controleerde, niet nadacht over mijn volgende zet, of mijn carrièrepad uitstippelde.

Maar de realiteit dringt zich op. Ik moet gaan.

Ik schraap mijn keel en rek me een beetje uit. 'Ik moet er waarschijnlijk vandoor.'

'Ja, het is laat.' Hij tilt de deken van zijn benen en staat op. 'Bedankt dat je er was.'

'Het was gezellig. En de tosti was echt heerlijk.'

'Blij dat je het lekker vond.'

# VIJF

De geur van versgezette koffie dwarrelt om me heen terwijl ik me in een knus hoekje van het plaatselijke café installeer, slechts twee straten van mijn motel. Mijn laptop straalt uitnodigend, mijn oortjes zitten in met zachte jazz, en een stapel notitieboekjes ligt klaar voor de briljante ideeën die me mogelijk te binnen schieten. Tijd om aan het werk te gaan.

'Een zwarte koffie en een bosbessenmuffin, alstublieft.' Ik glimlach naar de serveerster, terwijl mijn vingers al over het toetsenbord vliegen. Via een vriend van een vriend van iemand die ooit een kluisje in de sportschool met hem deelde, heb ik het persoonlijke e-mailadres weten te bemachtigen van een van de senior technici op de afdeling nieuwe productontwikkeling bij Harcourt Foods. Hij is niet de uiteindelijke beslisser, maar als ik een overtuigend beeld kan schetsen van wat er mogelijk is, zou hij een bondgenoot van binnenuit kunnen zijn. Ik heb een korte, prikkelende pitch gestuurd, nu is het een kwestie van wachten op zijn antwoord.

De echte test zal zijn om die vergadering te gebruiken om de oude Harcourt zelf te spreken te krijgen – een notoir stekelig persoon, realiseer ik me terwijl ik steeds meer van zijn eerdere interviews opduikel. Ik begin te denken dat hij zal eisen dat mijn gevilde lichaam aan een vlaggenmast wordt gehangen omdat ik zelfs maar voorstel dat de grootste producent van diepvrieskip aan de oostkust diversifieert naar vleesvrije alternatieven. Het is zeker een gok, maar ik heb het voor elkaar gekregen bij een hamburgerketen, dus waarom niet bij diepvriesmaaltijden? Ik kijk op naar de tv aan de muur en krimp ineen bij het nieuwsbericht.

'... de vulkaanuitbarsting blijft voor grote problemen in het luchtverkeer zorgen, waarbij alle vluchten voor onbepaalde tijd aan de grond worden gehouden terwijl de aswolk zich verder over de VS verspreidt...'

Fantastisch. Het lijkt erop dat ik voorlopig vastzit in Maine. Maar ik kan mijn carrière niet laten ontsporen door zoiets kleins als een natuurramp. Harcourts nog uit te vinden niet-kip-lijn rekent op mij. *Tok maar door, Rachel.*

Ik zoek hun huidige productinformatie op en begin te brainstormen over slogans, in mezelf mompelend. 'Harcourt Alternatieven – altijd vers, nooit bevroren... wacht, dat slaat nergens op voor een diepvriesbedrijf. Oké, wat dacht je van... Een knorrende maag? De aubergine lasagne van Harcourt eet je graag! Ugh, dat is vreselijk. Kom op, Rach, je kunt beter.'

Ik neem een hapje van mijn muffin en tik met mijn pen tegen het notitieboekje. Dit is meestal het moment waarop het creatieve genie toeslaat, maar tot nu toe heb ik alleen een pagina vol doorgehaalde krabbels en steeds wanhopigere tekeningetjes van kippen met broccoliroosjes als poten. Ik sta op het punt om het op te geven en nog een koffie te bestellen als mijn telefoon zoemt met een inkomend gesprek. Onbekend nummer. Mijn hart maakt een sprongetje. Zou hij het zijn?

'Met Rachel Holmes,' neem ik op, in een poging zowel professioneel als nonchalant te klinken.

'Mevrouw Holmes, u spreekt met Jenna van Harcourt Foods Marketing. We hebben uw vergaderverzoek ontvangen van Paul van het productteam, en we zouden u graag ontmoeten. Bent u overmorgen om tien uur beschikbaar op ons hoofd-kantoor?'

Ik maak vanbinnen een vreugdedansje terwijl ik mijn beheerste toon behoud. 'Dat zou perfect zijn, Jenna. Ik kijk ernaar uit om uw team te ontmoeten en te bespreken hoe we het merk van Harcourt naar een hoger niveau kunnen tillen.'

'Prachtig. Dan zien we u dan, mevrouw Holmes.'

Terwijl ik het gesprek beëindig, kan ik een brede grijns niet onderdrukken. Dit is mijn kans om mezelf te bewijzen, om iedereen bij Channing Gabriel te laten zien dat Rachel Holmes zelfs als ze vastzit in de een godverlaten gat, altijd resultaten boekt. Ik heb nog veel werk te doen om me op deze pitch voor te bereiden, maar ik ben klaar voor de uitdaging. Harcourt Foods, maak je borst maar nat voor je toekomst.

Vol energie door het telefoontje, pak ik mijn spullen en ga terug naar het motel, mijn gedachten al bezig met het structu-reren van hoe ik de boodschap wil overbrengen. We negeren gewoon het kleine maar cruciale feit dat ik nog geen idee heb wat ik ga pitchen. Als ik mijn kamer nader, zie ik dat het 'Niet Storen'-bordje nog steeds aan de deurknop hangt. Vreemd, ik had kunnen zweren dat ik het vanmorgen had weggehaald.

Ik stap naar binnen en mijn vermoedens worden bevestigd – het bed is nog steeds onopgemaakt, handdoeken liggen verspreid over de badkamervloer en mijn gebruikte koffiekopje staat er onaangeroerd. Zuchtend laat ik mijn tas vallen en loop terug naar de receptie om James te zoeken.

Als ik de hoek om kom, zie ik een kleine opschudding bij de liften. Het is Dan, die er wat gehaast uitziet terwijl een vrouw van middelbare leeftijd hem opgewonden een stuk papier en een pen toesteekt en enthousiast kirt. Hij stemt toe met een geforceerde glimlach en krabbelt zijn handtekening neer voordat hij zich beleefd verontschuldigt.

*Intrigerend.* Ik schud mijn hoofd, loop naar de balie en leg mijn schoonmaakprobleem voor. De jonge receptioniste verontschuldigt zich uitvoerig en verzekert me dat de kamer onmiddellijk zal worden schoongemaakt.

Terug in mijn kamer wint de nieuwsgierigheid het van me. Ik pak mijn laptop en typ 'Dan Rhodes' in de zoekbalk. Mijn ogen worden groot als de resultaten binnenspoelen – profielstukken in *The Washington Post* en *Wall Street Journal*, fansites en roddelartikelen. Blijkt dat Dan niet zomaar beroemd is, hij is soap-adel.

Ik toets het nummer van mijn moeder in, terwijl ik deze nieuwe informatie nog aan het verwerken ben. Ze neemt na de tweede keer overgaan op.

'Hé lieverd, hoe bevalt Maine je?'

'Mam, je raadt nooit wie ik steeds tegenkom in het hotel. Dan Rhodes.'

Er valt een stilte, gevolgd door een oorpijnigend gegil. 'DE Dan Rhodes? Van Malibu Lagoon? Oh, Rachel, je moet met hem trouwen! Onmiddellijk.'

Ik rol met mijn ogen en grinnik. 'Rustig aan, mam. Hij heeft dan misschien de perfecte echtgenoot gespeeld op het scherm, maar het echte leven is een ander verhaal. Bovendien ben ik hier voor mijn werk, niet voor romantiek.'

'Nou, je weet maar nooit, schat. De wegen van het lot zijn ondoorgrondelijk.'

Ik staar naar de foutmelding die op de stokoude printer van het motel knippert. *Fout E17*, geweldig, alsof ik weet wat dat is of hoe ik het moet oplossen. Er zit papier in de lade, er is geen zichtbare papierstoring en hij zit in het stopcontact. Ik heb deze kopieën van mijn pitch voor Harcourt Foods nodig, maar het lijkt erop dat dit oude wrak andere ideeën heeft.

'Alles oké?', vraagt Dan. Zijn stem doet me schrikken. Ik had hem niet eens horen aankomen.

'Oh, hoi. Ja, het is alleen deze printer...' Ik gebaar hulpeloos naar de koppig zwijgende machine. 'Ik wilde wat kopieën van mijn presentatie printen, maar hij werkt niet mee.'

Dan kijkt naar de printer en dan met een zachte glimlach terug naar mij. 'Ik denk niet dat dat ding dit decennium nog gewerkt heeft; ik durf te wedden dat jij de eerste gast bent die het ook maar probeert. Weet je, bij mij thuis staat een prima printer. Ik print die dingen met alle plezier voor je uit.'

'Oh nee, dat kan ik echt niet van je vragen.' Maar terwijl ik het zeg, bedenk ik me hoe hard ik die kopieën nodig heb.

'Het is geen enkele moeite. Hier...' Hij steekt zijn hand uit. 'Ik kan je usb-stick meenemen, ze printen en ze zo weer terugbrengen.'

Ik aarzel, mijn vingers klemmen zich om de kleine stick. Al mijn werk, al mijn ideeën staan erop. Hem overhandigen voelt vreemd intiem. Dan voelt mijn ongemak aan.

'Of je kunt ook meekomen,' biedt hij aan. 'Dan krijg je er zelfs een etentje bij. Niets bijzonders. Ik kook toch al voor Chloe, maar ik maak een waanzinnig lekkere spaghetti carbonara.'

Tegen beter weten in merk ik dat ik knik. 'Oké. Ja, dat zou eigenlijk geweldig zijn. Dank je.'

Dans auto staat recht voor de deur. Wanneer ik het motel verlaat en de parkeerplaats op loop, lijkt de lucht... grijs. *Is dit de aswolk, of is het gewoon saai en bewolkt?* Hoe meer ik naar de wolken staar, hoe meer ik mezelf ervan overtuig dat ik kleine asdeeltjes kan zien.

'Er komt storm aan,' bevestigt Dan terwijl hij op de afstandsbediening drukt om de auto te ontgrendelen.

Hij start de motor en ik word getroffen door een golf van luide muziek. Dan prutst aan de knoppen op het dashboard en zet het zachter. 'Sorry, Chloe heeft haar liedje non-stop geoefend. Ik denk dat ik het zo goed ken dat ik het zelf zou kunnen opvoeren.'

'Waarom doe je dat niet?'

'Je moet de volgende generatie een kans geven. Hoe graag ik het ook zou willen.'

'Zou je dat willen,' vraag ik door, oprecht geïntrigeerd. 'Graag willen, bedoel ik. Mis je het?'

'Acteren?' Dans ogen schieten even naar mij voordat hij weer naar de weg kijkt. 'Nee. Die tijd is voorbij. Een ander leven. Ik moet voor Chloe zorgen. Het huis.'

'Dat klinkt als excuses.'

'Dat zijn het ook. Nou ja... het zijn redenen.' Dan kijkt weer opzij. 'Acteren is meer dan alleen je tijd op de set voor de camera. Als je een serie opneemt, is het meedogenloos. Tien maanden lang dagen van veertien, soms zestien uur. Er komen nieuwe scènes van de schrijvers binnen en je hebt iets van drie uur om ze te leren. Scène na scène na scène. En dan ben je ook nog eens zo ver van huis, vast in een motelkamer of een trailer. Na de vierde week eten bestellen bij hetzelfde restaurant, heb je alles op het menu al twee keer geproefd. Nee. Niets voor mij. Niet meer.'

Ik weet niet of ik een gevoelige snaar heb geraakt of Dan gewoon op een kleine nostalgische trip terug in de tijd heb gestuurd, maar hij rijdt de rest van de weg in stilte en ik weet niet goed hoe ik een ander onderwerp moet aansnijden.

We parkeren op de oprit, en als ik uit de auto stap, kan ik het huis pas echt goed zien in het daglicht. Dans woning ligt gracieus aan de rand van een rotsachtige kustlijn. De verweerde grijze dakspanen en witte kozijnen gloeien zacht in de late middagzon. Een brede, omringende veranda biedt een perfect uitzicht op de Saco River, met de buitenstoelen waar we gisteravond op zaten netjes op het terras gerangschikt. Het huis zelf is tijdloos en combineert kustcharme met rustieke elegantie. Grote ramen vangen het uitzicht op het dennenbos aan de overkant, de geur van zilte oceaanlucht stijgt op naar mijn neus als een welkome omhelzing.

Wat me gisteravond niet was opgevallen toen we buiten zaten, was het grindpad dat door de achtertuin naar beneden slingert naar het boothuis, net boven de waterlijn, de vervaagde, schuurrode verf versleten door decennia van zoute zeebries. Daarachter zie ik een kleine houten steiger die zich uitstrekt tot aan het kabbelende water. Maar er is geen boot.

De tuin zelf ziet eruit als een werk in uitvoering, wilde strandgrassen wuiven in de wind en trossen lupinen bloeien bij het huis, hun levendige paarse kleur contrasteert met het ruige landschap. Het ritmische geluid van golven die op de kust breken maakt het tafereel compleet, waardoor het pand een sfeer van serene afzondering uitstraalt, maar toch voelt het warm en bewoond, alsof ik deze plek al mijn hele leven ken. *Wat is dit in hemelsnaam? Ben ik nostalgisch naar een plek waar ik vierentwintig uur geleden nog nooit een voet had gezet?*

'Alles goed?', vraagt Dan.

Ik kan bijna niet geloven dat ik hiermee heb ingestemd. Een etentje? Bij hem thuis? Alweer. Ik ben hier voor mijn werk, niet om te socializen. Maar de belofte van een werkende printer is te verleidelijk om te weerstaan.

'Sorry, ja, het gaat goed. Je hebt een prachtig huis.'

'Dank je.' Dan wijst naar de voordeur. 'Zullen we?'

We doen onze schoenen uit in de hal en lopen door naar de woonkamer. Hij gebaart me om plaats te nemen aan het keukeneiland.

'Ik start de printer even op en begin met die kopieën voor je,' zegt hij, terwijl hij de usb-stick aanpakt.

Ik ga zitten en pak een van Chloe's wiskundeboeken op, en blader door de pagina's. Een deel van me wil niet eens proberen om de vragen te beantwoorden, voor het geval ik de antwoorden niet weet. Als er één vak was waar ik op school zenuwachtig van werd, was het wiskunde. Natuurlijk gebruik ik elke dag hoofdrekenen op mijn werk. Of het nu gaat om budgetplanning of marktonderzoek naar totale adresseerbare markten, ik weet mijn weg met cijfers, maar er is iets met algebra en kwadratische vergelijkingen dat me nog steeds de rillingen bezorgt.

'Drie kopieën van elk genoeg?', roept Dan van de trap naar beneden.

'Ja, dat zou geweldig zijn.'

Dan komt de trap af met de printjes in een nette plastic envelop. Hij legt die op de tafel.

'Met tien cent per pagina kom je op bijna twee dollar. Ik geef meestal geen krediet aan nieuwe klanten.'

'Oh. Juist, natuurlijk. Sorry, laat me je nu een Tikkie sturen.' Beschaamd dat ik er niet eens aan dacht om het aan te bieden, pak ik mijn telefoon en begin de betaalapp te zoeken.

'Ik maak een grapje, Rachel.' Dan lacht.

'Ik wil niet dat je erbij inschiet.'

'Dat doe ik niet. Hij is er om gebruikt te worden.'

'Dank je.'

Dan loopt naar de keuken en begint onmiddellijk een pan met water te vullen en snijdt wat gedroogde worst in kleine stukjes.

'Ik hoop dat je honger hebt,' zegt hij over zijn schouder terwijl hij een teentje knoflook fijn begint te hakken. 'Ik ben geneigd om in het weekend maaltijden voor te bereiden, dus het lijkt alsof ik nu alleen nog maar enorme porties kan koken.'

'Ik heb best honger, eigenlijk. Het ruikt geweldig,' geef ik toe. En dat doet het ook.

Dan glimlacht terwijl hij de ingrediënten in de pan roert. Hij strooit de geraspte kaas er met een zwierig gebaar over en giet dan het ei erbij.

'Is Chloe er niet?'

'Ze komt later terug. Op donderdag gaat ze na school met haar vriendin Zara mee naar huis. Zogenaamd om te studeren, maar ik weet niet zeker of de schoolboeken ooit uit haar rugzak komen.'

'Wat niet weet, wat niet deert?', bied ik aan.

'Zoiets. Ze zijn al vriendinnen sinds de kleuterschool. Zara's moeder zet haar zo af. Ik vind het belangrijk dat ze, je weet wel, over meidendingen kan praten of zo. Soms is papa de laatste persoon aan wie ze iets wil toevertrouwen, vooral op haar leeftijd, als je begrijpt wat ik bedoel.'

Dan zet een bord dampende pasta voor me neer, de rijke, romige saus borrelt nog. 'Val aan. Maar voor de duidelijkheid, dit is absoluut geen date,' zegt hij met een knipoog.

Ik lach en voel me een beetje ontspannen. 'Daar wordt nota van genomen.'

Terwijl we eten, vloeit ons gesprek gemakkelijk, van werk naar boeken tot belachelijke jeugdverhalen. Ik was bijna vergeten hoe fijn het kon zijn, gewoon verhalen delen, niet iets proberen te verkopen.

'Heb je er vertrouwen in? In je vergadering, bedoel ik,' zegt Dan, terwijl hij naar mijn documenten in de plastic map kijkt. 'Wil je je pitch doornemen? Ik luister graag, misschien kan ik wat feedback geven.'

Ik ben in de verleiding, maar schud mijn hoofd. 'Dank je, maar ik kan het beter zelf doornemen. Terug in het motel.'

'Natuurlijk. Ik repeteerde ook altijd alleen.'

Ik knik en vraag me af of ik het onderwerp moet aansnijden. 'Waarom ben je gestopt? Met acteren, bedoel ik.'

Een pijnlijke uitdrukking danst even over Dans gezicht. Hij staat op en wil onze lege borden pakken. Maar hij herpakt zich en gaat weer zitten. 'Toen Rebecca... dat is Chloe's moeder... toen zij stierf, heb ik mezelf eens goed onder de loep genomen en wist ik dat ik wat veranderingen moest aanbrengen. Zowel voor Chloe als voor mezelf.'

'Maar hoe zit het met het inkomen?'

'Het heeft geen zin om het te verdienen als je er geen tijd met je gezin van kunt genieten.'

'Rebecca en ik waren toen praktisch vreemden van elkaar. Zij voedde Chloe alleen op terwijl ik aan de andere kant van het land voor de negenenveertigste keer de eerdergenoemde afhaalmaaltijd at.'

'Maar hoe zat het dan als je niet aan het filmen was?'

'Dat is het hem juist. Zodra de serie was afgelopen, nam ik

kleine rollen aan in onafhankelijke films, voice-overwerk, alles waar mijn agent me voor kon strikken. Ik had dit willekeurige bedrag in mijn hoofd van hoeveel ik wilde verdienen, en ik ging er gewoon voor. Ten koste van al het andere.'

'Wat is er gebeurd? Met Rebecca. Als ik vragen mag.'

Dan overweegt de vraag terwijl hij de zout- en peperstrooiers op de tafel op een rijtje zet. 'Ik had net een bijrol in een onafhankelijke film afgerond. Ik was nog geen achtenveertig uur thuis toen de producer belde. Ik moest wat ADR doen in Florida.'

'ADR?'

'Sorry, dat is wanneer je naar een studio gaat om een aantal dialogen opnieuw op te nemen als ze niet duidelijk zijn, of als je iets nieuws moet toevoegen omdat ze iets hebben weggeknipt, waardoor die scène niet meer logisch is. Hoe dan ook, het was de week voor Thanksgiving, dus iedereen wilde voor de feestdagen klaar zijn. De producer smeekte me aan de telefoon, legde er echt een schuldgevoel op. Als ik het niet meteen deed, zouden ze hun deadline niet halen en zou de film de première mislopen.'

'Dus, je ging.'

'Jep. Rebecca was woedend. Ze had Thanksgiving tot op de laatste minuut gepland. Ik bedoel niet alleen de dag zelf, ik bedoel de hele week. Mijn moeder zou bij ons komen logeren om voor Chloe te zorgen, en we hadden toegezegd bij verschillende bijeenkomsten in Portland. En ik stapte op een vliegtuig naar Tampa.'

Dan staat op en laat zijn handen op de tafel rusten.

'Toen ik landde, had ik een gemiste oproep van de politie van Portland. Rebecca was omgekomen bij een auto-ongeluk op de terugweg van het afzetten van Chloe op school.'

'Het spijt me zo.' De woorden klinken hol. Niet genoeg. Soms is onze taal gewoon niet toereikend.

'Ik had die ochtend moeten rijden. Ik nam het schoolritje

altijd over als ik terug was. Maar ik was hier niet, ik was in Tampa, en mijn vrouw was dood.'

Ik laat zijn woorden in de lucht hangen, dik en zwaar als de mist die van het water komt rollen. Een deel van mij wil hem vertellen dat het niet zijn schuld was – dat niets ervan zijn schuld was – maar ik weet dat dat niet is wat hij nodig heeft. Soms, hoe vaak mensen je ook vertellen dat het niet je schuld was, maakt dat het schuldgevoel niet makkelijker te dragen.

Hij kijkt me aan, zijn kaak gespannen, alsof hij zich schrap zet voor een oordeel. Ik verras mezelf door dichterbij te komen en mijn hand op zijn onderarm te leggen.

'Dan,' zeg ik zacht, en kies mijn woorden zorgvuldig. 'Je deed wat je op dat moment dacht dat juist was. We maken allemaal keuzes waarvan we denken dat we ze later kunnen rechtzetten. Soms krijgen we gewoon de kans niet.'

Hij kijkt naar mijn hand, zijn blik blijft hangen alsof hij niet helemaal zeker weet of die echt is. 'Ik wilde ze alles geven,' zegt hij. 'Een goed leven, een zekere toekomst. Maar ik was te gefocust op de kostwinner zijn en niet genoeg op er gewoon... zijn.'

Ik knik, meer begrijpend dan ik zou willen toegeven. 'Weet je, ik dacht vroeger dat succes betekende dat je ieders ongelijk bewees. Bewijzen dat ik het alleen kon. Maar soms, midden in de nacht, als het te stil is om mijn eigen gedachten te negeren, vraag ik me af of ik gewoon wegloop voor de dingen die er echt toe doen. Alsof ik zo bang ben om stil te staan dat ik blijf bewegen om maar niet achterom te hoeven kijken.'

Hij kijkt dan op, zijn uitdrukking zachter. 'Het is moeilijk om te weten waar de grens ligt,' zegt hij. 'Tussen ambitie en obsessie. Tussen het juiste willen doen en uit het oog verliezen waarom je het in de eerste plaats doet.'

Het gewicht van zijn bekentenis drukt op ons beiden, en ik kan niet anders dan me afvragen of ik net zo schuldig ben aan het laten wegglippen van het leven terwijl ik iets najaag waarvan ik niet eens meer zeker weet of ik het wil.

Dans lippen krullen in een halve glimlach, maar die bereikt zijn ogen niet. 'Ik had nooit gedacht dat ik hier zou eindigen, wonend in mijn geboorteplaats, in mijn eentje een kind opvoedend, me afvragend hoe ik in hemelsnaam alles zo verkeerd heb kunnen doen.'

'Je hebt niet alles verkeerd gedaan,' zeg ik vastberaden. 'Kijk naar Chloe. Ze is geweldig. Grappig, slim, zelfverzekerd. Je voedt haar op tot precies het soort persoon dat de wereld nodig heeft. Dat is geen kleinigheid.'

Hij lacht schokkerig. 'Misschien. Ik wil haar gewoon... niet verpesten, weet je? Ze verdient beter dan een vader die niet altijd alles op een rijtje heeft.'

'Welkom bij de club,' zeg ik, en geef zijn arm een duwtje. 'Niemand van ons heeft zijn zaakjes op orde. We doen allemaal maar alsof.'

Dans lach is dit keer echter, en er ontspant iets in mijn borst – alsof hij misschien niet de enige was die dat moest horen.

De voordeur gaat open. 'Hé, pap,' kirt Chloe vanuit de hal terwijl ze haar sportschoenen uitschopt. 'Oh, hoi, Rachel.'

'Hoi. Heb je een leuke avond gehad?', vraag ik met een glimlach, hopend dat ze de sfeer in de kamer niet kan aanvoelen.

'De beste!' Ze laat haar schooltas vallen en begint lagen kleding uit te trekken terwijl ze naar de trap huppelt, ze achterlatend waar ze vallen. 'Pap, mag ik vijf dollar voor Toca Boca?'

'Waarvoor?'

'Voor mijn Toca World-account. Ik heb een upgrade nodig.'

'Ik weet niet waar je het over hebt?' Dan kijkt zichtbaar verbijsterd.

'Pap!? De app. Zara heeft het Bohemian-huispakket. Het is

zo cool. Ik denk dat ik mijn cottagecore-fase voorbij ben, en ik voel nu echt de Bohemian-esthetiek.'

Dan draait zich naar me toe en mimeert *esthetiek* met schijnbare eerbied.

Ik lach. 'Ik laat deze zeer belangrijke ontwerpbeslissingen in jullie zeer bekwame handen.' Ik haal mijn telefoon uit mijn tas en bestel een Lyft.

'Alsjeblieft, pap?'

'Goed dan. Alleen als je belooft me te laten zien wat ik heb gekocht.'

'Deal!' Chloe rent naar Dan en geeft hem een dikke knuffel.

Als ik de melding krijg dat mijn auto onderweg is, veeg ik mijn pitchdocumenten van de tafel en laat ik Dan en Chloe bijpraten.

Natuurlijk biedt Dan aan om me naar huis te rijden, wat vriendelijk is, maar het zou betekenen dat hij Chloe uit huis moet slepen terwijl ze net thuis is. Ik ben misschien geen ouder, maar ik ken het belang van routine en een goede nachtrust op een schoolavond.

Ik glip mijn motelkamer in, nog steeds bedroefd voor Dan en Chloe. Het gewicht van de dag overspoelt me als ik mijn hakken uitschop en op het bed plof. Mijn telefoon zoemt aandringend, en ik reik ernaartoe om het gesprek te weigeren en het naar voicemail te laten gaan.

Ik denk dat mijn spiergeheugen een opfriscursus nodig heeft, want ik neem per ongeluk de oproep aan.

Zoe's gezicht vult het scherm, haar grijns een kilometer breed.

*Oh, geweldig, ik zit in een videogesprek met iedereen van kantoor.*

'Raad eens, team? Ik weet dat het laat is, maar ik heb net de bevestiging gekregen. Ik heb de GreenShoots-account binnengehaald!'

Een koor van gejuich barst los vanuit de galerijweergave,

iedereen proost met koffiemokken en waterflessen op hun scherm.

Ik forceer een glimlach en probeer wat enthousiasme op te brengen. 'Dat is geweldig nieuws, Zoe. Gefeliciteerd.'

Ze geniet van de lof, haar ogen schieten naar de mijne. 'Dank je, Rach. Had het niet zonder jouw voorbereidend werk kunnen doen.'

Ik knik en voel de jaloezie opborrelen. Het had mijn overwinning moeten zijn, mijn moment om te schitteren. Maar hier zit ik, vast in Maine, terwijl Zoe in de glorie baadt.

Helens stem doorbreekt het geklets. 'Uitstekend werk, iedereen. Maar laten we niet op onze lauweren rusten. Rachel, we kijken ernaar uit je over een paar weken terug te hebben. Er zijn nog veel meer klanten die Channing Gabriel nodig hebben... Ze weten het alleen nog niet.'

Alle ogen richten zich op mij, en ik ga rechterop zitten en strijk mijn haar glad. 'Absoluut. Ik kijk ernaar uit om terug te zijn.'

Helen knikt, haar uitdrukking onleesbaar. 'Goed. Dat was het, team. Laad op en hergroepeer, morgen gaan we weer verder.'

Geen druk, dus. Ik duw de gedachten aan Dan en zijn schuldgevoel opzij. Ik kan me geen afleidingen veroorloven, niet nu mijn carrière op het spel staat.

Terwijl het gesprek eindigt, pak ik een van de gratis flesjes water van het nachtkastje. Ik heb een pauze nodig – en ijs. Als ik nog langer op ga blijven, heb ik iets kouds nodig om te voorkomen dat ik in slaap val.

Ik pak de lege ijsemmer en stap de nachtelijke lucht in, de gang is schemerig en stil. De machine staat net om de hoek en zoemt alsof hij veel te hard werkt voor zijn leeftijd. Ik vul de emmer tot de helft, al verlangend naar het geklink van ijsblokjes in mijn volgende drankje.

Maar als ik terug bij mijn deur kom en in mijn zak reik, voel ik niets.

Ik verstijf.

Geen sleutel.

Nee. Nee, nee, nee. Ik controleer nog eens – elke zak, twee keer, zelfs onder de emmer, alsof ik hem daar zou hebben verstopt.

Ik zucht, lang en luid.

Want natuurlijk moest dit gebeuren. Op deze dag. Na dat telefoongesprek.

Ik zet de emmer neer en maak de wandeling van schaamte terug naar de receptie.

Tot mijn verbazing is het niet de jonge receptioniste die dienst heeft – het is Richard, Dans broer, en de man die me incheckte toen ik aankwam. Hij kijkt op van zijn computerscherm en geeft een warme maar vermoeide glimlach.

'Heeft u uzelf buitengesloten?'

Ik knik en houd de lege hand op die mijn sleutelkaart zou moeten vasthouden. 'Klassieke beginnersfout. Ik denk dat mijn dag nog niet helemaal klaar was met me plagen.'

Hij grinnikt en duwt zich van de balie af, al reikend naar de reservesleutels. 'Gebeurt vaker dan u denkt. Koffie in de ene hand, telefoon in de andere, en de deur klikt dicht. U zou versteld staan hoeveel mensen op blote voeten vertrekken.'

Hij geeft me een nieuwe sleutelkaart.

'Dank u,' zeg ik, terwijl ik hem in mijn zak schuif.

'Houdt u het een beetje vol?', vraagt hij, zijn toon verschuift heel lichtjes – net genoeg om te suggereren dat hij meer bedoelt dan de sleutelsituatie. 'Het moet vreemd zijn om hier vast te zitten met al die chaos met de vluchten. Die vulkaan gooit een grotere driftbui dan ze hadden verwacht.'

Ik glimlach flauwtjes. 'Ja, ik heb het nieuws eerder gezien. Ik hoopte dat het nu wel zou zijn opgeklaard, maar het klinkt alsof ik hier nog een tijdje ben.'

'Nou,' zegt hij schouderophalend, 'u zou het slechter kunnen treffen dan Biddeford.'

'Dat is wat Dan me steeds vertelt.'

Richards wenkbrauwen gaan iets omhoog, maar hij geeft geen commentaar.

Ik schraap mijn keel en houd mijn toon zo nonchalant als ik kan. 'Daarover gesproken... hoe is het met hem? Met Dan, bedoel ik.'

Richard haalt een beetje onverschillig zijn schouders op, zijn ogen peinzend. 'Het gaat goed met hem. Hij heeft veel meegemaakt, maar... hij gaat door. Zo'n type is hij.'

Het is niet veel, maar ik verwacht ook niet meer. Toch blijft de manier waarop hij het zegt in de lucht hangen als iets onuitgesprokens. Ik knik en laat de stilte voor ons beiden spreken.

'Nou, ik laat u weer aan uw werk,' zeg ik met een klein zwaaitje. 'Bedankt voor de redding.'

Hij grinnikt. 'Graag gedaan. En hé – misschien is morgen de dag dat alles goed gaat.'

Ik trek een wenkbrauw op. 'Dat zou voor het eerst zijn.'

## ZES

---

De liftdeuren glijden open en ik volg de bordjes naar de Sako Suite. Ik klop één keer en duw de deur open. Daar vind ik een ooit grootse vergaderruimte die baadt in het ochtendlicht. De verf bladdert van een van de muren en de stoelen passen niet bij elkaar. Mijn hartslag versnelt een beetje als ik binnenstap en mijn aktetas stevig vastklem. Een dozijn verwachtingsvolle gezichten draait zich naar mij toe. *Quelle surprise*, het zijn allemaal mannen.

Ik voel de bekende adrenalinestoot terwijl ik naar de groep toeloop. Aan het specifieke geklak van mijn hakken op de tegelvloer weet ik dat ik hun volledige, onverdeelde aandacht heb. Of ik van dat gevoel van macht houd? *Reken maar*. Is het een oneerlijk voordeel? *Zeker weten*. Ik heb dit nu zo vaak gedaan dat mijn lichaam en geest op de automatische piloot staan. Dit is Rachels Madonna-Meesteres-handleiding voor het binnenhalen van nieuwe klanten, waarvoor het patent is aangevraagd:

Wanneer ik een overwegend mannelijk team probeer te overtuigen dat ik de juiste persoon ben om hun product of dienst op de markt te brengen, moet ik twee dingen uitstralen voordat de pitch überhaupt begint. Ik zou zelfs zo ver willen gaan om te zeggen dat de pitch wordt gewonnen of verloren voordat het eerste ingestudeerde woord mijn lippen verlaat. Het hangt allemaal af van de binnenkomst. Er moet zo veel worden overgebracht in zo weinig tijd. Een, dat ik een veilige haven ben aan wie ze hun 'kindje' kunnen toevertrouwen. Ze moeten er absoluut zeker van zijn dat ik het zal koesteren, voeden en zijn neus zal afvegen als die begint te lopen. En twee, dat ik genoeg pit en passie heb om hun 'kindje' aan mij toe te vertrouwen en het de wereld in te brengen.

Ik ben er goed in geworden een ruimte aan te voelen en een blik op mijn publiek bevestigt mijn vermoedens: afgetrapte, ongepoetste schoenen, standaard blauwe Oxford-overhemden met button-downkragen en beige chino's. Een fractie van een seconde krast de naald over mijn mentale grammofoonplaat, als ik me realiseer dat mijn verzamelde publiek niet tot de top van de organisatie behoort. Niet eens in de buurt. Dit zijn niet de besluitvormers, dit zijn de doeners.

Geen probleem, ik maak trouwe bondgenoten van hen voordat ik klaar ben.

*Oké, Rachel, je kunt dit. Net zoals we hebben geoefend.*

Ik concentreer me en begin mijn pitch. 'Goedemorgen, allemaal. Ik ben Rachel en ik ben hier om u van gedachten te doen veranderen. Zoals u kunt zien aan de gegevens die ik heb verzameld, is plantaardig voedsel niet langer slechts een rage of een nichemarkt. De vraag van de consument stijgt explosief in alle demografische groepen en kan miljoenen dollars aan jaarlijkse inkomsten opleveren... Als u dat wilt.'

Ik klik naar de volgende dia, met kleurrijke grafieken en diagrammen. 'Alleen al in het afgelopen jaar is de verkoop van plantaardige producten met zevenentwintig procent gegroeid, waarbij ze traditionele diepvriesproducten met een aanzienlijke marge overtreffen. Dit vertegenwoordigt een enorme, onbenutte kans voor Harcourt Foods om zijn klantenbestand uit te breiden en groei op de lange termijn te stimuleren.'

De ruimte is stil, op het gezoem van de ventilator van mijn

laptop na. Ik bestudeer hun gezichten, in een poging reacties te peilen. Sommigen knikken bedachtzaam en maken aantekeningen. Maar een paar fronsen sceptisch. Daar komen de lastige vragen.

'Hoe weten we dat deze trend zal aanhouden?' vraagt een productmanager, achteroverleunend in zijn stoel. 'Wat als het maar een eendagsvlieg is?'

Ik klik door naar een andere dia met marktprognoses voor de lange termijn. 'Hoewel niemand de toekomst met honderd procent zekerheid kan voorspellen, wijzen alle indicatoren erop dat plantaardig eten een blijvende verandering in levensstijl wordt, geen voorbijgaande rage. Naarmate consumenten gezondheidsbewuster en milieubewuster worden, zoeken ze naar alternatieven voor vlees. Door op deze trend in te spelen, positioneert Harcourt Foods zich als een innovatieve leider en niet als een reactieve volger.'

Meer geknik, een paar zuinige glimlachjes. Ze beginnen het grotere geheel te zien. Ik schakel over op mijn slotpleidooi.

'De data zijn duidelijk: plantaardig voedsel is de toekomst. Harcourt Foods heeft een keuze: deze groeiende bevolkingsgroep omarmen en bloeien, of het negeren en het risico lopen achter te blijven terwijl de markt zonder u verdergaat. Het geluk is met de stoutmoedigen. Dit, heren, is uw kans om de volgende generatie diepvriesproducten een duurzamer, gezondheidsgerichter tijdperk in te leiden.'

De productmanagers blijven nog twintig minuten vragen stellen. Cruciaal is dat hun toon verandert van strijdlustig en ronduit vernietigend naar bedachtzaam en nieuwsgierig. Tevreden dat ik ze met een duidelijke weg vooruit achterlaat, rond ik het af. Ze zijn aan boord. Nu begint het echte werk: ervoor zorgen dat mijn boodschap via de hiërarchische ladder terechtkomt bij de oude Harcourt zelf. Maar na vandaag ben ik er vrij zeker van dat ik de zaadjes heb geplant voor een plantaardige revolutie bij Harcourt Foods. Ik laat de map met de afgedrukte versie van mijn pitch achter ter verspreiding onder de rest van het team en vertrek.

De energie van de pitchmeeting blijft hangen als ik in de bestuurdersstoel van het Grote Rode Beest glijd, mijn gedachten nog vol mogelijkheden. Ik tik *White Pines Motel* in op Maps en zoek vervolgens een toepasselijk vrolijke afspeellijst die bij mijn stemming past.

Terwijl ik door de straten van Portland navigeer, sta ik mezelf een moment toe om van de overwinning te genieten. Het enthousiasme van het productteam was voelbaar. Het is een belangrijke mijlpaal, maar het is nog niet beklonken. De top overtuigen om een sprong in het diepe te wagen, met name de patriarch van het bedrijf, Jonathan D. Harcourt zelf, zal de echte test worden. Maar daarvoor moet ik met hem aan tafel komen.

Verzonken in gedachten merk ik het gebouw van de basisschool aan mijn linkerhand bijna niet op. Maar de kleurrijke banner springt in het oog: 'Zing! Talentenjacht - Voorrondes Hier.'

In een opwelling sla ik plotseling de parkeerplaats in, wat me een lang en boos getoeter oplevert van het voertuig achter me. Ik wuif verontschuldigend naar de bestuurder, maar die geeft al flink gas, ongetwijfeld mij en het hele vrouwelijke geslacht vervloekend.

Ik sta voor het indrukwekkende hoofdgebouw en schud mijn hoofd om mezelf terug te halen naar het heden. Wat doe ik hier? Ik heb een miljoen dingen te doen, telefoontjes te plegen, e-mails te beantwoorden. Maar iets trekt me naar de grote dubbele deuren. Ik wil Chloe heel graag zien optreden, en dit gaat absoluut niet over het mogelijk weerzien met Dan.

Ik volg de borden naar de aula, mijn hart klopt sneller bij elke stap en het opgewonden geklets van kinderen en ouders omhult me. Het is dwaas, ik weet het. Ik ben een volwassen vrouw, een succesvolle leidinggevende. Maar op dit moment ben ik ook het kleine meisje dat ooit op een zeer vergelijkbaar podium stond en een ietwat valse versie van 'Tomorrow' uit Annie schalde.

Met een diepe zucht glip ik de aula binnen en het volume neemt met een factor tien toe. De lucht is elektrisch van spanning met hectische moeders die een angstaanjagende hoeveelheid make-up en haarlak op hun pre-puberale kroost proberen aan te brengen. Het podium baadt in een zachte gloed, leeg op een enkele microfoonstandaard na, wat een gevoel van verwachting creëert. Ik zoek een stoel achterin en ga net zitten als de lichten dimmen en er een stilte over de zaal valt.

Terwijl een jonge artiest het podium betreedt, één en al zenuwen en ruw talent, voel ik een glimlach op mijn gezicht verschijnen. Misschien is deze onverwachte omweg precies wat ik nodig had: een herinnering aan de vreugde en onschuld die je in de dagelijkse sleur zo gemakkelijk uit het oog verliest. Voor nu laat ik me meeslepen door de muziek en vervaagden de zorgen van de volwassen wereld als een half herinnerde droom. De jongen zingt goed. Als hij klaar is, buigt hij beleefd en verlaat hij het podium aan de linkerkant.

Er zijn optredens van nog vier zangers en een jonge gitarist voordat ik een bekend figuur in de coulissen zie wachten. Wanneer een lerares haar op de schouder klopt, loopt Chloe zelfverzekerd naar het midden van het podium en pauzeert voor de microfoon. Ze neemt een moment en knikt dan even naar iemand die de muziek moet bedienen.

Chloe's stem is adembenemend. Gevoelig, lief en vol zelfvertrouwen. Als ik mijn ogen sluit, kan ik niet geloven dat dit de stem is van hetzelfde twaalfjarige meisje dat ik in Dans huis zag. Chloe zingt de tekst alsof die van haarzelf is. Bitterzoete spijt over verloren liefde en een onzekere toekomst. Ik ben van begin tot eind gebiologeerd.

Het lied komt ten einde en iedereen in de aula barst in applaus uit. Chloe grijnst, maakt een theatrale buiging en huppelt van het podium af. Dan staat in de coulissen klaar om haar te begroeten en hij tilt haar op in zijn armen voor een enorme knuffel, vaderlijke trots op zijn gezicht gegrift.

Een van de docenten benadert de microfoon en legt uit dat Chloe de laatste van de individuele artiesten was en dat er een pauze van vijf minuten is voordat de repetities voor de groepen verdergaan.

Dan verschijnt bij de artiesteningang en haast zich naar een groep kinderen tussen de twaalf en vijftien jaar die zich klaarmaken om als volgende op te treden. Hij coacht hen door hun laatste stemopwarming en controleert dubbel of ze de choreografie nog weten. Ik kijk gefascineerd toe hoe hij elk van hen een high-five en een bemoedigend woord geeft.

Er is iets aan hem zien in zijn element dat mijn hart een slag laat overslaan. Voorbij is de vermoeidheid die als een tweede huid aan hem lijkt te kleven. In plaats daarvan is er een man die volledig leeft, zijn passie voor optreden en zijn liefde voor deze kinderen schijnt door in elk gebaar.

Ik zak wat dieper in mijn stoel, me plotseling zelfbewust voelend. Wat zou hij denken als hij wist dat ik hier was, dit intieme moment aan het bespioneren? Maar ik kan mijn ogen niet van hem afhouden. Het is alsof ik naar een meester-ambachtsman aan het werk kijk, elke beweging precies en doelgericht.

Terwijl de kinderen hun plaatsen op het podium innemen, treedt Dan terug in de schaduw, zijn werk zit erop. Maar zelfs van deze afstand kan ik zien dat hij in hen geïnvesteerd heeft en hen met pure wilskracht aanspoort om uit volle borst te zingen. Dit betekent iets voor hem, realiseer ik me. Meer dan alleen een talentenjacht op school. Meer dan een overenthousiast lid van de ouderraad zijn. Het is duidelijk een verbinding met een verleden dat hij niet helemaal kan loslaten, misschien een herinnering aan het leven dat hij ooit leefde.

De muziek zwelt aan en de kinderen beginnen te zingen, hun stemmen vermengen zich in een harmonie die me kippenvel bezorgt. Ik kijk weer naar Dan en voor een moment kruisen onze blikken elkaar door de drukke aula.

Hij kijkt verrast, dan nieuwsgierig, zijn hoofd iets gekanteld alsof hij wil vragen: 'Wat doe je hier?'

Ik geef hem een kleine glimlach en een klein wuifje terug, hopend dat het alles overbrengt wat ik niet helemaal in woorden kan vatten. Dat ik hem zie, hem echt zie, en dat ik, op een bepaald niveau, het gewicht begrijp dat hij draagt. Dat we misschien, heel misschien, toch niet zo verschillend zijn.

Terwijl het lied ten einde loopt en de ouders en leraren in de zaal beginnen te klappen, kan ik het niet laten om mee te doen.

Dans stem klinkt boven het applaus uit, warm en oprecht terwijl hij de kinderen feliciteert met hun optreden. 'Dat was fantastisch, jongens! Jullie mogen zo trots zijn op jezelf.' Zijn glimlach is breed, zijn ogen stralen van een mix van trots en iets anders, iets dat op een onverklaarbare manier aan mijn hart trekt.

Terwijl de kinderen zich verspreiden en opgewonden met elkaar kletsen, zie ik een vrouw Dan benaderen. Ze is lang en slank, met levendig rood haar dat in losse golven over haar rug valt. Er is een zelfverzekerdheid in haar pas, een doelbewuste deining in haar heupen die de aandacht trekt en opeist.

'Dan, dat was geweldig!' vleit ze, terwijl haar hand op zijn arm rust in een gebaar dat iets te vertrouwd, iets te intiem aanvoelt. 'Je hebt zulk ongelooflijk werk met deze kinderen verricht.'

Dan buigt zijn hoofd, een lichte blos kruipt zijn nek op. 'Dank je, Veronica. Maar echt waar, het is allemaal hun verdienste. Ze hebben zo hard gewerkt.'

Veronica buigt dichter naar hem toe, haar stem zakt tot een samenzweerderig gefluister dat ik niet kan horen.

Ik voel een plotselinge druk op mijn borst, een steek van iets wat ik niet helemaal kan benoemen. Het is niet echt jaloezie. Meer een gevoel van... verlies. Alsof ik iets zie wegglippen voordat ik er zelfs maar naar kon reiken.

Dan aarzelt, zijn ogen schieten door de kamer alsof hij een uitweg zoekt. Een kort moment vinden zijn ogen de mijne voordat hij zijn hoofd schudt en nee zegt op Veronica's verzoek.

Maar Veronica is volhardend, haar glimlach wordt breder terwijl ze nog dichterbij leunt, een hand tactisch op zijn onderarm geplaatst terwijl ze doorpraat.

Ik wend me af, me plotseling een indringer voelend in een privé-moment. Mijn hart klopt te snel, mijn handpalmen zijn klam van het zweet. Ik moet hier weg, mijn hoofd leegmaken.

Terwijl ik naar de uitgang loop, vang ik uit mijn ooghoek een glimp op van Chloe. Ze zit alleen op de grond, bij een van de nooduitgangen, haar knieën opgetrokken naar haar borst, haar gezicht verborgen achter een gordijn van haar. Iets in haar houding, in de manier waarop haar schouders hangen, doet me pauzeren.

Ik kijk terug naar Dan, nog steeds diep in gesprek met Veronica, en dan weer naar Chloe. En plotseling weet ik wat ik moet doen.

Ik recht mijn schouders en loop naar de plek waar Chloe zit. Ik laat me naast haar op de grond zakken, mijn benen onder me gekruist.

'Hé,' zeg ik zacht, en ik stoot met mijn schouder tegen de hare. 'Dat was echt een geweldig optreden. Je kunt echt zingen.'

Chloe tilt haar hoofd op, haar ogen groot en verschrikt. 'Dank je,' mompelt ze, haar blik wegdraaiend van de mijne.

Ik knik en laat de stilte even tussen ons hangen. En dan, voor ik erover kan nadenken, vraag ik: 'Wil je erover praten?'

Chloe haalt haar schouders op, haar vingers pulken aan een los draadje van haar spijkerbroek. 'Het is gewoon... Ik weet het niet. Soms heb ik het gevoel dat ik niet goed genoeg ben, snap je? Alsof het niet uitmaakt hoe hard ik mijn best doe, ik zal nooit zo goed zijn als de andere kinderen.'

*God, wat is dat gevoel bekend.*

Mijn hart krimpt ineen bij haar woorden, bij de rauwe kwetsbaarheid in haar stem. Ik ga naast haar zitten. 'Chloe, luister naar me. Je bent *zo* getalenteerd. En niet alleen in zingen, in alles waar je je zinnen op zet. Laat nooit iemand je het gevoel geven dat je niet goed genoeg bent. Ik zag je daarboven en je was geweldig.'

Ze kijkt me dan aan, haar ogen glinsterend van onvergoten tranen. 'Echt?'

Ik knik, mijn keel dichtgeknepen van emotie. 'Echt. En weet je? Ik wed dat je moeder zo trots op je zou zijn als ze je nu kon zien.'

Een enkele traan glijdt over Chloe's wang en ze veegt hem weg met de rug van haar hand. 'Ik mis haar,' zegt ze, haar stem nauwelijks hoorbaar boven het geklets van de andere kinderen.

'Ik weet het,' zeg ik zacht, en ik strijk een haarlok achter haar oor. 'En het is oké om haar te missen. Maar ze zal altijd bij je zijn, Chloe. Hier.' Ik tik met mijn vinger tegen mijn borst, precies boven mijn hart.

Chloe knikt, een waterige glimlach trekt aan haar mondhoeken. 'Dank je,' zegt ze en ze leunt tegen me aan voor een snelle knuffel.

Ik knijp haar stevig vast en voel een plotselinge golf van genegenheid voor dit dappere, veerkrachtige meisje.

'Praat je met je vader? Over het missen van je moeder, bedoel ik?'

'Soms. Maar wanneer ik dat doe, begint hij raar te doen. Hij probeert dan nog harder om perfect te zijn. Snap je? Alsof hij het verprutst heeft, en ik haat het om hem zo te zien. Daardoor voelt het alsof ik degene ben die het moeilijker voor hem maakt.'

Mijn hart doet pijn voor haar. Voor hen beiden. Ik denk

terug aan hoe fel Dan de andere avond over het ouderschap sprak, hoe hij bijna wanhopig leek om het goed te doen.

'Chloe, je vader houdt meer van je dan van wat dan ook. Dat weet je toch, hè?'

Ze knikt, maar de twijfel is er nog, zwemmend net onder de oppervlakte. 'Ik weet het. Maar... het is alsof hij nooit een pauze neemt. Daardoor voelt het alsof ik het probleem ben.'

Ik reik uit en raak haar schouder zachtjes aan. 'Jij bent niet het probleem. Jij bent zijn hele wereld. Hij wil je gewoon niet teleurstellen.'

Chloe geeft me een kleine, trillende glimlach. 'Hij praat nooit over mama. Echt nooit. Ik heb het gevoel dat ik de hele tijd braaf moet zijn, want... wat als hij denkt dat ik te veel ben? Of dat ik hem te veel aan haar herinner?'

'O, Chloe.' Ik trek haar in een knuffel, haar hoofd onder mijn kin. 'Je bent niet te veel. Je bent precies genoeg. En ik weet dat je vader geen enkel ding aan je zou willen veranderen. Hij is het gewoon... al doende aan het uitzoeken. Het is rommelig en het is moeilijk, maar jullie doen het allebei geweldig. Ik denk dat hij soms gewoon bang is. Bang om jou ook te verliezen.'

Ze snuift tegen mijn schouder, haar armen slaan zich steviger om me heen. 'Ik wou gewoon dat hij meer over haar praatte. Zodat ik dingen niet vergeet. Zoals... hoe ze mijn haar vlocht. Ik weet niet eens meer hoe haar lach klonk.'

Ik trek haar dichter naar me toe. 'Misschien kun je hem vragen om verhalen met je te delen. Hij is heel goed in verhalen. Ik denk dat het jullie beiden zou helpen.'

Chloe trekt zich terug en veegt haar neus af met de rug van haar hand. Ze geeft me een klein, vastberaden knikje en een zweem van een glimlach. 'Ja. Misschien doe ik dat wel.'

'Kom op,' zeg ik, terwijl ik opsta en haar mijn hand aanbied. 'Ben je er klaar voor om naar je vader te gaan?'

'Nee,' zegt ze, haar glimlach vervangen door een frons. 'Ik ben nog steeds boos op hem.'

'Waarom?'

Chloe zucht dramatisch. 'Ik vroeg hem om een nieuwe jurk voor de laatste repetitie morgenavond, iets dat ik ook bij de voorrondes kon dragen, maar hij zei dat ik maar iets uit mijn kast moest kiezen. Maar dat zijn allemaal baby-dingen! Hij snapt het niet, ik ben geen klein kind meer.'

Ik knik meelevend. De frustratie van het onbegrepen voelen op haar leeftijd staat me nog levendig bij. 'Dat is lastig. Het is een groot moment en je wilt er op je best uitzien en je ook zo voelen.'

'Precies! Ik ben praktisch een tiener. Maar papa behandelt me nog steeds alsof ik vijf ben.' Chloe slaat haar armen over elkaar en pruilt.

Terwijl ik naar Chloe kijk, valt het me op hoe ze nu tussen twee werelden in zit: nog niet helemaal een kind, maar ook nog geen volwassene. Het is een lastig koord om op te dansen. Er begint een idee in mijn hoofd te vormen... Misschien heeft Chloe gewoon een ouderwetse meidendag nodig om haar te helpen haar draai te vinden in deze nieuwe fase.

Een glimlach verspreidt zich over mijn gezicht terwijl het plan vorm krijgt. 'Weet je wat, Chloe? Ik denk dat ik de perfecte oplossing heb. Wat jij nodig hebt is een meidendagje uit, alleen jij en ik. We gaan morgen winkelen, een fantastische nieuwe outfit voor je zoeken waarin je je de geweldige jonge vrouw voelt die je aan het worden bent. Wat zeg je daarvan?'

Chloe's ogen worden groot, een grijns trekt aan haar lippen. 'Echt? Zou je dat voor me doen?'

'Absoluut! Elk meisje verdient af en toe een speciaal shopuitje.' Ik knipoog samenzweerderig. 'En nu, laten we naar je vader gaan en het officieel maken.'

We marcheren naar de plek waar Dan met wat andere ouders praat, vastberaden uitdrukkingen op onze gezichten. Ik merk tot mijn genoegen dat de roodharige indringer nergens te bekennen is. Hij draait zich om als we naderen en trekt een wenkbrauw op bij onze identieke houdingen: handen in de zij, kin omhoog.

'Dan, Chloe en ik hebben een aankondiging,' verklaar ik, vechtend om mijn gezicht in de plooi te houden. 'We kapen morgen de dag voor een zeer belangrijke missie: Operatie Shopmarathon!'

Dans ogen schieten tussen ons heen en weer, Chloe's hoopvolle uitdrukking en mijn vastberaden blik in zich opnemend. Ik kan de radertjes in zijn hoofd bijna zien draaien, terwijl hij de kansen op het winnen van deze strijd berekent.

'Ik weet het niet, Rachel... Chloe, heb je niet al genoeg kleren?' probeert hij nog, maar hij meent het niet.

Chloe en ik wisselen een blik uit en zetten dan tegelijkertijd onze geheime wapens in: de gevreesde puppy-ogen. We hebben dit tot in de puntjes voorbereid.

Dan gooit lachend zijn handen in de lucht als teken van overgave. 'Oké, oké, ik weet wanneer ik verslagen ben. Luister, Rachel, er is iets belangrijks dat ik je moet vertellen.'

'O-o,' grap ik.

'Je denkt misschien dat wij acteurs allemaal superliberaal zijn. En ik denk dat we dat ook zijn. Ik ben dat. Maar als het om Chloe gaat, ben ik conservatief met een hoofdletter C, onderstreept en vetgedrukt. Alsjeblieft, in godsnaam, kom alsjeblieft niet thuis met iets schandaligs. Ze mag dan wel denken dat ze volwassen is, maar ze is twaalf.'

'Pap!—' Chloe staat op het punt verder te klagen, maar ik onderbreek haar.

'Dat doen we niet.' Ik salueer. 'Padvinderseer.'

'Prima. In dat geval breng ik haar morgen om tien uur naar Congress Street. Geef me je nummer, dan stuur ik je een speld. En dank je. Dan kan ik die tijd gebruiken om aan het boothuis te werken.'

ZEVEN

Om één minuut over tien vertraagt Dans auto en stopt hij naast me op de stoep.

'Rachel!' roept Chloe uit het open raampje, één en al glimlach en duidelijk enthousiast om te beginnen. Ze springt eruit en slaat het portier achter zich dicht zonder ook maar om te kijken.

'Veel plezier, jullie twee,' roept Dan door hetzelfde open raam terwijl hij van de stoeprand wegrijdt en invoegt in het verkeer.

'Ik ben echt al een eeuwigheid niet meer wezen winkelen,' straalt Chloe. 'Wat is het plan?'

Ik kan een glimlach om haar enthousiasme niet onderdrukken. 'Nou, we moeten een hoop doen. Eerst gaan we naar de Spring Blossom Boutique om de perfecte jurk voor jou te vinden voor de talentenjacht. Daarna gaan we naar de spa voor een welverdiende verwennerij. Als we tijd hebben, zit er misschien wel een ijsje in. Hoe klinkt dat?'

'Geweldig! Ik kan niet wachten om alle jurken te passen!' Chloe klapt in haar handen en trilt bijna van opwinding.

Terwijl we richting het winkelcentrum lopen, begroet de frisse zeebries ons, die de geur van dennen uit de nabijgelegen

90

bossen met zich meedraagt. De charmante straten van de oude haven van Portland bruisen van de activiteit terwijl we onze weg naar de boetiek vervolgen.

Het gerinkel van het winkelbelletje kondigt onze komst aan. Binnen vullen de rekken zich met — ↑ scala aan kleurrijke jurken in verschillende stijlen en maten. Chloe's ogen worden groot als ze alles in zich opneemt en haar vingers reiken al uit naar de zachte stoffen.

'Welkom bij Spring Blossom Boutique!' begroet een vriendelijke verkoopmedewerkster ons. 'Laat het me weten als u hulp nodig heeft bij het vinden van de perfecte jurk.'

'Dank u wel,' antwoord ik met een glimlach. 'Ga je gang, wees niet verlegen, kijk maar wat in het oog springt.'

Chloe heeft geen tweede uitnodiging nodig en begint onmiddellijk de rekken door te snuffelen, op de drempel van de puberteit en popelend om haar eigen stijl en identiteit te laten gelden.

De winkel zoemt van het geklets van andere klanten en het geritsel van stof als jurken van de hangers worden gehaald en ter inspectie omhoog worden gehouden. De lucht is gevuld met een gevoel van mogelijkheid en opwinding, alsof elke jurk de belofte van een nieuw begin inhoudt.

Chloe trekt een glinsterende blauwe jurk tevoorschijn en houdt die voor zich. 'Wat vind je van deze?'

Ik kantel mijn hoofd, peinzend. 'Hij is prachtig, maar misschien een beetje te sprookjesprinsesachtig. Laten we verder kijken. We willen iets vinden dat echt jouw persoonlijkheid laat zien en je zelfverzekerd laat voelen op het podium. Hij moet bij het liedje passen.'

Chloe duikt weer de rekken in. Ik doe met haar mee, mijn vingers langs de zachte stoffen latend glijden, op zoek naar die perfecte jurk.

'O, Rachel, kijk deze eens!' roept Chloe uit, terwijl ze een karmozijnrode jurk met een zwierige rok tevoorschijn haalt.

Ze houdt hem voor zich en wiegt heen en weer. 'Hij is zo sjiek!'

Ik grinnik, verrukt door haar opwinding. 'Hij is prachtig, Chloe. Waarom pas je hem niet?'

Chloe snelt naar het pashokje en laat mij achter om nog wat verder te snuffelen. Ik voel me aangetrokken tot een diepgroene jurk met verfijnde kanten details. Hij is niet helemaal geschikt voor Chloe, maar ik kan het niet laten om hem voor mezelf in de spiegel te houden en me een kort moment voor te stellen hoe het zou zijn om een speciale gelegenheid te hebben om me voor op te doffen.

'Rachel, ik heb hulp nodig met de rits!' roept Chloe vanuit het pashokje, wat me terugbrengt naar het heden.

Ik loop naar haar toe en help haar met de jurk. Terwijl ze naar buiten stapt en ronddraait, waaiert de rok om haar heen uit en voel ik een brok in mijn keel. Ze ziet er zo volwassen uit, zo mooi.

'Chloe, je ziet er geweldig uit,' weet ik uit te brengen, terwijl ik de plotselinge opwelling van emotie wegknipper.

Ze straalt naar me, maar dan fronst ze haar wenkbrauwen een beetje. 'Ik vind hem geweldig, maar ik weet niet zeker of dit dé jurk is, snap je?'

Ik knik begrijpend. 'Dat is oké. Laten we een misschienstapel maken. We blijven zoeken tot we de jurk vinden die precies goed voelt.'

En dat doen we, lachend en kletsend terwijl we de ene jurk na de andere passen. Het is moeilijk om niet warm te lopen voor Chloe en ik ben er vrij zeker van dat ik net zo veel van deze gezamenlijke ervaring geniet als zij. Uiteindelijk komt ze uit het pashokje in een jurk die me de adem beneemt. Hij is diepblauw, als de avondlucht, met een hartvormige halslijn en een rok die als water om haar benen vloeit. De stof glinstert subtiel onder de lichten en de snit is zowel jeugdig als elegant.

'Chloe, dat is hem. Je ziet er adembenemend uit.'

Ze maakt een kleine pirouette, haar gezicht gloeiend van vreugde. 'Ik herken mezelf er bijna niet in,' bekent ze, met een vleugje verlegenheid in haar stem.

Ik loop naar haar toe en leg mijn handen op haar schouders, terwijl ik haar ogen in de spiegel aankijk. 'Je ziet eruit als de sterke, getalenteerde, prachtige jonge vrouw die je bent. Je zult de jury van hun sokken blazen,' zeg ik haar oprecht.

'Je hebt gelijk. Dit is hem,' verklaart Chloe, terwijl er een glimlach over haar gezicht verspreidt.

Ik knik en beantwoord haar glimlach. 'Dat is hij zeker.'

Terwijl we naar de kassa lopen, de jurk in de hand, huppelt Chloe praktisch naast me, haar ogen fonkelend van genot. Plotseling houdt ze stil en kijkt ze me met een hoopvolle uitdrukking aan.

'Rachel, denk je dat we ook een make-up make-over kunnen doen? Ik wil er extra speciaal uitzien voor de talentenjacht.'

Ik aarzel, terwijl ik haar verzoek overweeg. Hoewel ik niets liever wil dan deze dag perfect maken voor Chloe, weet ik ook dat ze pas twaalf is. Make-up is misschien een stap te ver, zeker gezien hoe beschermend Dan kan zijn.

Ik hurk neer om haar in de ogen te kijken en neem haar handen in de mijne. 'Chloe, lieverd, ik weet dat je enthousiast bent, maar ik denk dat een volledige make-over nu een beetje te veel van het goede is. Je bent al zo mooi, vanbinnen en vanbuiten en ik wil daar niets aan afdoen. Om nog maar te zwijgen over het feit dat de talentenjacht nog lang niet is, dus de make-up blijft niet zo lang zitten.'

Ze kijkt een beetje teleurgesteld, maar knikt begrijpend. 'Ik denk dat papa het ook niet leuk zou vinden, hè?'

'Hij wil gewoon dat je geniet van het jong zijn,' leg ik zachtjes uit. 'Weet je wat, wat dacht je ervan als we nu naar de spa gaan? We können ons laten verwennen met een gezichtsbehandeling en misschien zelfs een manicure en pedicure. Dan voel je je extra speciaal zonder te overdrijven.'

Chloe's gezicht licht weer op. 'Dat klinkt geweldig! Laten we dat doen!'

Daarmee reken ik de jurk af en gaan we naar buiten, de heldere middagzon in. De spa die me wel wat leek, is maar een klein eindje lopen, verscholen in een rustig hoekje van de bruisende stad. Zodra we binnenstappen, omhult de serene sfeer ons direct. De lucht is geurig van essentiële oliën en op de achtergrond speelt zachte, rustgevende muziek.

'Welkom,' begroet de receptioniste ons met een warme glimlach. 'Heeft u een afspraak?'

'Jazeker,' bevestig ik en geef haar onze namen.

Ze kijkt in haar computer en knikt. 'Ah ja, ik heb u hier staan. Komt u maar mee.'

We worden naar een comfortabele, schemerig verlichte kamer met twee zachte massagetafels naast elkaar geleid. De rustgevende geur van lavendel vult de lucht en zorgt ervoor dat ik me onmiddellijk meer ontspannen voel. Chloe en ik trekken de zachte, pluizige badjassen aan die klaarliggen en nestelen ons op de tafels, tevreden zuchtend terwijl de warme lakens ons omarmen.

Onze schoonheidsspecialistes komen binnen, hun stemmen zacht en kalmerend terwijl ze uitleggen welke behandelingen we zullen krijgen. Terwijl ze de koele, verfrissende gezichtsmaskers beginnen aan te brengen, werp ik een blik op Chloe. Haar ogen zijn gesloten en er speelt een serene glimlach op haar lippen. Het verwarmt mijn hart om haar zo vredig en tevreden te zien.

Het volgende uur is een zalige ontsnapping aan de realiteit. Ik wist niet hoe hard ik dit nodig had terwijl bekwame handen mijn gezicht, armen en voeten masseren. De stress van de afgelopen week, mijn zorgen over het werk en over het niet binnenhalen van de GreenShoots-deal smelten weg en laten alleen een gevoel van pure, heerlijke ontspanning achter.

'Dit is echt geweldig,' mompelt Chloe, haar stem gedempt. 'Kunnen we dit elke dag doen?'

Ik grinnik zachtjes. 'Ik wou het, lieverd. Maar dat is juist wat het zo speciaal maakt, vind je niet?'

Ze knikt en reikt naar mijn hand om erin te knijpen. 'Heel erg bedankt, Rachel. Dit is het beste.'

Ik knijp terug, mijn hart vol. 'Graag gedaan.'

Als ik opzij kijk, is er iets komisch aan Chloe die daar ligt met een grijns op haar gezicht en schijfjes komkommer op haar ogen. Ik kan het niet laten om een foto te maken en die naar Dan te sturen.

Als onze behandelingen ten einde lopen, gaan we met tegenzin rechtop zitten, onze huid stralend en onze lichamen ontspannen. We bedanken onze schoonheidsspecialistes en gaan naar de nagelsalon, waar Chloe, ondanks haar ongelofelijke pogingen tot gekwetste verontwaardiging, uiteindelijk—zij het wat schoorvoetend—akkoord gaat met blanke nagellak voor onze manicures en pedicures.

Terwijl we naast elkaar zitten en onze vers gelakte nagels bewonderen, kletsen en giechelen Chloe en ik als oude vriendinnen. De spa heeft zijn magie uitgeoefend, niet alleen op ons uiterlijk, but ook op ons humeur. Hier zou ik aan können wennen.

'Kom, ik heb je een lunch beloofd.'

'En een ijsje,' herinnert Chloe me er snel aan.

'En een ijsje.'

Als we de oprit oprijden, zie ik Dan aan het eind van de tuin die de laatste hand legt aan een nieuwe goot aan het boothuis. Zijn voorhoofd is gefronst in concentratie, zijn bewegingen precies en doelbewust. Het boothuis heeft een verse laag rode verf gekregen en ziet er erg statig uit. Het is duidelijk dat hij zijn hart in dit project heeft gestoken, net zoals hij zijn hart in alles steekt wat hij voor zijn gezin doet.

Chloe roept naar hem en zwaait enthousiast met haar vers gemanicuurde hand. 'Papa! Kijk ons nou!'

Hij kijkt op, een glimlach verspreidt zich over zijn gezicht als hij ons opgefriste uiterlijk in zich opneemt. Heel even kruisen zijn ogen de mijne en er is een flikkering van... iets. Dankbaarheid, misschien? Waardering? Ik glimlach terug en voel een warmte die niets te maken heeft met de spabehandelingen.

Op dat moment besef ik dat deze onverwachte omweg in Maine me meer heeft gegeven dan alleen een pauze van mijn hectische leven. Het heeft me een kijkje gegeven in een wereld waar liefde, familie en de eenvoudige vreugden van het leven centraal staan. En terwijl ik Dan en Chloe zie omhelzen, lachend en geanimeerd kletsend over onze spadag, hoewel zo'n leven niets voor mij is, denk ik dat ik voor het eerst waardeer waarom het zo belangrijk is voor anderen.

Dan veegt zijn handen af aan zijn t-shirt en slaat een arm om Chloe heen, haar terug naar het huis leidend.

'Klinkt alsof jullie het fantastisch hebben gehad.'

'Zeker weten. Chloe is goed gezelschap.' Ik glimlach.

'Papa, vraag haar binnen. Ik wil je mijn nieuwe jurk laten zien.'

Dan kijkt verlegen. 'Natuurlijk, sorry. Zou je binnen willen komen voor een drankje?'

'Graag.'

Ik volg Dan het huis in.

Dan draait de kraan open en schrobt zijn handen. 'Nogmaals bedankt dat je haar vandaag hebt meegenomen. Ik waardeer het echt.'

'Graag gedaan. Het boothuis ziet er erg cool uit.'

Het geluid van rennende voeten op de trap doet ons allebei opkijken.

Dans glimlach vervaagt als zijn ogen naar Chloe schieten. Zijn blik glijdt over haar, neemt de manier in zich op waarop de jurk haar ontwikkelende rondingen omhelst, de hint van volwassenheid in haar houding. Zijn uitdrukking verandert, een mix van trots en iets anders—weemoed misschien, een verlangen naar het kleine meisje dat vroeger zorgeloos in zijn armen rende.

'Chloe, je ziet eruit als...' Hij schraapt zijn keel, worstelend om de juiste woorden te vinden. 'Je ziet er prachtig uit, schat. Zo volwassen.'

Chloe straalt en draait rond in haar jurk. 'Is hij niet perfect, papa? Rachel heeft me geholpen hem uit te zoeken!'

Ik knik en probeer Dans reactie te peilen. Er is een spanning in zijn kaak, een strakheid rond zijn ogen die er een moment geleden nog niet was.

'Ze wilde iets speciaals voor de talentenjacht,' leg ik zachtjes uit. 'Iets dat laat zien wie ze aan het worden is.'

Dan knikt, maar ik zie het conflict op zijn gezicht. Hij wil ondersteunend zijn, de groei van zijn dochter vieren, maar er is een deel van hem dat niet klaar is om het kleine meisje los te laten dat hij zo lang heeft gekoesterd.

'Het is een prachtige jurk,' zegt hij ten slotte, zijn stem gespannen. 'Ik... ik realiseerde me gewoon niet hoe snel je opgroeit, Chloe. Het is veel om te verwerken.'

Chloe's glimlach vervaagt, verwarring vertroebelt haar ogen. 'Maar papa, ik dacht dat je blij voor me zou zijn. Ik dacht dat je trots zou zijn.'

Dan sluit even zijn ogen, duidelijk zijn antwoord formulerend. Als hij ze weer opent, is er tederheid, een liefde zo hevig dat het voelbaar is. 'Ik ben trots op je, Chloe. Meer dan je ooit zult weten. Het is alleen... het is moeilijk voor me om je zo snel te zien opgroeien. Maar dat betekent niet dat ik niet blij voor je ben of dat ik je niet bij elke stap steun.'

Hij opent zijn armen en Chloe snelt erin, haar gezicht in zijn borst begravend. Ik kijk toe hoe ze zich aan elkaar vastklampen, twee harten die de onbekende wateren van verandering en groei bevaren.

En op dat moment begrijp ik de diepte van Dans liefde

voor zijn dochter, de offers die hij heeft gebracht en nog steeds brengt, en de angsten die hij onder ogen ziet terwijl hij haar ziet opbloeien tot de jonge vrouw die ze voorbestemd is te worden. Het is een liefde die geen grenzen kent, een liefde die hen door elke uitdaging, elke triomf, elk bitterzoet moment van loslaten zal leiden.

Hoewel het prachtig is, vervult het me met een overweldigend gevoel van melancholie. Ik wou, meer dan wat dan ook ter wereld, dat ik een vader had gehad die net zo veel van mij hield als Dan van Chloe houdt.

Ik zie hoe Dan Chloe zachtjes uit zijn omhelzing loslaat, zijn ogen glinsterend van onvergoten tranen. 'Waarom ga je niet even naar je kamer, schat? Zorg ervoor dat je die jurk ophangt. Ik wil hem niet op de grond gedumpt vinden. Ik moet even met Rachel praten.'

Chloe knikt, haar eigen ogen vol emotie. Ze werpt een blik in mijn richting, een stille smeekbede om begrip, voordat ze de trap op sjokt, haar schouders verslagen hangend.

De stilte die volgt is zwaar, beladen met onuitgesproken woorden en rauwe emoties. Ik draai me naar Dan, mijn hart doet pijn voor zowel hem als Chloe.

'Dan, ik weet dat dit moeilijk is, maar—'

'Weet je dat, Rachel? Je bent geen ouder.' Zijn stem is gespannen. 'Ik denk niet dat je weet hoe het is om een kind alleen op te voeden, om ze beetje bij beetje van je weg te zien glippen, wetende dat ze op een dag zullen vertrekken en nooit meer omkijken.'

*Wauw! Waar komt dit vandaan?*

Dans woorden doen pijn, maar ik doe een stap dichterbij. Ik ben opgegroeid zonder vader en zou alles hebben gegeven om een vader als Dan in mijn leven te hebben. 'Nee, dat weet ik niet. Maar ik weet wel dat Chloe je steun nodig heeft, dat ze je moet kunnen vertrouwen, dat je haar moet laten groeien.'

Dan haalt een hand door zijn haar, zijn ogen zoeken in de mijne naar antwoorden die ik niet zeker weet of ik ze heb. 'Ik wil het, Rachel. Ik wil haar de wereld geven, maar ik ben bang. Bang om haar te verliezen, om niet genoeg te zijn, om haar in de steek te laten zoals ik Rebecca in de steek heb gelaten.'

De bekentenis hangt in de lucht, rauw en pijnlijk. Ik overbrug de afstand, mijn hand vindt eindelijk de zijne en knijpt er zachtjes in. 'Je hebt niemand in de steek gelaten, Dan. Van wat ik heb gezien, ben je een geweldige vader en Chloe houdt meer van jou dan van wat dan ook ter wereld. Maar een deel van van haar houden is haar haar eigen weg laten vinden, zelfs als het niet het pad is dat jij voor haar zou hebben gekozen.'

Hij knikt, een enkele traan rolt over zijn wang. 'Ik weet het. Ik wou gewoon... ik wou dat ik mehr tijd had, weet je? Meer tijd om haar vast te houden, haar veilig te houden, haar alles te zijn.'

Ik glimlach zachtjes, mijn zicht wordt wazig. 'Je zult altijd haar alles zijn, Dan. Hoe oud ze ook wordt, waar het leven haar ook brengt, je zult altijd de man zijn die haar liet zien hoe liefde eruitziet, die haar leerde wat het betekent om sterk en vriendelijk en oprecht te zijn. Maar je moet haar wel laten opgroeien.'

'Ik moet met haar gaan praten, mijn excuses aanbieden voor mijn overreactie. Ga niet weg. Alsjeblieft.'

Ik knik. 'Neem je tijd.'

Zodra hij de trap oploopt, pak ik mijn tas en mijn jasje van de keukenstoel. Ik ben blij dat hij zich gaat verontschuldigen bij Chloe. En het spijt me dat hij nog steeds probeert zijn leven zonder Rebecca te navigeren, maar ik weiger pertinent te blijven hangen om opnieuw respectloos behandeld te worden.

## ACHT

De imposante, hoewel ietwat verweerde, bakstenen gevel met pannendak van het hoofdkantoor van Harcourt Foods doemt voor me op als ik uit de taxi stap. Deze keer neem ik een moment om alles in me op te nemen, en denk ik al na over welke hoek we het beste kunnen gebruiken voor de foto om de samenwerking met Channing Gabriel aan te kondigen. Mijn hakken tikken zelfverzekerd over het versleten betonnen plein, terwijl de lentebries plukjes haar in mijn gezicht blaast. Het is heel wat anders dan de kantoortorens van glas en staal die ik meestal bezoek. Maar dat is een van de redenen waarom ik het bedrijf leuk vind. Ze proberen geen indruk te maken of zich anders voor te doen dan ze zijn. Ze produceren diepvriesmaaltijden en verkopen die voor een betaalbare prijs. Deze rechttoe rechtaan aanpak zonder fratsen is verfrissend eerlijk en levert hun jaarlijks honderden miljoenen dollars aan omzet op.

Ik gun mezelf een kleine, triomfantelijke glimlach als ik de voordeuren bereik. Een afspraak met de patriarch zelf, Ouwe Harcourt, na één presentatie aan zijn productteam? Ik moet echt indruk op ze hebben gemaakt met mijn pitch. Ik vind mezelf best goed, maar jemig, als me dit lukt, is het de snelste deal. Ooit. Om nog maar te zwijgen over het feit dat het binnenhalen van deze klant de prestaties van Zoe met GreenShoots in de schaduw zal stellen... hallo gezonde vleesvervangende diepvriesmaaltijden, hallo nog gezondere maandelijkse vergoeding... Hallo Rachel Holmes, *partner*.

Ik probeer de vlinders in mijn buik tot bedaren te brengen als ik naar de receptiebalie loop. Dit is het: de kans om indruk te maken op de echte beslisser en de deal te sluiten. Al mijn harde werk staat op het punt zich uit te betalen.

De receptioniste geeft me een stralende glimlach, oprecht blij me te zien. 'Welkom bij Harcourt Foods, mevrouw Holmes. U wordt verwacht in de directiekamer.'

Ze begeleidt me door de gang en ik volg haar, mijn hartslag versnelt bij elke stap. Als we aankomen, geeft ze me een brede glimlach en steekt haar duim op. Ik blijf even voor de zware houten deur staan om mezelf te herpakken voordat ik naar binnen ga. Ik doorloop mijn mentale checklist, controleer de knopen van mijn jasje, schik de manchetten van mijn blouse en duw de deur open.

Binnen strekt een lange mahoniehouten tafel zich voor me uit, omringd door leren stoelen met hoge rugleuningen. De stoelen zijn leeg, op één na. Een man met glad achterovergеkamd haar en een iets te uitbundige glimlach staat op om me te begroeten.

'Mevrouw Holmes! Aangenaam kennis met u te maken. Ik ben Vincent Adler, vicepresident marketing.' Hij houdt mijn hand net iets te lang vast, en zijn blik glijdt over me op een manier waar de rillingen van over mijn rug lopen.

Ik kijk de verder lege ruimte rond, terwijl ik mijn verwarring probeer te verbergen. 'Meneer Adler, ik was in de veronderstelling dat ik vandaag een afspraak had met meneer Harcourt en de directie...'

'Verandering van plannen!', klapt Adler in zijn handen. 'De oude baas moest onverwacht naar een potje golf... ik bedoel, een noodsituatie met een olielek in de Golf. U weet hoe dat gaat. Maar gelukkig voor u is het mijn mening die hier de doorslag geeft.'

Hij knipoogt samenzweerderig, en ik moet mezelf er fysiek van weerhouden om terug te deinzen. Dit is totaal niet hoe ik me deze dag had voorgesteld. Ik dwing mezelf tot een beleefde glimlach als hij me een stoel aanwijst.

Adler leunt achterover in zijn stoel, met zijn handen achter zijn hoofd alsof hij aan zijn zwembad in de Hamptons ligt in plaats van in een directiekamer. 'Dus, ik hoor dat u een of ander groots idee hebt om van ons allemaal een stelletje tofuvretende hippies te maken, hè?'

Zijn minachtende lachje werkt op mijn zenuwen. Deze vent heeft duidelijk niet eens de moeite genomen om mijn voorstel vluchtig door te kijken. Maar ik laat zijn arrogantie deze kans echt niet verpesten. Ik ben niet gekomen waar ik nu ben door een uitdaging uit de weg te gaan.

Ik recht mijn rug en kijk hem recht aan, terwijl ik elk greintje professionele charme bijeenraap. 'Eigenlijk, meneer Adler, zijn plantaardige eiwitten de snelst groeiende sector in de voedingsindustrie. Als Harcourt Foods relevant wil blijven, kunt u het zich niet veroorloven deze markt te negeren...'

Ik hoop alleen dat ik zelfverzekerder klink dan ik me voel als ik mijn pitch afsteek. Het enige wat ik kan doen is mijn uiterste best doen, zelfs als dat betekent dat ik een arrogante marketingknul moet overtuigen in plaats van de man die daadwerkelijk de leiding heeft. Ik heb te veel bereikt om wie dan ook mijn visie te laten afwijzen. Harcourt Foods heeft me nodig, of ze dat nu al beseffen of niet.

'... en daarom positioneert een samenwerking met Channing Gabriel voor een lijn van kip-alternatieven Harcourt Foods perfect voor de toekomst van duurzaam eten', besluit ik, mijn stem vol overtuiging terwijl ik naar de laatste dia van mijn presentatie wijs.

Het wordt stil in de directiekamer. Ik zoek Adlers gezicht af naar een reactie. Zijn uitdrukking is onleesbaar, en een moment lang geef ik mezelf de hoop dat ik hem misschien, heel misschien, heb weten te bereiken.

Dan lacht hij. Een luide, spottende schaterlach die weerkaatst tegen de gelakte houten muren.

'Duurzaam eten? Kom op, schatje. Mensen willen na een dag hard werken geen bord spinazie en quinoa. Niet echt. Ze willen echt eten.'

Het bloed stijgt me naar de wangen door de neerbuigendheid die van zijn woorden afdruipt. *Schatje?* Wie denkt die vent wel niet dat hij is? Ik slik de opmerking in die op het puntje van mijn tong ligt, en herinner mezelf eraan dat ik er geen baat bij heb als ik mijn kalmte verlies.

'Met alle respect, meneer Adler', zeg ik gelijkmatig, 'de data tonen een duidelijke trend richting plantaardige opties. En die groeit exponentieel. Als u die verschuiving negeert, kan dat betekenen dat u de kans misloopt om uw merk als marktleider te vestigen, en daarmee een enorme groeimogelijkheid misloopt.'

Hij wuift het weg met een minachtend gebaar. 'Data, *schmata*. Ik zit al langer in dit vak dan dat jij op deze wereld rondloopt, juffie. Ik denk dat ik wel weet wat verkoopt. Wij produceren geen voedsel voor de progressieve types uit Californië, wij produceren echt eten voor werkende gezinnen.'

*Juffie?* Serieus? Ik klem mijn kaken op elkaar, mijn nagels graven in mijn handpalmen terwijl ik vecht om mijn zelfbeheersing te bewaren. Ik kan praktisch voelen hoe mijn kansen om deze samenwerking binnen te halen door mijn vingers glippen bij elk kleinerend woord dat uit Adlers mond komt.

Ik haal diep adem, vastbesloten om me niet te laten kisten door zijn openlijke seksisme en kortzichtigheid. 'Meneer Adler, ik ben er sterk van overtuigd dat Harcourt Foods zich moet aanpassen aan de veranderende voorkeuren van de consument. Als u nu even mijn voorstel nader zou willen bekijken...'

Maar hij staat al op en knoopt zijn colbert dicht met een

air van finaliteit. 'Ik denk dat we hier klaar zijn, mevrouw Holmes. Bedankt voor uw... inzichten, maar ik denk dat we ons maar houden bij wat we weten dat werkt.'

De afwijzing voelt als een klap in mijn gezicht. Ik zit daar, verbijsterd, terwijl hij de kamer uit stapt zonder ook maar om te kijken. De zware deur valt achter hem dicht met een doffe klap, en laat me alleen achter in de holle directiekamer, mijn zorgvuldig voorbereide presentatie nog steeds oplichtend op het scherm.

Ik zak achterover in mijn stoel, mijn borstkas voelt strak van frustratie en vernedering. Ik kan niet geloven dat ik de situatie zo verkeerd heb ingeschat. Ik dacht dat het een uitgemaakte zaak was. Dat ze zouden smeken om te innoveren. Om samen te werken. Om te winnen. In plaats daarvan ben ik de kamer uitgelachen door een vrouwonvriendelijke dinosaurus die niet verder kan kijken dan zijn eigen ego.

Teleurstelling voelt als een loden gewicht in mijn maag nu de realiteit tot me doordringt. Ik heb het verknald. Al dat werk, al die voorbereiding, voor niets. Wat ga ik het team bij CGPR vertellen? Hoe kan ik hen onder ogen komen na deze epische mislukking?

Ik probeer mezelf te herpakken. Ik kan me niet laten breken door deze tegenslag. Ik heb ergere dingen meegemaakt en ben er vechtend uitgekomen.

Maar zelfs terwijl ik mezelf moed inspreek, kan ik het knagende gevoel niet van me afschudden dat dit niet alleen over Harcourt Foods gaat. Het gaat over alles: mijn carrière, mijn leven, mijn prioriteiten. Ik voel me stuurloos en dat is beangstigend. Plotseling schiet de gedachte door me heen dat als GreenShoots ons niet had verrast met het pitchverzoek, ik nu aan het kamperen zou zijn met mijn zus en haar gezin, en dat ik het misschien zelfs leuk had gevonden. Ik wil me gewoon terugtrekken in mijn motelkamer, de gordijnen dichttrekken en op mijn bed gaan liggen.

Ik pak mijn spullen bij elkaar en loop met geheven kin de

directiekamer uit, ondanks de moed die me in de schoenen zinkt. Ik voel de zelfvoldane blik van de vicepresident in mijn rug prikken terwijl hij bij de receptie rondhangt, maar ik weiger hem de voldoening te geven me te zien instorten.

Terwijl ik door de met hout beklede gangen van het hoofdkantoor van Harcourt Foods loop, razen tegenstrijdige gedachten en emoties door mijn hoofd. Woede over de minachtende houding van de VP. Frustratie over de gemiste kans. En een knagend gevoel van zelftwijfel dat ik niet helemaal van me af kan schudden.

Ik blijf staan voor een raam dat van de vloer tot het plafond reikt bij de receptie, en staar naar buiten, naar de snelweg en de skyline van Portland daarachter. De stad lijkt te pulseren van energie en mogelijkheden, een schril contrast met de verstikkende teleurstelling die me overspoelt.

Ik moet me richten op schadebeperking, op het vinden van een manier om deze puinhoop te redden en mijn waarde te bewijzen aan Helen en de rest van het directieteam van het bureau.

## NEGEN

Terug in het motel trek ik me terug op mijn kamer. Ik heb nauwelijks de energie om het nieuws op mijn telefoon te checken. Mount Spurr blijft as uitspuwen en het vliegverkeer in de hele Verenigde Staten ligt nog steeds plat. Het ziet ernaar uit dat ik hier voorlopig nog wel zal zijn. Misschien was de suggestie van mijn moeder om de achttienhonderd kilometer naar hen toe te rijden nog niet zo'n slechte.

Ik staar uit het raam en kijk hoe de regen in gestage stroompjes langs het glas gutst. Het sombere weer past perfect bij mijn humeur. Ik kan het niet helpen om in zelfmedelijden te zwelgen, me volkomen alleen en verslagen te voelen. De charme die dit kleine, door een familie gerunde motel had, is verdwenen, samen met mijn gevoel voor humor.

Voor het eerst sinds mijn aankomst denk ik dat als ik voor wie weet hoe lang in deze stad vast moet zitten, ik dat eigenlijk in vijfsterrencomfort zou moeten doen, met een eigen spa en roomservice. Het helpt ook niet dat Dan hier werkt en de kans groot is dat we elkaar tegen het lijf lopen.

Mijn ergernis over wat hij zei, en impliceerde, is niet weggeëbd, maar in de loop van de nacht juist toegenomen en grenst nu aan woede. Nee, ik ben geen ouder, Dan. Maar ik ben een vrouw, en ik was ooit ook een bang, klein meisje dat een tiener werd. Net als Chloe. Verward, bang en overweldigd, terwijl ik probeerde de wereld en mijn plaats daarin te begrijpen.

Er is een reden dat ik niet aan 'tijd voor mezelf' doe, want dan wordt het al snel donker. Beter om bezig te blijven. Beter om er niet bij stil te staan.

Ondanks al mijn professionele prestaties, betrap ik mezelf erop dat ik serieus overweeg of ik inderdaad een bedrieger ben. Het is de enige logische verklaring. Ik ben bang om te diep naar mijn successen uit het verleden te kijken, want eerlijk gezegd was het misschien gewoon een kwestie van op de juiste plek op het juiste moment zijn, en ik weet niet zeker of ik klaar ben voor zo'n harde waarheid. Natuurlijk heb ik mezelf ervan overtuigd dat mijn vermogen om nieuwe klanten binnen te halen te danken was aan mijn nauwgezette onderzoek en mijn obsessie om me te verplaatsen in de denkwijze van de klanten van mijn cliënt. Maar, weet je wat, misschien komt het doordat het team van Channing Gabriel zo'n geweldige reputatie heeft opgebouwd, dat ik alleen maar de kamer hoef binnen te lopen en niet hoef te struikelen, en ze sowieso wel klant worden. Misschien tekenen ze niet vanwege mij, maar ondanks mij.

Wat is de prijs van dit zogenaamde succes? De lange uren, de opofferingen, de gemiste kansen op oprechte persoonlijke connecties. Ik heb alles in mijn carrière gestoken en nu verlies ik het van Zoe vanwege een administratieve blunder, ondanks de maanden van voorbereidend werk die ik heb gedaan om GreenShoots binnen te halen. Verdomme, we zouden zonder mijn inspanningen om Channing Gabriel bij hen op de kaart te zetten niet eens zijn uitgenodigd om te pitchen. De leegte in mij groeit met elke minuut die voorbijgaat, en ik denk voor het eerst in mijn leven dat ik op het punt sta compleet door het lint te gaan.

Mijn telefoon trilt, wat me uit mijn melancholische over-peinzingen rukt.

Het is een berichtje van Dan:

> Hé Rachel, ik voel me vreselijk over hoe we gisteravond uit elkaar zijn gegaan. Laat het me alsjeblieft goedmaken. Persoonlijk, niet via een berichtje.

Ik aarzel, mijn vinger zweeft boven het scherm. Een deel van mij wil weigeren, me verder terugtrekken in mijn eenzaamheid. Ik heb echt geen zin om me er kranig doorheen te slaan. Vandaag niet. Maar een ander deel van mij, het deel dat gek wordt van het staren naar deze vier muren, spoort me aan om te accepteren. Wat heb ik tenslotte te verliezen? Het is niet alsof deze week nog erger kan worden.

Ik typ mijn antwoord:

> Zeker, waarom niet. Zie ik je over 10 minuten in de lobby?

> Dank je. Tot zo.

Met een zucht sleep ik mezelf van het bed en schiet in een paar platte schoenen. Ik vang een glimp op van mijn spiegel-beeld in de spiegel: vermoeide ogen, afhangende schouders, ver verwijderd van de gepolijste PR-manager die ik gewoonlijk aan de wereld presenteer. Maar op dit moment kan ik de energie niet opbrengen om dat masker op te zetten.

Ik pak mijn tas en loop de deur uit, me schrap zettend voor Dans grote verontschuldiging. Hoewel ik er heilig van over-tuigd ben dat iedereen een tweede kans verdient, vraag ik me toch af of dit geen fout is. Maar ik moet echt de kamer uit, en wat gezelschap, ook al is het maar een verontschuldigende Dan, is te verleidelijk om te weerstaan.

De deuren schuiven open en ik zie Dan in de lobby wachten, zijn handen in zijn zakken gestoken. Hij kijkt op als ik dichterbij kom en schenkt me een aarzelende glimlach.

'Hé, bedankt dat je me wilt zien', zegt hij, met een oprechte dankbaarheid in zijn stem.

Ik haal mijn schouders op en probeer nonchalant over te komen. 'Ach, het is niet alsof ik iets beters te doen heb.'

Hij grinnikt zachtjes, en even verdwijnt de spanning tussen ons.

'Vind je het erg als we naar buiten gaan?', vraagt hij, terwijl hij naar zijn auto op de parkeerplaats gebaart.

Dan opent mijn portier, en ik spring snel op de passagiers-stoel om de regen te ontwijken.

Hij jogt om de auto heen en laat zich op zijn eigen stoel vallen, waarbij hij zijn deur dichttrekt.

'Luister, Rachel, ik wilde mijn excuses aanbieden voor mijn gedrag gisteravond', begint hij oprecht. 'Ik ging over de schreef, en het spijt me.'

Ik bestudeer zijn gezicht, op zoek naar enig spoor van onoprechtheid, maar het enige wat ik vind is oprechte spijt. Langzaam knik ik. 'Dat waardeer ik, Dan. Het is voor ons allebei een zware week.'

Hij zucht en haalt een hand door zijn haar. 'Misschien, maar dat is geen excuus. Je was een gast in mijn huis en je uitte een mening. Ik had niet zo moeten reageren. Ik was onbeleefd.'

Ik haal mijn schouders op. 'Het is goed. Excuses aanvaard. Zand erover.'

Maar zelfs terwijl ik het zeg, weet ik dat het niet helemaal waar is. Het voelde als een persoonlijke aanval, en het deed pijn. Dat doet het nog steeds.

Er valt een ongemakkelijke stilte.

Dan beweegt onrustig op zijn stoel, zijn vingers tikken tegen het dashboard. 'Dus, hoe hou je je staande? Met die aswolk en alles?'

Een deel van me wil de professionele façade ophouden,

volhouden dat alles goed gaat en ik de controle heb. Maar iets in Dans serieuze uitdrukking dwingt me om eerlijk te zijn.

'Het is een uitdaging', geef ik toe, mijn stem zachter dan ik van plan was. 'De vergadering van vandaag ging niet zo goed. Ik ben er niet aan gewend om zo vast te zitten, mijn werk niet te kunnen doen, dingen niet te kunnen oplossen. Ik ben er bijna nooit, maar ik mis mijn appartement zowaar. Mijn spullen, mijn eigen bed... ik heb me gerealiseerd dat ik er niet goed in ben om langer dan een dag of twee uit een kleine koffer te leven.'

Hij knikt, met een blik van begrip in zijn ogen. 'Dat snap ik. Het is moeilijk om je hulpeloos te voelen, vooral als je gewend bent de touwtjes in handen te hebben.'

Er valt weer een ongemakkelijke stilte, en ik besluit het moment te gebruiken om mezelf uit de auto te bevrijden.

'Ik kan maar beter gaan.' Ik zoek naar de hendel om de deur te openen.

'Rachel', flapt Dan eruit, 'als je niets te doen hebt, en het klinkt alsof je echt geen minuut langer dan nodig in je kamer wilt doorbrengen, wil je dan naar het huis komen? Ik weet zeker dat Chloe het leuk zou vinden je te zien.'

'Van oprechte excuses naar emotionele chantage. Soepel.'
'Echt waar!'
'Ik weet het', lach ik. 'Ik plaag je maar. Ik wil haar ook graag zien.'

'Chlo? Ik ben terug. Rachel is er ook.' Dan roept de trap op als we de woonkamer binnenkomen.

'Oké, pap, ik kom zo naar beneden. Hé, Rachel', antwoordt Chloe.

'Ze zal wel huiswerk hebben vanavond.' Dan opent de koelkast en pakt een flesje speciaalbier. 'Wil je iets drinken? Een biertje? Wijn?'

'Een glaasje wit zou heerlijk zijn.' Met de dag die ik heb gehad, zou dat het zeker zijn.

Terwijl we aan onze drankjes nippen, lost de spanning op en wordt vervangen door een voorzichtige wapenstilstand. Maar net als ik begin te ontspannen, schraapt Dan zijn keel, met een schaapachtige uitdrukking op zijn gezicht.

'Sorry nogmaals voor gisteravond', geeft hij toe, terwijl zijn ogen de mijne ontwijken.

'Het is oké', breng ik eruit, mijn stem zorgvuldig neutraal. 'Je hebt je excuses aangeboden, laten we verdergaan.'

Hij haalt zijn schouders op, zijn vingers pulken aan het etiket van zijn bierfles. 'Ik ben er zo aan gewend geraakt om alle beslissingen te nemen sinds... Ik denk dat ik "besluitvaardig zijn" heb verward met "ik heb altijd gelijk". Het is acht jaar geleden, maar ik ben nog steeds aan het uitzoeken hoe ik ermee om moet gaan. Snap je? Ik denk dat ik er zo aan gewend ben *vader* te zijn, dat ik vergeten ben wie Dan is.'

Ik knik, maar al te goed begrijpend hoe het voelt om losgekoppeld te zijn van je eigen leven, je eigen identiteit.

'Het is moeilijk', zeg ik zacht, 'om uit te zoeken wie je authentieke zelf is, als alles om je heen verandert.'

Hij kijkt me aan, een flits van verrassing en dankbaarheid in zijn ogen. 'Ja, precies.'

Ik reik instinctief naar hem uit, mijn hand rust licht op zijn arm. 'Neem de tijd. Je hebt veel meegemaakt. Geef jezelf de tijd om te helen, om je draai weer te vinden.'

Dan neemt een lange slok van zijn bier.

'Weet je, toen ik nog in de show zat, leek alles zo makkelijk. De roem, het succes, de bewondering... het was als een drug. Ik ging er helemaal in op en liet het me opslokken.'

'Maar ik verwaarloosde wat er echt toe deed: mijn gezin. Ik was zo gefocust op mijn carrière, op het najagen van die volgende kick, die volgende salarisstrook, dat ik niet doorhad hoeveel ik miste. En toen, toen Rebecca stierf...'

Zijn stem breekt en ik knijp zachtjes in zijn arm, hem stilzwijgend aanmoedigend om door te gaan.

'Ik was er niet voor haar, niet zoals ik had moeten zijn. Ik had het te druk, was te egocentrisch. Op jacht naar geld, maar geen idee waarvoor. En nu draag ik die schuld elke dag met me mee.'

Ik voel een brok in mijn keel, mijn hart doet pijn voor hem, voor de pijn die hij heeft doorstaan.

'Dan', zeg ik zacht, 'je kunt het jezelf niet kwalijk nemen. Je wilde de kostwinner zijn. Daar is niets mis mee. Je deed je best, gezien de omstandigheden. En je bent er nu, voor Chloe, je bent de vader die ze nodig heeft. Dat is wat telt.'

Hij knikt en knippert de tranen weg die in zijn ogen glinsteren.

'Ik wil het gewoon... ik wil het beter doen, beter *zijn*. Voor Chloe, voor mezelf. Ik wil verder, het licht weer in mijn leven toelaten, in onze levens. Ik weet het niet, misschien zelfs weer daten.'

Ik twijfel even of ik het gesprek weer moet aankaarten, maar er zijn nog onuitgesproken dingen. Voordat ik kan teruggrijpen op diplomatie, flap ik het eruit. 'Weet je... verdergaan betekent niet alleen weer daten.'

Dans ogen schieten naar mij, op zijn hoede.

Ik ga door. 'Het betekent accepteren dat dingen veranderen. Dat *mensen* veranderen.' Ik kijk naar de trap. 'Chloe wordt volwassen. En ze zal altijd je dochter zijn, maar ze zal niet altijd een kind zijn.'

Zijn kaken spannen zich aan, maar hij blijft stil.

'Je wilde het gisteravond niet horen', vervolg ik zachtjes. 'Maar dit is een kwetsbare tijd voor haar. Ze is aan het uitzoeken wie ze is, test grenzen uit, wil bewijzen dat ze onafhankelijker is dan ze in werkelijkheid is. Ja, ze zal dingen willen doen waar ze nog niet klaar voor is. Ja, ze zal je regels, je begeleiding, je advies nodig hebben...' Ik neem een pauze en zorg ervoor dat hij echt luistert. 'Maar wat ze meer dan wat dan ook nodig zal hebben, is jouw acceptatie.'

Dan ademt langzaam uit, zijn vingers grijpen het aanrecht net iets strakker vast. Hij spreekt me niet tegen. Wijkt niet uit. Laat de woorden gewoon bezinken.

Eindelijk knikt hij. 'Je hebt gelijk.' Zijn stem is laag, bedachtzaam. 'Ik weet dat je gelijk hebt. Ik wil gewoon... ik wil niet dat ze gekwetst wordt.'

'Ze *zal* gekwetst worden', zeg ik zacht. 'Dat hoort allemaal bij opgroeien. Het is onvermijdelijk. Maar als ze weet dat je er voor haar bent, dat er een vangnet is, wat er ook gebeurt... Dat ze niet bang hoeft te zijn om met je te praten, dat is wat er echt toe doet.'

Dan is een lang moment stil en staart uit het raam naar het donkere water in de verte. Dan, met een kleine, humorloze grinnik, schudt hij zijn hoofd. 'Ik denk dat je gelijk hebt.'

Ik trek een mondhoek op. 'Ik weet dat ik gelijk heb.'

Hij laat een zachte lach horen.

'Oké, serieuze vraag. Wat doe jij voor je plezier?'

Dan knippert met zijn ogen. 'Wat?'

'Voor je plezier', herhaal ik. 'Je weet toch wel wat plezier is, hè?'

Hij lijkt oprecht van zijn stuk gebracht, alsof het de eerste keer in jaren is dat iemand hem dat vraagt.

'Eh...' Hij wrijft in zijn nek. 'Ik werk aan het botenhuis wanneer ik kan. Ik sport nadat ik Chloe op school heb afgezet. Ik werk in het motel.' Hij haalt zijn schouders op. 'Buiten lezen, niet veel.'

Ik frons. 'Ik hoor het woord *werken* heel vaak. Oké, maar hoe zit het met vrienden? Afspreken?'

Dans uitdrukking wordt lichtelijk mismoedig. 'Ja... niet echt. James en mijn vrienden hebben het lang geprobeerd. Bleven me uitnodigen, probeerden me mee te krijgen naar evenementen, bijeenkomsten, wat dan ook. Hebben me zelfs ingeschreven op een paar van die datingsites. Ik had altijd wel een excuus.' Hij zucht. 'Na een paar jaar... hielden ze gewoon op met vragen.'

Ik bestudeer hem even. De manier waarop hij het zegt, er is geen bitterheid, alleen een stille acceptatie.

'Ze gingen er waarschijnlijk gewoon van uit dat je ruimte nodig had', zeg ik voorzichtig.

Dan knikt, maar zijn blik blijft afwezig. 'Ja. Misschien.'

Er hangt weer een stilte, maar dit keer voelt het anders.

'Weet je', zeg ik luchtig, terwijl ik hem een duwtje in zijn arm geef, 'je zou ja kunnen gaan zeggen.'

Dan slaakt een zuchtje. 'Ja.' Hij kijkt me dan aan, een kleine grijns trekt aan de hoek van zijn mond. 'Misschien.'

Het is geen belofte. Maar het is iets waar ik mee kan werken. Na vandaag heb ik een overwinning nodig. Dringend.

Niet zomaar een zakelijke overwinning, een persoonlijke. Iets dat me eraan herinnert dat ik nog steeds dingen voor elkaar kan krijgen. Dat ik nog steeds weet hoe ik mensen moet lezen, verhalen moet vormgeven, een impuls kan geven.

En ik kan het niet helpen om terug te denken aan dat eerdere gesprek met Dan. Aan de manier waarop hij glimlachte toen hij over acteren sprak alsof het een lang verloren vriend was die hij niet zeker wist of hij het recht had om te missen.

Aan de manier waarop hij het afdeed alsof het niet meer uitmaakte - alsof het er niet toe zou moeten doen.

Maar wat als het er wel toe deed?

Wat als ik hem kon helpen er weer in te geloven? Weer in zichzelf?

Hij zou het nooit vragen. Dat weet ik zeker. En eerlijk gezegd is dat het halve probleem. Mensen zoals Dan — stilzwijgend fatsoenlijk, onophoudelijk onbaatzuchtig — zijn zo gewend om anderen op de eerste plaats te zetten, dat ze vergeten dat ze ooit een eigen droom hadden.

Maar ik herinner het me.

Ik zag het. Het vonkje.

En dan, als een ontbrandende vonk, krijgt een idee vorm in mijn gedachten.

'Wat als... Wat als je een feestje gaf? Om de voltooiing van het botenhuis te vieren, om je nieuwe start te vieren?'

Hij kijkt me aan, scepsis vermengd met nieuwsgierigheid in zijn uitdrukking.

'Wat voor feest?'

'Een housewarming! Een kans om dit nieuwe hoofdstuk te vieren, om jezelf te omringen met mensen die om je geven, die je steunen. Het zou kunnen zijn als het trekken van een streep in het zand, het markeren van het begin van iets nieuws en prachtigs.'

Ik zie de radertjes in zijn hoofd draaien terwijl hij het overweegt, de aanvankelijke terughoudendheid maakt plaats voor een sprankje mogelijkheid. Dan, even snel, lijkt er een wolk achter zijn ogen te trekken.

'Ik weet het niet, Rachel. Het is zo lang geleden dat ik iemand heb uitgenodigd. Ik heb niet echt vrienden meer.'

'Dat is precies waarom je dit moet doen, Dan. Het is tijd om weer te gaan leven, om de liefde en het licht om je heen te omarmen. Dit feest kan de eerste stap zijn, een kans om te helen, om weer vreugde en een doel te vinden. En zelfs als je het niet voor jezelf wilt doen. Doe het voor Chloe.'

Hij staart me een lang moment aan, het conflict zichtbaar op zijn gezicht. En dan, langzaam, begint er een glimlach om de hoeken van zijn mond te trekken.

'Oké', zegt hij. 'Laten we het doen. Laten we een feestje geven.' Hij klinkt zijn flesje tegen mijn wijnglas, waarmee ons pact bezegeld is.

Ik herinner me de herhalingen die mijn moeder Claire en mij liet kijken toen we kinderen waren, series uit de jaren tachtig geloof ik, *Highway to Heaven* en *Quantum Leap*. Misschien, heel misschien, is deze onverwachte omweg in Maine mijn *Quantum Leap*-moment: een beetje vrolijkheid en geluk achterlaten bij degenen die het nodig hebben, voordat ik vertrek en terugga naar Chicago.

Ik neem een slokje van mijn glas wijn terwijl ik zie hoe Dans uitdrukking verandert van aarzeling naar vastberadenheid. Het is een subtiele verandering, maar ik zie de sprankeling van hoop in zijn ogen, de manier waarop zijn schouders zich net iets rechten.

'Dus, waar beginnen we?', vraagt hij, terwijl hij met zijn ellebogen naar voren leunt. 'Ik ben de laatste tijd niet echt *een van de jongens* geweest. Ik heb me schuilgehouden in het huis, me op Chloe gericht. De kans is heel groot dat er niemand komt opdagen.'

'Nou, ten eerste, en ik neem aan dat je het niet erg vindt dat ik de boel organiseer, moeten we een gastenlijst maken. Wie zijn de mensen met wie je je wilt omringen, degenen die door dik en dun voor je klaar stonden?'

Dan fronst zijn wenkbrauwen, een moment in gedachten verzonken. 'Ik denk mijn broer, James. Hij heeft me altijd gesteund. En misschien een paar van de jongens van de bootclub, degenen die Rebecca kenden...'

Zijn stem sterft weg, en ik zie de pijn over zijn gezicht flitsen bij de vermelding van zijn overleden vrouw. Instinctief reik ik uit en leg mijn hand op de zijne, en knijp er zachtjes in.

'Dat is een geweldig begin', zeg ik zacht. 'En hoe zit het met Chloe's vrienden? Ik weet zeker dat ze het geweldig zou vinden om wat van haar klasgenoten op het feest te hebben, en dan kun jij hun ouders leren kennen.'

Net op dat moment komt Chloe de trap afgestormd, haar gezicht stralend van opwinding. 'Hoorde ik iets over een feestje?', vraagt ze gretig.

'Rachel hier heeft me overgehaald om een housewarming te geven', legt Dan uit, nog steeds een beetje aarzelend.

'Een housewarming? Voor mij?' Chloe gilt het bijna uit van plezier.

'Voor ons, eigenlijk', verbetert hij.

'Wat dan ook. Een feestje! Oh mijn god, dat zou geweldig zijn!'

Ze draait een rondje door de kamer, al overlopend van enthousiasme. 'We kunnen een dj en dansen! En snacks! Ooh, en wat dacht je van een ijscobar?'

Haar enthousiasme is aanstekelijk, en ik kan een grijns niet onderdrukken. Dit is precies de reactie waar ik op had gehoopt.

'Zie je wel?', zeg ik tegen Dan, met een triomfantelijke glimlach. 'Ik zei toch dat ze het geweldig zou vinden.'

Dan schudt zijn hoofd, maar ik zie een glimlach om zijn lippen trekken. 'Oké, oké. Ik zie al dat ik in de minderheid ben.'

'Yes!', roept Chloe uit, terwijl ze naar hem toe rent om hem een dikke knuffel te geven. 'Dank je, dank je, dank je! Dit wordt episch.'

Terwijl ik hun omhelzing zie, komt er een gedachte bij me op. 'Hé Dan, wat voor budget hebben we het over voor dit feestje?'

Hij maakt een afwerend gebaar. 'Maak je daar geen zorgen over. We komen er wel uit.'

Ik trek een wenkbrauw op. 'Ik waardeer het sentiment, maar feestjes kunnen snel in de papieren lopen. Waarom houden we het niet simpel? We kunnen een potluck doen, mensen gerechten laten meebrengen om te delen. En ik kan wat ballonnen, slingers en dat soort dingen halen. Het hoeft niet chique te zijn om leuk te zijn.'

Dan kijkt me aan, een mix van dankbaarheid en iets anders dat ik niet helemaal kan plaatsen in zijn ogen. 'Dat waardeer ik. Maar als we het gaan doen, laten we het dan goed doen.'

'Oké dan. Laat me wat offertes opvragen en een plan opstellen.'

'Ho, ho. Ik verwacht niet dat jij alles organiseert. Ik kan managedat wel regelen...'

'Vertel me, Dan', onderbreek ik hem, 'wanneer heb je voor het laatst een feestje gegeven? Nee, schrap dat. Wanneer ben je voor het laatst überhaupt naar een feestje geweest?'

Hij lacht. 'O, kom op. Een fust in de hoek, popcorn, bierpong, wat frisdrank voor de kinderen... hoe moeilijk kan het zijn om een paar drankjes te organiseren?'

'Wat je zojuist hebt beschreven is een studentenfeest. Dat is *geen* feest. Kijk, vertrouw me hierin. Laat het aan mij over en ik zal je versteld doen staan.'

'Ik heb het gevoel dat ik op zijn minst moet bijdragen.'

'Je draagt bij! Jij betaalt ervoor. Maar alsjeblieft, ik heb dit nodig. Ik heb een project nodig om aan te werken, anders zit ik alleen maar in mijn motelkamer een existentiële crisis te hebben terwijl ik wacht tot de aswolk overwaait.'

'Nou, oké dan. Als je het zo stelt.'

'Dank je. Maar we hebben nog steeds een datum nodig. Verjaardagen die eraan komen, of belangrijke data...'

Dans ogen worden groot als een gedachte hem te binnen schiet. 'Weet je wat? Laten we het dit weekend doen. Waarom wachten?'

Ik laat de pen die ik vasthoud bijna vallen. 'Dit weekend? Maar het is woensdag! Dan moeten we alles in een paar dagen regelen en...'

'Precies', onderbreekt hij, zijn stem bruisend van opwinding. 'Laten we alles uit de kast halen. Een cateraar inhuren, livemuziek regelen, de hele mikmak.'

Mijn hoofd tolt van de plotselinge ommekeer. 'Dan, dat is een lief idee, maar de kosten... ik bedoel, een grootschalig feest zoals dat zou een aanzienlijk bedrag kunnen kosten.'

Hij wuift mijn bezorgdheid weg, zijn ogen glinsterend van vastberadenheid. 'Het is goed. Zoals ik al zei, laten we het goed doen.'

Ik bijt op mijn lip, verscheurd tussen het verlangen om een magische ervaring voor Dan en Chloe te creëren en de praktische stem in mijn hoofd die schreeuwt over budgetten en financiële verantwoordelijkheid. 'Ik hoor je, maar we moeten realistisch zijn. Je bent een alleenstaande vader, en ik weet hoe moeilijk het kan zijn om de eindjes aan elkaar te knopen.'

Dan kijkt naar Chloe, die al op haar telefoon haar vrienden het nieuws aan het berichten is. Hij leunt samenzweerderig naar voren. 'Ik waardeer je bezorgdheid. Echt waar. Maar ik heb dit onder controle. Geloof me.'

De oprechtheid in zijn stem geeft me vertrouwen, maar ik kan de knagende zorg niet helemaal van me afschudden. 'Ik vertrouw je, Dan. Ik wil gewoon niet dat je jezelf in de schulden steekt voor één feestje.'

Hij grijnst, een ondeugende twinkeling in zijn ogen. 'Wie zegt dat het maar één feestje is? Misschien ben ik van plan om hier een jaarlijkse traditie van te maken.'

Dan grijpt in zijn zak en haalt een glimmende zwarte creditcard tevoorschijn. Hij krabbelt een bedrag op een stukje papier en schuift ze allebei over de tafel naar me toe.

'Wat is dit?'

'Het budget voor het feest', zegt hij, alsof het de normaalste zaak van de wereld is. 'Wat je ook nodig hebt om dit perfect te maken. Ik praat alleen niet graag over geld waar Chloe bij is.'

Ik staar naar het bedrag op het papier, mijn hart bonst. Het is meer dan ik ooit had gedacht uit te geven aan een housewarming. Meer dan ik had gedacht dat Dan zich kon veroorloven.

'Dan, dit is... Weet je dit zeker? Het is veel geld.'

Hij leunt naar voren, zijn ogen ontmoeten de mijne. 'Ik heb veel verdiend tijdens mijn tijd bij de show — meer dan ik op dat moment wist wat ik ermee moest doen. Ik heb een deel ervan geïnvesteerd, en sindsdien ben ik voorzichtig geweest. Het is geen probleem.'

Een vage glimlach speelt om zijn lippen, en ik vang de flits van trots op in zijn ogen. Het is duidelijk dat hij niet zomaar met geld smijt — hij heeft er goed over nagedacht.

Gerustgesteld pak ik de kaart aan, mijn vingers raken de

zijne, een schok die als elektriciteit door me heen gaat. Ik kijk op en vraag me af of hij het ook voelt.

Maar hij is al verder gegaan en pakt zijn telefoon. 'Oké', zegt hij, terwijl hij een pen en een notitieblok uit een keukenlade haalt. 'Ik ga wat contactnummers opschrijven. Mijn gastenlijst. Ik schrijf ook iedereen op die volgens mij nuttig kan zijn. Ik denk dat ik een paar cateraars en leveranciers heb die ik gebruikte toen we het huis net kochten, maar ik waarschuw je alvast, sommige van deze nummers zijn misschien niet meer in gebruik.'

Dan vult mijn glas bij en, trouw aan zijn woord, schrijft hij de namen en nummers voor me op.

'Oké, het belangrijkste eerst. Thema. Ik denk aan "Betoverd Bos". We kunnen je achtertuin omtoveren tot een magisch boswonderland.'

Ik sluit mijn ogen en zie het voor me. Fonkelende lichtjes in de bomen, slingers van groen, misschien zelfs een paar sprookjesachtige paddenstoelen hier en daar verspreid.

'Ik vind het geweldig', zegt Dan zacht. 'Het is perfect.'

Terwijl Dan meer nummers opschrijft, leun ik achterover in mijn stoel en strijk met een vinger over de rand van mijn wijnglas. Het voelt goed om iets te plannen, om een project te hebben dat creativiteit en focus vereist. Ik weet dat ik dit voor Chloe doe — ze verdient een magische avond, iets om te vieren. En ik doe het ook voor Dan — hem helpen zich weer open te stellen voor zijn vrienden en buren.

Maar er is een ander deel van mij dat wanhopig wil dat dit lukt, en ik weet niet zeker of dat volledig altruïstisch is. Misschien is het omdat het idee om nuttig te zijn, om iets tastbaars te doen, het knagende gevoel van falen op afstand houdt. Een uitgebreide afleiding. Makkelijker om een feest te plannen dan in die motelkamer te zitten en elk moment van de vergadering van vandaag te ontleden. Me afvragend of ik wel zo goed ben als ik dacht. Of erger — beseffen dat ik de hele tijd heb gebluft. Of nog erger, beseffen dat ik misschien mijn hele carrière heb gebluft.

Ik schud de gedachte van me af en concentreer me op de taak die voor me ligt. Het organiseren van dit feest geeft me een doel — het voelt als iets waar ik daadwerkelijk controle over heb, in tegenstelling tot de aswolk of de Harcourt-deal of de manier waarop mijn hele leven in de wacht lijkt te staan, vast in een soort limbo. Als ik dit kan realiseren, als ik het mooi en memorabel en perfect kan maken voor Chloe, kan ik misschien aan mezelf bewijzen dat ik nog steeds ergens goed in ben.

'Hé, alles goed?', Dan's stem doorbreekt mijn gedachten, en ik realiseer me dat ik wezenloos naar het notitieblok heb zitten staren.

Ik tover een glimlach tevoorschijn en knik. 'Ja, ik was gewoon ideeën aan het bedenken. Ik heb dit onder controle.'

Hij geeft me een warme, waarderende glimlach, en iets in mijn borst ontspant een klein beetje. Ik ga mijn eigen onzekerheden dit niet laten verpesten. Niet voor hen. En niet voor mezelf.

## TIEN

Nadat ik het grootste deel van de ochtend bezig ben geweest met het opsporen van leveranciers in Portland, rijd ik met het grote rode beest naar Dan. Ik neem een behoorlijke omweg, mezelf wijsmakend dat ik de omgeving aan het verkennen ben, terwijl de waarheid is dat ik het gewoon geweldig vind om in een enorme pick-up te rijden. Ik ben officieel bekeerd.

Ik parkeer de truck bij Dans huis en de motor rommelt als een kleine aardbeving als ik hem in de parkeerstand zet. Het is belachelijk, praktisch een monster truck vergeleken met mijn gestroomlijnde stadsauto thuis, maar op dit punt heb ik gewoon geaccepteerd dat Maine en ik er heel verschillende ideeën op nahouden over geschikt vervoer.

Dan stapt de veranda op als ik de motor uitzet. Hij heeft zijn armen over elkaar en zijn wenkbrauwen opgetrokken. 'Compenseer je ergens voor?'

Ik glimlach zelfvoldaan, spring uit de bestuurdersstoel – serieus, je moet hier echt in klimmen – en gooi de deur dicht met een stevige *plof*. 'Ja. Voor het absolute gebrek aan functionele huurauto's in deze staat.'

Hij fluit zachtjes en kijkt naar de truck. 'Ben je van plan

om na het feest timmerhout te gaan vervoeren? Je misschien aansluiten bij een bouwploeg?'

Ik gooi mijn sleutels in de lucht en vang ze weer op. 'Eigenlijk dacht ik eraan om een bijbaantje te beginnen in het mudracen. Denk je dat het me zou lukken?'

Dan houdt zijn hoofd schuin, alsof hij erover nadenkt. 'Ik weet het niet. Misschien moet je dan eerst je hakken omruilen voor werklaarzen.'

Ik kijk naar mijn enkellaarsjes en haal mijn schouders op. 'Modieus en functioneel. Ik ben een vrouw van vele talenten.'

Hij grinnikt en stapt naar voren om de tassen van me aan te pakken. 'Kom op, stadse meid. Laten we je naar binnen brengen voor je de plaatselijke bevolking angst aanjaagt.'

Ik volg hem lachend de trap op. 'Je bent je ervan bewust dat jij een van de plaatselijke bewoners bent, toch?'

'Ja,' roept hij over zijn schouder, 'daarom spreek ik ook uit ervaring.'

Ik schud geamuseerd mijn hoofd terwijl hij de deur openduwt en een stap opzij doet om me binnen te laten. Het huis ruikt naar vers hout en koffie, en iets eraan – aan het hier zijn – voelt vreemd... gemakkelijk. Zelfs vertrouwd.

Wat een gevaarlijk gevoel is.

Ik schud het van me af en leg mijn sleutels op het aanrecht.

'Oké,' zegt hij, leunend tegen de koelkast, 'wat moet er nog gebeuren? Ik kan helpen.'

Ik pauzeer, mijn handen zwevend boven de checklist. Ik voel zijn rusteloosheid, de manier waarop zijn ogen steeds naar de achtertuin schieten, waar het half geschilderde boothuis staat te wachten.

Ik trek een mondhoek op. 'Wil je echt helpen met de voorbereidingen voor het feest?'

Hij haalt zijn schouders op en duwt zich van de koelkast af. 'Vind ik niet erg.'

Ik trek een wenkbrauw op. 'Vind je het niet erg, of sta je liever buiten om nog een laag verf op het boothuis aan te brengen?'

Dan proest het uit. 'Vind je dat het nodig is?'

Ik sla mijn armen over elkaar en houd mijn hoofd schuin. 'Jij duidelijk wel, zoals je ernaar kijkt...' Ik laat de zin plagerig in de lucht hangen.

Zijn mondhoek trekt, alsof hij wil tegenstribbelen maar weet dat ik hem te pakken heb. Hij kijkt even uit het raam, maar een seconde.

Ik zucht dramatisch en wuif hem weg. 'Ga maar. Schilderen. Creëer een band met je bouwwerk. Ik red me wel met de rest.'

Dan aarzelt. 'Weet je het zeker?'

Ik wijs naar de netjes geordende versieringen, die allemaal nog opgehangen moeten worden. 'Ik heb dit. Bovendien loop je me waarschijnlijk alleen maar in de weg.'

Hij rolt met zijn ogen, maar protesteert niet. 'Goed. Maar als je iets nodig hebt-'

'Zal niet gebeuren,' onderbreek ik hem.

Hij wijst met een vinger naar me terwijl hij achteruit naar de deur loopt. 'Als je je bedenkt-'

'Zal niet gebeuren,' herhaal ik grijnzend.

Hij laat een lachje horen en geeft zich eindelijk gewonnen. 'Oké, oké. Roep maar als je me nodig hebt.'

Ik zie hem naar buiten gaan, terwijl hij zijn hoodie al over zijn hoofd trekt alsof hij op toestemming heeft gewacht om weer aan het werk te gaan. Op het moment dat hij de steiger op stapt, ontspannen zijn schouders en ik schud mijn hoofd.

Ja. Hij wil echt dat het boothuis schittert.

Stipt om twaalf uur arriveert een bezorger met de gedrukte uitnodigingen die we zullen gebruiken voor iedereen die in de buurt woont. Ik staar naar de kleurrijke verzameling die over de keukentafel verspreid ligt, mijn hoofd zoemend van de mogelijkheden. Dans housewarming is de perfecte gelegenheid om de grote aankondiging van zijn comeback als acteur te orkestreren.

Hij weet het misschien nog niet, maar dit is precies wat hij nodig heeft.

De uitnodigingen met goudopdruk voelen voldoende chique voor de aankondiging van een belangrijke, levensveranderende gebeurtenis. Ze zijn perfect.

Ik pak mijn favoriete pen, degene die ik normaal gesproken reserveer voor het ondertekenen van klantcontracten, en begin ideeën voor de tekst van de uitnodiging op te schrijven. Het moet de juiste mix van intrigerend en mysterieus zijn, genoeg om de nieuwsgierigheid van mensen te prikkelen zonder de verrassing te verklappen.

'U bent van harte uitgenodigd voor The Maine Event, een housewarming-soiree, ter ere van een nieuw begin en spannende onthullingen.'

Ik lees het hardop en tik met de pen tegen mijn kin. 'Hmm, niet slecht.'

Dan is misschien eerst terughoudend, maar ik weet dat hij er diep vanbinnen naar heeft verlangd om zijn acteercarrière nieuw leven in te blazen. Hij heeft gewoon een duwtje in de goede richting nodig.

Ik verzamel de gekozen uitnodigingen en stel me de verraste en dankbare blik op Dans gezicht voor als hij beseft wat ik voor hem heb gedaan. Zeker, het is een beetje onconventioneel om zo'n grote beslissing te nemen zonder hem te raadplegen, maar soms hebben mensen een zetje nodig, vooral als ze op de rand van iets groots staan en weigeren de sprong te wagen.

Terwijl ik de uitnodigingen in frisse witte enveloppen stop, zwelt de spanning in mijn borst aan. Dit feest gaat niet alleen over Dans comeback als acteur; het gaat erom hem te laten zien dat hij iemand aan zijn zijde heeft, die hem aanmoedigt en in zijn dromen gelooft.

Met een zwierig gebaar sluit ik de laatste envelop, een glimlach spelend om mijn lippen.

*Het is beter om achteraf om vergeving te smeken dan vooraf om toestemming te vragen, toch?*

Nou ja.

Oké, daar gaan we dan.

Ik stop de uitnodigingen in mijn tas, mijn vingers blijven even hangen op de zachte flap van de laatste envelop, alsof een deel van me weet dat ik een soort onzichtbare grens overschrijd. Maar ik heb er vrede mee. Dan ziet het nu misschien niet, maar dat komt nog wel.

Soms moeten we voor mensen geloven, als ze het zelf niet kunnen, totdat ze zich herinneren hoe het moet.

Het kantoor van de Portland Tribune gonst van de bedrijvigheid als ik door de glazen deuren stap, een stapel uitnodigingen discreet weggestopt in mijn tas.

De lucht is zwaar van de geur van verse koffie en drukinkt, het geklepper van toetsenborden vult de ruimte terwijl verslaggevers druk in telefoons praten of over hun bureaus gebogen zitten. Ik scan de kamer en neem de energie in me op. Redacties lijken veel op pr-bureaus: georganiseerde chaos, draaiend op cafeïne en naderende deadlines.

Ik loop naar de balie van de receptioniste, met mijn schouders naar achteren, mijn zelfvertrouwen op de maximale pr-stand.

Dit is niet zomaar een feest.

Het is een keerpunt.

En het begint nu.

'Hallo,' zeg ik, met mijn meest toegankelijke maar professionele glimlach. 'Ik hoopte met iemand te kunnen spreken over een aankomend evenement. Het is vrij exclusief en ik denk dat uw lezers zeer geïnteresseerd zullen zijn.'

De receptioniste, een jonge vrouw met een strakke boblijn en nieuwsgierige ogen, leunt iets naar voren. 'O. Over wat voor evenement hebben we het?'

Ik verlaag mijn stem samenzweerderig, alsof ik haar een enorme primeur toevertrouw. 'Laten we zeggen dat er een geliefde plaatselijke beroemdheid bij betrokken is die een grote aankondiging doet. Ik kan nog niet te veel onthullen, maar geloof me, het wordt het gesprek van de dag.'

Haar wenkbrauwen schieten omhoog en ik kan de radertjes in haar hoofd bijna zien draaien.

'Intrigerend!' zegt ze en pakt een notitieblok. 'Wat voor aankondiging?'

'Iets waar iedereen het over zal hebben.' Ik laat de pauze vallen. 'Een nieuw hoofdstuk. Een terugkeer. Misschien zelfs... een verhaal van verlossing.'

Ze ademt uit, duidelijk in de ban. 'Ik ga even kijken of onze entertainmentredacteur beschikbaar is. Een ogenblikje.'

Terwijl ze de telefoon opneemt, sta ik mezelf een kleine, tevreden glimlach toe. Het zaadje is geplant en ik voel de buzz al op gang komen.

Nu het krantenartikel in gang is gezet, schakel ik over op mijn volgende missie: de uitnodigingen bezorgen bij Dans oude vrienden, degenen die hij al die jaren zo goed heeft weten te vermijden.

Ik rij met het grote rode beest terug naar Biddeford en neem dit keer de tijd om door het stadje te rijden.

Niet omdat het moet.

Gewoon omdat...

Oké, prima, ik ben dol op deze truck. Het maakt autorijden leuk.

Er is iets vreemd krachtigs aan het hoog zitten, de kracht van de motor onder me voelen, terwijl het schilderachtige landschap van Maine voorbij rolt.

Biddeford is niet groot of flitsend, maar het heeft iets charmants.

Het is een stad met geschiedenis, met karakter, met mensen die elkaar al tientallen jaren kennen.

Anders dan Chicago, waar alles in een razend tempo gaat, waar gezichten van mensen in elkaar overvloeien, waar zelfs de vriendschappen... transactioneel kunnen aanvoelen.

Ik parkeer voor het eerste huis op mijn lijst, dat van Karl, een bescheiden huis met twee verdiepingen, een schommel op de veranda en een oude labrador die me vanaf de trap gadeslaat.

Ik stap uit, uitnodiging in de hand, en loop naar de deur. Ik weet dat deze mensen me niet verwachten.

Ze kennen me verdomme helemaal niet.

Maar ik weet dat ze iets voor Dan betekenen. Zijn oude Groep, degenen die hem na de dood van zijn vrouw probeerden terug in de wereld te trekken.

Degenen die hij liet wegglippen.

Ik klop twee keer. De deur zwaait open en onthult een breedgeschouderde man eind dertig, die zijn voorhoofd fronst terwijl hij me opneemt.

'Kan ik u helpen?'

'Hoi.' Ik glimlach en reik hem de envelop aan. 'Ik ben Rachel. Een vriendin van Dan. Hij geeft een housewarming en ik wilde er zeker van zijn dat u een uitnodiging kreeg.'

Een pauze. Zijn blik schiet naar de truck en dan weer naar mij.

'Bent u van hier?'

Ik schud mijn hoofd. 'Alleen op bezoek. Maar ik dacht dat Dans vrienden het misschien wel zouden waarderen om een kans te krijgen om met hem bij te praten.'

Karls uitdrukking wordt iets zachter. Hij neemt de envelop aan en draait hem in zijn handen om.

'Ik heb Dan al een tijd niet gezien.'

Ik knik. 'Ja, dat hoor ik wel vaker.'

Er volgt een stilte. Dan, tot mijn verrassing, grinnikt hij en schudt zijn hoofd.

'Man, hij was altijd al een koppige ezel. Ik denk dat het tijd wordt dat iemand hem terug de bewoonde wereld in sleept.'

Ik grijns. 'Dat is het plan.'

Eén te gaan.

Ik klim terug in het beest van een truck, voer het volgende adres in op de navigatie en start de motor.

Op naar de volgende halte.

## ELF

———— ♥ ————

Tegen de tijd dat ik weer bij het huis aankom, begint de zon al aan zijn lome daling achter de bomen, waardoor er een warme, amberkleurige gloed over de achtertuin valt. Mijn hart bonst nog steeds van de wervelwind van de afgelopen uren: het opsporen van Dans oude vrienden, het bezorgen van de uitnodigingen en het inlichten van de pers over de grote onthulling.

Technisch gezien heb ik niet gelogen. Ik heb het hem gewoon... niet verteld. Nog niet.

Nu is de tuin langzaam aan het veranderen. De laatste lichtslingers worden ontward, een paar klapstoelen van de leverancier zijn al aangekomen en staan opgestapeld, klaar om morgen te worden neergezet. Er hangt een voelbare spanning van potentieel in de lucht en ik vind het geweldig.

Het feest gaat door. De cateraars zijn bevestigd, het menu is definitief: lokaal, vers en net chique genoeg om indruk te maken zonder dat gasten het gevoel krijgen dat ze zich niet kunnen ontspannen. Ik heb zelfs een evenementenverhuurbedrijf gevonden dat bereid is om morgen op het laatste moment tafels en decoratie te komen brengen en installeren. Betoverd Bos, zoals Pinterest me had beloofd.

Ik blijf bij de veranda staan, veeg het vuil van mijn handen en overzie het tafereel met een vreemde mix van zenuwen en trots. Het begint allemaal op zijn plek te vallen. Ik hoop alleen dat Dan het op dezelfde manier ziet als ik: als een feest, niet als een valstrik.

Alsof het een teken is, kraakt de hordeur achter me open en stormt Chloe naar buiten, haar logeertas aan haar arm bungelend. Haar ogen staan wijd van opwinding en alles gaat plotseling weer snel.

'Pap! Pap!', roept ze, terwijl ze tussen de tafels door slalomt tot ze bij Dan is, die druk bezig is de veranda op te ruimen. 'Sarah heeft net gebeld! Haar moeder zei dat ik vanavond mag blijven slapen! Mag ik gaan?'

Dan richt zich op, veegt zijn handen af aan zijn spijkerbroek en kijkt me met een scheve glimlach aan voordat hij zich weer tot Chloe wendt.

'Ik weet het niet, Chloe. Je moet morgen naar school.'

'Sarahs moeder brengt me morgen samen met Sarah naar school.'

'Dat is niet waar ik me zorgen om maak. Ik ben er vrij zeker van dat jullie twee de hele nacht opblijven om te kletsen en dat je morgen uitgeput zult zijn.'

'Ik beloof dat we dat niet zullen doen. Bovendien heeft Sarahs moeder een strenge regel dat de lichten om negen uur uit moeten.'

Dan overweegt Chloe's verzoek en monstert zijn dochter als een drilsergeant voordat hij in een grijns uitbarst.

'Oké dan. Heb je alles ingepakt?'

Chloe knikt enthousiast. 'Ja! Ik heb mijn spullen al klaargelegd. Haar moeder pikt me over tien minuten op!'

Dans wenkbrauwen gaan lichtjes omhoog van verbazing. 'Ben ik zo voorspelbaar?'

'Ja', stelt Chloe feitelijk vast.

'Heb je je pyjama bij je? Je tandenborstel?'

'Ja, pap', zegt ze met een dramatische rol van haar ogen, en ik kan een lach niet onderdrukken.

Dan kijkt me aan met een hulpeloze grijns en ik haal mijn schouders op. 'Klinkt alsof ze alles onder controle heeft.'

Hij zucht, alsof hij zich gewonnen geeft. 'Oké. Ga dan maar. Maar onthoud de regels: wees beleefd, zeg dankjewel en blijf niet de hele nacht giechelen.'

Chloe geeft hem een wanhopige blik. 'Pap.'

Hij houdt zijn handen in de lucht ten teken van overgave. 'Oké, oké. Ga maar plezier maken.'

Ze slaat haar armen om zijn middel, knijpt hem stevig vast en kijkt dan naar mij op. 'Doei, Rachel!'

'Veel plezier', antwoord ik met een zwaai.

Als ze weg is, voelt de tuin stiller, ruimer op de een of andere manier. Dan kijkt haar na met een slepende glimlach en ik zie hem met een hand door zijn haar gaan, alsof hij niet helemaal weet wat hij nu met zichzelf aan moet.

Ik leun tegen een van de tafels en sla mijn armen over elkaar. 'Je ziet eruit als een man die net zijn beste vriend is kwijtgeraakt.'

Hij grinnikt zachtjes en kijkt me weer aan. 'Het is raar, weet je? Ik raak er zo aan gewend dat ze er is, dat wanneer ze er niet is, het voelt alsof het huis gewoon... stilvalt.'

'Ze heeft geluk met jou', zeg ik, en hij geeft me een vage, bijna verlegen glimlach.

Na een moment schraapt hij zijn keel en verplaatst zijn gewicht. 'Hé', zegt hij, iets nonchalanter, 'aangezien ik vanavond onverwacht kindvrij ben... wil je iets gaan drinken? Er is een tentje hier vlak bij het water. Niets bijzonders, maar ze maken een verdomd goede gin-tonic.'

Zijn stem is zo nonchalant, maar er is een flikkering van onzekerheid in zijn ogen, alsof hij half verwacht dat ik nee zal zeggen. Ik glimlach en houd mijn hoofd schuin. 'Vraag je me uit, Dan?'

'Nee!', flapt hij eruit. 'Ik bedoel, ik vraag of je zin hebt om wat te gaan drinken. Ik weet het niet. Je mag hier ook blijven hangen, ik dacht alleen—'

'Alleen als ik de afspeellijst in de auto mag kiezen.'

Hij schatert het uit en werpt me een schuine blik toe. 'Prima. Maar als ik Top 40-pop nonsens hoor, laat ik je aan de kant van de weg achter om voor jezelf te zorgen.'

Dan ontgrendelt de auto met een piepje en terwijl we op de voorstoelen gaan zitten, kijkt hij me aan. 'Oké. Jij mag de afspeellijst kiezen, toch? Maar onthoud, deze auto reageert niet goed op autotune-liefdesliedjes.'

Ik trek een grijns en scrol door mijn telefoon. 'Rustig maar. Ik zal je vanavond niet met popmuziek kwellen. Wat vind je van een beetje Arctic Monkeys?'

Hij knikt goedkeurend. 'Oké, daarmee heb je vijf minuten respect verdiend.'

'Vijf? Dat is alles?', lach ik. 'Moeilijk publiek.'

De rit slingert zachtjes langs de rivieroever, de lucht gestreept met de kleuren van de zonsondergang: roze dat overloopt in indigo, met hints van goud die door de bomen fonkelen. Er hangt een vredige sfeer, het soort dat je in de stad niet echt vindt. Ik zuig het in me op.

Dans hand rust lui op het stuur, de andere trommelt lichtjes op de deur op de maat van de muziek. 'Weet je', zegt hij, 'het is raar dat Chloe niet op de achterbank zit om commentaar op mijn rijstijl te geven. Of te vragen waarom de maan ons volgt.'

'Ze is een slim kind', zeg ik. 'En erg overtuigend. De belofte dat de lichten om negen uur uit moesten was indrukwekkend.'

Hij lacht. 'Ze is een natuurkracht. Maar ik twijfelde er nog steeds over. Ik maak me zorgen dat ze bang wakker wordt of heimwee krijgt, of... ik weet het niet. Ik denk waarschijnlijk over alles te veel na.'

'Dat doe je', zeg ik luchtig, en herpak mezelf dan. 'Maar dat is geen slechte zaak. Ik bedoel, ja, misschien ben je een beetje overbezorgd—'

'O, bedankt.'

'—maar dat is alleen omdat je zoveel om haar geeft. Ze is je hele wereld. En dat is... best mooi.'

Hij is even stil. 'Ik wil gewoon dat ze iets stevigs heeft, weet je? Iets betrouwbaars. Niet zoals... de ene dag hier, de volgende dag weg.'

Ik knik, terwijl ik de bomen langs het raam voorbij zie flitsen. 'Ze heeft geluk, Dan. Echt waar.'

Het duurt even voor ik me realiseer dat ik stil ben gevallen, en hij kijkt opzij. 'Wat?'

Ik schud mijn hoofd en tover een kleine glimlach tevoorschijn. 'Niets. Ik... wou gewoon dat ik een vader zoals jij had gehad.'

Hij zegt niets, maar ik zie zijn knokkels iets witter worden op het stuur en hij werpt me een snelle, bijna medelevende blik toe.

'Was hij... er niet?', vraagt hij zachtjes.

'Nee', zeg ik, mijn stem licht maar kortaf. 'Overleden bij een bedrijfsongeval. Mam bleef achter met twee kinderen onder de zes.'

Dan trekt een pijnlijk gezicht. 'Sorry.'

Hij dringt niet verder aan, knikt alleen en zet de muziek wat harder. We laten het nummer de stilte vullen.

Maar ik voel het in me neerdalen: deze vreemde mix van verlangen en bewondering. De manier waarop ik Dan de afgelopen dagen met Chloe heb gezien, hoe hij naar haar luistert, haar aan het lachen maakt, haar ziet, haar écht ziet, is iets wat ik zelf nooit heb ervaren. En het wakkert iets aan wat ik niet had verwacht. Geen afgunst, niet precies. Meer zoiets als... hoop. Dat het mogelijk is. Dat zulke mannen bestaan. Dat liefde er zo uit kan zien.

Als we de grindparkeerplaats buiten de bar oprijden, werpt Dan me een schuin blik toe. 'Voor de duidelijkheid', zegt hij, 'als je iets met een klein parasolletje erin bestelt, zal ik je genadeloos bespotten.'

'Ik zou niets minder verwachten', kaats ik terug. 'Ik kom uit

Chicago, weet je nog? Ik ben niet een van jullie halfzachte acteurs.'

Hij grinnikt. 'Dat zullen we nog wel zien.'

De bar blijkt een gezellige, ietwat nautische plek te zijn, versierd met oude kreeftenfuiken en vervaagde maritieme vlaggen. Het ruikt er naar cederhout en zout en de afspeellijst bestaat volledig uit indie uit de vroege jaren 2010: Foster the People, The Lumineers, een beetje vroege Florence.

We nemen een tafeltje in de hoek, half afgeschermd door een hoog houten schot. Dan bestelt voor ons - twee gin-tonics - en kijkt me dan met een grijns aan.

'Tenzij jij het type bent dat van gedachten verandert en een havermelk-espresso-martini eist?'

Ik trek een wenkbrauw op. 'Alsjeblieft. Waar zie je me voor aan? Havermelk-martini's drink ik alleen op langeafstandsvluchten of na een relatiebreuk.'

Hij lacht, laag en warm, en ik realiseer me dat dit het meest ontspannen is dat ik hem heb gezien.

De drankjes komen, zachtjes zwetend in hun glazen. We klinken.

'Op onverwachte vrije avonden', stel ik voor.

'En op verantwoord ouderschap via logeerpartijtjes', voegt hij toe.

We nestelen ons, het geroezemoes van gesprekken om ons heen zoemt aangenaam op de achtergrond.

'Dus', zegt hij, iets naar voren leunend, 'vertel me eens iets over jezelf dat niet op LinkedIn staat.'

Ik knipper met mijn ogen. 'Dat is een erg PR-achtige manier om naar geheimen te vragen.'

'Schuldig. Kom op. Iets willekeurigs. Gênants. Zoals... dat je vroeger dacht dat narwallen niet echt waren, of dat je in een serieuze fanclub van een boyband zat.'

Ik grijns. 'Makkelijk. Ik schreef vroeger fanfictie voor de Powerpuff Girls. Liefdes en liefdesverdriet en dramatische monologen. Mijn achtjarige zelf had een breed repertoire.'

Dan barst in lachen uit. 'Wauw. Daar was ik niet op voorbereid. De Powerpuff Girls? Dat is heftig. Welke was jij?'

'Bubbles, natuurlijk. Maar met Blossoms haaraccessoires.'

Hij legt een hand op zijn hart. 'Dit is de beste bekentenis die ik ooit in een bar heb gehoord.'

'Jouw beurt', zeg ik, terwijl ik met mijn rietje naar hem wijs. Dan leunt achterover in het bankje, een scheve grijns speelt om zijn lippen. 'Oké, mijn eerste celebritycrush was Avril Lavigne.'

Ik trek mijn wenkbrauwen op. 'Sk8er Boi Avril?'

'De enige echte.' Hij haalt zijn schouders op, zonder ook maar te proberen zich te schamen. 'Die stropdas, de eyeliner, die hele "het kan me niet schelen wat je denkt"-vibe? Het was een complete obsessie. Ik heb misschien wel of niet geprobeerd gitaar te leren spelen om indruk te maken op niemand in het bijzonder.'

Ik barst in lachen uit. 'Zeg alsjeblieft dat er fotografisch bewijs is.'

'Dat is er. En het ligt diep begraven waar niemand het ooit zal vinden.'

'Tragisch. De wereld verdient het om Dan-in-zijn-poppunkfase te zien.'

'Jij lacht nu, maar ik was een meester in de "broeien in een hoodie"-look. Sommigen zeggen dat ik in 2004 mijn hoogtepunt bereikte.'

'En met "sommigen" bedoel je jezelf?'

'Natuurlijk.'

Daarna vallen we in een ritme: we wisselen verhalen uit, plagen elkaar over onze muzieksmaak als tieners, slechte modekeuzes, onze favoriete kindersnacks. Hij vertelt me over de keer dat hij zichzelf per ongeluk buitensloot uit een theater in vol kostuum en in een maillot een brandtrap moest beklimmen. Ik vertel hem over een pitchvergadering op de universiteit waar ik het woord 'disruptie' zo vaak gebruikte dat ik er migraine van kreeg.

Het lachen gaat gemakkelijk, alsof we dit al honderd keer eerder hebben gedaan.

Maar het is niet alleen grappig. Het is comfortabel.

Dan luistert. Hij wacht niet alleen om te praten, maar luistert echt. Hij stelt wedervragen. Glimlacht op alle juiste momenten. Alsof hij aandacht besteedt aan meer dan alleen de woorden.

En ik realiseer me, ergens te midden van dit alles, dat ik niet gewend ben om zo gezien te worden. Niet zonder op te treden. En het is... fijn.

Te fijn.

Dus gooi ik een pinda naar hem uit het kleine schaaltje op tafel. 'Ik kan nog steeds niet geloven dat je een Black Star was.'

Hij vangt hem en grijnst. 'Het was een fase. Oordeel niet over me.'

'O, ik oordeel absoluut over je', plaag ik. 'Maar met respect.'

Hij leunt achterover in het bankje, zijn blik rust een tel te lang op me. 'Je bent anders als je niet iets aan het pitchen bent.'

Dat overvalt me. 'Anders hoe?'

'Ik weet het niet', zegt hij, terwijl hij het ijs in zijn glas ronddraait. 'Meer... jij, denk ik.'

Ik weet niet wat ik daarop moet zeggen. Dus neem ik een slok en wijk uit met een andere vraag. 'Is dit jouw stamkroeg dan?'

Hij haalt zijn schouders op. 'Niet echt. Ik kwam hier vroeger toen... nou ja, toen ik nog een sociaal leven had.'

'Vóór Chloe', raad ik, en hij knikt.

'Het is niet dat ik het erg vind', zegt hij snel, bijna defensief. 'Maar ja. De dingen zijn nu anders. Prioriteiten verschuiven.'

Ik houd mijn hoofd schuin en bestudeer hem. 'Denk je er ooit over om weer te gaan acteren? Of iets anders, misschien? Je hebt zo'n energie die gewoon... voor een publiek hoort.'

Hij lacht en schudt zijn hoofd. 'Nee joh. Die tijd is voorbij. Maar je bent niet de eerste die het voorstelt.'

'En lesgeven?', stel ik voor. 'Ik zag je met de kinderen bij de repetities. Je was geweldig met ze.'

Hij kijkt me een beetje verbaasd aan. 'Vind je?'

Ik knik. 'Absoluut. Je haalde hun zelfvertrouwen naar boven zonder dat ze zich dwaas of onzeker voelden. Ze vonden het geweldig.'

Hij neemt een langzame slok van zijn whisky en overweegt het. 'Ik vind het leuk om te helpen op school. Maar lesgeven betekent avonden en weekenden, de beste tijd met Chloe. Ik weet niet of ik klaar ben om dat op te geven. Bovendien heb ik het gevoel dat ik dan andermans kinderen zou helpen ten koste van mijn eigen kind.'

Ik geef hem een vriendelijke glimlach. 'Je bent een goede vader, weet je dat?'

Hij reageert niet, geeft me alleen een soort verlegen grijns en draait het ijs in zijn glas rond.

'Dus', zegt hij, van onderwerp veranderend, 'je hebt mijn vraag van de andere avond nooit echt beantwoord. Wat is dat met die PR-obsessie? Weet je zeker dat dat je roeping is?'

Ik glimlach wrang. 'Absoluut. Het is meer dan alleen werk. Ik ben er dol op. Ik ben er per toeval in gerold, om eerlijk te zijn. Ik liep stage in de zomer na mijn tweede jaar en wist meteen dat ik dat wilde doen na mijn afstuderen. Er is iets opwindends aan het creëren van een verhaal, het vinden van de invalshoek die mensen zal boeien. Het is alsof je in hun hoofd kruipt en uitzoekt wat hen drijft. Bewustzijn creëren. Verbindingen leggen. Ik hou van de uitdaging, denk ik.'

'Maar maakt het je gelukkig?'

De vraag blijft tussen ons hangen, zwaarder dan ik had verwacht. Ik aarzel.

'Soms. Het geeft voldoening als de dingen goed gaan. Maar het is ook uitputtend. Werken voor een groot bureau betekent constant beschikbaar zijn. Het stopt nooit echt.'

Hij knikt, met begrip in zijn ogen. 'Weet je... om je werk goed te doen, moet je eigenlijk ook een beetje een acteur zijn. Pitchen, overtuigen, overhalen...'

Ik lach. 'Zo heb ik er nooit over nagedacht.'

Hij grijnst en pakt zijn pen van de tafel en schetst gedachteloos op een servetje terwijl ik hem nieuwsgierig aankijk.

'Wat ben je aan het krabbelen?', vraag ik.

Hij kijkt me aan en schuift dan, bijna met tegenzin, het servetje over de tafel. In plaats van tekeningen staan er woorden op: *personage of acteur?*

Ik kijk naar hem op en trek een wenkbrauw op. 'Wat is dit?'

Hij haalt zijn schouders op en geeft me die scheve halve glimlach. 'Gewoon iets waar ik de laatste tijd over nadenk. Over... zijn wie mensen van je verwachten, versus zijn wie je echt bent.'

Ik volg de woorden met mijn vingertop, mijn gedachten malen. 'Dus... welke ben jij?', daag ik hem uit.

Zijn glimlach wordt weemoedig. 'Dat is wat ik nog steeds probeer uit te zoeken.'

Ik kijk weer naar het servetje en overweeg het. 'Ik denk... dat we misschien allemaal beiden zijn. We acteren omdat het moet. Omdat dat is wat mensen van ons nodig hebben. Maar soms vallen we uit onze rol en dat is wanneer we echt zijn.'

Zijn blik blijft op me rusten, alsof hij me anders ziet, helderder dan voorheen. Ik weet niet wat ik met deze plotselinge intensiteit aan moet, dus ik hef mijn glas en drink de laatste restjes van mijn gin op.

'Ik ben blijkbaar niet de enige filosoof in de kamer vanavond', plaagt hij.

Ik rol met mijn ogen, maar kan niet anders dan lachen. 'Geef de gin de schuld.'

'Geef het gezelschap de schuld', kaatst hij terug en er is iets bijna teder in de manier waarop hij me aankijkt.

Ik pak het servetje en stop het in mijn zak. Om de een of

andere reden raken die woorden me, gekrabbeld in zijn slordige handschrift, over een plakkerige tafel geschoven, diep in mijn borst. Ik weet niet waarom. Maar het voelt als een vraag die ik al heel lang vermijd. Een waar ik zeker geen antwoord op heb.

'Dus, hoe zit het met de rest van je leven?', vraagt hij, met een plagende twinkeling in zijn ogen. 'Ben je een van die carrièrevrouwen die niet in relaties gelooft, of heb je gewoon een rij aanbidders van je af moeten slaan?'

Ik grinnik en leun achterover in het bankje. 'Een paar blind dates hier en daar. Meestal geregeld door vrienden die denken dat ze beter weten wat ik nodig heb dan ikzelf.'

Hij grijnst. 'En is dat zo?'

'God, nee.' Ik schud lachend mijn hoofd. 'Ze zijn altijd wel aardig, maar nooit... wauw. Weet je wel? We hebben dan een perfect beschaafde avond, eten iets te duurs, lachen op de juiste momenten. Dan gaan we allebei naar huis en bellen we elkaar nooit meer.'

Dan trekt een wenkbrauw op. 'Geghost?'

'Nee, het is meer wederzijdse apathie.' Ik glimlach wrang. 'Alsof we er allebei stilletjes mee instemmen om het hele gebeuren een waardige dood te laten sterven.'

Hij lacht, warm en onbewaakt. 'Nou, voor wat het waard is, ik vind je geweldig gezelschap.'

Ik trek een wenkbrauw op. 'Pas op, Dan. Het klinkt alsof je aan het flirten bent.'

Hij spreidt zijn handen onschuldig. 'Ik maak alleen maar een observatie.'

Ik houd mijn hoofd schuin en bestudeer hem. 'En jij? Heb je gedatet sinds...?'

Hij schudt zijn hoofd. 'Niet echt. Er is niemand serieus geweest. Niemand, punt, als ik eerlijk ben. Tussen Chloe en het motel en... alles, voelde het nooit als het juiste moment.'

'Dat is begrijpelijk', zeg ik zachtjes. 'Maar... misschien is het tijd dat je erover nadenkt om op een date te gaan. Jij bent ook goed gezelschap. Grappig, fatsoenlijk. Ziet er niet slecht uit. Misschien een potentiële speciale iemand uitnodigen voor het feest.'

Hij grijnst. 'Je legt het er wel erg dik bovenop vanavond.'

'Tja, ik werk in PR', grijns ik. 'Mensen aanprijzen is mijn vak.'

Hij wordt iets serieuzer en tikt tegen de zijkant van zijn glas. 'Het is niet dat ik niet opensta voor het idee. Het is gewoon... Chloe. Ik wil haar niet in de war brengen. Ze heeft al genoeg opschudding meegemaakt. En wat als er iemand komt en het wordt rommelig?'

Ik knik begrijpend. 'Ja. Mijn moeder had ooit een relatie met een andere leraar van haar school en ik kan je vertellen, Claire en ik waren er vreselijk over. We deden vervelend, maakten het haar zo moeilijk. Tot op de dag van vandaag weet ik niet of het op een natuurlijke manier eindigde, of dat wij het gewoon onmogelijk voor hen maakten. Onvergeeflijk, eigenlijk. Het duurde jaren voordat ze het opnieuw probeerde.'

Dan glimlacht even. 'Precies.'

Er is een stil moment tussen ons, niet ongemakkelijk, gewoon bedachtzaam. Dan heft hij zijn glas weer. 'Maar... ik beloof dat ik erover na zal denken.'

'Goed', zeg ik. 'En ik beloof dat ik weer op een blind date zal gaan... over, oh, ongeveer vier maanden, als ik een uurtje vrij heb in mijn agenda.'

Hij lacht en schudt zijn hoofd. 'Jij weet echt hoe je een man moet versieren.'

'Ik streef ernaar om indruk te maken.'

We stappen de bar uit de frisse nachtlucht in, de zilte geur van de oceaan drijft op de bries mee. De straten zijn rustig, verlicht door de zachte, amberkleurige gloed van de straatlantaarns. Ik trek mijn jas strakker om me heen terwijl Dan de auto ontgrendelt.

'Dat was leuk', zeg ik, terwijl ik naar hem kijk terwijl we lopen. 'Bedankt voor het gezelschap.'

Hij werpt me een blik toe die alleen maar zachte randjes en gekreukelde ogen heeft. 'Bedankt dat je ja zei.'

We bereiken de auto en hij opent het passagiersportier voor me, zijn hand aarzelt even alsof hij twijfelt of hij nog iets wil zeggen. Ik stap in, maar hij beweegt niet meteen. In plaats daarvan leunt hij op het frame van de auto en kijkt me met een soort stille bedachtzaamheid aan.

'Weet je', zegt hij langzaam, 'ik doe dit niet vaak. Uitgaan. Ontspannen. Praten.'

Ik glimlach zachtjes. 'Dat zou je niet zeggen.'

Hij haalt één schouder op. 'Ik denk... het is gewoon makkelijk met jou. Jij snapt het.'

Ik antwoord niet meteen, ik kijk hem alleen in de ogen en houd zijn blik een tel te lang vast. En op dat moment verschuift er iets. Niet dramatisch. Niets explosiefs. Gewoon een subtiel bewustzijn. Een gevoel dat we misschien, heel misschien, meer zijn dan medeplichtigen in een schooltoneelstuk of twee mensen die om heel verschillende redenen in hetzelfde kleine stadje vastzitten.

Gewoon... twee mensen die graag bij elkaar zijn. Misschien iets meer dan ze willen toegeven.

Dan schraapt zijn keel en komt overeind, klopt twee keer op het dak van de auto voordat hij naar de bestuurderskant loopt. 'Oké. Huiswaarts. Dit housewarmingfeest gaat zichzelf niet organiseren.'

Terwijl hij de weg oprijdt, is de stilte in de auto niet ongemakkelijk. Hij is vol van alles wat onuitgesproken is.

En voor een keer voel ik niet de behoefte om hem te vullen.

Terug bij mijn motel verspreidt de gloed van de receptie zich over de parkeerplaats en even bewegen we geen van beiden. Dan zet de motor af en leunt achterover in zijn stoel, terwijl hij langzaam uitademt alsof de avond hem eindelijk inhaalt.

'Nogmaals bedankt', zegt hij zachtjes.

Ik knik, glimlachend, hoewel er een flikkering van iets diepers onder ligt. 'Graag gedaan.'

We zeggen goedenacht zonder poespas, geen slepende blikken, geen dramatische pauzes. Gewoon een eenvoudig, warm afscheid. Maar als ik mijn kamer binnenkom en mijn jas uittrek, valt het gewicht van de avond om me heen als een favoriete trui waarvan ik niet wist dat ik hem miste.

Het zijn niet alleen de drankjes, of het gelach, of het servetje dat nog in mijn jaszak zit. Het is het gevoel dat ik gezien ben, écht gezien, voor het eerst in een lange tijd. Dans vragen, zijn rustige observaties, de manier waarop hij luistert zonder te onderbreken... het gaf me allemaal het gevoel dat ik niet alleen maar aan het optreden, verkopen of iets aan het verdraaien was voor het voordeel van iemand anders.

En ik vond het leuk. Meer dan zou moeten.

## TWAALF

'Rachel, ik heb buikpijn,' jammert Chloe, opgekruld op de bank, nog in haar pyjama, met een klein knuffelbeest tegen haar borst geklemd.

Ik pauzeer midden in het ophangen van een slinger en mijn hart zinkt. Het feest is nog maar een paar uur van ons verwijderd en alles ging zo soepel. Ik kan niet toelaten dat buikpijn al mijn zorgvuldige planning in de war schopt.

'O, liefje,' zeg ik, terwijl ik naast haar ga zitten en haar haar gladstrijk. 'Waar doet het precies pijn?'

Chloe snuift, haar grote bruine ogen glinsteren van de onvergoten tranen. 'Mijn buik voelt helemaal raar en pijnlijk. Ik denk niet dat ik naar het feestje kan gaan.'

Een steek van bezorgdheid vermengt zich met een vlaag van frustratie. Ik weet dat Chloe's gezondheid voorop staat, maar de timing kon niet slechter. Ik herinner mezelf eraan dat haar welzijn de prioriteit heeft.

'Chloe, ik beloof je dat we alles zullen doen wat nodig is om je beter te laten voelen,' verzeker ik haar, terwijl mijn gedachten al op volle toeren draaien met mogelijke oplossingen. 'Zullen we beginnen met wat muntthee en kijken of dat helpt om je buik tot rust te brengen?'

Ze knikt, een sprankje hoop in haar ogen.

Terwijl ik naar de keuken loop om de thee te maken, kan ik het niet helpen me af te vragen of Chloe's buikpijn meer is dan alleen fysiek. Het feest, de opwinding, al haar vrienden die komen... Het is veel voor een jong meisje om te verwerken. Ik neem me voor om een goed gesprek met haar te hebben zodra ze zich beter voelt.

Voor nu concentreer ik me op de taak die voor me ligt, vastbesloten om een manier te vinden om zowel het feest als Chloe's welzijn prioriteit te geven.

Ik kom terug bij Chloe met een dampende mok muntthee, de rustgevende geur brengt al een gevoel van comfort.

'Alsjeblieft,' zeg ik zacht en geef het haar aan. 'Voorzichtig, het is heet.'

Chloe neemt een voorzichtig slokje, haar gezicht vertrekt terwijl ze aan de temperatuur went. 'Dank je,' mompelt ze, haar stem klein en kwetsbaar.

Ik ga op de rand van de bank zitten en strijk voorzichtig een verdwaalde haarlok uit haar gezicht. 'Chloe, ik weet dat er veel aan de hand is met het feest en alles. Het is oké als je je overweldigd voelt.'

Ze kijkt op naar me, haar ogen groot en glinsterend. 'Ik wil papa gewoon niet teleurstellen.'

'O, Chloe,' fluister ik en trek haar in een knuffel. 'Je zou je vader nooit kunnen teleurstellen. Hij houdt meer van jou dan van wat dan ook op deze wereld.'

Ze snuift tegen mijn schouder, haar kleine lichaam trilt. 'Ik mis mama,' bekent ze, haar stem nauwelijks hoorbaar. 'Zij hield altijd van feestjes met vrienden. Ze zou dit geweldig hebben gevonden.'

Ik voel me meteen vreselijk. Ik had de link niet gelegd. Natuurlijk zou zoiets al die herinneringen terughalen. Ik houd haar steviger vast, in de hoop dat het op de een of andere manier helpt.

'Ik weet het, liefje. En ik weet zeker dat ze over je waakt, zo trots op het geweldige meisje dat je bent geworden.'

Terwijl Chloe's ademhaling rustiger wordt, vraag ik me af of een verandering van omgeving misschien is wat we allebei nodig hebben.

'Chloe,' zeg ik zachtjes en trek me terug om haar in de ogen te kijken. 'Ik heb een idee. Zullen we...'

Voordat ik mijn zin kan afmaken, verschijnt Dan in de deuropening, zijn voorhoofd in een frons van bezorgdheid. 'Is alles in orde hier?' vraagt hij, zijn blik schiet heen en weer tussen Chloe en mij.

Ik sta op en geef Chloe's hand een geruststellende kneep. 'Chloe voelde zich niet zo lekker. We hadden net een goed gesprek,' leg ik uit en geef Dan een kleine glimlach. 'Ik denk dat Chloe nu over het ergste heen is, nietwaar?'

Chloe knikt, een dappere kleine glimlach op haar gezicht. 'Ja, pap. De thee van Rachel heeft erg geholpen.'

Dans schouders ontspannen, opluchting verschijnt op zijn gezicht.

'Hé, Chloe,' zeg ik. 'Ik weet precies wat je op kan vrolijken. Wat dacht je ervan als we een uitstapje maken naar dat eettentje waar we elkaar voor het eerst ontmoetten, die met de pannenkoeken met alles erop en eraan?'

Chloe's ogen worden groot, een vonk van opwinding vervangt de eerdere somberheid. 'Echt? Bedoel je Julie's Diner?'

Ik knik, grijnzend. 'Precies die!'

'Maar... maar hoe zit het met het feest?'

'Feestje, *schmeestje*, we hebben tijd zat. Ik heb je in topvorm nodig voordat de gasten arriveren en om heel eerlijk te zijn, als ik nooit meer een ballon hoef op te blazen, is het nog te vroeg!'

Dan lacht. 'Zeker. Ik rij wel.'

'Eigenlijk, Dan,' zeg ik terwijl ik opsta. 'Als je het goed

vindt, dit is een meidending. Je moet hier blijven om de cateraars binnen te laten. Die komen over drie kwartier.'

'O. Juist... Nou...'

'Alsjeblieft, papa?' Chloe zet haar beste puppyogen op. Ik ben onder de indruk.

'Prima,' zegt hij.

'Dan is dat geregeld!' verklaar ik en klap in mijn handen. 'Ga je maar aankleden, Chloe, dan gaan we op pannenkoekenavontuur.'

Chloe's eerdere malaise lijkt als sneeuw voor de zon te verdwijnen terwijl ze zich haast om zich klaar te maken, opgewonden kletsend over de verschillende pannenkoektoppings die ze wil proberen.

Als we Julie's Diner binnenstappen, vouwt de warme geur van koffie en sissend spek zich als een omhelzing om ons heen. Mijn gedachten gaan onmiddellijk terug naar mijn eerste avond in Portland, naar de arme vrouw die hier instortte, en naar Dan die zonder aarzelen op zijn knieën viel om te helpen. De plek zoemt van het gemoedelijke geroezemoes van middaggesprekken, het gekletter van borden en het af en toe sissen van de bakplaat. De geblokte vloeren, rode leren banken en glimmende chromen toonbanken geven de hele tent een soort tijdloze charme.

Chloe aarzelt bij de ingang, op haar lip bijtend terwijl ze de ruimte scant. Het is niet zoals thuis, waar ze elke hoek kent, of zoals school, waar ze in de menigte opgaat. Hier, in de echte wereld, ziet ze er onzeker uit, als een kind dat probeert te navigeren in een ruimte die plotseling te groot aanvoelt.

Ik geef haar een zacht duwtje met mijn elleboog. 'We nemen het tafeltje bij het raam. Die heb ik gereserveerd.'

Dat levert een kleine glimlach op en ze volgt me als we in de rode leren stoelen glijden.

Chloe grijpt een menukaart, haar eerdere nervositeit vergeten terwijl ze de opties bekijkt met de intensiteit van iemand die op het punt staat een levensveranderende beslissing te nemen.

'Ze hebben nu nog meer keuzes!' zegt ze, haar ogen schieten heen en weer tussen de verschillende pannenkoeken-stapels. 'Bosbessen, chocoladeschilfers, banaan... Oeh, maar je zei dat ik er maar twee mocht. Maar eentje *moet gewoon* pindakaas zijn, dus—'

'Echt?' grijns ik. 'Zou je een van je opties opofferen voor pindakaas?'

Ze hapt naar adem, geschokt. 'Pindakaas is het beste! Je begrijpt het gewoon niet.'

Ik houd mijn handen omhoog ter overgave. 'Oké, oké. Maar wees gewaarschuwd, ik vind je heel wat minder leuk als je esdoornsiroop niet als een van de sauzen kiest.'

Chloe giechelt en tikt peinzend op haar kin. 'Het is misschien te vroeg voor zoveel suiker. Ik denk dat ik het bij fruit houd. Misschien bosbessen en kiwi.'

'Slim bedacht,' zeg ik, en leg mijn menukaart opzij. 'Waarom kies jij ook niet voor mij, juffrouw verstandig?'

Terwijl we op onze bestelling wachten, neem ik een slok koffie en kijk naar haar. 'Vertel eens. Wat is het beste aan twaalf zijn?'

Ze houdt haar hoofd schuin en overweegt de vraag. 'Ik mocht een telefoon. Dat is best cool. En, ik denk... dat ik meer dingen zelf mag doen? Maar ook... dat maakt het ook weer moeilijker.'

Ik knik. 'Dat snap ik. Je bent oud genoeg om te weten wat je wilt, maar mensen behandelen je nog steeds als een kind.'

'Precies!' Ze leunt voorover, haar armen op de tafel. 'Ik wil dingen zelf doen, maar ik wil ook dat papa erbij is... voor het geval dat. Maar niet op een "bemoeizuchtige" manier.'

'Dus... aanwezig, maar niet te aanwezig?'

'Ja.' Ze zucht dramatisch. 'Het is een heel delicate balans.'

Ik grinnik. 'Klinkt vermoeiend.'

Ze grijnst. 'Dat is het ook echt.'

Ik roer afwezig in mijn koffie, kijkend hoe ze met een servetje friemelt. Het is een klein ding, maar ik kan zien dat er iets op haar hart ligt.

Dus, in plaats van er met een zware vraag in te duiken, duw ik haar bestek naar haar toe. 'Oké, serieuze vraag. Wat is jouw mening over diner-vorken? Te zwaar, of precies goed?'

Chloe pakt er een op en draait hem in haar handen om alsof ze een kostbaar artefact beoordeelt.

'Hmm... een beetje zwaar. Maar ook stevig, snap je?'

Ik knik plechtig. 'Precies. Je wilt geen slappe vork. Niet met pannenkoeken op het spel.'

Ze giechelt en schudt haar hoofd. 'Je bent best raar.'

'Klopt,' geef ik toe, 'maar je lachte, dus technisch gezien ben jij ook raar.'

Ze briest, alsof ze verontwaardigd is, maar ik zie de glimlach die ze probeert te onderdrukken.

De serveerster zet onze borden neer en zomaar, al het andere smelt weg.

Chloe valt aan op haar pannenkoeken alsof ze in dagen niet heeft gegeten, de eerdere spanning in haar schouders is verdwenen. Ze neemt een enorme hap en laat dan een overdreven gekreun van geluk horen.

'Ooooh mijn god. Deze zijn zo lekker.'

'Beter dan pindakaas?' plaag ik.

Ze kauwt nadenkend en knikt dan. 'Waarschijnlijk wel. Maar zeg niet tegen de pindakaas dat ik dat gezegd heb.'

'Mijn lippen zijn verzegeld.'

Ze grijnst en likt een stukje kiwi van haar duim. 'Je bent oké, weet je dat?'

Ik trek een wenkbrauw op. 'Wauw. Dat is de hoogste eer die ik ooit van een twaalfjarige heb ontvangen.'

Ze rolt met haar ogen maar lacht, en ik kan het niet helpen dat ik voel... dat er iets verschuift tussen ons.

Alsof we misschien niet langer slechts twee mensen in een eettentje zijn.

Misschien zijn we vriendinnen.

Terwijl we de oprit oprijden, zie ik Dan op de veranda op ons wachten, een bezorgde uitdrukking op zijn gezicht. Hij haast zich naar de auto, trekt Chloe in een stevige knuffel zodra ze uitstapt.

'Hé, hoe voel je je?' vraagt hij en strijkt een verdwaalde haarlok uit haar gezicht.

Chloe straalt naar hem op, haar eerdere zorgen nu een vage herinnering. 'Ik voel me geweldig, pap! Echt waar.'

Dans ogen ontmoeten de mijne over Chloe's hoofd en ik zie daar een mengeling van dankbaarheid en verbazing. 'Dank je wel. Ik was bang dat we het moesten afzeggen.'

Ik haal mijn schouders op. 'Het was me een genoegen. Ze is een geweldig kind.'

Terwijl we naar binnen gaan, kletst Chloe opgewonden over het feest, haar enthousiasme is weer helemaal op het niveau van *superenthousiast*. 'Ik kan niet wachten tot ik ieders gezicht zie als ze horen over jouw grote aankondiging, pap!'

Dan verstijft, zijn ogen worden groot van paniek. 'Aankondiging? Welke aankondiging?'

Ik spring er snel tussen, in de hoop het moment glad te strijken. 'O, gewoon een kleine verrassing die ik voor later heb gepland. Niets om je zorgen over te maken.'

Dan kijkt me sceptisch aan, maar Chloe's opwinding is onmogelijk te negeren. 'Kom op, pap, wat het ook is, het wordt geweldig! Rachel heeft zo hard gewerkt om dit feest perfect te maken.'

Terwijl Dan de oprechte vreugde op het gezicht van zijn dochter in zich opneemt, zie ik zijn weerstand afbrokkelen. Hij knikt, een kleine glimlach trekt aan de hoeken van zijn mond.

'Oké, als jullie er allebei zo enthousiast over zijn, kan ik denk ik geen nee zeggen. Laten we dit doen.'

Ik laat hen achter in de woonkamer en loop naar de achtertuin. De plek is veranderd. De tafels zijn allemaal gedekt en aangekleed, en het cateringteam is bijna klaar met het opbouwen van de flessenbar — ik heb het met tegenzin toegevoegd als knik naar Dans wens voor wat in wezen een studentenfeest was. Nu het er staat, is het eigenlijk volkomen logisch.

'Nee, nee, de ijssculptuur moet daarheen, bij de punchkom.' Ik wijs naar de hoek van de tafel terwijl ik me naar de cateraar haast. 'En zorg ervoor dat we genoeg champagneflûtes op elke tafel hebben. Ik wil niet halverwege de toost zonder komen te zitten.'

De cateraar knikt en haast zich weg om mijn instructies op te volgen. Dans tuin ziet er ongelooflijk uit. Hij is onherkenbaar. De lichtslingers, kriskras gespannen van het huis tot aan het botenhuis, fonkelen boven ons hoofd en werpen een warme, magische gloed over het nautische thema, dat er nog geweldiger uit zal zien zodra de middag overgaat in de nacht. Drijfhout-centerpieces sieren de tafels, geaccentueerd met zeeschelpen en theelichtjes. Het ziet eruit als iets rechtstreeks uit een woonblad. Het wordt fantastisch.

De deurbel gaat, wat de komst van onze eerste gasten aankondigt. Ik kijk nog een laatste keer rond in de tuin en zorg ervoor dat alles perfect is. De decoraties, de catering — het is allemaal precies zoals ik het me had voorgesteld.

'Ik doe wel open,' roept Dan, terwijl hij naar de voordeur loopt. Ik volg op de voet, mijn hart klopt van een mengeling van nervositeit en opwinding.

Als Dan de deur opent, worden we begroet door een kleine groep van zijn vrienden en voormalige collega's, allemaal tot in de puntjes verzorgd. Ik herken een paar gezichten van toen ik de uitnodigingen bezorgde, maar de meesten zijn nieuw voor me.

'Dan, mijn man!' roept een van hen uit en trekt hem in een berenknuffel. 'Dat is te lang geleden. En wie is dit?'

Ik stap naar voren en steek mijn hand uit met een zelfverzekerde glimlach. 'Hallo, ik ben Rachel.'

Het verre geroezemoes van geklets en dichtslaande autodeuren waarschuwt me dat er meer gasten arriveren. Ik strijk mijn jurk glad en haal een hand door mijn haar.

*Showtime.*

'Rachel!' Een vrouw met kort zilverkleurig haar komt dichterbij, met uitgestrekte armen. 'Het is zo geweldig u eindelijk te ontmoeten. Ik ben Marge, de tante van Dan.'

'Marge, hallo! Ik ben zo blij dat u erbij kon zijn.' Ik beantwoord haar warme knuffel en vang een vleugje lavendelparfum op. 'Ik weet zeker dat Dan verrukt zal zijn u te zien.'

'O, ik zou dit voor geen goud willen missen. Toen ik hoorde dat Danny eindelijk uit zijn schuilplaats kwam en een feest gaf, heb ik meteen mijn treinkaartje geboekt. Zelfs met al die problemen met vluchten, had ik dit voor geen goud willen missen.' Ze knipoogt samenzweerderig. 'Weet u, het is jaren geleden dat hij iemand zo in zijn leven heeft toegelaten. Wat u ook doet, ga zo door.'

Ik bloos, onzeker hoe ik moet reageren. 'O. We zijn niet echt—'

Gelukkig komen er meer gasten binnen, wat me ervan weerhoudt de ware aard van mijn relatie met Dan uit te leggen — iets waar ik zelf nog steeds achter probeer te komen. Ik begroet iedereen met een glimlach en een handdruk en wijs hen de weg naar het buffet en de zitgedeeltes.

Terwijl het huis en de tuin zich vullen met het geroezemoes van opgewonden geklets, kan ik niet anders dan me verbazen over de opkomst. Mensen zijn echt voor Dan gekomen. Sommigen hebben uren gereden, waarschijnlijk meer uitgegeven aan benzine dan ze zouden moeten, en plannen verzet alleen om hier te zijn. Dat soort loyaliteit kun je niet faken.

Ik scan de menigte en kijk hoe oude vrienden Dan op de rug slaan, buren versgebakken taarten brengen alsof ze uit een schilderij van Norman Rockwell zijn gestapt, en zelfs zijn broer James lijkt het naar zijn zin te hebben.

Maar wat me echt doet glimlachen, is Chloe's eigen hoekje van het feest.

De kinderen hebben de steiger als hun eigen domein opgeëist. Chloe staat in het middelpunt van alles, de onbetwiste leider van haar mini-koninkrijk, haar armen over elkaar terwijl ze bevelen geeft aan haar verzamelde vrienden.

'Dit is serieus, jongens,' zegt ze, haar gezicht vertrokken in schijnconcentratie. 'We hebben maar één kans op de perfecte hinderlaag met waterballonnen.'

Een koor van 'Oké!' en 'Ja!' volgt.

Een van de jongens — lang, slungelig en duidelijk de strateeg van de groep — zet zijn bril recht. 'Dus, voor de duidelijkheid, we vallen de volwassenen aan nadat ze gegeten hebben?'

'Precies.' Chloe knikt. 'Dan zijn ze langzaam. Vol. Kwetsbaar.'

Een jonger meisje, misschien acht, klemt haar ballon stevig vast. 'Wat als ze boos worden?'

'Dat worden ze niet,' verzekert Chloe haar. 'We richten ons op degenen die eruitzien alsof ze tegen een stootje kunnen. Mijn vader? Die is vogelvrij.'

'Ooooh,' mompelt de groep, genot flitst in hun ogen.

Ik bijt op mijn lip, toekijkend vanaf de zijlijn. Ik zou waarschijnlijk moeten ingrijpen. Hen vertellen dat de gastheer op zijn eigen feest onderdompelen in ijskoud water misschien niet het beste idee is.

Maar, eerlijk?

Ik zou best wel willen zien hoe het afloopt.

Dichtbij zit een klein groepje meisjes met gekruiste benen op een picknickkleed, elkaars haar vlechtend en vriendschapsarmbandjes vergelijkend. Af en toe werpen ze stiekeme blikken naar een andere groep — de oudere kinderen, een verzameling te-cool-voor-school-pubers die halfslachtig een voetbal rondspelen, alsof ze niet geïnteresseerd zijn in de rest van het feest.

Chloe, tot mijn verbazing, springt tussen alle drie de groepen alsof het de normaalste zaak van de wereld is.

Het ene moment is ze een grootschalige wateroorlog aan het beramen, het volgende moment toont ze een coole visgraatvlecht, en dan, voordat ik zelfs maar doorheb dat ze zich heeft verplaatst, rent ze naar de oudere kinderen en steelt terloops de voetbal recht onder hun neus vandaan.

'Hé!' kreunt een van de jongens. 'Je kunt hem niet zomaar pakken, Chloe.'

Ze laat de bal op haar vinger draaien. 'Waarom niet? Jullie gebruikten hem niet eens goed.'

Een competitieve glinstering flikkert in zijn ogen. 'Wedden van niet?'

'Ja,' daagt Chloe uit. 'Laten we het interessant maken. Als ik win, moeten jullie meedoen aan onze hinderlaag met waterballonnen.'

De jongen grijnst. 'En als ik win?'

Chloe pauzeert en haalt dan haar schouders op. 'Weet ik veel. Dan mag je trots zijn?'

Zijn vrienden gieren van het lachen en Chloe grijnst, gooit de bal terug naar hen. Binnen enkele ogenblikken zijn ze volledig verwikkeld in een rommelig, snel spel, schreeuwen ze beledigingen en maken ze gedurfde passes die ternauwernood voorkomen dat ze de rivier in vliegen.

Ik kan het niet helpen mijn hoofd te schudden.

Ze is goed.

Niet alleen in voetbal, maar in overal bij passen.

Ik kijk naar Dan, die nog steeds diep in gesprek is met een oude vriend, volkomen onbewust van het mini-diplomatieke rijk dat zijn dochter hier aan het opbouwen is.

Chloe is misschien nog bezig zichzelf te ontdekken, nog

aan het groeien naar wie ze zal worden, maar ze is al een kracht om rekening mee te houden.

En ik denk niet dat ze het zelf al beseft.

De cateraar trekt mijn aandacht en geeft me een duim omhoog, wat aangeeft dat alles op zijn plaats staat. Ik knik terug en scan de tuin op zoek naar Dan. De ijssculptuur glinstert, de champagne is gekoeld en de gasten mengen zich vrolijk onder elkaar. Perfect.

Ik weef me een weg door de menigte, verheugd te zien dat iedereen een drankje en een glimlach heeft. De energie is elektrisch, een bewijs van de impact die Dan op zoveel levens heeft gehad, en een duidelijk teken dat dit feest al lang had moeten plaatsvinden.

Ik zie Chloe bij de drankjestafel staan, haar ogen wijd opengesperd terwijl ze het uitgebreide buffet in zich opneemt. Ik loop naar haar toe en gris onderweg een paar canapés mee.

'Heb je het naar je zin?' vraag ik en geef haar een servet.

Ze knikt enthousiast, haar mond vol met miniquiche. 'Dit is geweldig, Rachel! Beste. Feest. Ooit.'

Alsof het een teken is, zwaait de deur van het botenhuis open en stapt Dan naar buiten, zwaaiend naar iedereen om zich bij hem te voegen.

'Kom op, allemaal.' Chloe roept: 'Papa heeft jullie iets te laten zien!'

De gasten lopen naar de steiger en voegen zich bij Dan bij het botenhuis.

Ik blijf achter, tevreden om vanaf de zijlijn te observeren. Dit is Dans moment en ik wil niet opdringerig zijn. Maar als de menigte zich splitst, vindt zijn blik de mijne en vormt hij met zijn lippen een stille 'Dank je wel'.

Ik knik en hef mijn glas naar hem.

Dan schraapt zijn keel en de laatste paar murmels verstommen.

'Dank jullie wel allemaal voor jullie komst,' begint hij, zijn stem ietwat schor van emotie. 'Ik weet dat het niet makkelijk was, met de vluchten en alles, maar het betekent de wereld voor mij — voor ons — dat zovelen van jullie hier zijn.'

Hij kijkt naar Chloe, die haar vrienden verlaat en naast hem komt staan, en ik voel een brok in mijn keel. De liefde tussen hen is zo sterk, zo puur.

'Zoals sommigen van jullie weten, en waarschijnlijk de meesten van jullie niet,' vervolgt Dan, 'heb ik de afgelopen maanden aan een klein project gewerkt. Nou ja, eigenlijk al jaren. Het is iets dat me heel dierbaar is en ik ben verheugd het eindelijk met jullie te kunnen delen.'

Dan haalt diep adem en stapt dan opzij, waardoor een groot wit laken zichtbaar wordt. 'Zonder verder oponthoud presenteer ik u... het botenhuis.'

Met een zwier trekt hij het laken weg en er klinkt een collectieve ademtocht uit de menigte. Het interieur van het botenhuis is adembenemend, een perfecte mix van rustieke charme en moderne elegantie. De gepolijste houten balken binnenin glanzen onder de reeks subtiele uplights, en de zacht-rode buitenkant lijkt te gloeien tegen de achtergrond van de rivier.

Ik voel een golf van emotie als ik de details in me opneem — het nautische decor, de grote ramen die een ongelooflijk uitzicht op het water bieden. Het is duidelijk dat Dan zijn hart en ziel in dit project heeft gestort, en het resultaat is niets minder dan spectaculair.

Terwijl de gasten naar voren stormen om een kijkje te nemen, laat ik ze passeren, blij om achterin te blijven en hen dit moment met Dan en Chloe te laten hebben.

Chloe's stem doorbreekt mijn gedachten en ik draai me om om haar naast me te zien staan, haar ogen glinsteren van de tranen.

'Het is prachtig,' zegt ze, haar blik gefixeerd op het boten-huis. 'Het is als een klein stukje van mama, hier bij ons.'

Ik knik, mijn eigen keel snoert zich samen van emotie. 'Je

vader heeft geweldig werk geleverd,' zeg ik zachtjes en leg een hand op haar schouder. 'Je moeder zou zo trots zijn.'

Chloe leunt tegen me aan, een waterige glimlach verspreidt zich over haar gezicht. 'Ik kan niet geloven hoeveel werk hij eraan heeft verricht. Ik dacht dat hij alleen de vloer had geveegd en een nieuw likje verf had gegeven, maar het is alsof... het is alsof hij haar weer tot leven heeft gewekt, voor een moment.'

Terwijl ik daar met Chloe sta en kijk hoe Dan de gasten rondleidt in het botenhuis, kan ik een steek van verlangen niet onderdrukken. De liefde die Dan en Rebecca deelden, de liefde die nog steeds doorschijnt in elk detail van deze prachtige ruimte... het is het soort liefde waar ik altijd van heb gedroomd. Ondanks al het succes dat ik heb behaald, ondanks alle levens die ik heb geraakt met mijn werk, is er nog steeds een gat in mijn hart dat niets lijkt te vullen.

Ik schud de gedachte mentaal van me af. Dit is geen tijd voor zelfmedelijden. Dit is een tijd voor feest, voor het eren van de liefde die Dan en Rebecca deelden, de liefde die voortleeft in Chloe.

Ik knijp in Chloe's schouder en geef haar een warme glimlach. 'Kom op,' zeg ik, en knik richting het botenhuis. 'Laten we gaan kijken.'

Samen lopen we naar het bouwwerk, het lachen en geklets van de gasten spoelt over ons heen als een warme bries. En als we binnenstappen en de ongelooflijke details, de liefdevolle accenten die Dan in elke hoek en kier heeft gestopt, in ons opnemen, stokt mijn adem.

De muren zijn versierd met foto's van dierbare momenten uit zijn leven met Rebecca, elk vertelt een verhaal van liefde, lachen en avontuur. Een versleten leren jasje hangt aan een haak, een bewijs van Rebecca's vrije geest, terwijl een verzameling zeeschelpen op een plank getuigt van luie middagen die ze samen doorbrachten met het afstruinen van het strand.

De gasten zijn evenzeer gebiologeerd, hun stemmen een mengeling van ontzag en nostalgie terwijl ze de ruimte verkennen.

'Weet je nog toen Rebecca dit droeg naar onze diploma-uitreiking?' vraagt een vrouw, wijzend naar een zonneklep met een grote rand die aan de muur hangt. 'Ze was die dag het leven van de partij.'

'En kijk hier eens,' valt een andere gast in en houdt een versleten boek omhoog. 'Dan, was dit niet de dichtbundel die je haar gaf op jullie eerste trouwdag?'

Dan knikt, een weemoedige glimlach speelt om zijn lippen. 'Ze droeg dat boek overal met zich mee. Zei dat het was alsof ze een stukje van mij bij zich had, waar ze ook ging.'

Terwijl ik luister naar de verhalen en herinneringen die worden gedeeld, voel ik een warmte door mijn borst verspreiden. Het is duidelijk dat Rebecca meer was dan alleen Dans vrouw — ze was een baken van licht in het leven van iedereen die haar kende. En hoewel ze misschien weg is, hangt haar aanwezigheid nog steeds in elk zorgvuldig gekozen aandenken, elk liefdevol verteld verhaal.

Ik voel me aangetrokken tot een bepaalde foto, een die Dan en Rebecca op hun trouwdag laat zien. Ze kijken elkaar in de ogen, hun gezichten verlicht met het soort vreugde dat voortkomt uit het weten dat je je zielsverwant hebt gevonden. Het is een blik die ik nog nooit eerder op Dans gezicht heb gezien. Hij staat hem goed.

'Ze waren zo schattig samen, hè?' zegt Chloe zachtjes en komt naast me staan.

Ik knik, niet in staat mijn ogen van de afbeelding af te wenden. 'Dat waren ze echt,' zeg ik, mijn stem dik van emotie. 'Je vader... hij hield met alles wat hij had van je moeder. En ik zie die liefde terug in alles wat hij hier heeft gedaan.'

Chloe glimlacht en leunt haar hoofd tegen mijn arm. 'Ik ben blij dat je hier bent, Rachel,' zegt ze. 'Ik weet dat het veel voor mijn vader betekent dat je vandaag bij ons bent.'

Ik sla een arm om haar heen en geef haar een zachte kneep. 'Er is nergens anders waar ik liever zou zijn,' zeg ik, en ik meen het met elke vezel van mijn wezen.

## DERTIEN

De warme gloed van lichtsnoeren verlicht het tuinpad terwijl Dan en ik ontsnappen aan het geklets van de gasten, die zich inmiddels in huis hebben verplaatst. Een zacht briesje voert de zoete geur van kamperfoelie mee en krekels brengen ons een serenade vanuit de schaduwen. Ik ben dankbaar voor een moment van rust met hem.

We lopen naast elkaar, onze schouders raken elkaar bijna, totdat het botenhuis aan de waterkant in zicht komt. In het maanlicht lijkt het iets uit een schilderij; rustieke houten balken, grote ramen die zilverachtige rimpelingen weerspiegelen, een vers geschilderde buitenkant die het nog jaren zal beschermen tegen zout en ouderdom.

Dan gaat naar binnen en ik volg hem, blij dat ik de kans krijg om het goed te bekijken.

'Dan, dit is echt prachtig', zeg ik, terwijl ik met mijn hand over de gladde, houten lambrisering strijk. 'Je hebt het helemaal zelf gerenoveerd.'

Hij knikt en een weemoedige glimlach speelt om zijn lippen terwijl hij de grote openslaande deuren dichttrekt. 'Het was haar toevluchtsoord. Ze was graag op het water, de wind door haar haren voelend.' Zijn stem is doordrongen van zowel genegenheid als verdriet.

'Ik snap wel waarom. Het is hier zo vredig.' Ik draai me naar hem om. 'Je hebt fantastisch werk geleverd.'

Dans ogen ontmoeten de mijne, glinsterend van emotie in het zwakke licht. 'Dank je. Dat betekent veel voor me.' Hij haalt bevend adem. 'Ik wilde een plek hebben om me dichter bij haar te voelen. Om onze tijd samen te herinneren.'

Ik reik naar zijn hand en knijp er zachtjes in, in de hoop dat het gebaar mijn begrip en steun overbrengt. We staan daar een moment, hand in hand, met het kabbelen van de zachte golven als enige geluid.

Hier met Dan zijn, op deze plek die hij heeft gecreëerd om zijn overleden vrouw te eren, voel ik een diep gevoel van verbondenheid, empathie, en er is nog iets anders: een vonk, een onmiskenbare aantrekkingskracht tussen ons. Ik weet dat ik het waarschijnlijk moet negeren, maar op dit moment is het het meest levendige gevoel dat ik in lange tijd heb gehad.

Dan draait zich naar me toe, zijn hand nog steeds in de mijne. In het maanlicht zie ik iets in zijn ogen flikkeren: verlangen, nieuwsgierigheid, een vleugje schuld. 'Weet je, ik kan het niet helpen te denken dat jij en Rebecca het heel goed met elkaar hadden kunnen vinden. Ze had diezelfde gedrevenheid, dezelfde passie voor haar werk die jij ook hebt.'

Ik glimlach zachtjes en voel een warmte zich door mijn borst verspreiden bij zijn woorden. 'Echt waar? Hoe was ze?'

'Briljant, om te beginnen. Ze kwam altijd met creatieve ideeën, zag mogelijkheden waar anderen die niet zagen. En aardig, zo ongelooflijk aardig.' Zijn stem is weemoedig, maar er klinkt ook een zweem van trots in door.

'Ze was een kunstenares', vervolgt Dan, zijn blik wordt zachter terwijl hij over de tuin uitkijkt. 'Niet het soort dat op doek schildert. Meer... eclectisch. Ze deed grafisch ontwerp voor reclamebureaus, maar daarnaast maakte ze deze ongeloof- lijke collages van gemengde media. Oude foto's, stukjes krant, restjes stof; ze verwerkte ze tot iets moois. Ze bracht hier uren door. Het was haar atelier.'

Ik stel het me even voor: een atelier badend in warm licht, Rebecca over haar werktafel gebogen, overal stukjes en beetjes om haar heen, volledig verdiept in de transformatie van chaos naar kunst. Ik kan de energie ervan bijna voelen, alsof creativiteit iets is wat je kunt aanraken.

Dan glimlacht, een beetje nostalgisch, een beetje verdrietig. 'Ze had een manier van naar de wereld kijken die alles met elkaar verbonden leek te maken, alsof elk willekeurig voorwerp een verhaal had dat erop wachtte om ontdekt te worden. Daarom was haar werk zo goed. Haar klanten waren dol op haar omdat ze hun halfbakken ideeën nam en er op de een of andere manier iets van maakte waardoor mensen iets voelden. Ze maakte dingen niet alleen mooi, ze zorgde ervoor dat ze... ertoe deden.'

Ik kan het niet helpen om daarbij te glimlachen. 'Ze klinkt alsof ze echt getalenteerd was.'

'Dat was ze ook', beaamt hij. 'En volkomen hopeloos met technologie.' Hij lacht, een laag, teder geluid. 'We maakten altijd grapjes dat als haar laptop ook maar een piepje gaf, ze het opgaf en koffie ging zetten tot ik het kon oplossen. Ooit heeft ze een hele presentatie voor een klant gewist door per ongeluk op één knop te drukken. In paniek belde ze me op de set, overtuigd dat ze haar carrière had verwoest.'

Ik grinnik. 'Is het je gelukt om het te redden?'

'Natuurlijk. Het kostte me ongeveer vijf minuten om het vanuit de prullenbak te herstellen. Maar ze was zo opgelucht dat je had gedacht dat ik net een openhartoperatie had uitgevoerd.' Hij schudt zijn hoofd, duidelijk geamuseerd door de herinnering. 'De volgende dag kocht ze een belachelijke 'Technisch Genie'-mok voor me als bedankje. Ik heb hem nog steeds ergens.'

Zijn ogen worden weer afwezig en ik zie dat hij worstelt met de pijn van haar afwezigheid.

Ik aarzel, omdat ik niet opdringerig wil zijn, maar ik kan het niet laten om te vragen: 'Vond ze het moeilijk om werk en het moederschap te combineren?'

Dan knikt langzaam. 'Ja, soms wel. Ze was graag bij Chloe, maar creëren was voor haar als het leven zelf. Ik was soms bang dat ze zichzelf voorbijliep, dat ze voor iedereen alles probeerde te zijn. Het hielp niet dat ik zo vaak weg was. Maar zo zag zij het niet. Voor haar was creëren niet zomaar een baan, het was deel van wie ze was. Zelfs op de moeilijkste dagen vond ze altijd wel tijd om iets te schetsen of een paar kleuren samen te brengen op een moodboard. Ze hield er niet van om stil te staan, om het gevoel te hebben dat ze niet vooruitkwam.'

Ik kan me daar wel in vinden, altijd moeten bewegen, produceren, presteren.

'Klinkt bekend', zeg ik met een wrange glimlach.

Hij kijkt me aan en grijnst. 'Ja, ik dacht al dat je dat zou begrijpen.'

Ik knik, me een beetje meer verbonden voelend met de vrouw die ik nooit heb mogen ontmoeten. 'Ze klinkt ongelooflijk.'

'Dat was ze ook', beaamt hij, zijn stem nu stiller. 'En koppig. Lieve hemel, wat was ze koppig. Als ze eenmaal een idee in haar hoofd had, kon niets haar van gedachten doen veranderen. Eens besloot ze dat ze een boomhut voor Chloe ging bouwen, ook al had ze nog nooit zoiets als een vogelhuisje gebouwd. Ik bood aan te helpen, maar ze stond erop dat ze het zelf moest doen. Drie maanden later was hij af: een beetje scheef en lang niet zo hoog van de grond als ze had gepland, maar Chloe was er dol op.'

Ik moet lachen om het beeld. 'Het klinkt alsof ze vastberaden was.'

Dans glimlach wordt zacht en een beetje droevig. 'Ja. Ze zei altijd dat iets wat moeilijk is, niet betekent dat het de moeite niet waard is.'

Er zit een brok in mijn keel die ik niet helemaal kan wegslikken. Ik reik naar voren en leg een hand op zijn arm.

'Ze klinkt geweldig. Chloe heeft geluk met zo'n moeder.'

Hij kijkt naar mijn hand, en even denk ik dat hij zich zal terugtrekken, maar dat doet hij niet.

'Ja', zegt hij zacht. 'En ik denk dat het me daarom soms bang maakt. Hoe snel ze opgroeit. Ik wil haar niet... Ik weet niet... teleurstellen. Of haar het gevoel geven dat ze alleen is.'

'Dat zul je niet doen', zeg ik zacht. 'Je doet het geweldig met haar. Echt waar. En ik denk dat Rebecca trots op je zou zijn. Ik wou dat ik haar had kunnen ontmoeten.'

'Ik ook.' Zijn duim tekent zachtjes cirkels op de rug van mijn hand, wat een rilling langs mijn arm stuurt. 'Maar op de een of andere manier heb ik het gevoel dat zij je hierheen heeft gebracht, naar dit moment. Is dat gek?'

Mijn hart slaat een slag over bij zijn woorden, bij de implicatie erachter. 'Nee, helemaal niet gek.'

Dan komt een stap dichterbij, zijn andere hand komt omhoog om een losse haarlok achter mijn oor te stoppen. Zijn aanraking blijft hangen, zijn vingertoppen strelen mijn wang.

'Rachel, ik...' Zijn ogen zoeken de mijne.

De lucht voelt elektrisch, geladen met onuitgesproken verlangen. Ik weet dat we op de rand staan van iets groots, iets wat alles zou kunnen veranderen. En hoewel een deel van me doodsbang is, wil ik er niet meer voor weglopen.

Dans hand omvat mijn wang, zijn duim strijkt over mijn lippen. Ik leun tegen zijn aanraking aan, mijn ogen fladderen een moment dicht. Als ik ze weer open, is hij zo dichtbij dat ik zijn adem op mijn huid kan voelen.

'Zeg dat ik moet stoppen', fluistert hij, zijn stem schor van emotie.

In plaats daarvan beweeg ik naar hem toe en druk mijn lippen op de zijne in een hartstochtelijke kus. Dan reageert onmiddellijk, zijn armen slaan zich om me heen en trekken me strak tegen zich aan. Ik smelt weg in de omhelzing, verlies mezelf in het gevoel van zijn mond die tegen de mijne beweegt.

De kus wordt dieper, urgenter. Mijn handen glijden in zijn haar, mijn vingers verstrengeld in de donkere lokken. Dans handen dwalen over mijn rug, zijn aanraking laat sporen van hitte achter door de stof van mijn blouse. Ik welf mijn rug naar hem toe, verlangend naar meer contact, naar meer van hem.

We strompelen achteruit totdat mijn rug de muur van het botenhuis raakt. Dans lippen verlaten de mijne om een spoor te branden langs mijn nek, zijn tanden strijken langs mijn pols. Ik hap naar adem en laat mijn hoofd naar achteren vallen om hem meer toegang te geven.

Fummelende vingers werken aan de knopen van mijn blouse en dan valt die open, waardoor mijn in kant gehulde borsten bloot komen te liggen. Dans handen glijden over mijn ribbenkast en omvatten me door de delicate stof heen. Ik kreun, het geluid gaat verloren in een nieuwe, verschroeiende kus.

Hij grijpt achter me en maakt mijn beha met behendige vingers los. Hij voegt zich bij mijn blouse op de vloer en laat me naakt voor hem achter. Even staart hij alleen maar, zijn blik verhit en eerbiedig.

'Je bent zo mooi', zegt hij, voordat hij zijn hoofd buigt om kussen met open mond langs mijn sleutelbeen en mijn schouder te plaatsen.

Ik ben verloren in een waas van sensatie, mijn wereld is versmald tot Dans handen en mond op mijn huid. Niets anders bestaat buiten dit moment, deze verbinding die tussen ons ontbrandt. Ik wil erin verdrinken, me volledig overgeven aan het verlangen dat door mijn aderen stroomt.

Ik laat mijn handen onder zijn shirt glijden en verken de vlakken van zijn rug, de gespannen spieren. Ik wil elke centimeter van hem aanraken, zijn lichaam in kaart brengen met mijn vingertoppen, de oorzaak zijn van meer van die rillingen.

Dan kreunt tegen mijn huid als mijn nagels zachtjes over zijn ruggengraat strijken.

We zijn een kluwen van wanhopige aanrakingen en verhitte kussen, jaren van opgekropt verlangen stromen uit ons. De intensiteit is overweldigend en opwindend. Ik heb nog nooit iemand zo gewild als ik hem nu wil.

Dans handen glijden lager, spelend met de zoom van mijn rok. Ik jammer, welvend naar hem toe, stilzwijgend smekend om meer. Zijn vingers tillen de stof op en...

Ik reik naar Dans riem en fummel in mijn haast met de gesp. Hij trekt zich net genoeg terug om te helpen, maakt zijn broek los en laat die op de vloer vallen. Ik zie het bewijs van zijn opwinding tegen zijn boxershort drukken, en mijn mond wordt droog.

Met trillende handen haak ik mijn vingers in de tailleband en trek, hem bevrijdend. Hij sist als ik mijn vingers om hem heen sluit en een experimentele streek geef. De fluweelzachte huid is heet tegen mijn handpalm, en ik verwonder me over het gewicht van hem in mijn hand.

'Rachel', hijgt hij, zijn heupen schokken onwillekeurig als ik hem opnieuw streel, steviger dit keer.

Aangemoedigd door zijn reactie, vind ik een ritme, genietend van de zachte kreunen en gemompelde lofprijzingen die van zijn lippen vallen. Hij voelt ongelooflijk aan, en de wetenschap dat ik degene ben die hem zo laat voelen, is bedwelmend.

Dans handen grijpen mijn heupen, zijn vingers graven in mijn huid terwijl hij probeert de controle te behouden. Ik merk dat hij op het randje staat, zijn ademhaling is onregelmatig en zijn spieren zijn gespannen. Een deel van me wil hem over het randje duwen, hem zien bezwijken onder mijn aanraking.

Maar dan stapt hij achteruit en verwijdert zachtjes mijn hand. Zijn borstkas gaat op en neer terwijl hij probeert te kalmeren, en verwarring overspoelt me. *Heb ik iets verkeerd gedaan?*

'Dan?', vraag ik, mijn stem klein en onzeker.

Hij schudt zijn hoofd en haalt een hand door zijn haar. 'We kunnen niet. Niet hier.'

Begrip daagt als ik onze omgeving in me opneem: het botenhuis, Rebecca's toevluchtsoord. Schuld kolkt in mijn maag als de realiteit van wat we op het punt stonden te doen over me heen stort. *Wat dacht ik wel, om de dingen zo ver te laten komen op een plek die zoveel voor hem betekent?*

'Het spijt me', zeg ik, terwijl de tranen in mijn ogen prikken. 'Ik dacht niet na.'

Dan omvat mijn gezicht, zijn duimen strijken over mijn jukbeenderen. 'Verontschuldig je niet. Ik wil dit, Rachel. Ik wil jou. Maar niet zo. Je verdient beter. Niet hier... niet nu.'

Zijn woorden breken mijn hart. Ik weet dat hij probeert mij op de eerste plaats te zetten. Ik weet dat hij het meent. Maar ik was volledig verloren in het moment. Waarom hij niet?

Ik grijp naar mijn afgeworpen topje, me plotseling blootgesteld en kwetsbaar voelend. Ik klem het tegen mijn borst en probeer mijn kalmte te hervinden. De stilte strekt zich tussen ons uit, dik van onuitgesproken emoties en aanhoudend verlangen.

Dan schraapt zijn keel, op het punt iets te zeggen, wanneer een stem de spanning doorbreekt.

'Pap? Ben je hier buiten?'

Het is Chloe, die roept vanaf de achterdeur van het huis. Het geluid van haar stem rukt ons terug naar de realiteit en herinnert ons aan het feest dat binnen gaande is. Onze verantwoordelijkheden als gastheer en -vrouw storten op ons neer, en we wisselen een blik van verstandhouding uit, gekleurd met spijt.

Snel trek ik mijn topje weer aan, fummelend met de knopen terwijl mijn vingers trillen. Dan schikt zijn kleding, in een poging het bewijs van onze verhitte ontmoeting uit te wissen. We weten allebei dat we de roep van Chloe niet kunnen negeren, maar een deel van mij wou dat we hier konden blijven, voor altijd omhuld door dit moment.

'Ik kom eraan, liefje!', roept Dan terug, zijn stem gespannen.

Hij draait zich naar me toe, verontschuldiging staat op zijn gezicht geschreven. 'Rachel, ik...'

Ik schud mijn hoofd en forceer een glimlach. 'Het is oké, Dan. We moeten terug. De mensen zullen zich afvragen waar we zijn.'

Hij knikt, maar het verlangen in zijn ogen vertelt me dat dit nog niet voorbij is. We hebben een deur geopend die niet gemakkelijk gesloten kan worden, en de implicaties daarvan maken me zowel opgewonden als doodsbang.

Terwijl we teruglopen naar het huis, voel ik een steek van teleurstelling. We waren zo dichtbij, zo klaar om die sprong te wagen, en nu zijn we weer terug bij af. Maar ik weet dat Dan gelijk heeft. We kunnen dit niet overhaasten, niet als er zoveel op het spel staat.

We pauzeren bij de achterdeur en nemen een moment om onszelf te herpakken. Dan reikt naar voren en knijpt zachtjes in mijn hand. Het is een stille belofte, een geruststelling dat dit niet het einde is.

Dan trekt hij zich terug, tovert een glimlach op zijn gezicht en stapt naar binnen om zijn gasten te begroeten.

Ik strijk mijn kleding glad en stop een losse haarlok achter mijn oor, mezelf voorbereidend op de rest van de avond. Ik weet dat ik een dappere façade zal moeten opzetten, om te doen alsof mijn wereld niet net op zijn kop is gezet.

De geluiden van gelach en geklets van het feest drijven door de open achterdeur naar binnen, een schril contrast met het intieme moment dat Dan en ik zojuist hebben gedeeld.

Wanneer ik de keuken binnenstap, word ik begroet door het beeld van Dan die, de hoffelijke gastheer die hij is, drankjes aanbiedt aan een klein groepje gasten. Aan de andere kant van de kamer kruisen onze blikken en voor een vluchtig moment valt zijn masker af. Ik zie hetzelfde verlangen, hetzelfde onuitgesproken begeren dat ik voel in zijn blik weerspiegeld.

Maar dan maakt iemand een grap en is het moment voorbij. Dan lacht met de anderen mee, het perfecte plaatje van een zorgeloze, charmante gastheer.

Ik daarentegen heb het gevoel dat ik me in onbekend vaarwater bevind. Elke glimlach, elke lach voelt geforceerd, een slechte imitatie van de oprechte emoties die door me heen razen. Ik ben me pijnlijk bewust van Dans aanwezigheid, van de manier waarop zijn ogen op me rusten als hij denkt dat niemand kijkt.

Ik schenk mezelf een glas wijn in en neem een slok, waarbij ik de rijke, fruitige smaak op mijn tong laat hangen terwijl ik de kamer overzie. Het aantal gasten is afgenomen, maar degenen die er nog zijn, vermaken zich nog steeds prima, en de lucht is gevuld met gelach en gepraat. Ik zie Chloe aan de andere kant van de kamer, haar gezicht verlicht van opwinding terwijl ze haar nieuwe danspasjes laat zien aan een groep bewonderende volwassenen.

Een plotseling rumoer bij de voordeur trekt mijn aandacht. Een man met een camera om zijn nek wurmt zich langs degene die de deur opendeed, op de voet gevolgd door een vrouw die een notitieblok vasthoudt. De moed zinkt me in de schoenen. Ik was de grote aankondiging helemaal vergeten.

Dans gezicht verhardt als de journaliste hem bestookt met vragen. 'Meneer Rhodes, zijn de geruchten waar? Maakt u een comeback als acteur?'

'Ik beantwoord geen vragen', zegt Dan kortaf, terwijl hij de verslaggevers zijn huis uit probeert te werken. Maar de vasthoudende verslaggeefster zet haar voet tussen de deur.

'Het publiek heeft het recht om het te weten', houdt ze vol.

'Bent u van plan Maine te verlaten en terug te keren naar Hollywood?'

Woede flitst in Dans ogen. 'Dit is een privébijeenkomst. Jullie moeten nu weggaan.'

Verward door de vijandige woordenwisseling, loop ik naar Dan en de onwelkome gasten. Waarom is hij zo overstuur door een beetje media-aandacht? Dit zou geweldige publiciteit voor zijn carrière kunnen zijn.

Ik raak Dans arm lichtjes aan. 'Waarom beantwoorden we niet gewoon een paar vragen? Het kan geen kwaad, toch?'

Dan trekt zich terug, met opeengeklemde kaken. 'Rachel, hou je hier alsjeblieft buiten.'

Onverstoorbaar wend ik me tot de verslaggeefster met een stralende glimlach. 'Hallo! Ik ben Rachel Holmes, de PR-adviseur van Dan. Hoewel we uw interesse waarderen, is dit een privé-evenement voor vrienden en familie. Als u een interview wilt plannen, regel ik graag later iets.'

'Eigenlijk zijn we uitgenodigd', wappert de fotograaf met het vette haar met een uitnodiging in de lucht voordat hij een paar foto's van mij en Dan maakt, de flits verblindt ons even. Dan beschermt zijn gezicht, zijn frustratie is voelbaar.

'Geen interviews', bijt hij hun toe. 'Ik wil dat jullie allebei weggaan. Nu. Dit is privé-eigendom.'

Ik probeer de boel te sussen en behoud mijn professionele kalmte. 'Zoals ik al zei, beantwoorden we vandaag geen vragen. Respecteer alstublieft de privacy van meneer Rhodes en verlaat het terrein.'

De verslaggeefster fronst, maar geeft het uiteindelijk op. 'Goed. Maar dit is nog niet voorbij. Het publiek verdient het te weten wat er echt aan de hand is met Dan Rhodes.'

Terwijl ze met tegenzin vertrekken, sluit ik de deur en draai me om naar Dan, verbijsterd door zijn reactie. Waarom verzet hij zich zo tegen het idee om zijn carrière opnieuw te lanceren? Ik wil hem alleen maar helpen zijn volledige potentieel te bereiken.

Maar de blik op Dans gezicht doet me verstijven.

'Waar hebben ze die uitnodiging vandaan?', vraagt Dan, met een mengeling van woede, gekwetstheid en teleurstelling.

Mijn hart zinkt als ik besef dat ik misschien mijn boekje te buiten ben gegaan. 'Ik wilde alleen maar helpen...'

Dan loopt me zonder een woord voorbij en laat me alleen in de gang achter, terwijl mijn gedachten op hol slaan. Ik dacht dat ik het juiste deed, maar nu ben ik er niet meer zo zeker van. Ik moet een manier vinden om dit recht te zetten, om het goed te maken. Maar eerst moet ik begrijpen waarom Dan er zo op tegen is om terug te keren in de schijnwerpers. Ik dacht echt dat hij een bladzijde had omgeslagen door met dit feest in te stemmen.

Verslagen loop ik de woonkamer in, waar ik me een buitenstaander voel. De eens zo levendige sfeer voelt nu benauwend, en ik kan het gevoel niet van me afschudden dat alle ogen op mij gericht zijn. Ik loop langs hen heen naar de trap en ga naar boven om even mijn gedachten te ordenen.

Terwijl ik met mijn hoofd in mijn handen op de bovenste trede ga zitten, vraagt iemand Alexa om wat muziek op te zetten, en even later zwelt het geroezemoes van de gesprekken weer aan en is het feest weer in volle gang.

Ik zit daar op de trap, met mijn hart bonzend in mijn borst, en probeer te begrijpen hoe de avond zo snel ontspoord is. Nog maar een uur geleden voelde alles perfect: Dan en ik, verstrengeld in de warmte van het boothuis, zo dicht bij het oversteken van die grens waarop ik balanceer sinds het moment dat ik hem ontmoette. Maar nu is het feest dat zijn grote comeback had moeten zijn, in een circus veranderd, en ben ik de schuldige. Ik dacht dat ik hem zijn doel, zijn passie teruggaf, maar het enige wat ik deed, was hem terug slepen in de schijnwerpers die hij nooit meer onder ogen wilde zien.

Mijn maag draait zich om van schuldgevoel en frustratie. Ik was er zo zeker van dat ik wist wat het beste voor hem was, zo zeker dat ik het goed kon maken. Maar nu kan ik alleen nog maar denken aan de gekwetste blik in zijn ogen, de manier waarop hij naar me keek alsof ik hem verraden had. Het lawaai van het feest dringt weer door, maar het voelt ver weg, alsof het bij het leven van iemand anders hoort. Het enige wat ik weet, is dat ik er een complete puinhoop van heb gemaakt, en voor een keer in mijn leven heb ik geen idee hoe ik het moet oplossen.

Ik blijf lang nadat het feest zijn ritme weer heeft gevonden op de trap zitten, onopgemerkt en ongemist. De waarheid is dat het nooit genoeg is om je gewoon mee te laten drijven. Ik heb het altijd nodig gehad om iets te doen, iets zinvols. Ik denk dat Chicago daarom nooit helemaal goed voelde, zelfs niet toen ik succesvol was. Zeker, ik was goed in mijn werk, zelfs geweldig. Maar geld verdienen voor klanten en campagnes hun doelen zien bereiken, voelde niet alsof het er genoeg toe deed. Ik wilde meer. Ik wilde iets doen dat een stempel drukte.

Misschien is dat waarom ik me vastklampte aan het helpen van Dan, omdat het voelde alsof ik echt een verschil kon maken, alsof ik hem kon helpen het leven terug te winnen dat hij verdiende. Alleen dacht ik er niet bij na of hij dat wel wilde. Ik was te druk met bewijzen dat ik niet zomaar een machtige carrièrevrouw was die problemen alleen met een persbericht en een socialemediacampagne kon oplossen. Ik wilde hem laten zien dat ik meer kon zijn dan dat, iemand die de dingen echt beter maakt, niet alleen efficiënter.

Probeer dit eens als impactanalyse, een document dat na elke PR-opdracht vereist is: ik ben dwars door zijn grenzen heen gewalst en heb er een puinhoop van gemaakt. Ik heb niet geluisterd. Ik heb het niet gevraagd. Ik ging er gewoon van uit dat ik het het beste wist, want dat is wat ik doe. Ik storm naar binnen, overtuigd dat ik de held van de dag ben, zonder me af te vragen of iemand wel gered moet worden. En nu, in plaats van Dan te helpen vooruit te komen, heb ik hem teruggesleept naar de enige plek die hij probeerde achter te laten.

Gelukkig zijn er de kleine dingen: ik ben opgelucht dat

Chloe een tijdje geleden naar bed is gegaan en me niet zo zal zien. Niemand lijkt mijn afwezigheid te hebben opgemerkt, hier zittend, met mijn ellebogen op mijn knieën en mijn kin op mijn handen. Uit het oog, uit het hart...

Het is waarschijnlijk maar beter ook. Ik zou niet eens weten wat ik moest zeggen als er iemand naar boven kwam. Ik zit vast in deze afschuwelijke tweestrijd tussen willen wegrennen en me verstoppen, en de noodzaak om iets – wat dan ook – te doen om de kolossale puinhoop die ik heb veroorzaakt, op te lossen. Ik dacht dat ik slim was door de grote comeback van Dan te regisseren alsof ik een nieuw chipsmerk in het Midwesten lanceerde.

Ik wilde hem zijn doel, zijn trots teruggeven... maar ik dacht er niet bij na of hij dat wel wilde.

Nu zit ik hier, leeg en vol pijn, me afvragend hoe ik het voor elkaar heb gekregen om het enige goede dat ik had sinds ik in deze staat aankwam, te vernietigen. Ik haal mijn handen over mijn gezicht en probeer de prikkende tranen van me af te schudden, als ik stemmen uit de keuken hoor opstijgen.

Het zijn Dan en James, verwikkeld in een verhit gesprek. Ik weet dat ik niet zou moeten luisteren, maar ik kan niet anders dan flarden van hun woordenwisseling opvangen.

'Ze had er geen enkel recht toe', zegt Dan, zijn stem gespannen van woede. 'Hier binnenkomen, proberen mijn leven, mijn carrière te managen. Ze begrijpt het niet.'

De stem van zijn broer is bedachtzamer. 'Ik weet zeker dat ze het goed bedoelde, Dan. Ze probeert alleen maar te helpen.'

'Helpen?', spot Dan. 'Door me terug in de schijnwerpers te duwen? Door mijn wensen, mijn privacy te negeren? Nee, dat is geen hulp. Dat is haar poging om alles te controleren, denkend dat ze het het beste weet.'

'Het gaat er niet alleen om Chloe te beschermen, James', zegt Dan. 'Het gaat erom niet weer in die wereld gezogen te worden. Je weet hoe het is: de eindeloze kritiek, de verwachtingen, de manier waarop mensen je uit elkaar trekken alleen omdat je bestaat. Ik heb mezelf beloofd dat ik Chloe niet in de schaduw daarvan zou laten opgroeien. We hebben hier iets goeds opgebouwd: rustig, stabiel. Dat riskeer ik niet alleen omdat Rachel denkt dat ik me weer een ster moet voelen. Ik wil niet dat elk aspect van mijn leven openbaar is. Ik ben er helemaal klaar mee.'

Elk woord voelt als een klap in mijn maag. Is dat echt hoe hij me ziet? Als een controlerende, manipulatieve lastpak?

Ik trek mijn knieën op naar mijn borst en vecht tegen de tranen. Het was nooit mijn bedoeling om Dan te kwetsen of mijn boekje te buiten te gaan. Ik wilde hem alleen maar steunen, hem uit zijn dip halen, hem helpen de mogelijkheden te zien die voor hem liggen. Maar in mijn gretigheid om te helpen, ben ik uit het oog verloren wat er echt toe doet: Dans geluk, zijn autonomie, zijn recht om zijn eigen keuzes te maken.

Terwijl hun gesprek doorgaat, besef ik dat ik het niet meer kan verdragen om verder te luisteren. Zachtjes sluip ik de trap weer af en de voordeur uit, wanhopig op zoek naar wat lucht. De koele bries doet weinig om mijn onrustige hart te kalmeren terwijl ik doelloos de oprit afloop, me afvragend hoe ik zo blind, zo ongevoelig voor Dans ware gevoelens heb kunnen zijn.

Ik moet dit goedmaken, een manier vinden om me te verontschuldigen en het vertrouwen dat ik zo achteloos heb verbrijzeld, te herstellen. Maar eerst moet ik eens goed en eerlijk naar mezelf en mijn motieven kijken. Want als ik geen vriend kan zijn zonder van alles een zakelijke transactie te maken, dan heb ik misschien helemaal niets in zijn leven te zoeken.

Aan het einde van de oprit zie ik de journaliste en de fotograaf ineengedoken staan, de foto's bekijkend die ze eerder hadden gemaakt.

'...deze gebruiken, Rhodes die zijn kalmte verliest', zegt de fotograaf, bladerend door de beelden op zijn camera. 'Hem zeker op zijn slechtst vastgelegd.'

De journaliste knikt en krabbelt driftig in haar notitieblok. 'Dit is goud waard. We gaan voor de invalshoek van de gevallen ster, de uitgerangeerde acteur die de druk van een comeback niet aankan. "Dan Rhodes: woedeproblemen en een carrière in puin." Het is perfect.'

Mijn hart zinkt als ik de ernst van de situatie besef. Ik heb niet alleen mijn relatie met Dan op het spel gezet, maar ik heb ook onbedoeld een mediarel aangewakkerd die zijn reputatie en elke kans op een rustig leven met Chloe zou kunnen vernietigen.

Ik kan dit niet laten gebeuren. Ik laat mijn fouten de toekomst van Dan niet verpesten.

Met hernieuwde vastberadenheid loop ik op de journaliste en de fotograaf af en schraap mijn keel om hun aandacht te trekken. Ze kijken op, verrast om me daar te zien staan.

'Neem me niet kwalijk', zeg ik, mijn stem vast ondanks de knoop in mijn maag. 'Ik denk dat er een misverstand is.'

De journaliste trekt een wenkbrauw op, haar pen zwevend boven haar notitieblok. 'O? En wat zou dat dan zijn?'

Ik kies mijn woorden zorgvuldig. 'Dan Rhodes is geen afgedankte acteur met woedeproblemen. Hij is een toegewijde vader die een onvoorstelbaar verlies heeft meegemaakt. Hij is een man die probeert het juiste te doen voor zijn dochter, om haar de liefde en stabiliteit te geven die ze nodig heeft.'

De fotograaf laat zijn camera zakken, een vleugje onzekerheid op zijn gezicht. 'Maar de foto's... de manier waarop hij reageerde...'

'Hij reageerde zoals elke beschermende vader zou doen wanneer zijn privacy wordt geschonden', werp ik tegen, mijn stem wordt met elk woord sterker. 'Hij is niet geïnteresseerd in roem of een comeback. Hij wil gewoon met rust gelaten worden om zijn dochter in vrede op te voeden.'

De journaliste bestudeert me een lang moment, haar

uitdrukking onleesbaar. 'En waarom zouden we u geloven? Wat is uw belang in dit alles?'

Ik kijk haar recht aan, mijn vastberadenheid onwankelbaar. 'Omdat ik om Dan en Chloe geef, en ik een fout heb gemaakt door u uit te nodigen. Het was niet aan mij om die beslissing te nemen, en ik kan de gedachte niet verdragen dat ik verantwoordelijk was voor een sensationele kop. Als u ook maar een greintje fatsoen heeft, respecteert u hun privacy en laat u hen met rust.'

Een zware stilte valt, alleen doorbroken door het verre geluid van gelach uit het huis. Ten slotte zucht de journaliste en stopt haar notitieblok in haar tas.

'Goed', zegt ze op afgemeten toon. 'We laten het verhaal vallen. Maar u mag hopen dat Rhodes waardeert wat u voor hem hebt gedaan.'

Daarmee ontgrendelt ze haar auto en stappen ze allebei in. Ik kijk hoe ze hun gordels omdoen, mijn hart bonst in mijn borst terwijl het gewicht van mijn daden op me neerdaalt.

'Eigenlijk...', tik ik met mijn knokkels op het passagiersraam van de auto. Er is een aarzeling voordat het naar beneden gaat. 'Ik heb een paar glazen wijn op, is er een kans dat ik een lift naar Biddeford kan krijgen als het op jullie route ligt?'

'Is het zo erg daarbinnen?', de journaliste kauwt op haar onderlip.

'Ja.'

'Natuurlijk. Stap maar in. Sorry voor de rommel.'

Ik glijd op de achterbank, mijn hart nog steeds razend van de confrontatie. De leren zitting voelt koel aan op mijn huid terwijl ik mijn gordel omdoe en probeer mijn tranen in te houden.

'Weet u zeker dat u niet met ons mee wilt voor een drankje?', vraagt de journaliste, terwijl ze me in de achteruitkijkspiegel aankijkt. 'Misschien helpt het om de scherpe randjes eraf te halen.'

Ik schud mijn hoofd en tover een zwakke glimlach tevoorschijn. 'Bedankt, maar ik denk dat ik wat tijd alleen nodig heb om alles te verwerken.'

De fotograaf haalt zijn schouders op en frunnikt aan zijn camera. 'Je moet het zelf weten.'

'Waar moet je heen?'

'Het White Pines Motel.'

'Dat ken ik', zegt de journaliste terwijl ze de motor start.

Terwijl de auto van de stoeprand wegrijdt, leun ik met mijn hoofd tegen het raam en kijk hoe de fonkelende lichtjes van het huis in de verte vervagen. Het zachte gezoem van de motor vult de stilte, en ik merk dat ik in gedachten verzonken ben, de gebeurtenissen van de avond in mijn hoofd afspelend.

Terwijl we over de donkere, door bomen omzoomde wegen slingeren, kom ik tot een ontnuchterende conclusie: ik moet me concentreren op mijn eigen doelen en ambities, en de rommelige zaken van relaties achter me laten. Elke keer als ik me heb opengesteld voor de mogelijkheid van iets meer, ben ik gekwetst, teleurgesteld en alleen geëindigd. Het lijkt erop dat ik gewoon niet leuk kan meespelen met anderen.

Beter om me te houden aan de dingen die ik kan controleren, zoals een enorme klant binnenhalen voor Channing Gabriel.

De auto stopt bij het motel, en ik bedank de journaliste en fotograaf voor de rit. Terwijl ik naar mijn kamer loop, overspoelt een golf van vastberadenheid me. Ik ontgrendel de deur, stap naar binnen, schop mijn schoenen uit en plof gewoon op het bed, compleet en volkomen uitgeput.

## VEERTIEN

Een zacht klopje op de deur haalt me uit mijn gedachten. Ik ga rechtop zitten, veeg over mijn wangen en loop dan naar de deur om die te openen. Als ik dat doe, word ik begroet door het stralende gezicht van Chloe en de aanblik van haar – zo vrolijk en opgewonden – breekt me bijna.

'Rachel!', kwettert ze, terwijl ze zowat op haar plek stuitert. 'Papa zei dat we langs mochten komen om je te bedanken voor het feest! Het was geweldig! Iedereen heeft het erover hoe gaaf het was.'

Voordat ik kan antwoorden, stormt ze langs me heen de kamer in, vol energie en enthousiasme, en ik zie Dan ongemakkelijk in de deuropening dralen met zijn handen in zijn zakken. Zijn blik kruist de mijne voor slechts een seconde voordat hij wegkijkt, duidelijk nog steeds boos – of in ieder geval zijn woede nog aan het verwerken. Mijn maag krimpt ineen.

'Hoi', slaag ik erin uit te brengen, terwijl ik probeer normaal te klinken. 'Jullie... zijn hier allebei?'

'Ja', mompelt Dan. 'James had gisteravond misschien een borrel te veel op, dus ik draai een dienst. Chloe wilde langskomen om je te bedanken. Ik dacht... dat het geen kwaad kon.'

Chloe onderzoekt de kamer al alsof het een speurtocht is, pakt mijn haarborstel op en legt hem weer neer.

'Kijk eens hoeveel foto's er in de groepschat staan?', gilt ze en houdt haar telefoon dicht bij mijn gezicht. 'Iedereen vond de versiering en het eten geweldig. En de vrienden van papa bleven maar zeggen hoe fijn het was om hem te zien. Het was zo'n beetje... het beste feest ooit in de geschiedenis van feesten.'

Ik forceer een glimlach, ook al prikt het schuldgevoel als kleine naaldjes op mijn huid. 'Ik ben blij dat jij en je vrienden een leuke tijd hebben gehad.'

Dan haalt alleen zijn schouders op, zijn gezicht onleesbaar. 'We, uh... wilden je niet storen. We... wilden je gewoon bedanken.'

Chloe kijkt me met zo'n onschuldige opwinding aan dat het pijn doet.

'Kunnen we vandaag iets leuks doen?', vraagt ze, met haar ogen wijd en hoopvol. 'Papa moet heel lang werken en ik verveel me. Ik dacht dat we misschien ergens heen konden gaan? Alleen wij twee?'

Mijn hart zinkt in mijn schoenen. Ik was niet bepaald van plan vandaag sociaal te doen – zeker niet na de ramp van gisteravond – maar ik kan het niet over mijn hart verkrijgen haar af te wijzen. Ik kijk onzeker naar Dan, en hij haalt opnieuw zijn schouders op, alsof hij de beslissing aan mij overlaat.

'Chloe, ik weet het niet zeker...', begin ik, maar ze onderbreekt me, ploft op het bed en geeft me die grote, smekende ogen waarvan ik zweer dat ze graniet kunnen breken.

'Alsjeblieft? Ik beloof dat we ons gedragen. Ik wil gewoon heel graag iets met je doen. Ik dacht... dat we na het feest samen iets leuks zouden doen.'

Ik slik de brok in mijn keel weg en probeer wanhopig mijn eigen schaamte af te wegen tegen het niet teleurstellen van haar. 'Ik weet het niet, Chloe', zeg ik ontwijkend, terwijl ik naar Dan kijk. 'Ik... Ik heb gisteravond mijn huurauto bij jullie huis laten staan. We zouden die moeten gaan halen.'

'Als je vandaag op haar zou kunnen passen, zou je me eigenlijk een enorme dienst bewijzen. Er is hier niet veel voor haar te doen. Als je het niet erg vindt om een Uber te nemen. Ga gewoon... naar het huis en blijf daar als je wilt. Ik maak het hier af en kom later naar jullie toe.'

Chloe's gezicht licht op als een vuurwerkshow, en ze staat in een oogwenk op, zowat op haar tenen stuiterend. 'Ja! Dank je, papa! Dank je, Rachel!'

Dan en ik wisselen een blik.

'Wees gewoon voorzichtig', zegt hij met een norse stem. 'En verlaat het huis niet zonder mij, oké?'

'Ja, papa', kwettert Chloe, terwijl ze me al naar de deur sleept.

Ik grijp mijn tas en geef Dan een klein knikje als we langslopen. 'Bedankt', zeg ik, en hij knikt alleen maar terug zonder me aan te kijken.

Chloe kletst non-stop terwijl we door de gang van het motel lopen en de dag al plant alsof het een groots avontuur is. Ik kan een glimlach niet onderdrukken, zelfs terwijl mijn hart zwaar voelt door het gewicht van hoe erg ik alles heb verknald.

Misschien helpt het om de dag met Chloe door te brengen. Misschien krijg ik mijn gedachten op orde. En misschien – heel misschien – vind ik een manier om het weer goed te maken met Dan.

De Uber zet ons af bij het huis van Dan en Chloe snelt me onmiddellijk voorbij, haar energie stuitert praktisch van de grond. Ik volg iets voorzichtiger en neem het huis in me op dat al snel vertrouwd wordt – ondanks hoe weinig ik hier eigenlijk thuishoor. De tuin ziet er smetteloos uit, de tafels, stoelen en versieringen van het feest zijn allemaal opgeruimd, alsof er nooit iets is gebeurd.

Ik zie nog steeds de geest van gisteravond – hoe perfect alles leek voordat het instortte. Ik dwing mezelf de herinnering opzij te duwen en me op Chloe te concentreren, die al op de veranda staat en me met ongeduldig enthousiasme naar haar toe zwaait.

'Kom op, Rachel!', roept ze. 'Wat wil je eerst doen?'

Ik glimlach om haar gretigheid en probeer hetzelfde niveau van opwinding op te brengen. 'Het is jouw dag, Chloe. Jij beslist.'

Haar gezicht licht op alsof het kerstochtend is. 'Kunnen we met de boot het water op?', vraagt ze, terwijl ze zowat op haar tenen stuitert.

Mijn maag draait zich om. 'O... ik weet het niet. Je vader heeft niets over boten gezegd.'

Chloe lijkt mijn aarzeling niet eens op te merken. 'Het komt wel goed. Papa heeft me leren roeien en we dragen altijd reddingsvesten. Ik laat het je zien!'

Ik zou mijn voet dwars moeten zetten, erop moeten staan dat we op het droge blijven, maar de opwinding in haar ogen doet me aarzelen. Ik wil niet nog een volwassene zijn die de zelfstandigheid van Chloe wegneemt en altijd nee zegt, die te bang is om fouten te maken om een risico te nemen. Ik heb dat mijn hele leven gedaan – alles vermeden wat in mijn gezicht zou kunnen ontploffen. Maar Chloe rekent erop dat ik ja zeg, dat ik er gewoon eens in meega.

Voordat ik een ander excuus kan bedenken, rent ze al naar het boothuis, waardoor ik geen andere keuze heb dan te volgen. Misschien is het de moeite waard om mijn schild te laten zakken. Voor deze ene keer.

Terwijl we dichterbij komen, voel ik een steek van iets rauw in mijn borst. De ochtendzon stroomt door de brede, open deuropening, weerkaatst op de verse laag dieprode verf en danst op het water daarachter. Het is prachtig.

Maar binnenstappen is als een klap in mijn maag krijgen. Het is hier, precies hier, dat ik dacht dat misschien – heel misschien – alles goed zou komen. Waar de handen van Dan op mijn huid voelden als het begin van iets ongelooflijks. Waar zijn mond op de mijne mijn hoofd op hol bracht en mijn hart deed bonzen. En slechts een uur later viel alles in duigen.

Ik slik de brok in mijn keel weg en dwing mezelf om me op Chloe te concentreren, die al vooruit snelt, volkomen onbewust van de storm die binnenin me woedt.

'Kijk!', zegt ze stralend, terwijl ze naar de kleine roeiboot wijst die aan een lier een dertig centimeter boven het water hangt, nieuw geschilderd en praktisch glimmend. 'Papa en ik hebben er weken aan gewerkt! Ik mocht hem schilderen. Is hij niet geweldig?'

Ik loop verder het boothuis in om hem van dichterbij te bekijken. Gisteravond was hij bedekt met slingers en feestversiering en, nou ja, ik dacht dat het onderdeel was van de decoratie in plaats van een echt werkende boot – bovendien was mijn aandacht totaal ergens anders op gericht. Het is een eenvoudig dingetje, niets bijzonders, maar het hout is glad geschuurd en de verf is smetteloos. Wit met een diepblauwe bies en aan een haak op de achtersteven hangt een houten naamplaatje, beschilderd in een zorgvuldig, vet lettertype: Rebecca.

Ik pauzeer en voel een steek van iets bitterszoets. 'Rebecca', mompel ik. 'Vernoemd naar je moeder.'

Chloe knikt, haar vingers strijken met een soort eerbied over de geschilderde letters. 'Ja. Papa heeft hem naar haar vernoemd toen we hem opknapten. Hij was helemaal kapot en zag er treurig uit, maar hij zei dat door hem haar naam te geven, hij weer mooi zou worden.'

Mijn keel knijpt samen en ik kijk weg, omdat ik niet wil dat ze ziet hoe mijn ogen prikken.

'Hij ziet er prachtig uit', verzeker ik haar. 'Je hebt geweldig werk geleverd. Ik vind de naam ook prachtig.'

Ze kijkt me aan, nu een beetje verlegen, terwijl haar vingers de nette letters overtrekken. 'Mama hield van het water... Ze wilde altijd gaan zeilen, maar papa kwam er nooit aan toe om de oude boot te repareren tot... nou ja, daarna.'

De woorden hangen zwaar in de lucht en ik voel een steek van verdriet voor haar. Ik kende Rebecca niet, maar ik weet wat voor impact verlies kan hebben op een gezin.

'Je vader lijkt echt zijn best te doen', zeg ik zacht. 'Je zult wel trots op hem zijn.'

Chloe knikt, maar ze glimlacht niet meer. 'Hij probeert zo hard om beide ouders tegelijk te zijn. Hij denkt dat ik het niet merk, maar dat doe ik wel. Soms overdrijft hij, weet je? Zoals, chique cupcakes proberen te bakken voor de school-bakverkoop, terwijl ik gewoon simpele wilde. Of mijn haar in van die perfecte vlechten doen die er niet eens als mij uitzien.' Ze haalt haar schouders op en werpt me een schuinse blik toe. 'Ik wil niet dat hij denkt dat hij niet genoeg is. Maar... soms zou ik gewoon willen dat hij me sommige dingen zelf liet doen.'

Ik onderdruk de brok in mijn keel, geraakt door hoe scherpzinnig ze is. 'Je bent een slim kind, Chloe. En je hebt gelijk – hij doet zijn best. Maar misschien is het oké om hem te vertellen dat je sommige dingen zelf aankunt.'

Ze denkt erover na, haar voorhoofdje in peinzende rimpels. 'Misschien. Het is alleen... Ik wil hem niet verdrietig maken. Hij krijgt soms die blik, alsof hij probeert niet te huilen als hij denkt dat ik het niet kan zien.'

Ik slik en wou dat ik de juiste woorden had. 'Weet je wat? Je vader heeft geluk met jou. Je bent dapper en je bent bedachtzaam en je geeft om hem. Niet elk kind zou dat begrijpen. Jullie zijn een behoorlijk geweldig team.'

Haar glimlach keert terug, aarzelend maar echt. 'Denk je dat echt?'

'Absoluut.'

Chloe fleurt een beetje op en ik zie de spanning van haar

schouders glijden. Ze kijkt me met een vonk van nieuwsgierigheid aan. 'Jij hebt geen kinderen, toch?'

'Nee', geef ik toe, terwijl ik probeer mijn toon licht te houden. 'Ik vergeet amper mijn planten water te geven, laat staan voor een ander mens te zorgen.'

Daar moet ze om giechelen en het geluid verbetert de sfeer als een zonnestraal door een stoffig raam. 'Nou, je bent best cool. Je zou waarschijnlijk een goede moeder zijn als je dat ooit zou willen.'

Het onverwachte compliment raakt me recht in mijn hart en ik weet niet helemaal waarom.

Ik tover een glimlach tevoorschijn en woel door haar haar. 'Dank je, Chloe. Dat betekent veel voor me.'

Chloe lijkt mijn innerlijke onrust niet op te merken. Ze is te druk bezig haar handen over de roeispanen te laten glijden om te controleren of alles op zijn plaats ligt. 'Het is volkomen veilig', verzekert ze me, terwijl ze reddingsvesten uit een houten kist haalt en er een met een zwierig gebaar omhooghoudt. 'Laten we de rivier opgaan. We hebben alle veiligheidsuitrusting.'

Ik forceer een glimlach en probeer haar enthousiasme te evenaren, maar vanbinnen voelt alles verkrampt en ongemakkelijk. Het is niet alleen de gedachte om het water op te gaan, hoewel dat me ook niet bepaald opwindt. Het is meer de aanhoudende echo van gisteravond – van Dans aanraking en zijn woede en mijn eigen verpletterende schuldgevoel.

Chloe merkt mijn aarzeling op en fronst. 'Houd je niet van boten?'

Ik schraap mijn keel en probeer nonchalant te klinken. 'Dat is het niet. Ik... hou er gewoon niet zo van om op het water te zijn. Ik ben meer een... vaste-grond-onder-mijn-voeten-persoon.'

Ze houdt haar hoofd schuin, alsof ze probeert te begrijpen hoe iemand dat mogelijk kan voelen.

'Maar het is leuk! En het is niet eng. We kunnen er gewoon

even een paar minuten op uit. Gewoon naar die boei en terug. Je zult zien, het is makkelijk.'

Ik bijt op mijn lip, verscheurd tussen nee zeggen en haar niet willen teleurstellen. Chloe heeft al genoeg meegemaakt en het laatste wat ik wil, is nog iemand in haar leven zijn die haar in de steek laat. Bovendien, wat heeft het voor zin om altijd op veilig te spelen? Misschien is het tijd om een kans te wagen, zelfs al is het maar iets kleins. Misschien moet ik mezelf uit mijn comfortzone duwen – de boel een beetje opschudden, om zo te zeggen.

Ik knik. 'Oké. Laten we het doen.'

Chloe's gezicht straalt van puur genot en ze stuitert praktisch terwijl ze de reddingsvesten voor ons beiden vastmaakt.

'Je zult zien', belooft ze. 'Het is superleuk.'

Chloe draait een paar slagen aan de lier en de boot zakt in het water. Ze springt erin met de gratie van iemand die dit al honderd keer heeft gedaan, terwijl ik iets meer tijd neem om mezelf voorzichtig op de bank te laten zakken, de zijkanten vastgrijpend.

Ze giechelt. 'Je ziet eruit alsof je je schrap zet voor een orkaan.'

'Ik wil ons alleen niet doen kapseizen voordat we goed en wel begonnen zijn', mompel ik, terwijl ik mijn evenwicht probeer te vinden.

Zodra we zitten, pakt Chloe de roeispanen en geeft me een geruststellende glimlach. 'Zie je? Supermakkelijk. Je moet gewoon je zeebenen vinden.'

De boot glijdt met een zachte duw het boothuis uit en ik voel mijn hart een beetje sneller kloppen als de zachte golven ons wiegen. Maar Chloe's bewegingen zijn stabiel en zelfverzekerd, en langzaam – tot mijn grote verbazing – ontspan ik me.

'Zie je?', zegt Chloe trots. 'Je gaat niet kotsen of zo, hè?'

Ik lach, meer om mezelf dan om iets anders. 'Nee. Ik denk dat het wel goed komt.'

Ze grijnst en doopt de roeispanen in het water, vindt een ritme dat ons naar de boei laat glijden. Ik laat mezelf een beetje ontspannen, de spanning in mijn schouders neemt af terwijl de boot zachtjes onder ons wiegt. Het heeft iets vredigs – iets kalmerends dat ik niet had verwacht. Misschien is het Chloe's zelfvertrouwen. Of misschien is het gewoon dat hier buiten zijn voelt als een pauze van de realiteit – een bubbel van rust, ver weg van alle rotzooi die ik heb veroorzaakt.

Chloe kijkt me aan, haar gezicht bedachtzaam. 'Je bent hier goed in', zegt ze.

Ik trek een wenkbrauw op. 'Goed waarin? Stilzitten en niet in paniek raken?'

Ze giechelt. 'Nee, gewoon... met dingen meegaan. Niet iedereen doet dat. Sommige mensen zeggen meteen nee zonder het zelfs maar te proberen.'

Haar woorden raken me iets dieper dan ik verwacht en ik vraag me af of dat is wat ik mijn hele leven heb gedaan – nee zeggen tegen alles wat riskant of ongemakkelijk leek. Altijd op veilig spelen. Altijd het verstandige doen. Misschien heb ik daardoor veel gemist.

'Ja', zeg ik zachtjes, meer tegen mezelf dan tegen haar. 'Ik denk dat het tijd wordt dat ik leer om er gewoon... in mee te gaan.'

Chloe glimlacht, tevreden, en doopt de roeispanen opnieuw in het water, waarmee ze ons soepel vooruitstuurt. Ik sluit even mijn ogen, adem gewoon de frisse lucht in en laat het geluid van de rivier mijn oren vullen.

Het ritme van de roeispanen die door het water snijden wordt bijna rustgevend en ik sta mezelf toe om gewoon te... zijn. De rivier strekt zich om ons heen uit, kalm en stil, en voor het eerst sinds lange tijd heb ik het gevoel dat ik echt kan vertragen. Geen deadlines. Geen pitches. Geen druk om mezelf te bewijzen. Gewoon... hier zijn.

Terwijl de boot verder van de oever glijdt, neuriet Chloe

voor zich uit – een melodie die ik niet herken, maar het is zacht en lieflijk en past perfect bij de sfeer.

'Weet je', zeg ik, terwijl ik probeer mijn toon licht te houden, 'je bent best dapper om me mee te nemen op een boot, terwijl ik hier totaal nutteloos in ben.'

Chloe giechelt weer. 'Je bent niet nutteloos. Je had gewoon een duwtje nodig. Bovendien raakte je niet in paniek, dus dat is best cool.'

Daar glimlach ik om. Misschien heeft ze gelijk. Misschien heb ik mezelf zo lang overtuigd dat ik bepaalde dingen niet aankon, dat ik nooit de moeite heb genomen om het daadwerkelijk te proberen.

'De volgende keer', zeg ik, terwijl ik om me heen kijk naar de stilte van het water, 'neem ik de roeispanen. Afgesproken?'

Chloe grijnst. 'Waarom begin je niet nu?'

'Wat?'

'Pak aan', zegt ze, terwijl ze me een roeispaan geeft. 'Het is net als fietsen. Nou ja, een fiets op het water.'

'Dat is niet zo geruststellend als je denkt', mompel ik, maar ik neem de roeispaan aan en probeer de greep van Chloe na te doen.

Ze laat me de basis zien – hoe te roeien, hoe te sturen, hoe je met de stroming meewerkt in plaats van ertegenin. Tot mijn verbazing pik ik het snel op, de bewegingen voelen natuurlijk en vloeiend aan.

Terwijl we de boei naderen, wiegen het ritmische gespetter van de roeispanen en het zachte schommelen van de boot me in een gevoel van rust. Mijn angsten beginnen weg te smelten, vervangen door een groeiend gevoel van opgetogenheid.

'Je bent een natuurtalent!', roept Chloe uit, als het me lukt de boot naar believen te draaien met een behendige draai van mijn roeispaan.

Ik voel een blos van trots bij haar lof. Hier buiten, met de uitgestrektheid van het water om ons heen en de frisse bries op mijn gezicht, voel ik een lichtheid die ik in jaren niet heb gekend. Het is alsof het gewicht van mijn verantwoordelijkheden, mijn schuld, mijn zelftwijfel – alles blijft aan de kant, waardoor ik me vrij en onbezorgd voel.

'Dit is geweldig', zeg ik, en kantel mijn hoofd naar achteren. 'Ik heb het gevoel dat ik voor altijd zou kunnen roeien.'

'Ik wist dat je het geweldig zou vinden! Wacht maar tot je ziet waar we naartoe gaan.'

Ze wijst naar voren en ik volg haar blik naar een ver bouwwerk op een rotsachtige uitloper aan de andere kant van de rivier.

'Wacht. Ho even. We hadden afgesproken tot de boei en terug. Dat was de deal.'

'Het is maar een klein stukje verder.' Ze wijst. 'Sterker nog, het is minder ver dan terug naar het huis gaan.'

Ik draai me om en realiseer me dat ze gelijk heeft, we zijn al meer dan halverwege de rivier. Wat maakt een klein stukje verder nu nog uit, nu we hier toch zijn?

'Wat is daar?'

'Dat zul je wel zien.' Ze grijnst.

Terwijl we dichterbij komen, herken ik de kenmerkende vorm van een kleine vuurtoren, de witte verf is allang afgebladderd en het bouwwerk is nu bedekt met klimplanten.

'Dat is de oude vuurtoren', legt Chloe uit, met een weemoedige noot in haar stem. 'Mama en ik roeiden hier de hele tijd naartoe. Het was ons speciale plekje.'

Mijn hart krimpt elke keer als Chloe haar moeder noemt. Ik kan me niet voorstellen welk gat haar verlies in haar leven heeft achtergelaten – in het leven van Dan.

Terwijl we de voet van de vuurtoren naderen, leidt Chloe me naar een klein, rotsachtig strandje. Zodra de boeg van de boot het zand raakt, springt Chloe eruit en draait zich dan om, mij haar hand aanbiedend terwijl ik over de boeg stap en weer vaste grond onder mijn voeten voel. We trekken de boot op de oever en lopen een kronkelend pad op naar de deur van de vuurtoren.

Chloe haalt een sleutel uit haar zak en ontgrendelt de deur. 'Papa onderhoudt hem nog steeds', zegt ze zacht. 'Voor mama.'

Binnen worden we omhuld door de muffe geur van oude steen en zeelucht. We beklimmen de wenteltrap, onze voetstappen echoën in de smalle ruimte, tot we op het galerijdek bovenaan uitkomen.

Het uitzicht is ongelooflijk. Vanaf dit uitkijkpunt strekt de rivier zich in beide richtingen uit en smelt samen met de horizon. De wind is hierboven sterker en zwiept mijn haar rond mijn gezicht.

Chloe leunt tegen de reling, haar ogen afwezig. 'Soms, als ik haar mis, kom ik hierheen met papa en voel ik me op de een of andere manier dichter bij haar. Alsof ze nog steeds bij me is.'

Impulsief sla ik een arm om haar schouders en trek haar dicht tegen me aan. 'Dat is ze ook, Chloe. Ze is altijd bij je.'

We staan daar een lang moment, kijkend hoe het zonlicht op de deining danst, ieder verzonken in onze eigen gedachten.

'We moeten waarschijnlijk teruggaan', zeg ik met tegenzin, terwijl ik op mijn horloge kijk. 'Je vader is binnenkort klaar met werken.'

Chloe knikt, haar weemoedige uitdrukking verandert in een ondeugende grijns. 'Wedstrijdje naar de boot!'

Ze rent de trap af, haar gelach echoot achter haar. Ik schud mijn hoofd, een glimlach trekt aan mijn lippen, en volg op een bedaagder tempo. Tegen de tijd dat ik beneden aankom, heeft ze de boot alweer in het water geduwd.

Ik ga op mijn plaats zitten en grijp de roeispanen. Het hout is warm en glad onder mijn handen, de bewegingen voelen al natuurlijker, instinctiever. We glijden de rivier op, de vuurtoren verdwijnt achter ons.

Chloe laat haar vingers door het water glijden, waardoor

kleine rimpels ontstaan die zich in ons kielzog verspreiden. 'Ik wou dat we hier voor altijd konden blijven', zucht ze.

'Ik ook', geef ik toe en verras mezelf met de waarheid ervan. Hier buiten, met de zon op mijn gezicht en de wind in mijn haar, voelen de stress en de druk van mijn leven in Chicago een miljoen mijl ver weg.

Verzonken in gedachten, merk ik Chloe's hand die naar het oppervlak van de rivier sluipt pas als het te laat is. Ze schept een handvol water op en gooit het met een vrolijke lach in mijn richting.

'O, nu is het menens!', proest ik, en ik sla terug met een eigen plens.

Ons gelach vermengt zich met het geluid van de deining die tegen de boeg klotst terwijl we een groots watergevecht houden, de boot zachtjes onder ons wiegend. Een paar kostbare minuten lang zijn we gewoon twee vriendinnen, die spelen en grappen maken, zonder een zorg in de wereld.

Maar het moment wordt verbrijzeld door een plotseling, misselijkmakend gekraak. Ik verstijf, mijn hart schiet in mijn keel, als ik water door een grillige scheur in de romp zie sijpelen.

'Rachel?' Chloe's stem is klein en bang. 'Wat gebeurt er?'
'Ik weet het niet!'

Ik laat de roeispanen los en vorm een kommetje met mijn handen, in een poging handjesvol water op te scheppen om terug in de rivier te gooien.

Ik slik moeizaam en probeer de opkomende paniek te onderdrukken. De boot zinkt, de scheur wordt voor mijn ogen groter en het water stroomt sneller naar binnen dan ik het eruit kan scheppen.

'Het komt goed', slaag ik erin te zeggen, mijn stem klinkt veel kalmer dan ik me voel. 'Houd je gewoon aan me vast, goed?'

Chloe knikt, haar gezicht bleek, haar ogen wijd en vol vertrouwen. Ik trek haar dicht tegen me aan, mijn gedachten racen, op zoek naar een oplossing, een uitweg. Maar de oever is te ver, het water te koud en de boot zinkt snel.

Terwijl het water tegen onze enkels klotst, terwijl de boot onder ons begint te kantelen, kan ik Chloe alleen maar steviger vasthouden en bidden dat er hulp komt, voordat het te laat is.

'Chloe, controleer je reddingsvest! Snel!', schreeuw ik. Mijn handen beven terwijl ik de riemen en gespen van mijn eigen vest controleer, de urgentie maakt mijn bewegingen onhandig.

Chloe klautert naar de achterkant van de boot en verliest bijna haar evenwicht op de gladde vloer.

'Ik ben bang, Rachel', jammert ze, haar stem trillend.

'Ik weet het, lieverd. Maar het komt allemaal goed.' Ik probeer mijn woorden te vullen met een vertrouwen dat ik niet voel. Het ijskoude water staat nu tot onze kuiten, de boot kreunt en helt zwaar naar één kant. 'We zullen in het water moeten springen, oké? Bij de tel van drie.'

Chloe knikt, haar gezicht een masker van angst en vastberadenheid. Ze grijpt mijn hand stevig vast, haar kleine vingers ijskoud. Ik probeer het panische bonzen van mijn hart te kalmeren.

'Eén... twee... drie!'

We springen uit de zinkende boot en storten ons in het ijskoude water. De schok beneemt me de adem, de kou verlamt mijn spieren. Een angstaanjagend moment ben ik gedesoriënteerd, weet ik niet meer wat boven is. Maar dan duwt mijn reddingsvest me naar de oppervlakte en ik breek door, hijgend en proestend.

'Chloe!', roep ik, mijn stem schor van angst. 'Chloe, waar ben je?'

Een kleine hand grijpt de mijne en ik snik bijna van opluchting. Chloe klampt zich aan me vast, haar tanden klapperen, haar gezicht lijkbleek. Achter ons glijdt de boot onder het oppervlak, alleen nog rimpelingen achterlatend in zijn kielzog.

We dobberen in het water, adrenaline en angst gieren door onze aderen. De oever aan beide kanten lijkt onmogelijk ver weg, het water strekt zich uit in een eindeloze vlakte. Maar we leven. We zijn samen. En op de een of andere manier moeten we bewegen. We moeten aan land zien te komen.

Ik sla mijn arm om Chloe heen en houd haar dicht tegen me aan. 'Houd je gewoon aan me vast', zeg ik, mijn stem bevend. 'Het komt goed met ons. Dat beloof ik.'

En terwijl we daar drijven, twee kleine figuren in de uitgestrekte, meedogenloze rivier, kan ik alleen maar hopen dat het een belofte is die ik kan nakomen.

Ik schop met mijn benen, pas me aan om Chloe ruimte te geven, en ga op de oever af. Maar hoe hard ik ook schop, we lijken niet vooruit te komen.

Als er al iets gebeurt, dan is het dat we zijwaarts gaan.

Het lijkt erop dat de stroming andere ideeën heeft en haar meedogenloze jacht naar de oceaan voortzet. Ik rol op mijn rug en, gebruikmakend van het drijfvermogen van het reddingsvest, trek Chloe over me heen zodat ze me om mijn borst kan vasthouden. Ik schakel over op schoolslag en het voelt alsof ik meer kracht achter elke schop heb.

*Slag. Slag. Slag.* Ik herinner me de woorden van mijn zwemlessen, al die jaren geleden. De eenvoudige instructies van de leraar werden naar alle leerlingen in het water geschreeuwd. Maar dat was een zwembad, met gecontroleerde temperatuur, zonder getijden, zonder enige beweging, behalve af en toe een spetter van een andere leerling wiens schop te hoog was. Dit is een echte, woedende, onstuitbare rivier.

Het water klotst tegen onze gezichten, koud en meedogenloos. Elke deining stuurt een nieuwe rilling door mijn lichaam, mijn tanden klapperen oncontroleerbaar. Chloe's greep om mijn nek is als een bankschroef, haar vingernagels graven in mijn huid. Maar ik verwelkom de pijn, het fysieke anker aan de realiteit.

'Help!', schreeuw ik, mijn stem hees en wanhopig. 'Iemand, help ons alsjeblieft!'

Maar er komt geen reactie, geen teken van iemand in de buurt. Ik blijf schoppen, zet elke gram kracht die ik heb in, maar de rivier blijft stil, onverschillig voor ons lot. Ik spits mijn oren, hopend op het verre gezoem van een bootmotor of de kreten van een zoekploeg. Maar er is niets.

Waarom zou dat ook? Niemand weet dat we hier zijn.

Chloe jammert, haar gezicht tegen mijn schouder gedrukt. 'Wat als niemand ons vindt?', fluistert ze, haar stem klein en breekbaar.

Ik slik moeizaam en probeer de ijzige tentakels van angst die mijn hart samendrukken te negeren. 'Dat zullen ze wel', zeg ik en ik leg een overtuiging in mijn stem die ik niet voel. 'Je vader... Hij zal beseffen dat er iets mis is als we niet terugkomen. Hij zal ons komen zoeken.'

Maar zelfs terwijl de woorden mijn mond verlaten, kan ik het niet helpen me af te vragen... Wat als hij niet denkt dat hij zich hoeft te haasten omdat er op Chloe wordt gepast?

Ha. *Opgepast*. Ja, de eerste keer dat ik de verantwoordelijke volwassene voor een kind ben en dit is het resultaat.

Nee. Zo kan ik niet denken. Niet nu. Niet nu Chloe me nodig heeft om sterk te zijn.

Ik forceer een glimlach en strijk een natte haarlok van Chloe's gezicht. 'Hé, zing dat liedje dat je bij de repetities deed.'

'Nu?'

'Ja, ik vond het echt mooi.'

Haar lippen klapperen. 'Ik weet niet zeker of ik de tekst nog kan herinneren.'

'Probeer het', stel ik voor, mijn stem zacht. 'Het zal helpen de tijd te doden tot er hulp komt.'

Even aarzelt Chloe. Maar dan, zachtjes eerst, begint ze te zingen. Haar stem is bevend en onzeker, de noten zweven in de lucht. Maar geleidelijk aan wordt hij sterker, zelfverzekerder. De melodie wikkelt zich om ons heen als een deken, een breekbaar schild tegen de kou en de angst.

En terwijl ik luister, zwelt mijn hart met een felle, beschermende liefde. Ik ben misschien niet zeker van veel op dit moment – niet van mijn carrière, niet van mijn toekomst, zelfs niet van mijn eigen identiteit. Maar één ding weet ik met absolute zekerheid: ik zal alles doen wat nodig is om dit kostbare meisje veilig te houden.

## VIJFTIEN

Mijn ledematen zijn verdoofd. Het ijskoude water voelt niet meer zo koud, waarvan ik weet dat het geen goed teken is. Ik heb moeite om Chloes hoofd boven de golven te houden. En dat van mij. Paniek dreigt me de baas te worden. Ik onderdruk het. Ik moet sterk zijn voor Chloe.

'Houd je gewoon aan me vast', zeg ik tegen haar, met trillende stem. 'Het komt goed met ons.'

Chloes kleine handjes klampen zich vast aan mijn nek, haar ademhaling gaat in korte, hijgende teugen. Ik voel haar tegen me aan trillen. Het arme kind moet doodsbang zijn.

Ik kijk wild om me heen en probeer me te oriënteren. Ik kan de vuurtoren niet meer zien. Maar ik denk dat ik een steiger kan onderscheiden, vergelijkbaar met die van Dan, en er ligt een cruiser afgemeerd die het zicht op het huis blokkeert. Als we daar maar kunnen komen...

Een scherpe klap doet me opschrikken. Chloes spartelende been heeft iets geraakt: het naambordje van de boot. *Rebecca.* De letters glinsteren beschuldigend terwijl het op het wateroppervlak dobbert.

'Chloe, pak dat!', schreeuw ik boven de wind uit. 'Het zal je helpen drijven!'

Samen duiken we ernaar. Ik weet een hoek te pakken te krijgen en duw het onder Chloes arm. Ze grijpt het vast als een reddingslijn.

Mijn energie raakt op. Het voelt alsof ik niets meer over heb. Ik. Moet. Doorgaan.

Ik dwing mezelf kalm te blijven. Eén trapbeweging tegelijk. Dat is het enige waar ik me op kan concentreren. Eén trap en dan nog een. Negeer het brandende gevoel in mijn spieren. Sluit de kou buiten die in mijn botten trekt. Gewoon zwemmen.

Chloe jammert en ik druk haar dichter tegen me aan. 'Je vader zal ons vinden', beloof ik, biddend dat het waar is. 'Hij zal naar ons op zoek zijn. We moeten alleen de oever zien te bereiken.'

Ik tuur in het vervagende licht en schat de afstand tot de steiger. Te ver, maar we hebben geen keus. Ik hap naar lucht en begin met mijn benen te trappelen om aan land te komen, met Chloe als een trillend gewicht tegen mijn borst.

*Laat ons het alsjeblieft halen,* smeek ik in stilte. *Alsjeblieft. Dan, waar ben je? We hebben je nodig. Chloe heeft je nodig.*

Ik klem mijn tanden op elkaar en zwem door.

De deining is nu heftiger. Eigenlijk zijn het maar kleine golven. Maar hun omvang is irrelevant. Ze slaan tegen mijn gezicht terwijl ik worstel om mijn hoofd boven water te houden.

'Blijf trappelen, lieverd', spoor ik haar aan, en probeer kalm te klinken ondanks de paniek die mijn keel dichtknijpt. 'Je doet het geweldig. Het komt goed met ons.'

Maar zelfs terwijl ik de woorden uitspreek, knaagt de twijfel aan me. De oever lijkt onmogelijk ver weg, een fata morgana die glinstert in de opkomende schemering. Mijn armen en benen voelen als lood, elke slag is een kwelling van inspanning.

Chloes greep op het naambordje verslapt en ze gilt het uit

van schrik. 'Laat maar los!', zeg ik tegen haar, terwijl ik mijn greep verstevig. 'Houd je gewoon aan mij vast.'

Ze knikt, haar gezicht bleek en vertrokken. Ze is zo jong, zo kwetsbaar.

Ik moet haar redden. Niets anders is belangrijk. Niet de pijn, niet de uitputting, niet de angst. Alleen Chloe is belangrijk.

Met een vlaag van vastberadenheid hernieuw ik mijn inspanningen en trek Chloe verder boven op me. 'Beweeg je benen', zeg ik tegen haar, terwijl ik het voordoe. 'Alsof je fietst. Zo hard als je kunt, oké?'

Ze gehoorzaamt zonder een woord te zeggen, haar kleine sportschoentjes slaan een ritme tegen het water. Ik doe met haar mee en stuwen ons centimeter voor centimeter richting veiligheid.

Het is zwoegen, vechten tegen de stroming die ons omlaag wil trekken. Het water prikt in mijn ogen. Mijn longen branden bij elke hap naar adem.

Maar met elke langzame slag, elke moeizame trapbeweging, komt de steiger dichterbij. Ik richt mijn blik erop en stort elk laatste greintje van mijn tanende kracht erin om die te bereiken.

Nog een klein stukje. Blijf doorgaan. Stop niet. Voor Chloe.

Ik weet niet hoe lang we samen spartelen, gevangen tussen hoop en vrees. Tijd verliest zijn betekenis, voorbij het onregelmatige ritme van onze bewegingen en het bonzen van mijn polsslag in mijn oren.

Er is alleen de kou. De stroming. Chloe. De verre steiger. En die ene, onverbiddelijke gedachte: We moeten het halen.

We moeten.

Een paniekerige schreeuw van Chloe rukt me uit mijn half-ijle strijd.

'Papa!', schreeuwt ze, haar stem schor. 'Papa! Help ons!'

Ik draai mijn hoofd, volg haar blik, en huil bijna van

opluchting bij het zien van Dans auto die langzaam over het kustpad rijdt. Hij springt eruit, speurt het water af, op zoek naar ons.

Hoop golft door me heen, elektriseert me. Ik voeg mijn stem bij die van Chloe en schreeuw zijn naam met het weinige beetje kracht dat ik nog heb. 'Dan! Dan, we zijn hier! Help!'

Eerst lijkt hij ons niet te horen. Hij loopt terug naar zijn auto, op het punt om weg te rijden. Een knoop van angst trekt samen in mijn borst. Hij kan niet weggaan. Niet nu. Niet nu we zo dichtbij zijn...

'Papa!', gilt Chloe weer, wanhoop geëtst in die ene lettergreep.

Eindelijk, als bij een wonder, schiet zijn hoofd in de richting van het water. Ik zie het moment dat hij onze benarde situatie waarneemt, zijn lichaam verstijft van de schok. Dan rent hij, sprintend naar de oever van de rivier met een snelheid waar een Olympiër jaloers op zou zijn.

Hij aarzelt geen moment als hij de rand bereikt, trapt zijn schoenen uit en trekt zijn jas uit in één vloeiende beweging. Zijn telefoon en portemonnee vallen op de grond, een fractie van een seconde voordat hij het water induikt en het oppervlak in een zuivere boog splijt.

Ik snik bijna van opluchting als hij met krachtige slagen naar ons toe zwemt en de afstand in een paar hartslagen overbrugt. Even later zijn zijn sterke armen om ons heen en houden ons boven terwijl hij watertrappelt.

'Ik heb je', zegt hij ruw, zijn ogen wild van angst en opluchting. 'Ik heb jullie allebei. Jullie zijn oké.'

Hij controleert Chloe verwoed en zoekt naar enig teken van letsel. Ze klampt zich aan hem vast, haar kleine handjes grijpen zijn shirt. Tevreden dat ze ongedeerd is, richt hij zijn aandacht op mij.

'Gaat het met je?', eist hij, zijn greep om mijn arm bijna pijnlijk.

Ik slaag erin om wankel te knikken, te overweldigd om

woorden te vormen. Hij lijkt het te begrijpen en trekt me dichterbij tot onze voorhoofden elkaar raken, alle drie verstrengeld in een wanhopige omhelzing.

Voorzichtig peutert hij Chloe van zijn borst en zet haar op zijn rug. 'Houd je goed vast, meid', instrueert hij. 'Net als toen je klein was, weet je nog?'

Ze gehoorzaamt, slaat haar armen om zijn nek en begraaft haar gezicht tussen zijn schouderbladen. Met zijn handen vrij reikt Dan naar me en leidt mijn armen om zijn middel.

'Houd je aan me vast', beveelt hij zacht. 'Ik breng ons naar de oever. Houd je gewoon vast, Rach.'

Dat doe ik, me aan hem vastklampend als aan een reddingslijn terwijl hij op de oever afstevent, zijn sterke lichaam met vastberaden gratie door het water snijdend. De stevige warmte van hem tegen me aan is een anker, een belofte van veiligheid te midden van de aanhoudende chaos.

Terwijl we de oever van de rivier naderen, laat ik mijn ogen dichtvallen, en de uitputting overspoelt me in meedogenloze golven. Ik ben me er vaag van bewust dat Dan ons uit het water trekt, dat Chloes kleine gestalte zich nog steeds als een klit aan hem vastklampt.

Dan, op de een of andere manier, zit ik op de achterbank van zijn auto, nog steeds Chloe vasthoudend, het verre, bezorgde gedreun van Dans stem, en de gezegende opluchting van het in leven zijn.

*We hebben het gehaald*, denk ik wazig, en geef me eindelijk over aan de lokkende roep van de bewusteloosheid. *We leven. We zijn veilig.*

*Hij heeft ons gered.*

Mijn ogen fladderen open en ik zie het gezicht van Dan boven me zweven, zijn voorhoofd gefronst van bezorgdheid. 'Rachel? Hé, ben je bij me?'

Ik knik zwakjes en open mijn ogen. Naast me ligt Chloe opgerold tot een strak balletje, haar kleine lijfje wordt geteisterd door rillingen.

'Wat dacht je in hemelsnaam?', eist Dan. Zijn stem is ruw van de overgebleven angst. 'Zomaar de boot meenemen zonder het me te vertellen?'

'Het spijt me', zeg ik, mijn keel dichtgeknepen. 'We wilden gewoon... ik dacht dat het leuk zou zijn.'

'Leuk?' Hij haalt een hand door zijn haar, frustratie straalt van elke vezel van zijn lichaam. 'Rachel, die boot was niet zeewaardig. Ik had hem geschuurd, geverfd om hem er mooi uit te laten zien, maar ik had de waterdichte afdichting tussen de planken niet vervangen. Hij was alleen voor de sier.'

Een misselijkmakend gevoel bekruipt me als de omvang van onze fout tot me doordringt. 'Dat wist ik niet', weet ik uit te brengen, met een klein stemmetje.

'Je hebt geluk dat het niet ernstiger was', vervolgt Dan, zijn toon iets verzachtend. 'Al die tijd vraag je me om Chloe als een volwassene te behandelen. Nou, kijk wat er gebeurt. Ze is nog maar een kind, Rachel.'

Tranen prikken in mijn ogen en vertroebelen mijn zicht.

'Het spijt me', zeg ik nogmaals, de woorden ontoereikend voor wat er had kunnen gebeuren. 'Ik wilde nooit dat dit zou gebeuren.'

Dan zucht en de woede verdwijnt uit zijn trekken als hij een natte haarlok van mijn voorhoofd veegt. 'Dat weet ik', zegt hij. 'Maar het is wel gebeurd. En nu moeten we ermee omgaan.'

Hij wendt zich tot Chloe en neemt haar in zijn armen. Ze klampt zich aan hem vast, haar gezicht bleek en vertrokken. 'Laten we jullie beiden naar binnen brengen,' zegt hij, zijn stem zacht maar kordaat. 'We zorgen dat jullie opwarmen, en dan praten we hierover.'

Ik knik en laat hem me uit de auto helpen.

De warmte van het huis omhult ons als we naar binnen stappen, een schokkend contrast met de kou die tot op het bot in me is getrokken. Dan is druk in de weer, pakt handdoeken en dekens, zijn bewegingen efficiënt maar met een vleugje aanhoudende spanning.

Chloe kruipt op de bank, gewikkeld in een zachte handdoek, haar blik afwezig. Ik verlang ernaar haar te troosten, haar te verzekeren dat alles goedkomt, maar de woorden blijven in mijn keel steken. Hoe kan ik zulke beloften doen als ik haar zo duidelijk in de steek heb gelaten?

'Trek die natte kleren nu uit', zegt hij.

Ik neem een handdoek en een badjas van hem aan, en hij draait zich om en houdt zich bezig met Chloe terwijl ik me uitkleed. Mijn doorweekte kleren landen met een soppige plof op de vloer.

'Ik maak wat warme chocolademelk', kondigt Dan aan, zijn stem doorbreekt de zware stilte. 'Chloe, waarom ga je niet naar boven om te douchen? Zo heet als je kunt verdragen.'

Ze knikt, glijdt van de bank en sloft door de gang in een badjas die veel te groot voor haar is. Ik kijk haar na, mijn hart doet pijn van het gewicht van mijn fouten.

Dan komt terug met twee dampende mokken warme chocolademelk en zet ze op de salontafel. Hij gaat op een van de eetkamerstoelen tegenover me zitten, zijn handen stijf in zijn schoot gevouwen.

'Wat dacht je in hemelsnaam?', vraagt hij, zijn stem gespannen. 'Heb je enig idee hoe gevaarlijk die rivier is?'

Ik krimp ineen, het schuldgevoel overspoelt me opnieuw. 'Ik weet het. Het spijt me, Dan. Ik wist niet dat de boot niet zeewaardig was. Ik wilde gewoon iets speciaals doen voor Chloe, om haar te laten zien dat ik om haar geef.'

'Door haar leven in gevaar te brengen?' Zijn toon wordt scherper, woede flitst in zijn ogen. 'Ik vertrouwde je mijn dochter toe, Rachel. Ik dacht dat je begreep hoe belangrijk ze voor me is.'

'Dat doe ik ook', houd ik vol, en leun naar voren. 'Chloe betekent ook alles voor me. Ik zou haar nooit opzettelijk in gevaar brengen.'

'Maar dat heb je wel gedaan.' De woorden hangen zwaar in de lucht. 'Ik kan haar niet verliezen, Rachel. Niet zoals ik Rebecca ben verloren. Dat overleef ik niet.'

Mijn hart krimpt ineen bij de rauwe pijn in zijn stem. 'Het spijt me zo, Dan. Ik meende het niet. Ik dacht dat ik het juiste deed. Dat was duidelijk niet zo. Ik weet niet wat ik anders moet zeggen.'

'Ik weet dat je het niet zo bedoelde', zegt hij, zijn stem iets zachter. 'Maar dat verandert niets aan wat er is gebeurd.'

Voordat ik kan antwoorden, komt Chloe de trap af, gekleed in warme, droge kleren. Ze klimt naast me op de bank en kruipt tegen me aan. Ik sla een arm om haar heen en houd haar dicht tegen me aan.

'Het spijt me, papa', mompelt ze, met een klein stemmetje. 'Ik wilde je niet laten schrikken.'

Dans uitdrukking verzacht als hij naar zijn dochter kijkt. Hij komt bij ons op de bank zitten en trekt Chloe in een stevige knuffel. 'Ik weet het, lieverd. Ik ben gewoon blij dat je veilig bent.'

Over Chloes hoofd heen kruisen onze blikken elkaar. Ik moet wegkijken. De schaamte. Het schuldgevoel. De teleurstelling in mezelf...

Ik worstel om overeind te komen en trek de badjas strakker om me heen. De uitputting van het zwemmen, de paniek, de ruzie met Dan — het stort allemaal als een verstikkende golf over me heen. Ik moet weg, mijn hoofd leegmaken. Ik loop naar de deur, elke stap een inspanning.

'Rachel, wacht.' Dans stem houdt me tegen. 'Je kunt niet zo weggaan. Je bent in geen staat om ergens heen te gaan.'

Ik blijf staan, zonder me om te draaien. De bezorgdheid in zijn toon raakt me, maar de steek van zijn eerdere woorden blijft hangen. 'Het komt wel goed met me', mompel ik, hoewel ik het zelf niet geloof.

'Het spijt me echt', zeg ik terwijl ik de deur open en voorgoed uit Dans leven en uit Maine vertrek.

## ZESTIEN

Ik staar naar mijn vliegticket naar Chicago, de vertrektijd vervaagt voor mijn ogen terwijl ik in de luchthavenbar zit. Ondanks het melodramatische vertrek uit Dans huis heb ik twee dagen in Portland doorgebracht voordat het vliegverkeer weer volledig operationeel was. Maar ik kon mijn verdriet verdrinken in het relatieve comfort van een vijfsterrenhotel in het stadscentrum en heb drie keer per dag roomservice ervaren.

'Wat kan ik voor u inschenken?'

De stem van de barman haalt me uit mijn gedachten. Hij leunt op de gepolijste houten toonbank en zijn vriendelijke ogen nemen mijn leed op met een bezorgde blik.

Ik knipper snel met mijn ogen en probeer me te concentreren. 'Eh, ik wil graag een...' Mijn stem sterft weg als ik naar de rijen glimmende flessen achter hem kijk.

Wat maakt het uit wat ik bestel? Over een paar uur ben ik terug in Chicago, terug in de normaliteit. Weer aan het werk. Hoewel ik, eerlijk gezegd, niet zeker weet of dat nog het leven is dat ik wil.

De barman wacht geduldig, zijn zachte aanwezigheid is op

de een of andere manier rustgevend te midden van mijn onrust.

Ik schraap mijn keel. 'Een wodka-cranberry, alstublieft.'

Hij knikt met een begrijpende glimlach. 'Komt eraan.'

Terwijl hij bezig is met het maken van mijn drankje, staar ik wezenloos naar de drukke hal achter de bar.

Reizigers haasten zich voorbij, hun gezichten stralend van doelgerichtheid en opwinding. Stelletjes slenteren hand in hand, gezinnen houden uitbundige kinderen in toom. Ze lijken allemaal precies te weten waar ze naartoe gaan, hun paden liggen duidelijk voor hen uitgestippeld.

En toch zit ik hier, terwijl mijn eigen weg vooruit plotseling net zo wazig is als mijn spiegelbeeld in de spiegelende achterwand van de bar. Ik dacht dat ik alles had uitgedokterd: de carrièreladder beklimmen, me op mijn carrière richten, mezelf bewijzen in een moordende industrie waar succes de enige valuta is die telt.

En op de een of andere manier heb ik die mentaliteit hiernaartoe meegenomen, naar Maine. Ik probeerde te bewijzen dat ik de dingen voor Dan en Chloe beter kon maken, dat ik hun levens kon repareren als een soort beschermengel. Maar ik dacht er niet aan wat ze echt nodig hadden. Ik wilde me gewoon weer nuttig voelen. Het gevoel hebben dat ik iets waardevols deed. En in plaats daarvan is Chloe door mij bijna omgekomen.

'Alstublieft.' De barman schuift mijn drankje naar me toe, de felrode vloeistof klotst zachtjes. 'Kan ik u nog iets anders brengen?'

Ik klem mijn vingers om het koele glas en veranker mezelf in de stevigheid ervan. 'Nee, dank u. Het is... het is goed zo.'

Is dat wel zo? Ben ik er echt klaar voor om alles achter me te laten wat de afgelopen weken in me hebben wakker gemaakt? De connectie, het gevoel van erbij te horen, het gevoel dat ik deel kon uitmaken van iets echts?

Mijn maag draait zich om en ik neem een stevige slok van

mijn drankje. Het brandt in mijn keel, een welkome afleiding van de pijn in mijn hart. Het komt wel goed met me. Dat moet. Dit is het pad dat ik lang geleden heb gekozen, en ik kan het niet zomaar verlaten vanwege een paar weken... Ja, wat eigenlijk?

Een fantasie, dat is wat het was. Een mooie droom die geen plaats heeft in het harde licht van de realiteit. Rachel Holmes laat zich niet afleiden door de charmes van een klein stadje en gezellige familiefeestjes. Ze laat haar waakzaamheid niet varen, staat zichzelf niet toe om zich een andere toekomst voor te stellen.

Nee, Rachel Holmes stapt op een vliegtuig naar Chicago en kijkt niet meer achterom. Zelfs als elke vezel in haar lijf schreeuwt dat ze het moet heroverwegen. Zelfs als ze het gevoel niet van zich af kan schudden dat ze een vreselijke fout maakt.

*Ik kan dit. Ik moet dit doen.* Ik kijk weer op naar de barman.

'Mag ik de rekening, alstublieft?'

Terwijl ik in mijn zak naar mijn portemonnee grijp, raken mijn vingers iets onverwachts aan. Fronzend trek ik een verfrommeld servetje tevoorschijn, en mijn hart hapert als ik het haastig gekrabbelde handschrift herken. Dans servetje, dat hij me die avond in de bar had gegeven. De avond waarop... alles begon.

Ik strijk het glad op het gepolijste oppervlak van de bar, mijn ogen volgen de woorden die zo vertrouwd, zo kostbaar zijn geworden.

*Personage of acteur?*

Drie simpele woorden die een vonk van verbinding, van begrip hadden veroorzaakt. Een herinnering dat we onder de oppervlakte allebei worstelden om onze publieke persona's met ons ware zelf te verenigen.

Mijn zicht wordt wazig en ik knipper de tranen weg die dreigen te vallen. Hoe kan een dwaas, klein servetje zoveel betekenis hebben? Hoe kan het ervoor zorgen dat ik alles in twijfel trek wat ik dacht te weten over mezelf, over wat ik wil?

Ik zou het moeten weggooien. Het achterlaten, net zoals ik Maine en alle herinneringen die het inhoudt achterlaat. Maar terwijl ik het in mijn vuist verfrommel, kan ik het niet over mijn hart verkrijgen om het los te laten. Het is een tastbaar stuk van de reis die ik heb afgelegd, een symbool van de persoon die ik ben geworden.

Of misschien de persoon die ik altijd al ben geweest, onder het gepolijste vernislaagje van professionaliteit en ambitie. De persoon die verlangt naar verbinding, naar een gevoel van thuis en familie. De persoon die zich al veel te lang heeft verscholen achter het masker van Rachel Holmes, Director of New Business Development.

Mijn hand trilt als ik het servetje terug in mijn zak stop, een talisman tegen de twijfels die in me wervelen. Ik kan niet terug, kan de keuzes die ik heb gemaakt niet ongedaan maken. Maar misschien, heel misschien, kan ik een stukje van deze ervaring met me meedragen, een herinnering aan wat zou kunnen zijn, als ik dapper genoeg ben om ernaar te grijpen.

Met een vastberaden knikje schuif ik van de barkruk en loop ik richting de gate. Richting Chicago, richting het leven dat ik heb opgebouwd, het leven dat ik heb gekozen.

Maar zelfs als ik mijn ticket aan de gate-medewerker overhandig, zelfs als ik het vliegtuig instap, voel ik het gewicht van het servetje in mijn zak, een constante aanwezigheid, de belofte van mogelijkheden.

En voor het eerst in lange tijd sta ik mezelf toe me af te vragen... Wat als?

*Personage of acteur?*

Ik kan bijna Dans stem horen, die zachte, alwetende toon die hij bewaart voor momenten waarop hij dwars door me heen kijkt. Hij vraagt me om te kiezen, om te beslissen wie ik wil zijn. De gepolijste, perfecte PR-manager, die altijd een rol speelt? Of de echte Rachel, degene die vrijuit lacht, die haar hart opent, die durft te dromen van een ander leven?

Een deel van mij verlangt ernaar die persoon te zijn, het harnas dat ik zo lang heb gedragen af te werpen en de kwetsbaarheid te omarmen die gepaard gaat met echt gezien worden. Maar een ander deel van mij deinst terug, doodsbang voor de implicaties, voor de opschudding die het zou kunnen veroorzaken in de zorgvuldig opgebouwde wereld die ik heb gecreëerd.

Hoe kan een simpele vraag zoveel macht, zoveel potentieel voor verandering in zich dragen? Hoe kunnen een paar woorden van een man die ik nog maar zo kort ken, me alles doen betwijfelen wat ik dacht te willen?

Mijn hart racet terwijl ik de keuze overweeg die voor me ligt, het pad dat ik al zo lang volg, of het onbekende terrein dat lonkt. Kan ik echt de zekerheid, de status, de identiteit waaraan ik me heb vastgeklampt, loslaten? Kan ik alles op het spel zetten voor een kans op iets meer, iets echts?

Personage of acteur. Authenticiteit of schijn. Liefde of ambitie.

Ik probeer de strijdende stemmen in mijn hoofd tot rust te brengen. En op dat moment realiseer ik me dat ik misschien, heel misschien, niet hoef te kiezen. Misschien kan ik een manier vinden om beide te zijn, om de kracht en veerkracht die ik als Rachel Holmes heb aangescherpt te omarmen, terwijl ik mezelf ook toesta om kwetsbaar te zijn, om echt te zijn.

Terwijl ik de gate nader, voel ik een hernieuwde helderheid van geest en doelgerichtheid. Elke stap is weloverwogen, een fysieke manifestatie van mijn vastberadenheid. De drukke terminal vervaagt naar de achtergrond, mijn focus is volledig op het pad dat voor me ligt.

Ik pauzeer bij de drempel, mijn hand rustend op de balie. Een moment sta ik mezelf toe om terug te kijken, niet met verlangen of spijt, maar met dankbaarheid. De aswolk, de ontmoeting met Dan en Chloe, het verfrommelde servetje – ze speelden allemaal een rol in deze reis van zelfontdekking. Ze waren katalysatoren die me dwongen de delen van mezelf die ik lang had genegeerd onder ogen te zien.

Als ik het vliegtuig instap, controleert de stewardess mijn ticket en begroet ze me met een warme glimlach. 'Welkom aan boord, mevrouw Holmes. We zijn blij u vandaag bij ons te hebben en blij dat we weer vliegen.'

Ik glimlach terug, een oprechte glimlach die mijn ogen bereikt. 'Dank u. Ik ook.'

En dat ben ik. Echt. Ik ga op mijn stoel zitten, mijn blik dwaalt naar het kleine raampje naast me. De startbaan strekt zich voor me uit, een netwerk van wegen die naar talloze bestemmingen leiden. Maar voor nu is mijn bestemming duidelijk. Chicago. Channing Gabriel. Een nieuw hoofdstuk in mijn verhaal.

Terwijl het vliegtuig begint te taxiën, leun ik achterover in mijn stoel, en een gevoel van vrede overspoelt me. Personage en acteur. Twee kanten van dezelfde medaille. Twee delen van een geheel.

Het zachte gezoem van de vliegtuigmotoren vult mijn oren als we hoger de lucht in klimmen. Ik kijk uit het raam en zie de wereld beneden steeds kleiner worden. De gebouwen, de wegen, de bomen – ze vervagen allemaal in een lappendeken van kleuren en vormen.

Ik merk dat ik aan Dan denk, aan de tijd die we samen hebben doorgebracht. Het gelach, de tranen, de momenten van verbinding die zo echt, zo rauw voelden. En ik realiseer me dat hij, op een bepaalde manier, altijd een deel van me zal zijn. Een deel van mijn verhaal, een hoofdstuk in het boek van mijn leven.

Maar het is een hoofdstuk dat tot een einde is gekomen. Ik heb het verpest. En hoezeer het ook pijn doet, hoezeer ik me ook aan het verleden wil vastklampen, ik weet dat ik het moet loslaten. Ik moet vooruit, de toekomst die voor me ligt omarmen.

Ik grijp in mijn zak, mijn vingers strijken langs het gladde oppervlak van mijn telefoon. Ik haal hem tevoorschijn en staar even naar het lege scherm voordat ik hem ontgrendel. Ik open mijn e-mail, mijn ogen scannen de inbox op zoek naar één specifiek bericht.

Daar is het. De e-mail van Channing Gabriel, die mijn terugkeer naar het werk bevestigt. Ik klik erop en lees de woorden die ik al een dozijn keer heb gelezen. Maar deze keer voelen ze anders. Deze keer voelen ze als een belofte. Een belofte van een nieuw begin, van tweede kansen.

Ik zie mezelf het kantoor binnenlopen, met opgeheven hoofd, klaar om alle uitdagingen aan te gaan die op mijn pad komen. Ik zie mezelf opbloeien, groeien, de beste versie van mezelf worden.

En ik weet dat, wat er ook gebeurt, ik dit moment altijd zal hebben. Dit moment van helderheid en doelgerichtheid, van pure, onvervalste vastberadenheid.

Het vliegtuig vliegt verder en brengt me steeds dichter bij mijn bestemming. En terwijl ik daar zit, mijn hart vol hoop en mogelijkheden, weet ik dat ik precies ben waar ik moet zijn.

ZEVENTIEN

VIER MAANDEN LATER

Ik had nooit gedacht dat me aankleden voor een afspraakje zou voelen alsof ik een harnas aantrok.

Ik sta voor mijn passpiegel en strijk met licht trillende handen over de zijdezachte stof van mijn jurk. Hij is diep bosgroen — een kleur waarvan Zoe stellig beweerde dat mijn ogen er 'duur' door leken — maar vanavond weet ik niet zeker welke boodschap ik probeer over te brengen. Zelfverzekerd? Nieuwsgierig? Emotioneel beschikbaar?

Ik ben al maanden niet meer op een echt afspraakje geweest. Niet sinds Portland. Niet sinds Dan.

Die gedachte overvalt me en sluipt naar binnen als een ongenode gast. Ik schud hem van me af en verstel het bandje van mijn jurk. Dit gaat niet over hem. Dit gaat over mij. Verdergaan. Weer ja zeggen tegen de wereld.

Het is stil in het appartement, bijna verdacht stil. Geen dringende e-mails. Geen onmogelijke deadlines. Geen campagneproblemen die onmiddellijke aandacht vereisen. Alleen het zachte geroezemoes van de stad buiten en het

210

zachte geklik van de sluiting van mijn ketting terwijl ik hem in mijn nek vastmaak.

Ik kijk op mijn telefoon — mijn Uber is er over twee minuten. Ik grijp mijn tas, trek een jas aan en kijk nog even rond in mijn appartement. Alles staat precies waar het hoort. Netjes. Georganiseerd. Voorspelbaar.

Het voelt niet als een thuis. Het voelt als een uitvalsbasis.

Het idee verontrust me, maar ik schuif het opzij. Vanavond is niet voor zelfonderzoek. Vanavond is om mijn teen weer eens in het datingwater te steken — en mezelf er misschien aan te herinneren dat er nog een leven bestaat buiten PR-presentaties, crisisplannen en spijt.

Ik doe de deur achter me op slot en ga naar beneden, het vertrouwde getik van mijn hakken op het beton is een vreemde geruststelling. De Uber staat al te wachten, het interieur gloeit zachtjes als een belofte van iets nieuws.

Terwijl de auto wegscheurt, zie ik mijn weerspiegeling in het raam — beheerst, verzorgd, in alles een vrouw die weet wat ze wil.

Ik wou alleen dat ik zeker wist wat dat was.

De Uber zet me af bij *Nouveau* — zijn suggestie — het hippe restaurant in het hart van de stad. Als ik binnenstap, belooft het levendige geklets en het gerinkel van glazen een gedenkwaardige avond. De gastvrouw leidt me naar een tafel bij de grote ramen, wat me een perfect uitzicht geeft op de bruisende straat beneden.

Ik schuif in de fluwelen stoel, sla voorzichtig mijn benen over elkaar en vouw het servet op mijn schoot alsof ik dit al honderd keer heb gedaan. Maar vanbinnen ben ik zenuwachtig. Niet per se op een slechte manier — gewoon... roestig. Ik concentreer me op het stijlvolle interieur — bakstenen muren, Edison-lampen die een warme gloed verspreiden en een eclectische mix van kunstwerken. Het geroezemoes van gesprekken vult de lucht, onderbroken door lachsalvo's van tafels in de buurt. Ik voel een vonkje van verwachting. Misschien is dit precies wat ik nodig heb, een kans om met iemand nieuws in contact te komen en me een beetje te laten gaan.

De waarheid is dat ik niet meer gewend ben aan deze versie van mezelf. Degene die te vroeg op een afspraakje verschijnt. Degene die zich opdoft uit nieuwsgierigheid, voor de mogelijkheid. Zo lang heb ik me alleen maar gekleed om serieus genomen te worden. Zakelijke blazers. Monochromatische paletten. Altijd gericht op het opgaan in competentie.

Vanavond probeer ik iets anders.

Ik kijk rond in het restaurant en observeer andere tafels voor aanwijzingen. Een stel links van me is halverwege een fles wijn; hun handen kruipen tussen de gangen door steeds dichter naar elkaar toe. Aan de andere kant van de ruimte lacht iemand iets te hard om iets wat niet zo grappig is. Zenuwen voor een eerste afspraakje, vermoed ik.

Vrienden proosten met kleurrijke cocktails en ik friemel aan het servet op mijn schoot, in een poging de vlinders in mijn buik te kalmeren. Daten is nooit mijn sterkste punt geweest, het kwam altijd op de tweede plaats na mijn carrière. Maar ik ben hier nu, ik waag het erop. Dat telt toch ook voor iets?

Ik kijk op mijn telefoon om te zien hoe laat het is. Hij kan elk moment hier zijn. Ik neem een slokje water en bekijk het menu zonder het echt te lezen. De geur van knoflook en kruiden zweeft vanuit de keuken, vermengd met de zachte jazz die op de achtergrond speelt. Ik herinner mezelf eraan dat het vanavond draait om moedig zijn. Spontaan zijn. Mijn beste leven leiden — of, op zijn minst, het proberen.

Lyle arriveert precies op tijd en stapt vol zelfvertrouwen het restaurant binnen met dezelfde arrogante charme die ik me herinner van de pitchbijeenkomst. Hij ziet er verzorgd en strak uit in een antracietkleurig pak, zijn haar perfect in model, en ik moet toegeven — een pak staat hem goed.

Terwijl hij op me afkomt, lijkt elk oog in de zaal hem op te merken. Hij heeft die uitstraling — alsof hij weet dat hij hier thuishoort.

En zomaar, ineens, herinner ik me precies waarom ik in eerste instantie nee zei.

'Rachel', begroet hij me met een grijns, zijn armen uitstrekkend alsof hij me wil omhelzen, maar dan bedenkt hij zich en biedt hij in plaats daarvan zijn hand aan. 'U ziet er fantastisch uit.'

'Dank je', zeg ik. 'Jij ook.'

Hij grinnikt en neemt me van top tot teen op. 'Ik moet toegeven, ik was aangenaam verrast toen u belde. Ik dacht dat u zaken en plezier niet mengde.'

Ik haal met een glimlach mijn schouders op, hoewel ik zijn aanhoudende blik niet waardeer. 'Gewoonlijk niet. Maar ik probeer dat te veranderen — wat meer open te staan voor... nieuwe ervaringen.'

Lyle trekt een wenkbrauw op, duidelijk geïntrigeerd, maar ik krijg de duidelijke indruk dat zijn gedachten de goot in doken voordat hij ze er bewust weer uittrok.

'Dat bevalt me. Het leven is sowieso te kort om je aan regels te houden.'

Ik lach lichtjes, ook al ben ik het niet helemaal met hem eens. 'Precies. Soms moet je er gewoon voor gaan.'

De ober verschijnt vrijwel onmiddellijk en neemt onze drankbestelling op terwijl we het menu bekijken — een whisky voor hem en een glas Pinot Noir voor mij.

Zodra de drankjes arriveren, heft Lyle zijn glas en geeft me een zelfverzekerde glimlach. 'Op een nieuw begin', zegt hij, en deze keer ben ik het van harte met hem eens en tik mijn glas tegen het zijne.

'Op een nieuw begin', herhaal ik en neem een slok.

Lyle leunt achterover, duidelijk in zijn element. 'Weet u, ik moet zeggen, ik heb respect voor iemand die weet wat ze wil en erachteraan gaat. De pitch die u gaf om ons als klant binnen te halen was ijzersterk. U weet echt de aandacht van de hele zaal vast te houden. Ik wou alleen dat u vaker op ons kantoor kwam.'

Ik glimlach, maar een deel van mij vraagt zich af of hij het als compliment of als strategie bedoelt. Lof komt vaak makkelijk van mensen die verwachten dat alles transactioneel is.

Toch neem ik het aan. Ik heb er te hard voor gewerkt om dat niet te doen. 'Dank je', antwoord ik.

Hij knikt waarderend. 'Slim. Ik heb altijd geloofd dat berekende risico's de enige manier zijn om vooruit te komen. Je moet bereid zijn de regels te buigen als het erop aankomt.'

Er is iets glads aan de manier waarop hij het zegt — alsof hij het niet heeft over gedurfde ideeën, maar over de kantjes ervan aflopen en het later rechtpraten. Het herinnert me aan een dozijn andere mannen die ik heb ontmoet in directiekamers en tijdens brunches: gedreven, ja — maar nooit vertraagd door zaken als ethiek of empathie.

'Dus', zeg ik om het gesprek een andere wending te geven, 'als u geen hamburgers omdraait, wat doet u dan graag? Hobby's? Passies?'

Hij kijkt me aan met een blik die ergens tussen geamuseerd en geschokt in zit. 'U maakt een grapje, toch? Ik zou nog niet dood gevonden willen worden in een van onze restaurants, voor of achter de toonbank.'

Ik lach, maar het klinkt broos. Hij merkt het niet. Of misschien wel en het kan hem gewoon niets schelen. Er is een trots in zijn stem die ik niet helemaal kan plaatsen. Ik denk aan Dan die kinderen leert hoe ze scènes moeten blokkeren, die zich vuilmaakt met AV-apparatuur en verlichting, nooit te beroerd voor iets. Er is een waardigheid in er gewoon zijn, ook al is het rommelig. Lyle lijkt allergisch voor rommel — en voor het zich verlagen tot het niveau van het personeel.

'O', zeg ik, en mijn glimlach hapert een beetje. 'U moet toch zeker wel voor marktonderzoek, of voor werknemerstevredenheid, —'

Hij maakt een afwerend gebaar met zijn hand. 'Ik ben een

vicepresident, Lara. Mijn personeel regelt de dagelijkse beslommeringen. Ik houd me bezig met het grote geheel. Wat hobby's betreft, ik denk niet echt dat er ruimte is voor afleiding als je wilt slagen. Ik heb altijd gezegd dat relaties en persoonlijke zaken kunnen wachten tot je gesetteld bent. Je moet eerst je imperium opbouwen. Dan kun je ervan genieten.'

Ik knik langzaam, hoewel alles in mij terugdeinst. Ik dacht vroeger ook zo. Misschien nog steeds wel, soms. Maar om het hardop te horen — zo klinisch, zo stellig — klinkt het meer als een waarschuwing dan als een filosofie.

Ik knik langzaam, maar ik voel iets strakker worden, alsof er iets kleins en scherps achter mijn ribben krult.

'Dat klinkt logisch, denk ik... maar vindt u niet dat er meer is in het leven dan alleen werk?'

Hij grinnikt, alsof ik een schattig grapje heb gemaakt. 'Zeker, zeker. Maar ik denk dat als ik eenmaal aan de top sta, ik genoeg tijd zal hebben om te ontspannen. Op dit moment ben ik gefocust op het bereiken van die top.'

Zijn stem vult de ruimte tussen ons als een reclamejingle — luid, zelfverzekerd, repetitief. Ik probeer het tempo bij te houden, maar het is als tennissen met iemand die alleen maar zijn service oefent.

Het gesprek lijkt erg eenzijdig te zijn. Hij somt zijn carrièreprestaties op, de grote merken waarvoor hij heeft gewerkt, gevolgd door een monoloog over hoe hij zich op de carrièreladder omhoog heeft gewerkt. Ik knik en glimlach op de juiste momenten, maar mijn gedachten zijn ergens anders; ik vraag me af waarom ik in hemelsnaam dacht dat deze man mijn tijd waard was.

Na het eten staat hij erop de rekening te betalen — en maakt er echt een show van — voordat hij me naar buiten begeleidt.

Hij blijft op de stoep staan, draait zich naar me toe met diezelfde zelfverzekerde glimlach. 'Ik heb een leuke avond gehad', zegt hij, en komt dichterbij. 'U bent echt zo indrukwek-kend als ik dacht.'

Ik slaag erin beleefd te glimlachen, maar ik leun al naar achteren, nog niet helemaal klaar om hem de afstand te laten overbruggen.

Er is een moment waarop het lijkt alsof hij me een goede-nachtkus wil geven. In plaats van paniek voel ik... milde nieuwsgierigheid, alsof ik kijk naar iemand die karaoke probeert te zingen in een taal die hij niet spreekt.

Ik doe een stap achteruit en glimlach. Het is niet ongemak-kelijk, gewoon... verwacht.

'Bedankt voor vanavond', zeg ik voorzichtig, 'maar ik denk niet dat dit gaat werken.'

Zijn zelfverzekerde uitdrukking verdwijnt een fractie van een seconde voordat hij zich herpakt. 'Wacht — wat? Ik dacht dat we een geweldige tijd hadden. Een fantastische maaltijd. Een geweldig restaurant—'

'Het was heerlijk', zeg ik eerlijk. 'Het was echt geweldig. Maar... ik denk gewoon niet dat we op dezelfde golflengte zitten. Ik probeer meer open te staan voor nieuwe dingen, maar ik denk dat ik vanavond heb beseft dat ik niet op zoek ben naar hetzelfde soort leven als jij.'

Zijn kaak spant zich aan en hij laat een korte, humorloze lach horen. 'Serieus? Je gaat dit niet eens een kans geven?'

Ik schud zachtjes mijn hoofd. 'Het is niet eerlijk tegenover jou om te doen alsof ik iets voel wat ik niet voel. Je verdient iemand die even gedreven is als jij, die dezelfde dingen wil.'

Hij sneert en steekt zijn handen in zijn zakken. 'Jij bent me er eentje, weet je dat? De meeste vrouwen zouden een moord doen voor een man als ik. Succesvol. Gedreven.'

Ik onderdruk een huivering. 'Dat geloof ik best. En ik weet zeker dat je iemand zult vinden die die ambitie evenaart. Maar ik ben het niet.'

Zijn gezicht verhardt, en even lijkt het alsof hij wil tegen-spreken, maar dan schudt hij gewoon zijn hoofd. 'Jouw verlies', mompelt hij, werpt me een laatste, bijna minachtende blik toe voordat hij zich omdraait en wegloopt.

Hij loopt weg alsof hij een soort diepgaande indruk heeft gemaakt. En ik veronderstel van wel — alleen niet degene waarop hij had gehoopt.

De waarheid is dat ik ja zei tegen Lyle omdat het als vooruitgang voelde. Een volwassen stap. Ik had de laatste tijd geprobeerd op meer dingen ja te zeggen — minder aarzeling, meer leven. Hij was charmant in vergaderingen, ambitieus, misschien een beetje glad — maar hij was geïnteresseerd, en dat telde toch voor iets?

Bovendien was het niet alsof ik rekende op vuurwerk. Ik had genoeg gehad van onmogelijke standaarden en perfecte-op-papier-verliefdheden. Misschien had ik iets anders nodig. Gevestigd. Makkelijk. Het is alleen jammer dat Lyle een complete eikel is.

Ik kijk hem na en pak dan mijn telefoon uit mijn tas om een chauffeur te zoeken. Ik heb mijn teen in de datingvijver gestoken en, eerlijk gezegd, vond ik het maar niks. Maar ik heb het tenminste geprobeerd. En misschien is dat voor één avond al vooruitgang genoeg.

De app loopt voor de vierde keer vast en ik geef het op. *Momenteel geen chauffeurs beschikbaar.* Fantastisch. Het is ongeveer zes kilometer naar de Lower West Side. Ik ga het niet lopen — niet op deze hakken — maar ik besluit in de algemene richting te lopen in de hoop dat de vrijdagavonddrukte afneemt en ik later een chauffeur kan strikken.

Het is lang geleden dat ik in de binnenstad ben geweest. Zeker 's nachts. De straten van de stad bruisen van de energie terwijl ik loop, mijn hakken tikken tegen de stoep. Neonreclames gloeien en werpen een caleidoscoop van kleuren op de gezichten van voorbijgangers. Gelach en geklets stromen uit drukke restaurants en bars, het geluid vermengt zich met het verre getoeter van autohoorns.

Ondanks de levendige sfeer voel ik me vreemd genoeg

afstandelijk, verzonken in mijn eigen gedachten. Het afspraakje met Lyle speelt zich keer op keer af in mijn hoofd, elk moment ontleed en geanalyseerd. Op het eerste gezicht was hij vastberaden, aantrekkelijk, succesvol — alles wat ik dacht te willen. Dus waarom voelde het zo... verkeerd?

Ik pauzeer bij een zebrapad en wacht tot het licht verandert. Een stel loopt hand in hand voorbij, hun gelach wordt meegedragen door de wind. Een steek van verlangen raakt me, zo scherp dat het echt pijn doet. De laatste keer dat ik zo lachte, de laatste keer dat ik dat soort verbinding met iemand voelde, was met Dan.

Het licht wordt groen en ik beweeg met de menigte mee, nog steeds in gedachten verzonken. Ik heb zo lang succes nagejaagd, de carrièreladder beklommen, dat ik heb verwaarloosd wat er echt toe doet. Vriendschappen, hobby's, liefde... Ze zijn allemaal op de achtergrond geraakt door mijn ambitie.

Maar wat is succes nou eigenlijk, als je niemand hebt om het mee te delen? Wat is het nut van de top te bereiken als je alleen bent wanneer je daar aankomt? Ik had het misschien met Dan kunnen bereiken, echt waar. Maar ik heb het verpest.

Een windvlaag bezorgt me een rilling en ik sla mijn jas strakker om me heen. De stadslichten vervagen als tranen in mijn ogen prikken, een plotselinge golf van emotie die me overvalt. Heb ik mijn enige kans gemist, of is het waar wat ze zeggen, dat er nog genoeg vissen in de zee zijn?

Wat ik wel weet, is dat ik meer wil dan dit. Ik verdien meer dan dit. Meer dan oppervlakkige afspraakjes en oppervlakkige connecties. Ik wil iets echts, iets betekenisvols. Ik wil een leven dat rijk is aan liefde, gelach en een doel.

Ik laat de openbaring over me heen komen. Het is eng om toe te geven wat ik wil. Het betekent kwetsbaar zijn, mezelf openstellen voor de mogelijkheid om gekwetst te worden.

Maar het betekent ook dat ik mezelf openstel voor de mogelijkheid van iets wonderbaarlijks.

Ik recht mijn schouders, een nieuw gevoel van vastberadenheid vult me. Ik weet misschien niet precies waar ik naar op zoek ben, maar ik weet dat ik het niet zal vinden door op veilig te spelen. Deze avond was misschien een totale ramp, maar dat betekent niet dat ik het na één keer moet opgeven. Het is tijd om een kans te wagen, om mezelf op een manier open te stellen die ik nog nooit eerder heb gedaan.

Het is tijd om achter te gaan wat ik echt wil.

Als ik de hoek om sla, verzonken in gedachten, trekt een bekend gezicht mijn aandacht. Ik sta abrupt stil en knipper ongelovig met mijn ogen naar het enorme billboard dat boven me uittorent.

Dan Rhodes.

Hij grijnst naar me neer, zijn ogen fonkelen met diezelfde ondeugende charme die ik me herinner van onze tijd in Maine. Maar er is nu iets anders aan hem, een nieuw gevonden zelfvertrouwen dat van het billboard afstraalt.

'Kijk dit najaar naar *Heartstrings*', verkondigt het billboard, 'met in de hoofdrol Dan Rhodes.'

Ik staar naar de afbeelding, een golf van emoties overspoelt me. Verrassing, bovenal. Toen ik Dan voor het laatst zag, hield hij vol dat hij de acteerwereld voorgoed de rug had toegekeerd, vastbesloten om geen moment van Chloe's opgroeien te missen. Maar nu staat hij hier, levensgroot op een billboard voor een nieuwe sitcom.

Trots zwelt op in mijn borst, vermengd met een bitterzoete steek van spijt. Ik had gelijk. Als ik hem daarboven zie, is het duidelijk dat hij mijn advies ter harte heeft genomen. Hij heeft ervoor gekozen zijn acteercarrière opnieuw op te starten. Hij is terug in de schijnwerpers gestapt — en hij straalt.

En toch is er ook iets anders. Een frustratie die ik niet van me af kan schudden, een gevoel van een gemiste kans en onrechtvaardigheid dat aan mijn hart trekt. We kregen ruzie omdat ik zag wat Dan niet kon zien. Toegegeven, ik had niet zonder zijn toestemming moeten pushen, maar toch, hij kwam er uiteindelijk zelf. Wat als hij het idee niet zo snel van de hand had gewezen? Wat als ik gewoon... had gewacht? Het zijn beslissing had laten zijn, op zijn eigen tijd?

Mijn gedachten schieten terug naar dat servetje, dat hij met zijn stille, wetende glimlach over de tafel schoof. Personage of acteur?

Ik had hem toen geen antwoord gegeven. Ik weet niet of ik nu antwoord zou kunnen geven. Maar misschien was dat het moment — de splitsing in de weg.

Ik schud mijn hoofd en probeer de gedachten weg te duwen. Het is belachelijk. Ik ken de man nauwelijks. Niet echt. En toch, op de een of andere manier, als ik hem daarboven op dat billboard zie, mis ik... hem. Ons. Of op zijn minst de potentie van ons.

Ik blijf daar hangen, starend naar het billboard, terwijl de tegenstrijdige emoties me overspoelen. Voldoening en spijt. Verlangen en berusting. Trots dat hij zijn weg heeft gevonden. En een stille pijn dat ik er niet bij was om het te delen.

Maar als ik eindelijk mijn blik losruk en verder de straat in loop, kan ik een glimlach niet onderdrukken. Want zelfs als Dan Rhodes en ik elkaar nooit meer tegenkomen, zelfs als de connectie die we deelden vluchtig was, geeft het zien van hem op dat billboard me hoop.

Hoop dat het nooit te laat is om een droom na te jagen. Hoop dat, zelfs als het leven ons in verschillende richtingen leidt, de mensen die ons leven raken bij ons blijven en ons inspireren om de beste versie van onszelf te zijn.

En bovenal, hoop dat ergens daarbuiten de soort liefde die ik zoek op me wacht. Ik moet alleen moedig genoeg zijn om erachteraan te gaan.

De straten leven op het gebruikelijke vrijdagavondritme — muziek die uit open deuren drijft, gelach dat door steegjes weerkaatst, het gerinkel van glazen en af en toe een uitbarsting van geschreeuw. Het zou elektriserend moeten aanvoelen. Uitnodigend. Maar ik voel me er vreemd genoeg los van, alsof ik door het leven van iemand anders loop.

Mijn hakken echoën tegen de stoep terwijl ik richting niets in het bijzonder loop, en dan dringt het tot me door — hoe vaak ik in rechte lijnen heb bewogen. Altijd de bestemming kennend. Altijd de volgende mijlpaal, de volgende titel, de volgende 'overwinning' najagend. Mijn hele leven is één lange routeplanner geweest, en vanavond, voor één keer, hoef ik nergens te zijn. Geen deadline. Geen agenda-uitnodiging. Geen verplichting.

En ik voel me... ontheemd.

Maar daaronder roert iets diepers. Een vraag die ik mezelf nooit lang genoeg heb gesteld: als ik de carrière, de drukte, de façade weghaal — wat blijft er dan over? Wie blijft er over?

Ik heb altijd gedacht dat ambitie was wat mij definieerde. Maar misschien gebruikte ik het om mezelf te beschermen, om mezelf zo bezig te houden dat ik niet te diep hoefde te kijken naar wat ik misschien miste.

En ik heb iets gemist.

Niet zomaar een persoon. Zelfs niet Dan. Maar een versie van mezelf die nieuwsgierig is. Zacht. Aanwezig. Een Rachel die niet presteert, geen visie verkoopt, *geen acteur is* — maar gewoon is.

Misschien, voor het eerst in mijn volwassen leven, wil ik weten hoe het voelt om zonder script te leven.

En die gedachte beangstigt me... maar windt me ook op.

En misschien is dat de les van dit alles. Dat het leven vol gemiste kansen en onbewandelde paden is, maar ook vol nieuwe beginnen en tweede kansen. Ergens daarbuiten wacht mijn eigen billboard. En als ik het vind, ben ik klaar om in het middelpunt te staan en te stralen.

## ACHTTIEN

Ik staar naar de knipperende cursor op mijn laptopscherm en probeer een greintje enthousiasme op te brengen voor het nieuwe, caloriearme menu van Incrediburger. Na het vroege succes van hun plantaardige burger hebben ze onze ideeën omarmd om hun productaanbod verder te diversifiëren met een nieuwe lijn die in de schappen zal liggen zodra Thanksgiving voorbij is.

De campagne is sterk en ons artteam heeft fantastisch werk geleverd met de mock-ups van de beelden en de slogans, maar ondanks de zakelijke noodzaak om dit te lanceren, is hun besluitvorming tergend langzaam geworden.

Wanneer ik zeg *hun* besluitvorming, bedoel ik die van Lyle.

Lyle kon mijn afwijzing totaal niet verkroppen. De afgelopen twee weken heeft hij zich ontpopt als een totale en complete klootzak en blijkt hij een doorn in mijn oog te zijn door opzettelijk elke e-mail, elke goedkeuring, elke vergadering te vertragen en te frustreren... Het is kleinzielig, pathetisch en voorspelbaar.

Misschien moet ik me van de account afhalen, zodat we

allemaal weer op koers kunnen komen, maar het irriteert me mateloos dat ik dan niet meer kan samenwerken met de rest van het team, dat zich ongelooflijk professioneel heeft getoond.

Gedachteloos herschik ik de vetplantjes op mijn bureau, een vergeefse poging om wat leven in deze steriele ruimte te brengen. De pot met zinnia's, een cadeau van Zoe na de GreenShoots-pitch, dient als een bitterzoete herinnering. We hebben de account binnengehaald, de grootste slag van mijn carrière bij Channing Gabriel. Maar tegen welke prijs? Lange avonden, gemiste etentjes met vrienden, een voortdurend verwaarloosd privéleven?

Alsof het zo moet zijn, haalt mijn bureautelefoon me uit mijn gepieker. Het is Jenna, mijn assistente.

'Rachel, de partners willen u in de directiekamer zien. Nu meteen.'

Ik ga rechter opzitten, mijn hartslag versnelt. 'Hebben ze gezegd waar het over gaat?'

'Nee, maar ze zeiden dat u alles waar u mee bezig bent, moet laten vallen en erheen moet gaan. Het lijkt dringend.'

'Oké, bedankt, Jenna. Ik kom er meteen aan.'

Ik strijk mijn zijden blouse glad en controleer snel mijn gezicht in een poederdoos. Een onverwacht verzoek van hogerhand voorspelt zelden iets goeds. Mijn gedachten racen door alle mogelijkheden terwijl ik door de gang loop. Heb ik ergens een steek laten vallen? Een cruciaal detail van de Incrediburger-account over het hoofd gezien?

Ik pauzeer voor de imposante mahoniehouten deuren en vermant me. Wat me ook te wachten staat aan de andere kant, ik zal het aanpakken met de kalmte en professionaliteit die me zo ver hebben gebracht. Ik draai aan de gepolijste koperen klink, stap naar binnen en ben klaar om de consequenties te aanvaarden.

Ik stap de directiekamer binnen en mijn hakken zinken weg in het zachte tapijt. De partners zijn al verzameld, gezeten rond de uitgestrekte glazen tafel als een zakelijke krijgsraad. Aan het hoofd zit Crystal Channing zelf, onberispelijk gekapt en beheerst, haar staalharde blik op mij gericht.

'Rachel, ga alsjeblieft zitten', zegt ze, terwijl ze naar een lege stoel wijst.

Ik neem plaats en probeer de sfeer in de kamer te peilen. Er hangt een gespannen verwachting in de lucht, maar er is een onderstroom van iets anders. Opwinding?

'We hebben nieuws', begint Crystal, haar roodgelakte nagels tikken tegen de tafel. 'GreenShoots heeft hun opzegtermijn van zes maanden bij Overt PR uitgezeten en sinds vanmorgen zijn ze een klant van Channing Gabriel. Het is officieel.'

Een golf van opluchting overspoelt me, gevolgd door een opwelling van trots. We hebben het geflikt. Maanden van slopend werk, eindeloze herzieningen en moordende onderhandelingen hebben eindelijk hun vruchten afgeworpen.

'Gefeliciteerd', voegt Ethan, de directeur accounts, eraan toe. 'Dit is een enorme overwinning voor het bedrijf, en voor u, Rachel.'

Ik knik gracieus, maar vanbinnen ben ik verbaasd. Ze hebben me toch zeker niet alleen hierheen geroepen om me te feliciteren?

Alsof ze mijn verwarring aanvoelt, buigt Crystal naar voren. 'We wilden uw instrumentele rol in het binnenhalen van deze account erkennen. Uw strategische visie en onvermoeibare toewijding hebben de basis gelegd voor ons succes.'

'Ook al heeft Zoe de uiteindelijke pitch gedaan', voegt Helen toe, haar toon een mix van lof en iets scherpers. Een herinnering, misschien, dat mijn protegé me in de nek hijgt.

'Natuurlijk', antwoord ik soepel. 'Het was een teamprestatie. Ik ben gewoon blij dat we de klant konden leveren wat ze wilden.'

'Deze account opent opwindende nieuwe mogelijkheden voor Channing Gabriel', zegt Crystal, haar ogen glinsteren. 'En dat hebben we aan u te danken, Rachel. Uw harde werk is niet onopgemerkt gebleven.'

Daar is het weer, die onderstroom van verwachting. Ik heb het gevoel dat ik op de drempel van iets groots sta, maar ik kan er nog niet precies de vinger op leggen.

'Sterker nog', vervolgt Crystal, 'we hebben het over uw toekomst bij het bedrijf gehad...'

Ze schuift een document over de tafel, met bovenaan het logo van Channing Gabriel in reliëf. Mijn hartslag schiet omhoog als ik de kop lees: Aanbod Partnerschap.

De kamer barst los in applaus, een kakofonie van felicitaties en goede wensen. Maar het geluid lijkt ver weg, gedempt door het bonzen van mijn eigen hart in mijn oren.

Een partnerschap. De kroon op het werk in deze wereld van glas en staal, van mantelpakjes en gevechten in de directiekamer. De bevestiging van elke late nacht, elk gemist weekend, elk offer dat ik heb gebracht op het altaar van mijn carrière.

Mijn vingers glijden over de scherpe randen van het document, het gewicht ervan voelt plotseling zwaar in mijn handen. Dit is alles waar ik voor heb gewerkt, de logische volgende stap in mijn zorgvuldig uitgestippelde traject.

Dus waarom roert een zweem van twijfel zich in mijn borst?

Crystals stem doorbreekt mijn mijmering. 'Dit is een gedenkwaardige dag, Rachel. We zijn verheugd u officieel te mogen verwelkomen in de gelederen van de partners.'

Ze reikt me een pen aan, een verwachtingsvolle glimlach op haar lippen. 'Teken gewoon op de stippellijn, dan maken we het officieel.'

Ik staar naar de lege ruimte die op mijn handtekening wacht, het gewicht van de beslissing rust op mijn schouders. Het rationele deel van mij weet dat dit een ongelooflijke kans is, de bekroning van jaren hard werken en toewijding.

Maar een ander deel, een klein, hardnekkig stemmetje dat

ik lang heb genegeerd, zaait twijfel. Is dit echt wat ik wil? Is dit het pad naar vervulling, naar een goed geleefd leven?

Beelden flitsen door mijn hoofd: de steriele leegte van mijn appartement in de wolkenkrabber, de verwelkende plant op mijn bureau, een stil getuigenis van mijn verwaarlozing. De gemiste verjaardagen, de niet-opgenomen betaalde vakantiedagen, de relaties die ik heb laten verkommeren door mijn ambitie.

En dan, ongevraagd, duikt er een herinnering op. Het boothuis aan de rivier, de warmte van Dans glimlach, het geluid van Chloes gelach. Die deur is zeker gesloten, maar de ervaring gaf me een glimp van een ander leven, een leven waarin succes niet wordt gemeten in titels en accounts, maar in momenten van verbinding en vreugde.

Mijn hand zweeft boven de pagina, de pen voelt plotseling zwaar in mijn greep. De ogen van de partners boren zich in me, verwachtingsvol, gretig. Ze zien een rijzende ster, een waardevolle aanwinst die ze kunnen binnenhalen.

Maar zien ze mij? De echte Rachel, onder het gepolijste vernis en het indrukwekkende cv?

De seconden tikken voorbij, elk een eeuwigheid. De lucht voelt geladen, de stilte is zwaar van verwachting.

Ik haal diep adem, de geur van leer en dure aftershave vult mijn longen. Dit is het, het moment van de waarheid. Het kruispunt waar ik de koers van mijn toekomst bepaal.

Partnerschap, of iets totaal anders? Het veilige, platgetreden pad, of een sprong in het diepe?

Ik sluit even mijn ogen en zoek naar helderheid te midden van de wervelende twijfels en verlangens. En dan, met een plotselingheid die zelfs mij verrast, kristalliseert het antwoord zich uit.

Ik weet wat ik moet doen.

Ik open mijn ogen en beantwoord Crystals verwachtingsvolle blik. De woorden vormen zich op mijn lippen, een verklaring en een keuze ineen.

'Het spijt me', zeg ik, mijn stem is vast, ook al racet mijn hart. 'Maar ik kan dit aanbod niet accepteren.'

Een rimpeling van schok gaat door de kamer, gezichten veranderen van verwachtingsvol in verward. Crystals perfect gemanicuurde wenkbrauwen fronsen, haar lippen gaan open van ongeloof.

'Rachel, ik begrijp het niet. Dit is de kans van uw leven. U hebt dit verdiend. Misschien begrijpt u het winstdelingsprogramma van de partners niet helemaal?'

Ik knik, een glimlach trekt aan de hoeken van mijn mond ondanks de ernst van het moment. 'U heeft gelijk, ik heb dit verdiend. En ik ben ongelooflijk dankbaar voor de erkenning en het vertrouwen dat u allemaal in mij heeft getoond.'

Ik pauzeer, verzamel mijn gedachten en kies mijn woorden zorgvuldig. 'Maar ik heb me ook gerealiseerd dat mijn pad, mijn ware vervulling, ergens anders ligt. Dit werk, dit leven... Het heeft me zoveel geleerd. Maar het is niet het einddoel. Niet meer.'

De partners wisselen blikken, een mengeling van teleurstelling en schoorvoetend respect in hun ogen. Ze weten, net als ik, dat als mijn besluit eenmaal vaststaat, er niets meer aan te veranderen is.

Crystal leunt achterover in haar stoel en bestudeert me met een nieuwe intensiteit. 'En wat is uw einddoel, Rachel? Hoe ziet uw pad eruit?'

Ik lach zachtjes; het geluid verrast me door zijn lichtheid. 'Eerlijk? Ik weet het nog niet helemaal zeker. Maar ik weet dat het meer inhoudt dan contracten en campagnes. Het gaat erom een echt verschil te maken, niet alleen voor de bedrijfsresultaten, maar voor het leven van mensen. Het gaat erom een balans te vinden tussen werk en al het andere dat ertoe doet.'

Ik sta op, strijk mijn rok glad, de stof een vertrouwd pantser dat ik niet langer nodig heb.

'Bedankt, echt waar, voor alles. Voor de kansen, het

mentorschap, de uitdagingen die me hebben gevormd. Maar nu is het tijd voor mij om mijn eigen toekomst vorm te geven.'

Ik steek mijn hand uit, een laatste handdruk, een gebaar van dankbaarheid en afscheid.

Crystal pakt hem aan, haar greep is stevig, haar ogen doorzoeken de mijne.

'Weet u dit zeker?', vraagt ze, een laatste poging om me over te halen. 'Weet u zeker dat u ontslag wilt nemen?'

Ik knik, mijn vastberadenheid is onwankelbaar. 'Ik ben nog nooit ergens zo zeker van geweest in mijn leven.'

En daarmee draai ik me om, mijn hakken tikken op de gepolijste vloer terwijl ik naar de deur loop. Naar een nieuw begin, een nieuw hoofdstuk in het verhaal van Rachel Holmes.

De toekomst is ongeschreven, een onbeschreven blad dat wacht om gevuld te worden. En voor het eerst in lange tijd ben ik opgewonden om de pen op te pakken en te beginnen met schrijven.

Ik duw de glazen deur van de directiekamer open en stap de vertrouwde drukte van het kantoor in. Maar alles voelt nu anders. Het gewicht van de verwachting is van mijn schouders gevallen en vervangen door een duizelingwekkend gevoel van mogelijkheden.

Ik loop naar mijn bureau, mijn stappen lichter, mijn glimlach breder. Ik verzamel mijn spullen, de weinige persoonlijke accenten die ik me door de jaren heen heb toegestaan. Een ingelijste foto van mijn zus en haar gezin, een kleine cactus die mijn grillige watergeefschema heeft weten te overleven, en natuurlijk mijn favoriete koffiemok, mijn vaste metgezel tijdens late nachten en vroege ochtenden.

Terwijl ik naar de lift loop, voel ik de ogen van mijn collega's op me gericht, nieuwsgierig, vragend. Maar ik wankel niet, mijn hoofd opgeheven, mijn grijns onverzettelijk.

Ik stap in de lift. De deuren glijden dicht en omhullen me in een moment van eenzaamheid. Ik leun tegen de muur, het koele metaal een contrast met de warmte die in mijn borst opbloeit.

De deuren pingen open en ik stap de lobby in, het zonlicht stroomt door de hoge ramen en baadt alles in een gouden gloed. Het voelt als een teken, een zegen van het universum, een knipoog naar de juistheid van mijn beslissing.

En dan, met een laatste knik, draai ik me om en loop voor de laatste keer het gebouw uit, de bruisende stadsstraat in, de toekomst in die op me wacht, onbekend en onzeker, maar gevuld met de belofte van iets buitengewoons.

De zon voelt warm op mijn gezicht als ik de stoep op stap, een zacht briesje speelt met mijn haar. Ik pauzeer, sluit mijn ogen en geniet van dit moment van bevrijding, van beginnen.

Om me heen pulseert de stad van het leven: het getoeter van auto's, het geklets van voetgangers, het verre geloei van een sirene. Maar voor een keer voel ik me los van de drukte, de onverbiddelijke drive die mijn leven zo lang heeft bepaald.

Ik open mijn ogen en begin te lopen, zonder duidelijke bestemming, gewoon een behoefte om te bewegen, om de tegels onder mijn voeten te voelen, om mijn gedachten te laten dwalen.

Ik kom langs bekende plekken: de koffiebar waar ik talloze latte's voor vroeg in de ochtend heb gehaald, de stomerij waar ik mijn favoriete pakken heb afgegeven, de sportschool waar ik mijn frustraties eruit heb gezweet op de loopband. Ze voelen als markeringen van een vorig leven, van een Rachel die ik achterlaat.

Terwijl ik terugloop naar mijn appartement, begint de lage novemberzon al onder te gaan en kleurt de lucht met strepen oranje en roze. Het voelt als een belofte, een teken van de schoonheid die wacht, net achter de horizon.

Ik vis mijn sleutels uit mijn zak en voel het gewicht ervan in mijn hand. Ze vertegenwoordigen stabiliteit, zekerheid, het leven dat ik heb opgebouwd. Maar terwijl ik de sleutel in het slot steek, weet ik dat ik klaar ben om los te laten, om iets nieuws op te bouwen.

Ik stap mijn appartement binnen, de ruimte voelt op de een of andere manier anders, alsof het toebehoort aan een vroegere versie van mezelf. Ik zet mijn cactus op de vensterbank, een klein symbool van groei, van het koesteren van iets buiten mezelf.

En terwijl ik uitkijk over de skyline van de stad, voel ik een golf van dankbaarheid, van vreugde, van pure, onvervalste hoop.

## NEGENTIEN

Het lukt me om zesendertig uur alleen in mijn appartement door te brengen, waarin ik meubels verplaats, mijn boeken op alfabetische volgorde zet en de hele plek niet zomaar een voorjaarsschoonmaak, maar een complete vierseizoenenbeurt geef, voordat ik eindelijk weer boven water kom.

Ik rijd de oprit van het huis van Claire en Richard op. Nog voor ik de motor kan afzetten, vliegt de voordeur open en komen er twee kleine wervelwinden over het gazon aangerend.

'Tante Rachel!', gillen Lily en Anna in koor, hun gezichtjes stralend van plezier. Achter hen verschijnt mijn zus Claire, haar ogen groot van verbazing.

'Rach! Wat doe jij hier? Ik dacht dat je...', ze maakt haar zin niet af als de kinderen me bestormen met knuffels op het moment dat ik uit de auto stap.

'Hé, hummeltjes!', lach ik, terwijl ik ze optil en in het rond draai. 'Ik besloot een kleine pauze van mijn werk te nemen. Verrassing!'

Claire trekt een wenkbrauw op, maar haar glimlach is warm. 'Nou, dit is de beste verrassing die er is. Kom binnen, ik heb net chocomel gemaakt.'

Binnen ziet het huis eruit zoals altijd: de muren hangen

vol met familiefoto's en de vage geur van mama's citroenrepen hangt in de lucht.

Voordat ik kan roepen om te groeten, verschijnt mama in de gang, haar handen afvegend aan een theedoek. Haar gezicht licht op als ze me ziet. 'Rachel! Daar ben je! Ik zei net nog tegen Claire dat ik dacht dat ik je auto hoorde. Je ziet er mager uit. Eet je wel genoeg?'

Ik geef haar een brede glimlach. 'Hoi, mam. Alles gaat goed.'

Ze klakt met haar tong en schudt haar hoofd alsof ik nog steeds een tiener ben met slechte eetgewoonten.

'Druk of niet, je moet goed eten. Je kwijnt nog weg tot er niets meer van je over is. Kom, ga zitten. Ik heb wat kippenpastei in de oven staan en er is nog lasagne van gisteren. Of ik kan een tosti voor je maken? Daar was je vroeger dol op.'

Ik schud mijn hoofd en probeer mijn toon luchtig te houden. 'Ik heb echt geen honger, mam.'

Ze knijpt haar ogen tot spleetjes en bestudeert me alsof ze tussen de regels van mijn uitdrukking probeert te lezen. 'Onzin. Je slaat nooit een tosti af. Ik maak er gewoon eentje en-'

'Mam.' Ik reik naar haar arm, knijp er zachtjes in en geef haar een geruststellende glimlach. 'Echt, het gaat goed. Ik heb gewoon... Ik weet niet wat ik nodig heb.'

Anna, die geduldig op haar beurt heeft gewacht, trekt vasthoudend aan mijn hand.

'Tante Rachel, ik heb een nieuwe Barbie! Wil je haar zien?' Haar groene ogen dansen van opwinding.

'Reken maar, lieverd. Wijs me de weg!'

Terwijl Anna wegrent, klimt Lily op mijn schoot, met chocolademelksnor en al. 'Ik heb je gemist, tante Rachel', zegt ze plechtig.

'Ik jou ook, lieve schat.' Ik kus de bovenkant van haar hoofd en voel een steek van weemoed. Wanneer heb ik voor het laatst zo tijd voor ze gemaakt?

Op dat moment komt Anna weer binnenstormen, een

Disneyprinses in haar handen. 'Ik bevries je!', gromt ze, terwijl ze de pop over de tafel laat stampen – recht in Lily's chocomel. Het kopje kantelt en een golf bruine vloeistof stroomt zo mijn schoot in.

'Anna!', hapt Claire naar adem, maar ik begin al te lachen.

'Geeft niet, geen man overboord!' Ik grijp een theedoek om de rommel op te ruimen en grijns naar mijn nichtje. 'Ik denk dat Elsa gewoon even wilde afkoelen. Het is dorstig werk, de hele wereld met ijs bedekken.'

De kinderen giechelen en ik zie dat Claire me met een nieuwsgierige uitdrukking aankijkt. Ik glimlach alleen maar, terwijl een vreemd gevoel van lichtheid in mijn borst opborrelt. Misschien had ik een plens chocomel nodig om me te herinneren wat belangrijk is. En op dit moment is op de grond gaan zitten voor een epische prinsessenpicknick met de kinderen het enige wat telt.

De spelletjes duren niet al te lang voordat de meiden weer iets anders willen doen. Mama overtuigt hen om te gaan kleuren en krijgt wat gejuich en gejoel als ze een nieuw pakje kleurpotloden en een sprookjeskleurboek voor elk tevoorschijn haalt.

Wanneer mama Lily en Anna in de keuken geïnstalleerd heeft, komt ze bij ons zitten. Ze ploft neer op de bank. Hoe dol ze ook is op haar kleindochters, het put haar uit.

'Luister, ik moet jullie iets vertellen', begin ik, mijn stem een beetje wankel.

Op de gezichten van Claire en mama staat bezorgdheid gegrift en ik haast me om hen gerust te stellen.

'Het is niets ergs, dat beloof ik. Het is alleen... ik heb mijn baan bij Channing Gabriel opgezegd.'

Er volgt een moment van verbijsterde stilte voordat ze allebei het onvermijdelijke vragen: 'Wat?', 'Wanneer?' en 'Waarom?' Mijn moeder reikt over de tafel om mijn hand te pakken, haar voorhoofd gefronst van zorgen.

'Opgezegd? Zomaar? Maar, schat, je was dol op je werk. Je hebt zo hard gewerkt voor die positie.'

Ik knik en slik de opkomende golf van schuldgevoel weg. 'Ja, dat klopt. En ik dacht dat ik er dol op was. Maar... het voelt niet meer hetzelfde. Ik voelde me vastzitten. Ellendig, eigenlijk.'

Claire houdt haar hoofd schuin en bestudeert me. 'Wat is er gebeurd? Ik dacht dat Channing Gabriel je droombaan was.'

'Dat was het ook', zeg ik, terwijl ik probeer de knoop in mijn maag onder woorden te brengen. 'Ik kon het gewoon... niet meer. Ik moest stoppen.'

Mama wisselt een blik met Claire voordat ze naar mijn hand reikt en er zachtjes in knijpt. 'Ik zeg al jaren dat je jezelf het graf in werkt. Zelfs toen je klein was, raakte je al zo van streek als je geen perfecte score haalde op een toets of je huiswerk verprutste. Herinner je je die keer nog dat je dat pianostuk van die schooluitvoering probeerde te spelen en je urenlang niet van de piano weg te slaan was?'

Claire lacht zachtjes. 'God, dat weet ik nog. Mama moest je er praktisch vandaan slepen. Je was ervan overtuigd dat één foute noot betekende dat je een mislukkeling was.'

Ik dwing mezelf tot een glimlach. 'Ja, nou, er is blijkbaar niet veel veranderd.'

Mama knijpt weer in mijn hand, haar ogen zacht. 'Schat, ik weet dat je altijd iets van jezelf wilde maken en ik zou niet trotser kunnen zijn op alles wat je bereikt hebt. Maar je hoeft niemand iets te bewijzen. Ons niet. Je bazen niet. Zelfs jezelf niet. Soms is het oké om gewoon... te zijn.'

Ik voel de brok in mijn keel groter worden, mijn borst strak van emotie. 'Het gaat niet alleen om werk. Het is... alles. Ik weet niet eens meer wat ik wil. Ik dacht dat de carrièreladder beklimmen het antwoord was. Maar nu ik aan de top sta, voel ik me gewoon... leeg.'

Claire legt een hand op mijn schouder. 'Het is oké om je soms verloren te voelen. Misschien is deze pauze precies wat je nodig hebt. Om uit te zoeken waar je weer gelukkig van wordt, niet alleen wat goed staat op papier.'

Ik knik, de woorden dringen als een balsem tot me door. 'Ik weet alleen niet waar ik moet beginnen.'

Mama geeft me een geruststellende glimlach. 'Begin met een beetje milder voor jezelf te zijn. Je mag van gedachten veranderen. Je mag andere dingen willen.'

Ik laat een trillende lach horen en veeg een verdwaalde traan van mijn wang. 'Ik ben gewoon bang. Wat als ik er niet uitkom? Wat als ik nooit iets vind waardoor ik me... genoeg voel?'

'Daar kom je wel uit', zegt Claire vastberaden. 'En wie zou er nu niet de hele dag willen luieren terwijl ze dat uitzoeken?'

De zwaarte in mijn borst wordt een heel klein beetje lichter en ik knik, dankbaar voor de steun. De meiden gillen van plezier aan tafel, voordat Lily aan komt rennen en trots haar meesterwerk omhoog houdt: een neonroze fee met groene vleugels.

'Kijk, tante Rachel!', roept ze. 'Is ze niet mooi?'

Ik glimlach, dit keer oprecht. 'Ze is prachtig, Lil. Je hebt echt talent.'

Claire buigt dichterbij en verlaagt haar stem. 'Weet je, ik heb je in tijden niet zo ontspannen gezien. Misschien is dat een teken.'

Ik kijk haar aan en overweeg het idee. 'Misschien. Het voelt gewoon fijn om... hier te zijn.'

De voordeur gaat met een bekende plof open, gevolgd door het gedreun van werklaarzen en het gekraak van een boodschappentas die wordt neergezet.

'Het ruikt hier naar chocomel en kleurpotloden', roept Richard, zijn stem warm en plagerig. 'Wat betekent dat ik ofwel een plaats delict ben binnengelopen, ofwel mijn dochters thuis zijn.'

'In de woonkamer', antwoordt Claire.

Hij komt de hoek om, zijn veiligheidsvest nog over één

schouder geslagen en met vegen stof op zijn onderarm. Als hij mij op de bank ziet, met één nichtje tegen me aan en de ander languit op het tapijt met haar kleurboek, stopt hij abrupt en trekt zijn mondhoek op in een grijns.

'Kijk eens aan, wie we daar hebben.'

'Hoi, Richard', zeg ik met een glimlach, terwijl ik een pluk haar van Lily's voorhoofd strijk. 'Hopelijk is het oké dat ik onaangekondigd op de stoep sta.'

'Oké? Je bent een wandelend excuus om straks het bad over te slaan. De meiden zullen dolblij zijn.' Hij drukt een kus op Claires wang en geeft dan een snelle kneep in mijn schouder op weg naar de keuken. 'Blijf je eten? Of moet ik je weer naar Schiphol rijden voor een noodgeval?'

'Het spijt me echt van die keer.'

'Je hebt een geweldige vakantie gemist.'

'Ik weet het. Volgende keer.'

Richard draagt de boodschappen naar de keuken en wast dan zijn handen. 'Claire appte dat je je baan hebt opgezegd? Goed zo.'

Ik knipper met mijn ogen. 'Dat is alles? Geen preek?'

'Wat? Denk je dat iemand die twaalf jaar lang onderaannemers heeft aangestuurd en probeerde niet van steigers te vallen, je gaat veroordelen omdat je een baan opzegt waar je ongelukkig van werd?' Hij opent de koelkast, pakt een biertje en wipt met een geoefende beweging de dop eraf. 'Nee hoor. Klinkt als het verstandigste wat je in jaren hebt gedaan.'

'Nou, als je het zo zegt...' Ik schud mijn hoofd, glimlachend. 'Dank je.'

Hij ploft in de fauteuil en kijkt naar Anna's tekening. 'Zijn deze feeën al lid van de vakbond? Je laat ze behoorlijk hard werken.'

'Papa, kijk! Mijn eenhoorn heeft zes benen.' Anna giechelt en laat Richard haar tekening zien.

'Ik had vroeger ook zes benen', zegt Richard en hij doet

alsof hij huilt. 'Maar je moeder liet me de extra's opgeven toen we trouwden.'

Anna knippert een, twee keer met haar ogen, kijkt naar haar moeder en dan naar haar vader, en probeert deze schande te verwerken. 'Waarom?'

'Ze zei dat het niet eerlijk zou zijn voor alle andere jongens op het werk. Ik zou altijd de snelste kunnen rennen.'

Anna overweegt dit en schudt dan fel haar hoofd. 'Je liegt.'

'Echt niet', zegt Richard. 'Ze liggen op zolder, samen met je staart. Kom, ik laat het je zien.'

Met die woorden tilt hij een giechelende Anna in zijn armen en draagt haar de kamer uit.

Lily kruipt over de bank en slaat haar armen om mijn middel. 'Kun je blijven slapen, tante Rachel?'

'Dat zou je moeten doen', zegt mama.

'Dan kunnen we morgen pannenkoeken eten!'

Na mijn ontmoeting met Chloe hebben pannenkoeken een nieuwe plek in mijn hart veroverd als hét eten voor grote momenten en vandaag is zeker een van mijn grootste. Lily had geen betere suggestie kunnen doen. Ik kijk op naar Claire. 'Alleen als de keuken open is voor een met stroop doordrenkte chaos.'

Claire trekt een wenkbrauw op. 'Ik maak het beslag, als jij bakt.'

'Afgesproken.'

En zomaar voel ik me weer opgenomen in de wereld en familie waar ik vroeger omheen cirkelde, maar nooit tijd voor maakte. Geen verwachtingen. Geen druk. Alleen warmte, gelach en twee kinderen met chocoladesnorren die denken dat ik de zon en de maan heb opgehangen.

De avond kabbelt voort in een langzame, zoete roes van badschuim, pyjama's met teddyberen en de rituele jacht op Anna's vermiste sok, die op de een of andere manier in het broodrooster was beland. Anna was ongeveer twintig minuten ontroostbaar toen Richard zijn in beslag genomen benen of haar staart niet op zolder kon vinden, maar talloze beloften om morgenochtend nog eens goed te kijken, stelden haar uiteindelijk tevreden.

Ik volg de meiden de trap op; hun kleine voetjes stampen als een kudde olifanten op de beklede treden.

'We willen dat jij het verhaaltje voorleest', kondigt Lily aan als we de overloop bereiken. 'Papa slaat altijd bladzijden over.'

'Echt niet', roept Richard van beneden.

Ik onderdruk een grijns. 'Nou, gelukkig voor jullie ben ik klaarwakker.'

De meiden klauteren in bed, omringd door een menagerie van knuffels. Ik ga tussen hen in zitten met het gekozen boek – een levendig geïllustreerd verhaal over magische pony's en glitterende landkaarten – en lees met mijn meest dramatische stem voor.

Ze hangen aan mijn lippen, giechelen als ik de stemmetjes doe en happen naar adem bij de cliffhangers. Tegen het einde ligt Anna's hoofd op mijn schouder en is Lily's hand om mijn pink geklemd alsof het haar anker is naar de wakkere wereld.

Wanneer ik het boek dichtsla, beweegt geen van beiden. Ze knipperen langzaam met hun ogen, wegzakkend in slaap.

'Ben je er morgenochtend ook?', vraagt Lily, half in slaap.

'Ja, lieve schat', fluister ik. 'Ik blijf vannacht slapen.'

Anna, al in haar deken-cocon genesteld, zucht tevreden. 'En maak je dan pannenkoeken?'

'Als jullie me voorbij zessen laten slapen', antwoord ik en strijk een haarlok van haar wang.

Lily giechelt zachtjes. 'Geen beloftes.'

Ik blijf nog even zitten en kijk hoe hun kleine borstkasjes op en neer gaan, hun wimpers zachtjes tegen hun zachte wangen fladderen. Er is iets aardends aan – deze stilte, deze eenvoud. Het is niet alleen troostend, het is... helend. Alsof een klein deel van mij zichzelf weer aan elkaar rijgt, gewoon door hier te zijn.

Uiteindelijk sluip ik naar buiten en trek de deur met een

zachte klik dicht. Beneden zit Claire opgerold met een deken en Richard zapt door de tv-kanalen alsof het een sport is.

'Bedtijd een succes?', vraagt ze.

'Twee van de twee in slaap. Ik verwacht een trofee.'

Ze geeft me in plaats daarvan een kop thee en ik neem hem aan alsof het goud is.

'De logeerkamer is voor je opgemaakt', zegt Richard, zonder van het scherm op te kijken.

'Dank je, dat waardeer ik echt.'

Terwijl ik naast mijn zus ga zitten en van mijn thee nip, begint de spanning waarvan ik me niet eens realiseerde dat ik die nog steeds met me meedroeg, weg te smelten. Er is morgen geen dringende vergadering. Geen tikkende klok. Alleen familie. En, voor het eerst in een lange tijd, een nacht slaap in het vooruitzicht die misschien echt als rust zal voelen.

Later, nadat zowel mama als Richard zich naar boven hebben teruggetrokken en het gezoem van de vaatwasser de achtergrond vult, zijn Claire en ik alleen achtergebleven op de bank, onze benen onder ons opgetrokken als tieners tijdens een logeerpartijtje. Het huis is stil geworden, op het af en toe kraken van de vloerplanken en een gedempt kuchje van een van de meiden na.

Claire geeft me een deken en vult mijn thee bij zonder het te vragen. Zo is ze altijd al geweest – stil opmerkzaam, een meester in het weten wanneer ze moet porren en wanneer ze gewoon... moet zitten.

We nippen even in stilte van onze thee voordat ze spreekt.

'Dus', zegt ze zacht, 'is dit een bezoekje-bezoekje of een "ik-trek-misschien-in-de-kelder-bij-mama"-bezoekje?'

Ik grinnik, maar het is een lage, vermoeide lach. 'Ergens daartussenin.'

Ze trekt een wenkbrauw op. 'Dat klinkt helemaal niet onheilspellend.'

Ik zucht en kruip dieper onder de deken. 'Een bezoekje-

bezoekje. Ik moest gewoon even stoppen. Alles ging zo lang zo snel... en plotseling wilde ik er niet meer achteraan jagen.'

Claire reikt naar mijn hand en knijpt erin. 'Je mag van gedachten veranderen, Rach. Zelfs nu. Juist nu.'

'Ik weet niet eens wat ik wil', zeg ik.

'Dan is dit misschien het moment waarop je dat uitzoekt', zegt ze zachtjes. 'Niet met een vijfjarenplan of een Pinterestbord. Gewoon... door stil te zitten en voor een keer naar jezelf te luisteren.'

Er vormt zich een brok in mijn keel. 'Dat is makkelijker gezegd dan gedaan.'

Ze haalt haar schouders op. 'De meeste goede dingen zijn dat.'

Een tijdje zitten we in stilte, het soort stilte dat alleen zussen kunnen delen. Dan leunt ze met haar hoofd tegen het mijne.

'Je komt er wel uit. En hé, in het ergste geval verkoop je het appartement en kom je weer hier bij ons wonen. Dan maak ik in de garage wel ruimte voor je schoenencollectie.'

Ik lach, terwijl tranen in mijn ooghoeken prikken. 'Dank je, Claire.'

Een uur later is het huis eindelijk stil geworden. Ik loop de logeerkamer binnen met een geleende tandenborstel en een niet bij elkaar passende pyjama. De lakens zijn fris, de lamp werpt een warme gloed en de geur van wasverzachter hangt in de lucht.

Ik ga op de rand van het bed zitten en strijk met een hand over de versleten quilt. Er hangt een foto aan de muur: mama, Claire en ik op een winderig strand, ons haar verward, onze armen om elkaar heen geslagen. Ik weet niet meer wanneer die is genomen, alleen dat we aan het lachen waren.

Mijn telefoon zoemt zachtjes vanuit mijn tas aan de andere kant van de kamer. Ik pak hem niet. Wat het ook is, het kan wachten. Voor een keer kan alles wachten.

In plaats daarvan ga ik liggen en sluit mijn ogen, luisterend naar het stille gekraak van een huis dat tot rust komt. Er is nergens waar ik moet zijn, niemand die een antwoord verwacht, geen taak om af te vinken. Alleen stilte. Aanwezigheid.

In de gang hoor ik het zachte getrippel van kleine voetjes – een van de meiden die opstaat voor een glas water of een bezoek aan het toilet. Een zacht gemompel, mama's stem, dan weer stilte. Dit huis, dit leven, is niet perfect. Maar het is echt. Het ademt.

Ik nestel me onder de dekens. Morgen begin ik met uitzoeken wat de volgende stap is.

Maar vannacht laat ik mezelf gewoon rusten.

# TWINTIG

Ik zak weer weg in de zachte kussens van mijn bank, omringd door een zalige chaos van chipszakken, snoeppapiertjes en halflege blikjes frisdrank. Mijn harige roze pantoffels bungelen over de rand terwijl ik me uitrek en geniet van het feit dat ik geen idee heb hoe laat het is. En het kan me niets schelen.

Op de achtergrond zoemt de tv, de bekende begintune van mijn favoriete bakprogramma stroomt als een warme knuffel uit de luidsprekers. Ik ben al vijf dagen lang een inhaalslag aan het maken, iets waarvan ik dacht dat het alleen gebeurde bij mensen met 'hobby's' of 'vrije tijd'. Blijkbaar hoor ik daar nu ook bij.

Het is vreemd. Vorige week rond deze tijd kon ik nog geen tien minuten zonder Slack te checken of in mijn hoofd een pitch te herzien. Nu kan ik me niet eens herinneren wanneer ik voor het laatst mijn laptop heb opengeklapt. De volkomen stilte van deze week – geen telefoontjes, geen vergaderingen die elkaar opvolgen, geen brandjes om te blussen – zou onnatuurlijk moeten aanvoelen. En toch lig ik hier, gewikkeld in een deken met ongewassen haar en vette vingers, te kijken naar vreemden in Groot-Brittannië die zwoegen op biscuitlagen en crème pâtissière alsof het de finale van Wimbledon is.

Het is hemels. En angstaanjagend.

Een deel van me wacht nog steeds tot het schuldgevoel de kop opsteekt. Tot de sluipende angst dat ik achterop raak, dat ik mijn scherpte verlies. Maar dat is niet gebeurd. Niet echt. In plaats daarvan begin ik te merken hoe stil mijn brein aanvoelt als het niet volgepropt is met KPI's en doorklikratio's. Ik weet niet zeker of ik het fijn vind. Maar ik heb er ook geen hekel aan.

Er schuilt een vreemde soort rust in het niet nodig zijn. Niemand pingt me met 'snelle vragen' die allesbehalve snel zijn. Voor één keer ben ik gewoon... hier. Aan het zijn. Kijken hoe meringues inzakken en bladerdeeg rijst en beseffen hoe diep bevredigend het is om te juichen voor iemand wiens grootste probleem is of zijn biscuit te droog is.

De boterachtige geur van magnetronpopcorn vermengt zich met het zoete aroma van de geurkaars die flikkert op de salontafel. Mijn bescheiden appartement in Chicago voelt als een knus toevluchtsoord, een wereld verwijderd van het strakke glas en staal van de CGPR-kantoren.

Ik kijk omlaag naar mijn oversized 'I ♥ Bears'-T-shirt – oorspronkelijk wit, nu bespikkeld met een sterrenstelsel van kaaskrulletjesstof – en mijn geruite pyjamabroek die misschien wel of niet door pure wilskracht omhoog wordt gehouden. Een veeg chocolade siert mijn linkermouw. Ik ben er niet eens boos om.

Als iemand van CGPR me nu zou kunnen zien... Rachel Holmes, koningin van de PowerPoint-pitch, verworden tot een verwilderde banktrol die overleeft op een dieet van suiker en zout. Ik heb al vijf dagen geen beha gedragen. Mijn Fitbit trilde één keer, vermoedelijk om te vragen of ik nog leefde. Ik stak mijn middelvinger ernaar op en draaide me om.

Dit is de versie van mij waar HR je nooit voor heeft gewaarschuwd: de Snack-Gremlin-editie. En eerlijk? Die doet het eigenlijk best goed.

Op het scherm probeert een deelnemer een ambitieuze

taart van drie verdiepingen te maken, versierd met delicate suikerbloemen. Ik leun naar voren, gebiologeerd, terwijl de camera inzoomt op het ingewikkelde spuitwerk.

'Kom op, je kunt het!', mompel ik bemoedigend tegen de tv, terwijl ik naar nog een handvol kaaskrulletjes graai.

Het is verbazingwekkend hoe betrokken ik raak bij deze bakavonturen, aangezien mijn eigen culinaire vaardigheden niet verder reiken dan water koken en toast laten aanbranden. Er is iets rustgevends aan het zien van mensen die hun hart en ziel steken in het creëren van iets moois en heerlijks, zelfs als ik me er niet in kan vinden.

Terwijl de deelneemster een stap terug doet om haar voltooide meesterwerk te onthullen, laat ik een waarderend fluitje horen. De jury is eveneens onder de indruk en overlaadt de bakster met lof voor haar creativiteit en technische bekwaamheid.

Ik glimlach tevreden en zak dieper weg in de kussens. Dit is precies wat ik nodig had: een week niets doen, wat tijd om op te laden, om te onthouden dat er meer is in het leven dan werk. Zelfs als dat 'meer' voornamelijk bestaat uit het binge-watchen van reality-tv en het consumeren van mijn lichaams-gewicht in junkfood.

Voorlopig blijf ik graag hier in mijn kleine bubbel van ontspanning en geniet ik van elk zalig, verantwoordelijkheids-vrij moment. De echte wereld kan wachten tot volgende week, of misschien zelfs volgende maand. Deze week staat volledig in het teken van de kunst van het absoluut nietsdoen.

Dat wil niet zeggen dat ik niet serieus heb nagedacht over de toekomst, mijn toekomst. Ik staar naar het plafond en probeer me voor te stellen dat ik terugga. Terug naar de einde-loze telefoontjes, de weekenden die verloren gingen aan 'urgente' pitchdecks, de ego's van CEO's, de lastminute rebrands, de geforceerde glimlachjes, de nog strakkere deadlines.

Ik hou van wat ik doe. God mag het weten, ik hou echt van

PR. Ik hou ervan een verhaal te creëren dat door de ruis heen snijdt. Ik hou van de strategie, de psychologie, de dans die erbij komt kijken. Maar waar ik achter ben gekomen, is dat ik er niet van hou om volgens andermans agenda te leven. Ik hou er niet van om elke vrije minuut op te offeren om merken te ondersteunen waar ik niet in geloof. Ik hou er niet van om te horen dat ik moet 'inzetten' terwijl er stilletjes op me wordt geleund tot ik breek.

En ik ben het zat om te doen alsof ik de ladder van iemand anders wil beklimmen. Ik wil mijn eigen verdomde huis bouwen.

Het dringt tot me door – zachtjes, maar alles tegelijk.

Ik wil geen andere baan.

Ik wil vrijheid.

Ik wil flexibiliteit.

Ik wil klanten die ik kies, uren die ik bepaal, en het soort balans waarvoor ik geen vreugde hoef in te plannen als een bestuursvergadering.

Ik wil mijn eigen adviesbureau.

Daar is het. De waarheid, zo helder als glas.

Het is angstaanjagend, zeker. Risicovol. Onvoorspelbaar. Maar de gedachte aan wat er hierna komt, geeft me het gevoel dat ik leef in plaats van alleen maar... verantwoordelijk ben.

Toch... de waarheid is dat ik het niet allemaal vandaag hoef uit te zoeken.

De werk-privébalans begint niet wanneer ik mijn eerste klant binnenhaal. Het begint nu. Met het privégedeelte.

Dus schuifel ik naar de keuken om nog een zak popcorn te maken. Er zijn minstens vier onbekeken series die mijn naam roepen, en eerlijk gezegd ben ik van plan ze allemaal te beantwoorden.

Net als ik de afstandsbediening wil pakken om de volgende aflevering in de wachtrij te zetten, verbreekt een schril gerinkel de vredige sfeer. Ik kreun, in de verleiding om het te negeren, maar een knagend verantwoordelijkheidsgevoel dwingt me van de bank af.

Ik loop door de kamer en vind mijn telefoon onder een stapel weggegooide snoeppapiertjes. Het scherm licht op met een onbekend nummer met een netnummer uit Maine, en ik frons, terwijl ik twijfel of ik zal opnemen.

Nieuwsgierigheid wint het. 'Hallo?', zeg ik aarzelend, hopend dat het niet weer een telemarketeer is die me een timeshare probeert te verkopen.

'Mevrouw Holmes? Met Jonathan Harcourt', antwoordt een norse stem, en mijn ogen worden groot van verbazing. 'Van Harcourt Foods.'

'Oh! Ehm, hallo, meneer Harcourt', stamel ik, overrompeld. Mijn gedachten racen, terwijl ik probeer te bedenken waarom hij me rechtstreeks zou bellen. 'Wat kan ik voor u doen?'

Er volgt een korte pauze en ik hoor hem zijn keel schrapen. 'Ik hoopte dat we elkaar konden ontmoeten, om een mogelijke kans te bespreken.'

'Kans?', herhaal ik, terwijl mijn nieuwsgierigheid is gewekt. Ik draai afwezig een haarlok om mijn vinger, terwijl ik probeer te bedenken naar wat voor kans hij zou kunnen verwijzen.

'Ja', bevestigt hij, zijn toon zakelijk maar niet onvriendelijk. 'Ik heb een voorstel waarvan ik denk dat u het interessant zult vinden. Bent u beschikbaar om elkaar morgenmiddag persoonlijk te ontmoeten?'

Ik kijk om me heen in mijn appartement, kijkend naar het snackafval en mijn minder dan professionele kleding. De oude Rachel zou de kans zonder vragen hebben aangegrepen. Maar iets aan dit onverwachte telefoontje doet me aarzelen.

Toch kan ik de opwinding niet ontkennen die door me heen gaat bij het vooruitzicht van een nieuwe uitdaging. Misschien is dit de manier van het universum om me te vertellen dat het tijd is om weer aan de slag te gaan.

'Absoluut', hoor ik mezelf zeggen, mijn stem sterk en zelfverzekerd. 'Noem maar een tijd en plaats, en ik ben er.'

Terwijl ik de details noteer, voel ik een hernieuwd gevoel van doelgerichtheid door mijn aderen stromen. Wat deze kans ook inhoudt, ik ben er klaar voor om het met beide handen aan te grijpen.

Het lijkt erop dat mijn luie week zojuist een stuk interessanter is geworden.

Ik hang de telefoon op, mijn gedachten tollend van de mogelijkheden. *Die ouwe Harcourt wil me spreken? Waarom?*

Plotseling voelt de knusse cocon van mijn appartement... vreemd. De hele week heb ik me verstopt, mezelf ervan overtuigend dat stilte hetzelfde was als genezing. Maar nu ik hier sta, de telefoon nog warm in mijn hand, voel ik een schok van iets wat ik al een tijdje niet heb gevoeld: nieuwsgierigheid. Misschien zelfs hoop.

Ik weet niet wat Harcourt wil, maar wat het ook is, het is *iets*. Een onderbreking van de eentonigheid. Een deur die ik niet had verwacht open te zien zwaaien.

Ik gooi de afstandsbediening opzij en sta op van de bank, mijn pols versnelt.

*Tijd om de boel op orde te krijgen.*

Ik raap de lege snackverpakkingen op en duw ze in de vuilnisbak met een zucht die zwaarder is dan ik verwacht. Niet omdat de speeltijd voorbij is, maar omdat ik ergens tussen het kijken naar hoe andere mensen eiwitten stijf kloppen, was vergeten hoe het voelde om ergens om te geven.

Ik kijk de kamer rond – papiertjes, kruimels, de salontafel bezaaid met het deprimerende buffet van mijn burn-out. Dit lijkt niet op een vrouw op vakantie. Dit lijkt op een vrouw die heeft opgegeven.

En misschien is dat wat dit telefoontje van Harcourt is: een reddingslijn in diep water. Een herinnering dat ik nog niet klaar ben. Dat ik niet klaar *wil* zijn.

Ik pak de Febreze, werp een laatste blik op de snacktroon die ik heb gebouwd en begin alles weg te vegen.

Terwijl ik de kussens op de bank rechtleg, vang ik een glimp op van mijn spiegelbeeld in het tv-scherm. Mijn haar is een puinhoop, en ik ben er vrij zeker van dat er een chocoladevlek op mijn wang zit.

'Ugh', kreun ik, terwijl ik over de vlek wrijf. 'Je bent een zootje, Holmes.'

Maar zelfs terwijl ik het zeg, kan ik een lach niet onderdrukken. Als die ouwe Harcourt me nu kon zien, zou hij zich waarschijnlijk afvragen waar hij aan is begonnen.

Zodra ik mijn ticket heb geboekt, waarbij ik deze keer driemaal controleer of het voor het juiste vliegveld is, loop ik naar de slaapkamer en gooi de kastdeuren open. Ik graai door de kleerhangers en trek mogelijke outfits tevoorschijn voor de vergadering van morgen. Zakelijk-casual? Volledig in mantelpak? Ik houd een blouse omhoog en gooi die dan opzij.

Terwijl ik verder ga met het sorteren van mijn kleding, voel ik een gevoel van vastberadenheid over me neerdalen. Wat deze kans ook is, ik ga er het beste van maken.

Maar eerst moet ik de perfecte outfit vinden. En misschien iets doen aan dit warrige kapsel.

Uiteindelijk kies ik voor een strak marineblauw broekpak waarin ik me altijd zelfverzekerd voel. Terwijl ik het op het bed leg, tollen mijn gedachten van de mogelijkheden. Wat zou die ouwe Harcourt willen bespreken? De spanning maakt me gek.

Ik kijk naar mijn telefoon, half verwachtend dat hij opnieuw zal rinkelen met meer details. Maar hij blijft stil. Ik zal gewoon tot morgen moeten wachten om erachter te komen.

Ik schik mijn jurk nog een laatste keer recht in de hotelspiegel, mijn spiegelbeeld kijkt terug met de schim van een grijns. De hakken zijn gepoetst, het haar zit goed en de nauwsluitende jurk doet precies wat hij moet doen: competentie uitstralen met een vleugje intimidatie. Mijn portfolio is als een wapen onder mijn arm geklemd.

Natuurlijk, er kriebelt iets van zenuwen in mijn maag. Maar er is ook iets anders: elektriciteit. Het soort dat ik al weken niet heb gevoeld.

De taxirit naar het hoofdkantoor van Harcourt is kort. Ik stap uit, kijk omhoog naar de verouderde gevel en stap voor de derde keer zelfverzekerd de lobby binnen.

'Rachel Holmes, ik kom voor meneer Harcourt', meld ik me bij de receptioniste. Ze knikt en gebaart dat ik kan gaan zitten.

Minuten later verschijnt er een statige vrouw in een smetteloze witte blouse en een kokerrok. 'Meneer Harcourt kan u nu zien', zegt ze met een beleefde glimlach. 'Volg mij maar.'

We banen ons een weg door een labyrint van gangen tot we bij een imposante dubbele deur komen. Op het koperen naamplaatje staat 'J.D. Harcourt, CEO'.

Binnen is het ruime, met hout betimmerde hoekkantoor meer een soort studeerkamer. Ingelijste tijdschriftcovers, vergeeld door de tijd, hangen aan één muur, elk met het staalharde en veel jongere gezicht van J.D. Harcourt zelf.

'Mevrouw Holmes, een genoegen.' Zijn stem buldert terwijl hij opstaat vanachter het massieve mahoniehouten bureau. De oude Harcourt is een imposante verschijning, lang en breedgeschouderd, met een bos zilverkleurig haar en doordringende blauwe ogen. Zijn handdruk is stevig.

'Het genoegen is geheel aan mijn kant, meneer Harcourt. Hoewel ik moet toegeven dat uw telefoontje enigszins onverwacht was.'

Hij grinnikt en gebaart me te gaan zitten. 'Recht voor zijn raap. Dat bevalt me.' Hij leunt achterover in zijn leren stoel en vouwt zijn vingertoppen tegen elkaar.

'Ik heb begrepen dat u een aantal maanden geleden een

vrij belangrijke koerswijziging heeft gepitcht bij mijn team voor nieuwe productontwikkeling.'

Ik kijk rond in zijn kantoor – naar de decennia-oude productieschema's achter glas – en voel het gewicht van wat de Harcourts hebben opgebouwd. Drie generaties lang kip verkopen. Dat is niet alleen een bedrijfsmodel; het is een familie-identiteit. Zondagse diners, barbecues in de achtertuin, kinderen die zich tussen voetbalwedstrijden door op kipnuggets storten. Het idee om die oude Harcourt te overtuigen om van dat over te stappen op... nou ja, gepureerde groenten... het is niet alleen een commerciële verandering. Het is emotioneel. Ik moet dit heel voorzichtig aanpakken. Hier ligt een kans. Klein, toegegeven, maar hij heeft wel om een ontmoeting gevraagd. Ik kan het hartelijk houden, tien minuten met de man doorbrengen en hem hopelijk achterlaten met een klein knagend gevoel in zijn achterhoofd om *misschien* te overwegen zijn productassortiment uit te breiden... of... ik kan geloven in de data. Geloven in de markt. Geloven in mezelf...

'De meeste mannen die ik ken, zouden het nog geen tien minuten volhouden in een focusgroep voor dit soort ommezwaai,' zeg ik luchtig. 'Als het niet loeit, kakelt of met een portie friet wordt geserveerd, wordt het met argwaan bekeken.'

Harcourt trekt een wenkbrauw op, geïntrigeerd.

'Maar,' ga ik verder, 'zelfs de meest traditionele vleeseters beginnen hun bord met een schuin oog te bekijken. De waarheid is dat een van de hoofdingrediënten die ik heb voorgesteld, afkomstig is van een schimmel, *Fusarium venenatum*, om precies te zijn. Het komt van nature voor. Het wordt gefermenteerd in een gecontroleerde omgeving en produceert mycoproteïne. Bomvol vezels. Rijk aan eiwitten. Minimale impact op het milieu. En als je de kruiding goed aanpakt... eerlijk? Het heeft een betere textuur dan kipfilet.'

Harcourt leunt achterover en bekijkt me aandachtig.

'Het klinkt als sciencefiction. Dat snap ik. Maar het is ook wetenschappelijk vooruitstrevend. En als we het op de juiste manier presenteren, voelt het niet als heiligschennis. Het zal voelen als vooruitgang met respect voor het verleden.'

Er valt een stilte. Zijn vingers tikken langzaam op de map op het bureau. Ik vraag me af of ik te ver ben gegaan.

'Ik zal eerlijk zijn, mevrouw Holmes. Er zijn wat problemen aan het broeien hier bij Harcourt Foods.'

'Problemen? Wat voor problemen?'

Harcourt zucht diep. 'Het lijkt erop dat mijn vicepresident marketing nogal hoogdravende ambities had, hij probeerde me uit mijn positie te werken en zichzelf te positioneren om het over te nemen.'

'Dat spijt me te horen,' zeg ik, terwijl ik mijn hoofd schud.

'Dank u voor uw bezorgdheid. Maar maakt u zich geen zorgen, ik heb er een einde aan gemaakt.'

Ik knik, terwijl ik deze informatie verwerk. 'Ik begrijp het. Nou, ik ben blij dat u het heeft kunnen afhandelen. Maar wat heeft dit met mij te maken, als ik vragen mag?'

'Ik ben op zoek naar iemand die de leiding kan nemen over onze rebrandinging. Denkt u dat die iemand u zou kunnen zijn?'

Mijn mond valt open van verbazing. Harcourt Foods is een S&P 500-bedrijf. Om de teugels in handen te krijgen van een project van deze omvang is een kans die je maar één keer in je leven krijgt. Vragen wervelen door mijn hoofd: de planning, het budget, de reikwijdte...

Hij kijkt me nog een moment aan en leunt dan naar voren, met zijn ellebogen op het bureau.

'Vertel me eens iets, Ms. Holmes. Als u in mijn stoel zou zitten, wat is dan het eerste wat u zou doen om dit bedrijf weer op de rails te krijgen?'

Het is een test. Een scherpe test. Hij wil zien of ik met mijn ogen knipper.

'Ik zou stoppen met denken als een bulkproduct,' antwoord ik zonder aarzelen. 'U heeft vijftig jaar besteed aan het perfectioneren van toeleveringsketens en marges. Maar de toekomst is emotioneel. Mensen kopen niet alleen voedsel, ze kopen een identiteit. Een droombeeld. Een gevoel van saamhorigheid.'

'En u denkt dat een rebranding hun dat kan geven?'

'Ik denk dat een merk dat praat als een persoon en beweegt als een cultuur dat kan. En dat betekent dat u, voordat u iets doet, de cultuur moet weerspiegelen met de producten die u aanbiedt.'

Hij trekt een wenkbrauw op, duidelijk verrast door dat antwoord. 'En hoe ziet dat er precies uit? Een TikTok-dansje met een paddenstoelenschnitzel?'

Ik glimlach. 'Niet tenzij u de danser bent. Maar stelt u zich een campagne voor die juist inspeelt op uw erfgoed in plaats van het te verbergen. Een verhaal over meerdere generaties. "Van familieboerderijen tot het voedsel van de toekomst." We herinneren mensen eraan dat u altijd al Amerikaanse gezinnen heeft gevoed. Nu voedt u ook hun waarden.'

Hij leunt weer achterover. 'En als de raad van bestuur het haat?'

'Die draaien wel bij, zodra ze het marktaandeel zien verschuiven en de krantenkoppen milder worden.'

'U bent zeker van uw zaak.'

'Ik ben zeker van het werk,' zeg ik. 'En ik ben zeker van wat consumenten willen, ook al weten ze nog niet hoe ze het moeten verwoorden.'

Een langzame grijns verspreidt zich over zijn gezicht. 'U bluft niet, hè?'

'Niet tenzij ik een full house heb.'

Hij lacht, een laag, goedkeurend geluid. 'Weet u, ik dacht altijd dat erfgoed betekende iets bouwen dat te groot was om te falen.'

Ik pauzeer, niet zeker of hij tegen mij of tegen zichzelf praat.

'Maar tegenwoordig vraag ik me af of het betekent weten wanneer je van koers moet veranderen, voordat het tij je meesleurt. Mijn generatie bouwde imperiums op gemak en prijs. Maar dat is niet waar mijn kleinkinderen om geven. Ze vragen waar de kip leefde, wat hij at, of hij gelukkig was.'

Hij lacht schamper en schudt zijn hoofd.

'Vroeger rolde ik met mijn ogen. Nu luister ik.'

Ik knik, stilletjes ontroerd. Het is niet echt een bekentenis. Maar het is meer dan ik had verwacht.

Hij recht zijn rug, het moment is voorbij, terwijl het masker van de CEO weer op zijn plaats glijdt.

'Harcourt Foods staat op een kruispunt. We hebben frisse ideeën nodig, gedurfde ideeën. Het productteam heeft me een kopie laten zien van de presentatie die u gaf, en ik denk dat u precies heeft vastgelegd wat we moeten doen als we willen zorgen dat dit bedrijf niet alleen overleeft, maar ook bloeit in de komende jaren.'

'Daar sta ik nog steeds achter. En de data ondersteunen—'

'Laten we ter zake komen. De wereld verandert, Ms. Holmes. De smaak van de consument verandert. "Gezond" en "duurzaam" zijn woorden die mensen zoals ik liever negeren, maar de waarheid is dat we moeten concurreren op prijs om de omzet op peil te houden. Ik loop lang genoeg mee om te weten dat dat maar op één manier kan eindigen. Of we het nu leuk vinden of niet, plantaardige alternatieven zijn de toekomst.'

Ik leun naar voren, geïntrigeerd. 'Ik ben het daar roerend mee eens, meneer Harcourt. Het omarmen van plantaardige alternatieven is een slimme zet voor Harcourt Foods.'

Hij grinnikt en schudt zijn hoofd. 'Ik zal eerlijk zijn, ik begrijp het zelf niet helemaal. Waarom iemand ervoor zou kiezen iets te eten dat kip moet voorstellen als ze ook het echte werk kunnen krijgen, gaat mijn pet te boven. Maar ik ben niet blind voor de trends.'

Ik glimlach en waardeer zijn openhartigheid. 'Het is zeker een andere denkwijze. Maar de vraag is onmiskenbaar. Met de juiste strategie kan Harcourt Foods zich positioneren als een leider op dit gebied.'

Harcourt knikt en tikt met zijn vinger op het bureau. 'Daar

komt u om de hoek kijken. Ik heb een allesomvattend rebrandingplan nodig, een manier om deze nieuwe producten te introduceren zonder onze kernklanten van ons te vervreemden. Het is een delicaat evenwicht. Als ik u de baan zou aanbieden om dit allemaal om te gooien, zou u die dan aannemen?'

'Mr. Harcourt, voordat we verdergaan, is er iets wat u moet weten. Ik werk niet meer voor Channing Gabriel.'

Zijn wenkbrauwen schieten omhoog van verbazing. 'O? Wat is er gebeurd?'

Ik voel een knoop in mijn maag vormen, bezorgd dat deze onthulling de kans in gevaar kan brengen. 'Het was mijn beslissing. Ik vond dat het tijd was voor een verandering, om nieuwe uitdagingen aan te gaan.'

Harcourt bestudeert me een moment, zijn uitdrukking onleesbaar. De seconden tikken voorbij en ik onderdruk de neiging om onrustig te worden onder zijn onderzoekende blik.

Eindelijk spreekt hij. 'Ms. Holmes, ik heb u niet gekozen vanwege uw band met Channing Gabriel. Ik heb u gekozen vanwege de visie die u in de presentatie uiteenzette. Of u nu bij hen werkt of niet, is voor mij niet relevant. Dus, zou u de leiding willen nemen over onze rebrand?'

Mijn hart bonst, maar ik houd mijn gezichtsuitdrukking kalm.

Dit is het, het moment waar ik al bijna een decennium naar op jacht ben. Geen promotie, geen schouderklopje, maar echte zeggenschap. Een onbeschreven blad. Een gevestigd merk dat op de rand van de afgrond staat, en mij is gevraagd het in zijn val te vangen en het hele zootje om te toveren tot iets nieuws. Iets beters.

En toch... aarzel ik.

Niet uit angst. Niet echt. Maar omdat ik weet wat dit soort kansen eisen. Het zal niet alleen mijn tijd of mijn brein vragen, het zal mijn ziel opeisen. Dat is wat het me de vorige keer heeft gekost. Ik gaf alles wat ik had aan CGPR, en toen het voorbij was, was ik zo uitgehold dat ik niet eens merkte dat ik mezelf was kwijtgeraakt.

Maar dan denk ik aan Chloe. Aan Dan. Aan de mensen die proberen hun leven te leiden met betekenis, hart en verbinding. Ik denk aan het meisje dat wegliep van een zekere baan, een hoekkantoor en een zeer royale commissiestructuur, omdat ze eindelijk begreep dat er meer moest zijn.

Ik wil dit. Niet *ondanks* alles wat ik heb geleerd, maar *juist* daarom.

Dit is niet zomaar een stap vooruit. Het is een ommezwaai. Een statement. Ik bouw iets nieuws op. Op mijn eigen voorwaarden.

Ik recht mijn schouders en beantwoord Harcourts blik met een van mijzelf.

'Ik doe mee.'

Hij knikt, met een vleugje van een glimlach op zijn verweerde gezicht. 'Goed. Laten we het nu over de strategie hebben. Ik wil uw eerste gedachten horen over hoe we dit moeten aanpakken.'

Ik leun naar voren, mijn geest al vol met mogelijkheden. 'Wel, Mr. Harcourt, ik geloof dat de sleutel is om Harcourt Foods te positioneren als een vooruitstrevend, flexibel bedrijf dat afgestemd is op de veranderende voorkeuren van de consument. We moeten uw toewijding tonen aan het aanbieden van hoogwaardige, duurzame plantaardige opties, terwijl we de integriteit van uw traditionele producten behouden.'

Harcourt knikt, zijn ogen glinsterend van interesse. 'Gaat u verder.'

'Om dit effectief te doen,' vervolg ik, 'zal ik een toegewijd marketing- en pr-team moeten opbouwen en een geschikte kantoorruimte moeten vinden. Dit stelt ons in staat om gerichte campagnes te creëren, in contact te komen met influencers in de plantaardige gemeenschap en een allesomvattende rebrandingstrategie uit te voeren.'

Hij leunt achterover in zijn stoel en overweegt mijn woorden. 'Denkt u niet dat u dit alleen aankunt?'

Ik schud mijn hoofd en kijk hem recht aan. 'Mr. Harcourt, ik heb vertrouwen in mijn capaciteiten, maar ik erken ook de omvang van deze onderneming. Om Harcourt Foods de aandacht en de middelen te geven die het verdient, heb ik een getalenteerd team achter me nodig. Het gaat niet alleen om mij, het gaat erom dat we ons positioneren voor succes op de lange termijn.'

Een langzame glimlach verspreidt zich over zijn gezicht, en hij grinnikt zachtjes. 'Ik hou van de manier waarop u denkt, Ms. Holmes. U bent niet bang om te vragen wat u nodig heeft. Heel goed, u heeft mijn steun. Stel uw team samen, zoek uw kantoor. Jody, mijn persoonlijke assistent, neemt contact met u op over het contract en het arbeidsvoorwaardenpakket. Houd me gewoon op de hoogte van uw vorderingen.'

Ik voel een golf van dankbaarheid en vastberadenheid. 'Absoluut, Mr. Harcourt. Dank u voor deze kans en uw vertrouwen. Ik zal u niet teleurstellen.'

Terwijl we elkaar de hand schudden, kan ik me niet anders dan verbazen over de gang van zaken. Ik dacht niet dat ik lang zonder werk zou zitten, maar een week? En nu sta ik hier, aan het begin van een nieuw hoofdstuk met een van de grootste namen in de voedingsindustrie. Het is zowel opwindend als ontzagwekkend.

Ik loop zijn kantoor uit met opgeheven hoofd en een nieuwe veerkracht in mijn pas. De opwinding is voelbaar, stroomt door mijn aderen terwijl ik naar de lift loop. Mijn gedachten racen, denkend aan de eerste stappen die ik moet nemen om deze operatie van de grond te krijgen. Mijn hele leven verhuizen naar Maine, een team samenstellen, een kantoorruimte vinden, een strategie ontwikkelen, het is een ontmoedigende lijst, maar ik voel me energiek en klaar om alles te overwinnen.

Als ik in de lift stap, zie ik mijn spiegelbeeld in de gepolijste metalen deuren. Er is een sprankeling in mijn ogen en een hint van een glimlach trekt aan mijn lippen. Het is de blik van iemand die aan de vooravond staat van iets groots, en ik kan de spanning die zich in mij opbouwt nauwelijks bedwingen.

De lift begint aan zijn afdaling, en ik geniet van dit moment van triomf. Het is niet elke dag dat je een vergadering uitloopt met een baanbrekende kans als deze. Ik weet dat er uitdagingen zullen komen, maar op dit moment kan ik me alleen concentreren op de opgetogenheid van het begin van deze nieuwe reis.

De rit terug naar het hotel is een waas. Mijn gedachten zijn al bij de volgende stappen. Ik pak mijn telefoon en begin aantekeningen te maken, mijn vingers vliegen over het scherm. Er is zoveel te doen, en ik kan het me niet veroorloven ook maar een moment te verspillen.

Allereerst moet ik de perfecte kantoorruimte vinden. Ik zoek een paar vastgoedadvertenties op mijn telefoon en bekijk de opties. Het moet ergens zijn dat de innovatieve en dynamische geest weerspiegelt van het bureau dat ik aan het opbouwen ben. Een plek die creativiteit en samenwerking zal inspireren.

Ik markeer een paar veelbelovende panden en neem me voor om zo snel mogelijk wat bezichtigingen te plannen. Hoe sneller ik een ruimte kan vastleggen, hoe sneller we een vliegende start kunnen maken. Met een team van briljante geesten aan mijn zijde en de drive om iets werkelijk uitzonderlijks te creëren, twijfel ik er niet aan dat we onze stempel op de industrie zullen drukken.

Ik ga aan het bureau in mijn kamer zitten, pak mijn laptop en duik met mijn hoofd vooruit in de wervelwind van planning en voorbereiding. Er is geen tijd te verliezen, ik heb een bureau op te bouwen en ik ben vastbesloten er een doorslaand succes van te maken.

De volgende ochtend sta ik voor een charmant bakstenen

gebouw in het hart van de oude haven van Portland. De zon glinstert op de grote ramen en ik kan me de bruisende energie van mijn team binnen al voorstellen.

Dit zou het kunnen zijn, de perfecte thuisbasis voor mijn opkomende bureau.

Er is iets aan deze stad dat gewoon goed voelt. Het is een plek waar traditie en innovatie samenkomen, waar hard werken en creativiteit hand in hand gaan. En dat is precies de geest die ik met mijn bureau wil vastleggen.

Toch aarzel ik.

Deze ruimte is niet alleen een logistieke beslissing, het is een statement. Een belofte aan mezelf en aan iedereen die zich bij me voegt dat dit echt is. Permanent. En met die belofte komt druk. Wat als ik een fout maak? Wat als ik er niet klaar voor ben?

Ik stap naar binnen, de oude houten vloeren kraken zachtjes onder mijn laarzen. De verhuurmakelaar begroet me met een warme glimlach, en we beginnen aan de rondleiding door de ruimte. Bij elke stap probeer ik de twijfels het zwijgen op te leggen en me te concentreren op wat zou kunnen zijn. Ik stel me strakke, moderne werkplekken voor, collaboratieve vergaderruimtes en een gezellige loungeruimte waar we kunnen ontspannen en brainstormen.

Ik stop bij het grootste raam en laat mijn hand over de bakstenen muur strijken. Mijn gedachten vullen de lege plekken in: open laptops, overal post-its, muziek op de achtergrond, een team van slimme, grappige, gedreven mensen die geloven in wat we aan het opbouwen zijn. Het is nu slechts een lege huls, maar ik kan het allemaal zo duidelijk voor me zien. En in die helderheid begint de angst te vervagen.

Dit is niet zomaar een kantoor. Het is een tweede kans. Een nieuwe start. Een sprong in het diepe.

De verhuurmakelaar draait zich naar me om, met opgetrokken wenkbrauwen. 'Wat denkt u ervan?'

Ik pauzeer nog een moment en laat het gewicht en het wonder van dit alles bezinken.

'Het is perfect,' zeg ik, met een brede grijns op mijn gezicht. 'Laten we dit doen.' Terwijl ik het huurcontract teken en de hand van de makelaar schud, voel ik een golf van trots en vastberadenheid. Dit is het: de eerste officiële stap om mijn visie tot leven te brengen. En ik weet, diep vanbinnen, dat dit slechts het begin is van een ongelooflijke reis.

Ik stap weer de geplaveide straten op, mijn hart vol hoop en verwachting. De toekomst ligt wijd open, en ik kan niet wachten om te zien waar dit pad naartoe zal leiden. Maar één ding is zeker: met een getalenteerd team aan mijn zijde en een passie om iets opmerkelijks te creëren, is er geen limiet aan wat we kunnen bereiken.

## EENENTWINTIG

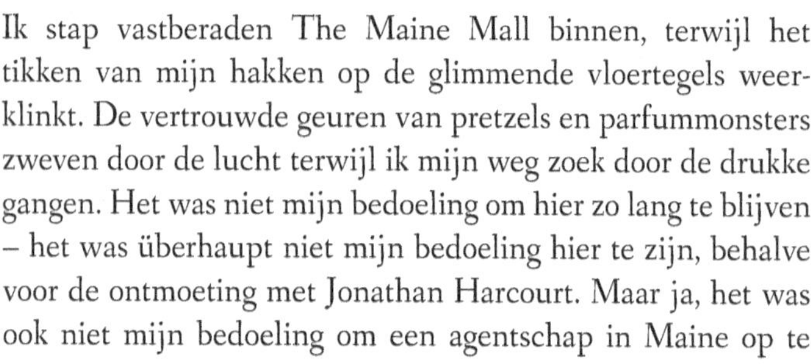

Ik stap vastberaden The Maine Mall binnen, terwijl het tikken van mijn hakken op de glimmende vloertegels weerklinkt. De vertrouwde geuren van pretzels en parfummonsters zweven door de lucht terwijl ik mijn weg zoek door de drukke gangen. Het was niet mijn bedoeling om hier zo lang te blijven – het was überhaupt niet mijn bedoeling hier te zijn, behalve voor de ontmoeting met Jonathan Harcourt. Maar ja, het was ook niet mijn bedoeling om een agentschap in Maine op te zetten.

Ik had maar voor een paar dagen ingepakt. Eén fatsoenlijk paar hakken. Twee blouses die voor professioneel door konden gaan als je niet te goed keek. Niets geschikts voor de komende weken van personeel aannemen, netwerken en het regelen van het huurcontract voor het kantoor.

Nu heb ik kleding nodig. De juiste kleding. Een pak dat leiderschap uitstraalt, niet 'uitgebluste vluchteling'. Een jas die een november in Maine aankan. Een paar stukken waarmee ik van klantbijeenkomsten naar koffieafspraakjes kan gaan zonder het gevoel te hebben dat ik een volwassene naspeel.

Want dit is nu echt. Ik heb ja gezegd. Ik heb een pand gehuurd. Ik blijf – in ieder geval totdat het agentschap operationeel is. Dan ga ik terug naar Chicago, pak ik de rest van mijn leven in en kom ik voorgoed terug.

Vandaag gaat het erom dat ik krijg wat ik nodig heb om er goed uit te zien voor de rol die ik moet vervullen. Niet alleen voor anderen, maar ook voor mezelf. Een uniform voor het volgende hoofdstuk. Het bewijs, in stof en pasvorm, dat ik niet langer alleen maar reageer.

Ik ben iets aan het opbouwen.

Mijn pas vertraagt als ik langs de boetiek loop waar Chloe en ik een uitgelaten middag hadden doorgebracht met het uitzoeken van haar jurk voor de zangwedstrijd. De paspoppen dragen nog steeds hun dromerige pasteljurken, onveranderd, alsof de tijd heeft stilgestaan – behalve dat dat natuurlijk wel zo is. Die dag voelt alsof hij toebehoorde aan een andere versie van mezelf. Een die Chloe nog niet had teleurgesteld.

Ik houd stil en staar naar de etalage. Ze had rondgedraaid in het pashokje, vol onhandige opwinding, en vroeg mij – mij – of ze er mooi uitzag. Ik had haar verteld van wel, en meende het met heel mijn hart. Daarna was ik vertrokken voordat ik haar de jurk echt had zien dragen.

Een onverwachte steek gaat door me heen. Niet echt schuldgevoel. Meer... de pijn van onafgemaakte zaken. Van het verlangen om iemand te zijn geweest op wie ze kon rekenen.

Ik adem langzaam uit en loop door. Ik kan niet ongedaan maken wat al gebeurd is. Maar ik kan het vanaf nu beter doen.

Ik kijk langs de etalages op zoek naar iets geschikts. Een kans om mezelf opnieuw uit te vinden, om het gewicht van spijt uit het verleden van me af te schudden en een pad te smeden dat ruimte biedt voor zowel ambitie als oprechte menselijke verbinding.

Het levendige geroezemoes van het winkelcentrum wervelt om me heen, een symfonie van gelach en rinkelende mobieltjes. Voor een keer laat ik me meeslepen door de energieke stroom, en stel me een toekomst voor waarin ik niet alleen een toeschouwer ben van de levendige momenten van het leven, maar een actieve deelnemer. Bij elke stap voel ik een sprankje hoop, een voorzichtige opwinding over wat voor me ligt.

Als ik de hoek om kom, valt een bekend logo me op – een gestileerde koffiekop die op een chique etalage prijkt. Het rijke aroma van versgemalen bonen wenkt en belooft een moment van verwennerij te midden van de missie van de dag.

'Waarom ook niet?' vraag ik mezelf af, terwijl een glimlach om mijn lippen speelt. 'Een beetje cafeïne heeft nog nooit iemand kwaad gedaan.'

Het belletje boven de deur van het café rinkelt als ik binnenstap. De geur van gebrande bonen en warme broodjes slaat als een omhelzing om me heen. Zonlicht stroomt door de brede voorramen en werpt gouden patronen op de houten vloeren. Een zacht geroezemoes van gesprekken en rinkelende lepeltjes vult de ruimte, onderstreept door het gesis van stomende melk vanachter de toonbank.

De barista begroet me met een ongedwongen glimlach, en ik bestel een grote cappuccino – met extra schuim – en een chocoladecroissant, mezelf vertellend dat ik ze allebei heb verdiend. Terwijl ik wacht, scan ik de ruimte, en laat mijn blik loom langs studenten gaan die aan hun laptops gekluisterd zijn, ouders die met kinderwagens en cafeïne jongleren, en stelletjes die zachtjes lachend tegenover elkaar aan kleine tafeltjes zitten.

En dan, als een felle kleurvlek in een sepiakleurige foto, zie ik haar.

Een blonde paardenstaart. Een bekende tred. Dat onmiskenbare veertje in haar pas.

*Chloe.*

Ze is omringd door vrienden, midden in een lach, volkomen op haar gemak – en voor een moment staat de wereld gewoon... stil. Alles wordt wazig en onscherp, alles om haar heen vervaagt. Een fractie van een seconde weet ik niet wat ik moet doen. Of ik haar naam moet roepen, of moet verdwijnen voordat ze me ziet.

Dan kijkt ze op. Haar blik kruist de mijne.

De tijd staat stil. Even maar.

En dan licht haar gezicht op – pure zonneschijn die door de wolken breekt. Geen aarzeling. Geen wrok. Alleen maar vreugde.

Mijn koffie is vergeten. Ik duw me door de menigte, met een bonzend hart, terwijl Chloe zich losmaakt van haar groep en rent.

Chloe stort zich in mijn armen en knuffelt me zo stevig dat het me de adem beneemt – en ik laat haar begaan. Ik laat haar elk greintje schuld en spijt uit mijn longen persen, omdat het zo verdomd goed voelt.

'Rachel!' zegt ze in mijn schouder. 'Ik kan niet geloven dat je het echt bent!'

Ik houd haar net zo stevig vast, mijn armen om haar kleinere gestalte geslagen. Ze ruikt nog steeds naar aardbeien en shampoo. Een moment lang zeggen we geen van beiden iets. Dat hoeft ook niet. De knuffel zegt alles.

Uiteindelijk trekt ze zich terug, nog steeds mijn armen vasthoudend, en haar ogen doorzoeken mijn gezicht met een intensiteit die me verrast. 'Ik was zo boos toen je wegging,' zegt ze eerlijk. 'En toen was ik verdrietig. Maar nu ben ik gewoon... blij.'

Tranen dreigen. Ik knipper ze weg met een wankele glimlach. 'Ik heb jou ook gemist. Veel meer dan ik besefte.'

Ze grijnst. 'Je ziet er trouwens heel goed uit. Chic, maar een beetje verkreukeld. Heel erg moderedactrice-op-haar-vrije-dag.'

Ik lach. 'Dat is te vriendelijk. Ik leef uit een koffer.'

'Toch,' zegt ze, en ze trekt me iets dichter naar zich toe, 'je bent hier. Dat is wat telt.'

We blijven nog even zo staan, totdat Chloe eindelijk op haar tenen wipt van opwinding. 'O! Ik was vergeten het je te vertellen – ik heb mijn voorronde gewonnen! Ik ben door naar de staatsfinale!'

'Wat?' Mijn mond valt open. 'Chloe, dat is ongelooflijk! Ik ben zo trots op je.'

'Het is tijdens de Thanksgiving-vakantie. Over twee weken. Je moet komen. Alsjeblieft?'

Mijn glimlach wankelt een fractie van een seconde. Chicago doemt op in mijn achterhoofd – het appartement, mijn spullen, de onvermijdelijke logistiek van de verhuizing – maar haar hoopvolle ogen trekken me terug naar het heden.

'Dat zou ik voor geen goud willen missen,' zeg ik, en ik meen het.

Ze slaakt een gil van verrukking en draait zich een keer rond in het midden van het café, alsof ze gemaakt is van pure vreugde. Dan stopt ze abrupt, en zie ik een nieuw idee in haar ogen opbloeien. 'Eigenlijk... is er nog iets.'

'O?' Ik zet me schrap.

'Papa neemt morgen een aflevering van zijn nieuwe show op,' onthult ze, met een ondeugende twinkeling in haar ogen. 'Ze filmen de scènes in het appartement voor een live studio-publiek. Je zou moeten komen! Dat zou zo'n leuke verrassing voor hem zijn.'

De suggestie blijft tussen ons in hangen.

Het is een perfect Chloe-idee – oprecht, hoopvol, een beetje chaotisch.

Ik ben een beetje van mijn stuk gebracht door de vermelding van Dan, en ik voel een fladdering van zenuwen in mijn maag. De gedachte hem weer te zien is zowel opwindend als angstaanjagend.

Ik aarzel. Niet omdat ik Dan niet wil zien – dat is juist het probleem.

'Het is misschien ongemakkelijk,' zeg ik voorzichtig, mijn stem nu zachter. 'We zijn niet bepaald op de beste voet uit elkaar gegaan.'

Chloe houdt haar hoofd schuin. 'Maar je zei ja tegen de finales.'

'Dat is anders,' zeg ik snel. 'Dat gaat over jou. Dat is iets wat ik niet zou willen missen.'

Ze opent haar mond om tegen te sputteren, maar ik hef zachtjes een hand op. 'Het is niet dat ik hem niet wil zien. Het is gewoon... ik denk niet dat hij mij wil zien.'

Chloe schenkt me een meelevende glimlach, nu zachter. 'Dat weet je niet.'

Ik haal halfslachtig mijn schouders op, niet klaar om die gedachte te laten bezinken. 'Misschien. Of misschien is hij gewoon opgelucht dat hij me niet hoeft uit te leggen aan zijn vrienden en familie. Ik ben zo'n beetje zijn leven binnengestormd, heb er een puinhoop van gemaakt en ben weer vertrokken.'

Ze fronst. 'Zo zie ik het niet.'

'Nou, ik heb zijn acteercomeback aangekondigd zonder het hem te vertellen, weet je nog? En je bijna op een boot laten omkomen.'

'Bijna.' Ze grijnst. 'Maar in plaats daarvan heb je me gered.'

Ik zucht, verscheurd. 'Het is gewoon... als ik op kom dagen, wil ik niet dat het lijkt alsof ik probeer mezelf er weer tussen te wurmen. Of dat ik het over mij laat gaan. Ik wil hem niet overvallen.'

Chloe komt dichterbij en haakt zachtjes haar arm door de mijne. 'Het is geen overval. Het is een stoel in het publiek. Dat is alles. Je bestormt het podium niet.'

Ik glimlach daarom, maar de zenuwen verdwijnen niet helemaal. Er is te veel dat ik niet heb verwerkt. Te veel onuitgesproken woorden tussen Dan en mij. Maar misschien, denk ik, is in het publiek zitten een manier om iets te zeggen zonder iets te hoeven zeggen.

'Alsjeblieft, Rachel?' pleit Chloe, haar ogen wijd en smekend. 'Het zou zoveel voor me betekenen. En ik weet dat papa het ook geweldig zou vinden om je te zien, ook al zal hij dat niet toegeven. Hij loopt al te mokken sinds je uit Biddeford bent vertrokken. Ik denk dat hij het mist om iemand te hebben om mee te kibbelen, snap je?'

Ik zucht, en voel mijn vastberadenheid afbrokkelen door Chloe's oprechtheid. 'Oké, oké. Ik kom naar de liveopname.'

Chloe slaakt een gil van verrukking en slaat haar armen weer in een uitbundige knuffel om me heen. 'Dank je, Rachel! Dit wordt de beste verrassing ooit!'

Chloe trekt zich terug uit de knuffel, haar ogen fonkelend van opwinding.

'Ik moet waarschijnlijk terug naar mijn vriendinnen,' zegt ze, en ze kijkt over haar schouder naar de groep meiden die in de buurt wachten. 'Maar voer je nummer in, dan sms ik je morgen de details, oké?'

Ik knik, pak haar telefoon en voeg mijn nummer toe aan haar contacten. 'Klinkt goed, Chlo. En nogmaals gefeliciteerd met het winnen van de voorronde. Ik ben zo trots op je.'

Chloe straalt, haar glimlach zo stralend als de zon. 'Dank je, Rachel. En het spijt me echt dat ik je vroeg om met mij de boot op te gaan. Je hebt mijn leven gered.' Ze geeft me een laatste kneepje voordat ze zich omdraait om zich weer bij haar vriendinnen te voegen, haar paardenstaart stuitert bij elke stap.

Ik kijk haar na, mijn hart zwelt van een bitterzoete mix van emoties. Het is waarschijnlijk maar goed dat ze niet op een antwoord heeft gewacht. Ik was waarschijnlijk in huilen uitgebarsten. Chloe is al halverwege terug naar haar vriendinnen als ze zich omdraait, me een laatste keer toezwaait en play-backt: *Dank je.*

Ik knik en slaag erin een kleine glimlach te produceren.

Ik ga terug naar het café en ga weer aan mijn tafeltje zitten, mijn koffie is inmiddels lauw. Ik merk dat ik Chloe's woorden in mijn gedachten herhaal. "Ik denk dat hij het mist om iemand te hebben om mee te kibbelen, snap je?"

Het idee dat Dan me mist, dat hij hetzelfde gevoel van

afwezigheid voelt waar ik mee worstel, is zowel ontroerend als angstaanjagend. *Mist hij me? Heeft hij überhaupt aan me gedacht sinds ik weg ben?*

Maar dan herinner ik me de manier waarop hij me aankeek in het botenhuis, de intensiteit in zijn blik, de onuitgesproken woorden die tussen ons in de lucht hingen. Het verlangen. De begeerte. De manier waarop mijn hart tekeerging en mijn huid tintelde, als een stroomstoot door mijn aderen.

Die dagdromen worden snel de kop ingedrukt als ik me herinner hoe woedend hij was dat we de boot hadden genomen. Dat ik het leven van zijn dochter op het spel had gezet en dit alles binnen achtenveertig uur na het aankondigen van zijn acteercomeback, zonder de moeite te nemen om zijn toestemming te vragen... Nee, natuurlijk heeft hij sindsdien niet aan me gedacht. Als hij dat al heeft gedaan, is het niet met verlangen of spijt... Het is met opluchting dat ik niet meer in de buurt ben.

Hoe kan ik Chloe zachtjes teleurstellen? Het arme meisje begrijpt niet waarom het zo'n vreselijk idee is om morgen te gaan. Hoe zou ze ook?

Ik neem een lange slok koffie en vermant me. Ik ga naar de opname. Voor haar. Om te komen opdagen, zoals ik de eerste keer had moeten doen. Ik ga rustig zitten, blijf uit de weg en klap wanneer het hoort.

Geen verwachtingen. Geen drama.

## TWEEËNTWINTIG

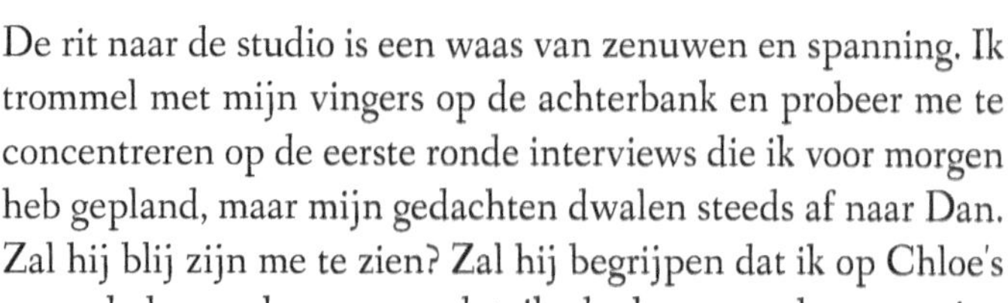

De rit naar de studio is een waas van zenuwen en spanning. Ik trommel met mijn vingers op de achterbank en probeer me te concentreren op de eerste ronde interviews die ik voor morgen heb gepland, maar mijn gedachten dwalen steeds af naar Dan. Zal hij blij zijn me te zien? Zal hij begrijpen dat ik op Chloe's verzoek ben gekomen en dat ik de kans om hem te zien optreden niet wil missen?

Terwijl de auto de parkeerplaats opdraait, komt de imposante gevel van de opnamestudio in zicht en voel ik mijn hartslag versnellen. Ik druk een hand op mijn borst, alsof ik het gefladder daar kan kalmeren. Ik zou niet zo zenuwachtig moeten zijn; dit was Chloe's idee. Ik ben hier alleen maar om haar te steunen. Dat is alles. En toch, de gedachte om onuitgenodigd en onaangekondigd Dans wereld binnen te stappen... Het voelt alsof ik verboden terrein betreed.

Ik zie Chloe bij de ingang wachten, op en neer springend van opwinding. Ze zwaait enthousiast naar me, haar grijns breed en aanstekelijk.

'Rachel! Je hebt het gehaald!', roept ze uit, terwijl ze me in een stevige knuffel trekt als ik dichterbij kom.

Ik lach en beantwoord de omhelzing met evenveel vuur. 'Natuurlijk. Ik zou het voor geen goud willen missen.'

We gaan naar binnen, krijgen bij de receptie publiekspassen en de instructie om door te lopen naar de opnamestudio. Chloe is hier duidelijk al eerder geweest en navigeert met gemak door de drukke gangen van de studio.

Het voelt alsof we in cirkels lopen, omringd door de spanning van de andere publieksleden en de echo van geschreeuwde instructies als een soort ruis. Het is een andere wereld, een wereld gebouwd op optreden, precisie en perfect getimede emotie. Ik vraag me even af hoe het moet zijn om fulltime in deze wereld te leven. Chloe lijkt erdoorheen te zweven alsof ze er thuishoort. Misschien is dat ook zo.

Aangekomen bij Soundstage #1 worden we naar de tribunes geleid. Het zijn vrije zitplaatsen, en Chloe pakt mijn hand en leidt me naar twee stoelen die nog leeg zijn op de eerste rij. Ik had liever iets hoger gezeten, een beetje weggestopt. Pas als we bij de stoelen komen, zie ik op elk een kleine sticker met de tekst Chloe Rhodes +1. Natuurlijk, een gunst voor de cast en crew zodat vrienden en familie hun dierbaren aan het werk kunnen zien. Maar dan dringt het tot me door dat ik de plus één ben. Niet de collega, niet de pr-expert, niet de zorgvuldige strateeg. Gewoon... Rachel. Iemand die ze heeft gekozen. En misschien is dat wel wie ik nu wil zijn: iemand die door anderen wordt gekozen, niet iemand die zichzelf een kamer in forceert.

De zaal stroomt snel vol; de lucht gonst van de energie, het geroezemoes van het publiek en het gezoem van de apparatuur vullen de ruimte.

'Pap zal zo verrast zijn je te zien', zegt Chloe, haar ogen fonkelend van kattenkwaad. 'Hij heeft geen idee dat je komt.'

Mijn hart slaat een slag over bij de gedachte, een mengeling van zenuwen en opwinding stroomt door me heen.

'Ik weet niet zeker of hij een grote fan is van mijn verrassingen', zeg ik, terwijl ik probeer mijn toon luchtig te houden.

Chloe geeft me een veelbetekenende blik, haar glimlach wordt zachter. 'Geloof me, deze zal hij leuk vinden.'

Terwijl we op onze stoelen gaan zitten, merk ik dat ik het podium afspeur, op zoek naar een teken van Dan. De minuten lijken eindeloos te duren, elke seconde voelt als een eeuwigheid.

Ik heb nog geen volledige aflevering van de show gezien, maar ik heb gisteravond online een paar trailers en fragmenten gevonden. Het is een leuke show die wordt aangekondigd als een komisch drama. Voor een keer is het ook echt waar: de dialogen zijn scherp en erg geestig, maar dan raken de personages verstrikt in een drama met een hoge inzet dat hun relaties echt op de proef stelt. De pilot heeft een solide 7,8 op IMDb, wat inderdaad erg goed is. Ze filmen vandaag de scènes in het appartement uit aflevering drie, die volgende week wordt uitgezonden.

Chloe knijpt in mijn hand, haar ogen sprankelend van verwachting. 'Dit wordt zo gaaf', straalt ze. 'Pap is zo goed.'

Ik glimlach om haar enthousiasme, mijn hart fladdert van een mix van zenuwen en opwinding. Ik blijf tegen mezelf zeggen dat ik hier alleen ben om Chloe te begeleiden. En dat is ook zo. Maar ik ben hier ook om mijn eigen redenen: ik wil Dan heel graag weer zien, ook al is het van een afstandje.

De zaallichten dimmen en het publiek dempt respectvol het volume van hun gepraat. Iedereen die moet hoesten, of denkt te moeten gaan hoesten, probeert het er tegelijkertijd uit te krijgen.

De drie cameramannen draaien hun camera's en geven kort na elkaar een duim omhoog naar een onzichtbare producer.

De stem van de regisseur kraakt door het omroepsysteem. 'Iedereen op zijn plaats! Scène vier. Take één. En... actie!'

De set komt tot leven, plotseling badend in warm, uitnodigend licht. Ik herken de knusse woonkamer uit de fragmenten die ik gisteravond heb bekeken: overvolle banken, familiefoto's op de schoorsteenmantel, zelfs een luie golden retriever die op het kleed ligt uitgestrekt.

En daar, binnenstappend met twee van zijn collega-acteurs, is Dan. Mijn adem stokt. Hij ziet er goed uit. Echt goed. De hint van grijs aan zijn slapen draagt alleen maar bij aan zijn charme, en die scheve grijns van hem laat mijn hart nog steeds een slag overslaan. Niet dat ik dat ooit zou toegeven.

Dan begint aan zijn openingsmonoloog, zijn rijke bariton vult de studio. Maar dan, midden in een zin, vinden zijn ogen ons op de eerste rij. Die doordringende blauwe ogen kruisen de mijne, en voor een moment valt de rest van de wereld weg. Ik word teruggevoerd naar ons – zijn – housewarmingfeest, de belofte van iets tegen de muur van het boothuis...

Maar dan knijpt Chloe in mijn hand, wat me terugbrengt naar de realiteit. 'Hij doet het geweldig', zegt ze, haar stem vervuld van trots.

Ik knik en slik moeizaam. 'Ja, dat doet hij.'

Ik kijk hoe Dan zijn ritme weer vindt en moeiteloos terug in zijn rol glijdt. Toch kan ik het gevoel niet van me afschudden dat er op dat moment iets veranderde. Als een vonk die opnieuw ontbrandt... maar of het van woede was of iets anders, weet ik niet zo goed.

Dans collega-acteurs wisselen bezorgde blikken uit als hij hapert, maar als ware professionals passen ze zich naadloos aan. De scène gaat verder, maar onder de oppervlakte rimpelt een onderstroom van spanning. Ik zie het aan de houding van Dans schouders, de flikkering van zijn ogen in onze richting.

Chloe leunt naar voren en hangt aan de lippen van haar vader. Ik ben verscheurd tussen het opdrinken van de voorstelling en het bestuderen van Dan zelf, op zoek naar aanwijzingen in de subtekst. Is dit gewoon acteren, of broeit er iets meer onder de geschreven zinnen?

Alsof het een antwoord is, gaat Dan buiten het script. Hij pauzeert, scant het publiek, en als hij weer spreekt, is het niet als zijn personage. Het is als zichzelf, rauw en ongeremd.

Gefluister rimpelt door de crew. De cameramannen draaien zich om in hun stoelen en proberen de aandacht van een producer te trekken. Dans tegenspelers wisselen snelle, verwarde blikken uit, maar ze volgen zijn voorbeeld. Chloe spant zich naast me aan, haar hand een reddingslijn in de mijne. Ik weet, zonder enige twijfel, dat dit geen acteren meer is.

'Soms', zegt hij, zijn blik in de mijne borend, 'geeft het leven ons tweede kansen. Kansen om onrecht recht te zetten, om de dingen te zeggen die we voorheen te bang waren om te zeggen.'

Mijn hartslag bonst in mijn oren. *Doet hij dit echt? Hier, nu, voor camera's en een live studiopubliek?*

Dans stem wordt luider, rauw en ongefilterd. 'Ik heb de laatste maanden echt nagedacht over wat belangrijk is in het leven. Over de kansen die we missen, de mensen die we laten wegglippen.' Zijn ogen glinsteren van onvergoten tranen.

Ik zit aan mijn stoel vastgenageld, niet in staat om te bewegen. Niet in staat om te ademen.

'Ik heb fouten gemaakt', vervolgt Dan, zijn stem brekend van emotie. 'Ik heb me laten tegenhouden door trots en koppigheid. Ik dacht dat het verdriet was, maar het was angst. Angst voor het onbekende, angst voor de mogelijkheid om geluk te vinden met iemand anders. Maar nu ik hier sta en naar de twee belangrijkste mensen in mijn leven kijk, realiseer ik me...' Hij slikt moeizaam. 'Ik realiseer me dat het tijd is om te stoppen met weglopen voor de waarheid.'

*Heeft hij het over... mij? Ons?*

Dans stem breekt, maar hij zet vastberaden door. 'We kunnen ons niet laten tegenhouden door angst. We kunnen trots of koppigheid ons niet weghouden van de mensen van wie we houden. Want uiteindelijk is dat het enige wat er echt toe doet. De connecties die we maken, de liefde die we delen.'

Elk woord snijdt en heelt tegelijk. Ik herinner me de muren die ik had opgetrokken; de keren dat ik als eerste was weggerend. Ik herinner me Chloe's knuffel in het winkelcentrum. Ik herinner me het boothuis. Het bijna. Het nooit geweest. Het misschien nog wel kan zijn.

De tranen stromen nu over mijn gezicht, maar ik doe geen moeite om ze weg te vegen. Naast me huilt Chloe openlijk, haar kleine lichaam schokkend van de snikken.

Dans stem wordt zachter, maar heeft niet minder impact. 'Dat is wat ik van plan ben te doen. De mensen van wie ik hou vasthouden, elk moment dat we samen hebben koesteren. Want uiteindelijk is dat wat het leven de moeite waard maakt.'

Terwijl zijn woorden wegsterven, is het een hartslag lang doodstil in de studio. Dan, als één man, veert het publiek overeind en dondert er applaus door de ruimte.

Maar ik hoor het nauwelijks. Alles wat ik kan zien is Dan, zijn borstkas op en neer gaand, zijn ogen op de mijne gericht. Op dat moment valt de rest van de wereld weg, en zijn wij er alleen nog maar.

Wij, en de liefde die er altijd al was, wachtend tot we dapper genoeg waren om die te omarmen.

Chloe knijpt zo hard in mijn hand dat het pijn doet, maar ik merk het nauwelijks. Alles wat ik kan zien is Dan, die zijn hart blootlegt voor de hele wereld.

Zodat ik het kan zien.

'Ik hou van jullie', zegt hij eenvoudig, zijn ogen glanzend van onvergoten tranen. 'Allebei. En als jullie me willen, beloof ik dat ik elke dag zal bewijzen.'

Ik ben verstijfd, mijn hart in mijn keel. Ik voel de ogen van het studiopubliek in mijn rug boren. Ik zit zo stil dat ik me afvraag of mijn hart is gestopt met kloppen. Ik heb het gevoel dat ik aan de rand van iets sta, met mijn hart in mijn keel, doodsbang om te vallen.

Maar ben ik niet al gesprongen? Ik heb mijn baan opgezegd. Ik ben iets nieuws begonnen. Ik koos mensen boven macht, kwetsbaarheid boven zekerheid. En misschien is dit dat ook. Weer een sprong. Maar voor een keer voelt het niet roekeloos. Het voelt echt.

Ik weet dat ik iets moet doen. Reageren. Maar ik sta als aan de grond genageld. Ik wil bewegen. Echt. Maar ik kan het niet. *Wat als dit gewoon een voorstelling is? Een prachtige leugen, gevormd in een moment van emotie?*

Chloe's vingers knijpen harder in de mijne. Ze leunt naar me toe en fluistert: 'Hij meent het.'

En dat is alles wat ik nodig heb.

Langzaam staat Chloe op en trekt me met haar mee. Ze kijkt me aan, een stille vraag in haar ogen. Ik knik. Niet helemaal zeker waar ik voor teken.

Samen stappen we het licht in.

Hand in hand lopen Chloe en ik de set op, het verraste gemompel van het publiek en de hectische bewegingen van de productiecrew negerend. Mijn hart racet als we Dan naderen, zijn ogen wijd van een mengeling van hoop en vrees.

We stoppen net voor hem, op een armlengte afstand. Een moment lang staren we elkaar alleen maar aan, duizend onuitgesproken woorden hangen in de lucht.

Dan blijft in het midden van de set staan, zijn brede schouders op en neer gaand, zijn gezicht getekend door duizend emoties. Verrassing, hoop, angst, liefde... Ze flitsen allemaal in snelle opeenvolging over zijn gelaatstrekken.

'Meende je het?', vraag ik zachtjes, mijn stem bevend. 'Elk woord?'

Dan knikt en er ontsnapt een traan over zijn wang. 'Elke lettergreep', zegt hij. 'Ik ben een dwaas geweest, Rachel. Ik dacht dat ik voor mijn gevoelens kon weglopen, ze kon begraven onder kritiek en excuses. Maar de waarheid is...'

Hij haalt diep adem, zijn blik onwrikbaar.

'De waarheid is dat ik verliefd op je ben sinds het moment dat we elkaar ontmoetten. En ik ben het zat om te doen alsof dat niet zo is.'

Een snik blijft in mijn keel steken en jaren van opgekropte

emotie dreigen me te overweldigen. Naast me straalt Chloe, haar gezicht gloeiend van vreugde.

'Het werd tijd, pap', zegt ze, haar toon plagend maar haar ogen stralend van genegenheid. 'We hebben erop gewacht tot je het eindelijk snapte.'

Dan lacht, een geluid van puur, ongeremd geluk. Hij opent zijn armen, en Chloe en ik vallen erin, met zijn drieën klampen we ons aan elkaar vast terwijl het publiek uitbarst in gejuich en gejoel.

Ik hoor het applaus alsof het onderwater is, een ver gedonder dat nauwelijks doordringt. De lichten boven ons zijn warm, goudkleurig, en plotseling voelt deze plek niet meer als het verhaal van iemand anders. Het voelt als een podium dat we voor onszelf hebben opgeëist. Voor iets ongeschrevens. Iets echts.

Met zijn drieën staan we daar, elkaar stevig vasthoudend, terwijl het studiopubliek opstaat voor een staande ovatie. Er is geen droog oog meer in de zaal. De lucht is geladen met een elektriciteit die niets te maken heeft met de felle podium-lichten.

Op dat moment valt al het andere weg. De camera's, de crew, de nieuwsgierige toeschouwers – niets ervan doet ertoe. Het enige dat bestaat, zijn wij drieën, eindelijk, gelukkig heel.

'Ik hou van je', zeg ik tegen Dans borst, mijn tranen maken zijn shirt nat. 'Ik hou zo ontzettend veel van je.'

Hij kust de bovenkant van mijn hoofd, zijn armen sluiten zich strakker om ons heen. 'Ik hou ook van jou', zegt hij. 'Van jullie allebei. Voor altijd en eeuwig.'

En daar, in de warmte van onze omhelzing, voel ik een stukje van mijn hart op zijn plaats vallen. Een stukje waarvan ik niet eens wist dat het ontbrak.

We hebben een lange weg voor ons, dat weet ik. Wat pijn en misverstanden om uit te pakken, wonden om te helen en bruggen om te herstellen.

Maar voor nu, op dit perfecte, stralende moment, doet dat er allemaal niet toe. Het enige dat telt, is dat we samen zijn.

De regisseur gooit gefrustreerd zijn handen in de lucht, zijn gezicht een masker van ongeloof. Ik vang een glimp op van hoe hij wild naar de crew gebaart, maar de cameramannen grijnzen alleen maar en blijven filmen, hun lenzen op ons gericht alsof we het meest fascinerende zijn wat ze ooit hebben gezien.

En misschien zijn we dat ook wel.

Misschien is dit moment, deze rauwe, ongeschreven vertoning van liefde en vergeving, het meest echte dat ooit op dit podium heeft gestaan.

Jarenlang geloofde ik dat succes opoffering betekende. Dat je ofwel iets kon opbouwen, ofwel iets kon voelen, maar nooit allebei. Maar misschien is het echte werk wel kiezen voor mensen, kiezen voor liefde, zelfs als het doodeng is. Misschien hoef ik niet te kiezen tussen heel zijn en gedreven zijn. Misschien kan de persoon die ik aan het worden ben beide zijn.

Ik zie ons beeld afgespeeld worden op de studiomonitors. Zullen ze dit uitzenden naar kijkers in het hele land? De PR-directeur uit de grote stad, in de armen van een alleenstaande vader uit een klein stadje en zijn dierbare dochter.

Het is niet het verhaal dat ik voor mezelf zou hebben geschreven.

Maar terwijl het applaus van het publiek aanhoudt, en Dan en Chloe zich een beetje terugtrekken om met identieke waterige glimlachen naar me te stralen, realiseer ik me dat het een beter verhaal is dan ik me ooit had kunnen voorstellen.

We staan daar samen en koesteren ons in de warmte van het moment. De studio vervaagt, het publiek, de camera's, alles.

Op dit moment zijn alleen wij er nog.

De stem van de regisseur komt boven het rumoer uit en

roept om een 'cut'. De betovering wordt verbroken, de realiteit stroomt terug, maar de gloed van het moment blijft hangen.

Ik knipper met mijn ogen en neem de zee van gezichten in me op, het applaus dat nog steeds door de studio galmt. Honderden ogen zijn op ons gericht, sommige vochtig van emotie, andere wijd van verbazing.

'Nou, mensen', grinnikt de assistent-regisseur, terwijl hij het podium opstapt, 'dat stond niet in het script, maar ik wou eigenlijk van wel.'

Gelach rimpelt door het publiek, warm en goedaardig. Ik voel mijn lippen in een glimlach krullen, een bel van vreugde zet uit in mijn borst.

'Als u het niet erg vindt, we hebben een aflevering te filmen.'

## DRIEËNTWINTIG

De sfeer in het Ogunquit Playhouse is elektrisch als Dan en ik door de deuren naar binnen gaan. Drommen opgewonden ouders en kinderen vullen de foyer, kletsend en lachend.

'Wauw, wat een opkomst!' zegt Dan met grote ogen terwijl hij alles in zich opneemt. 'Chloe zal het fantastisch vinden dat we haar komen aanmoedigen.'

Ik knik, glimlachend bij de gedachte. 'Ze heeft hier zo hard voor gewerkt.'

Terwijl we ons een weg banen door de menigte op zoek naar onze plaatsen, voel ik mijn telefoon in mijn tas trillen. Ik vis hem eruit en zie de naam van Jonathan Harcourt op het scherm verschijnen. Mijn maag krimpt ineen. Wat zou hij nu in hemelsnaam willen, net nu ik op het punt sta Chloes grote moment te zien?

Ik aarzel, mijn duim zweeft boven de opneemknop. Dan merkt het op en trekt vragend een wenkbrauw op. 'Alles goed?'

Ik druk op 'negeren' en laat de telefoon terug in mijn tas vallen. 'Het is niets dat niet kan wachten. Vanavond draait het om Chloe.'

Maar zelfs terwijl ik het zeg, voel ik de schim van mijn

oude instincten opspelen. Het deel van mij dat nooit een telefoontje onbeantwoord liet. Dat eigenwaarde afmat aan reactiesnelheid en oplostijden. Jarenlang heb ik mijn werk elk hoekje van mijn leven laten binnendringen als een langzaam lek, totdat het alles wat ik persoonlijk had kunnen opbouwen, had uitgehold.

Niet vanavond.

Vanavond ben ik geen marketeer, strateeg of merkfluisteraar. Ik ben niet de vrouw die op jacht is naar bevestiging in directiekamers en bij rebrandingprojecten. Ik ben gewoon Rachel. Iemand die het geluk heeft hier te zijn, op deze avond, op deze stoel, en op het punt staat een meisje van wie ik ben gaan houden iets buitengewoons te zien doen.

Het is een vreemd gevoel, dit gevoel van heelheid. Vreemd, maar welkom. Alsof ik in een versie van mezelf stap waarvan ik niet wist dat ik die miste. Een die aanwezigheid verkiest boven prestatie. Een die begrijpt dat soms, de belangrijkste deal die je ooit sluit... er simpelweg in bestaat om er te zijn.

En ik ga er helemaal voor.

Terwijl we op onze stoelen gaan zitten, kijk ik om me heen naar de gezichten van alle andere trotse ouders, grootouders en broers en zussen. De liefde en steun in deze zaal is voelbaar.

De lichten dimmen en er valt een stilte over het publiek. De fluwelen gordijnen gaan open en een enkele schijnwerper verlicht het podium. Daar, in het midden, staat Chloe. Ze ziet er zo zelfverzekerd en beheerst uit, haar middernachtblauwe jurk glinstert in het licht van de schijnwerpers.

Als de eerste noten van haar lied de zaal vullen, voel ik Dans hand de mijne vinden, onze vingers verstrengeld. Chloes stem klinkt zuiver en krachtig, de melodie wikkelt zich om ons heen als een warme omhelzing.

'Ze is ongelofelijk', zegt Dan, zijn stem vol emotie.

Ik knik, omdat ik mezelf niet vertrouw om iets te zeggen.

Tranen prikken achter mijn ogen terwijl ik zie hoe Chloe haar hart en ziel in elk woord legt, en al het andere vervaagt. De stress van het vanuit het niets opzetten van een nieuw bureau, de druk om mijn allerbeste werk voor Harcourt Foods te leveren, het constante gezoem van mijn telefoon, het gewicht van de verwachtingen. Het enige wat telt, is het mooie, dappere meisje op dat podium en de man naast me.

Als Chloe de laatste, hoge noot raakt, springen Dan en ik op, ons gejuich mengt zich met het daverend applaus dat losbarst vanuit het publiek.

Trots golft door me heen, zo hevig en overweldigend dat het fysiek voelt. Ik werp een blik op Dan. Zijn ogen zijn op Chloe gericht, ontzag en trots in elke lijn van zijn gezicht gegrift. Hij is niet meer dezelfde man die per ongeluk mijn motelkamer binnenstormde. Hij heeft nu iets zachts, een zekere vrede. En ik vraag me af of hij de verandering in mij ook ziet. Ik vraag me af of hij het voelt – die subtiele maar seismische verschuiving in hoe ik de wereld zie.

Ooit zou ik Chloes optreden hebben bekeken door een lens van prestatie-indicatoren: hoe goed haar stem droeg, hoe haar podiumprésence op video zou overkomen, hoe de jury haar zou beoordelen. Nu zie ik alleen haar moed. De manier waarop ze voor honderden vreemden staat en het waagt om gezien te worden.

Ik voel iets in me openbreken, wijd en teder. Want misschien is dat wat liefde echt is – geen groots gebaar of een verklaring voor een studiopubliek. Misschien is het dit. Naast iemand zitten die je helpt te zien wat echt belangrijk is. Juichen voor een meisje dat je genoeg vertrouwde om je in haar leven toe te laten.

En zomaar, weet ik het: ik ben hier niet alleen om getuige te zijn van een optreden. Ik ben hier om getuige te zijn van een transformatie. De hare. De mijne. De onze.

'Kom op, Chloe!' roept Dan, zijn gezicht vertrokken in een grijns die wedijvert met de schijnwerper.

Chloe maakt een buiging, haar ogen scannen het publiek tot ze ons vinden. Haar glimlach is stralend, gevuld met de pure, ongeremde vreugde van een droom die uitkomt. In die glimlach zie ik een weerspiegeling van de vrouw die ze zal worden: sterk, veerkrachtig, haar passies najagend met roekeloze overgave.

Ik leun tegen Dans zij, zijn arm slaat zich om mijn schouders. 'Ben je nu bijgedraaid wat de jurk betreft?' vraag ik.

'Jazeker', stemt hij in en drukt een kus op mijn slaap. 'Je had gelijk. Ze is geen kind meer. Ze ziet er fantastisch uit.'

'En word je er niet nerveus van?'

'Maak je een grapje? Ik ben doodsbang.'

Ik draai me volledig naar Dan toe, mijn hand rustend op zijn borst. Zijn hart klopt met een vast ritme onder mijn handpalm, zo constant en zeker als de man zelf. Zijn ogen, zo vaak op hun hoede, soms zelfs getekend, zijn nu open en warm, en weerkaatsen de podiumlichten als sterren.

'Dank je wel', zeg ik, mijn stem amper hoorbaar boven het aanhoudende applaus. 'Dat je me in je leven hebt uitgenodigd, in het leven van Chloe. Ik wist tot nu toe niet hoe hard ik jullie beiden nodig had.'

Dans hand bedekt de mijne, zijn duim strijkt over mijn knokkels. 'Dank je wel dat je hier bent, dat je ons ziet. Dat je voor ons kiest.'

Dan opent zijn mond, alsof hij nog iets wil zeggen, maar in plaats daarvan trekt hij me dichter tegen zich aan. Het gebaar zegt alles. Veilig. Standvastig. Hier.

Even laat ik het echt tot me doordringen: de zwaarte van gekozen worden, van terugkiezen. Het is makkelijk om voor lief te nemen dat liefde chaotisch zal zijn, zoals die waarover we lezen in films en romans. Maar dit, deze stille, constante aanwezigheid, is het soort liefde dat een leven opbouwt. Dat je overeind houdt als al het andere tollend is.

Ik druk mijn wang tegen zijn schouder en sluit mijn ogen, mezelf toestaan te geloven in de simpele schoonheid van deze avond. De podiumlichten, de muziek die nog steeds in mijn borstkas nagalmt, Chloes triomf die nog steeds als een donderslag door het publiek weerklinkt.

Als ik Harcourts telefoontje had beantwoord, zou ik waarschijnlijk tot over mijn oren in de details zitten, bezig met deadlines en leveringen. Maar dat heb ik niet gedaan. Ik ben hier. En de versie van mij die leert om in het heden te leven, om volledig lief te hebben, is meer dan in staat om een bureau te leiden *en* er te zijn voor de mensen van wie ze houdt.

Ik geef niet op wie ik was. Ik maak alleen ruimte voor wie ik ben geworden.

Terwijl het applaus eindelijk begint weg te ebben, gaan Dan en ik weer zitten, onze handen nog steeds verstrengeld. Op het podium stapt de ceremoniemeester naar de microfoon, klaar om de volgende artiest aan te kondigen. Maar mijn aandacht is volledig bij de man naast me, bij de toekomst die voor ons ligt, stralend en grenzeloos.

Wat er ook komt, welke uitdagingen er ook in het verschiet liggen, ik weet dat we ze samen zullen aangaan. Een gezin, in elke betekenis van het woord.

'Waar denk je aan?' vraagt Dan, dichtbij leunend zodat ik hem boven de muziek kan horen.

Ik schud mijn hoofd, een zachte lach ontsnapt aan mijn lippen. 'Ik ben gewoon gelukkig.'

Ik leun met mijn hoofd op zijn schouder en neem de geur van zijn eau de cologne in me op, de warmte van zijn aanwezigheid. Op het podium haalt de artiest een hoge noot, zijn stem zweeft over het publiek. En terwijl de menigte opnieuw in applaus uitbarst, klap ik mee, mijn hart barst bijna uit zijn voegen van geluk.

Als het applaus wegebt, betreedt de ceremoniemeester opnieuw het podium, zijn stem schalt door de luidsprekers. 'Was dat niet ongelofelijk, mensen? Het talent dat we vanavond hebben gezien, is werkelijk uitmuntend!'

Ik knik instemmend, mijn blik nog steeds op het podium

gericht. Naast me leunt Dan naar voren, zijn ellebogen op zijn knieën rustend terwijl hij met gespannen aandacht toekijkt.

Terwijl de laatste artiest het podium verlaat en het applaus overgaat in een gonzend geroezemoes, ontstaat er een soort eerbiedige drukte in de zaal. Mensen schuiven op hun stoel, programma's ritselen, iemand achter ons slaakt een angstige zucht. Ik kijk de zaal rond en merk de nerveuze energie op die in de lucht hangt: een mix van anticipatie, hoop en trots. Dit is niet zomaar een schoolevenement. Voor deze kinderen is het een kans om gezien te worden, om te stralen.

Dan leunt iets dichterbij, zijn stem zacht. 'Denk je dat ze nu zenuwachtig is?'

Ik glimlach. 'Misschien een beetje. Maar ze is voorbereid. Ze heeft die stille vastberadenheid, het soort dat je besluipt en dan het dak eraf blaast.'

Hij grinnikt. 'Vraag me af van wie ze dat heeft.'

Ik rol met mijn ogen, maar kan mijn grijns niet verbergen.

'En nu, het moment waar we allemaal op hebben gewacht', vervolgt de ceremoniemeester met een ondeugende blik in zijn ogen. 'Het is tijd om onze winnaars bekend te maken!'

De spanning is om te snijden, een collectief ingehouden adem terwijl iedereen wacht op het oordeel. Ik merk dat ik Dans hand steviger vastpak, mijn hart racet in mijn borst. Wat er ook gebeurt, Chloe heeft de staatsfinale gehaald. Een enorme prestatie en ik hoop dat ze daar trots op is. Dat gezegd hebbende, vind ik haar optreden zo goed dat het meer verdient.

'Op de derde plaats hebben we... Mia Johnson van Lewiston High School!'

Een tenger meisje met ingevlochten haar springt het podium op, haar gezicht vertrokken in een grijns terwijl ze haar trofee in ontvangst neemt. Het publiek juicht, een golf van steun en bewondering overspoelt de zaal.

'En op de tweede plaats... Liam Nguyen van Oakridge High School, Bangor!'

Een jongen met een rode strik betreedt het podium, zijn stappen afgemeten en zelfverzekerd. Hij schudt de hand van de ceremoniemeester en houdt zijn trofee hoog terwijl het publiek applaudisseert.

'En nu, het moment van de waarheid. Onze winnaar van de eerste plaats, die doorgaat naar de nationale competitie en de geweldige staat Maine zal vertegenwoordigen in New York City...'

De stilte lijkt een eeuwigheid te duren, de spanning bouwt zich met elke seconde op. Mijn been trilt van nerveuze opwinding, mijn vrije hand klemt zich vast aan de armleuning.

'Chloe Rhodes van Ellesbec High School, Portland!'

De wereld barst los in een waas van geluid en beweging. Ik sta op mijn voeten, juichend tot mijn keel schor is, terwijl de tranen van blijdschap over mijn wangen stromen. Op het podium staat Chloe, lang en trots, haar ogen stralend als ze haar trofee en een gigantische bos bloemen in ontvangst neemt.

Dan trekt me in een stevige knuffel, zijn eigen wangen vochtig van emotie. 'Het is haar gelukt, Rachel. Het is haar echt gelukt.'

Ik knik tegen zijn schouder, te geëmotioneerd om te spreken. Op dit moment voelt alles goed, alles voelt perfect. De toekomst strekt zich voor ons uit, stralend en vol belofte.

De zaallichten gaan aan en de zaal gonzend van opgewonden geklets terwijl mensen naar buiten beginnen te lopen.

Ik draai me naar Dan, mijn hart racet nog steeds van de adrenaline. 'Laten we onze superster gaan feliciteren!'

Hij grijnst, de rimpels bij zijn ogen verraden zijn plezier. 'Leid de weg.'

We banen ons een weg door de menigte en wisselen glimlachen en high-fives uit met de andere trotse ouders en supporters. Backstage is het een wervelwind van activiteit, met artiesten die zich haasten om zich om te kleden en hun spullen te verzamelen.

En dan, daar is ze. Chloe, haar gezicht rood van triomf, haar trofee stevig tegen haar borst geklemd. Ze ziet ons en slaakt een gil van verrukking, en rent naar Dan toe om haar armen om hem heen te slaan.

'Pap! Rachel! Hebben jullie het gezien? Ik heb gewonnen!'

Dan tilt haar van de grond en draait haar in het rond. 'We hebben het gezien, schat. Je was ongelofelijk daarboven. Ik ben zo, zo trots op je.'

Ik trek ze beiden in een knuffel, mijn stem vol emotie. 'Dat zijn we allebei, Chloe. Je schitterde als een ster vanavond.'

Ze straalt naar ons, haar ogen fonkelen. 'Ik had het niet zonder jullie gekund. Zonder jullie allebei.'

Terwijl we de koele nachtlucht in lopen en Chloe opgewonden kletst over de aanstaande nationale finale, schuif ik mijn hand in die van Dan. Hij knijpt er zachtjes in en ik voel de warmte zich door me verspreiden; niet alleen door mijn vingers, maar dieper, tot in de stille delen van mezelf die voorheen zo onzeker, zo onvolledig voelden.

Er is nu geen fanfare. Geen publiek dat toekijkt. Alleen wij drieën onder een met sterren bezaaide hemel in Maine, onze adem zichtbaar in de koude lucht, de geur van zout en dennen die door de wind wordt meegevoerd. Chloe loopt een paar passen voor ons uit, haar trofee bungelend aan haar zij, al neuriënd wat haar volgende lied zou kunnen zijn. Dans arm glijdt om mijn middel en we lopen in hetzelfde tempo zonder iets te hoeven zeggen.

En ik weet, met absolute zekerheid, dat ik thuis ben. Niet vanwege waar ik ben, maar vanwege met wie ik ben. De liefde kwam niet zoals ik had verwacht: niet luid, niet dramatisch, maar stilletjes, volhardend, totdat het het fundament onder mijn voeten werd.

We hoeven geen applaus na te jagen. We hebben iets beters. We hebben elkaar.

Morgen komt er weer, vol deadlines, logistiek en to-dolijstjes. Maar vanavond, onder deze sterren, heb ik alles wat ik nodig heb.

# Middernachtelijke Ontmoeting

Op de spoedeisende hulp redden ze levens.
Na werktijd redden ze misschien elkaar...

alia smith

EEN

LILY

'De bloeddruk keldert, dr. Harper', stelt Patty vast met de urgentie van iemand die een boodschappenlijstje opleest.

Mijn hartslag is het enige in deze kamer dat geen vlakke lijn vertoont. Het bloed vormt een plas op de tafel. De monitoren krijsen alsof ze ons bespotten. Het enige wat luider is, is het gezoem in mijn hoofd.

'Laten we dan geen tijd verspillen', antwoord ik met een vaste stem. In mijn uitgestoken hand ligt een klem klaar. Een scharlakenrode spetter, een trilling en een arts-assistent chirurgie die op het punt staat als een oudbakken cake in elkaar te storten. 'Als u nog een keer aarzelt, ligt u eruit. Focus.' Als ik het maar vaak genoeg zeg, doet een van ons het misschien ook daadwerkelijk.

De arts-assistent hapert. Mijn instinct neemt het over voordat hij de kans krijgt nog meer te verprutsen. Ik grijp het instrument en neem de leiding. Methodisch. Meedogenloos.

'Afzuigen', snauw ik, en verleg mijn focus naar de volgende stap. Uren vervagen in mijn gedachten. Minuten veranderen in door bloed doordrenkte seconden. De borstkas van de patiënt ligt wijd open. Ik staar in de wond en vraag me af wat me eerder de kop zal kosten: de druk of het slaapgebrek.

'Klem, klem, klem', herhaal ik. Ik krijg een tunnelvisie terwijl ik de chaos om me heen negeer. De monitoren, het bloed, het falen, alles verdwijnt naar de achtergrond. Ik lokaliseer de bron van de bloeding, vind de zwakke plek. Handen stabiel. Geest scherp. Nog vijf seconden en het is voorbij.

De vitale functies van de patiënt kelderen verder.

'Dit had tien minuten geleden al moeten gebeuren.' Weer Patty, alsof ik me daar niet bewust van ben.

Alsof ik me niet al hyperbewust ben van alles sinds ik deze kamer binnenliep. Het gezoem in mijn hoofd is nu een kettingzaag, die alles behalve mijn hartslag overstemt. Geen verdoving nodig; ik ben uit mezelf al volledig verdoofd geraakt.

'We verliezen hem.' Een stem, een trilling, een twijfel aan mijn kunnen.

Nee.

'We verliezen hem niet!'

Focus. Klem. Focus. Klem.

Mijn handen vliegen door een dozijn instrumenten. Scalpel. Pincet. Hechtdraad. Ik stop niet om te zien welke. Geen tijd voor een bloedtransfusie. Geen tijd voor hun getwijfel. Ik kan deze week niet nog een patiënt verliezen. Niet zo. Niet door een arts-assistent chirurgie die het niet kan bijbenen. Ik voel mijn uitputting me tarten, me uitdagen te falen, en ik snoer haar de mond met precisie.

'De bloeddruk komt terug', zegt Patty, zachter deze keer.

Ik hecht de wond dicht, tel drie rustige ademhalingen, wacht tot de borstkas uit zichzelf omhoogkomt. Dat doet hij.

'Goed werk, dokter.'

De stilte zou geruststellend moeten zijn, maar het is een herinnering aan hoe luid mijn falen een minuut geleden was. Ik overzie het bloederige slagveld om me heen en let op het bloedbad op de operatietafel en vooral op de vloer.

'Geluk dat hij niet is doodgebloed', voegt Patty eraan toe,

terwijl ze me het dossier overhandigt en de dingen benoemt zoals ze zijn. 'Dat was een helse rotzooi.'

'We hadden het onder controle', antwoord ik. Haar ogen zeggen dat we allebei weten wat 'het' is. Het woord hangt tussen ons in als een vraag.

Eén crisis bezworen, nog honderd te gaan. Ik stroop mijn handschoenen af en gooi ze in de prullenbak. 'Het zal niet nog een keer gebeuren.'

'Er komen meer patiënten binnen van hetzelfde ongeluk. Het wordt een lange nacht', waarschuwt Patty. 'Ben je van plan pauze te nemen, of ga je doorwerken alsof je een doodswens hebt?'

Ik negeer de opmerking, de bezorgdheid, de afgelopen twintig uur. 'Als je een vrije OK ziet, laat het me weten.' Ik vang de blik van de arts-assistent chirurgie. Laat hem met één blik weten dat zijn lot bezegeld is. 'Aarzel niet nog een keer', herinner ik hem eraan terwijl we ons uitschrobben.

De gang is koud en felverlicht, wat het makkelijker maakt om te doen alsof ik wakker ben. Ik kan me niet herinneren wanneer ik voor het laatst heb geslapen. Mijn voeten dragen me in twee richtingen, naar de wachtruimte voor de familie en naar weer een dienst van twaalf uur.

De familie zit in een cluster van paniek, half ineengezakt in stoelen met doorweekte zakdoekjes en betraande gezichten. Ik ken het type. De hysterische. De overdreven dankbare. Degenen die nemen en nemen en nemen tot er niets meer over is dan slaapgebrek en spijt. De vrouw van de patiënt klemt zich vast aan de arm van haar dochter en gebruikt die als zakdoek. Haar snikken vullen de hele kamer. Haar ademhaling is zwaar.

'Het komt goed met hem, mam', zegt de dochter. Ze ziet er zestien uit, en is totaal niet overtuigd door haar eigen woorden. 'Ze hebben dit onder controle. Toch?'

Ik sta op anderhalve meter afstand en ze zijn al aan het vissen naar hoop.

'Mevrouw Martin?', vraag ik, terwijl ik naar het dossier kijk alsof ik het niet uren geleden al uit mijn hoofd heb geleerd. Alsof ik niet elk detail achter mijn ogen getatoeëerd heb staan.

De vrouw tilt haar hoofd op, opgezwollen en rauw, haar ogen stralen opluchting uit. 'O, God', zegt ze, terwijl ze de dochter harder vastklampt en mijn gezicht afspeurt naar antwoorden. Naar meer dan antwoorden. Naar geruststelling en dingen die ik niet heb. 'Is hij in orde?'

'De operatie is goed verlopen', zeg ik in plaats daarvan, en laat me in een stoel tegenover hen vallen. Mevrouw Martin schuift dichterbij en negeert mijn poging om dit klinisch te houden. 'We hebben de bron van de bloeding gevonden en hem gestabiliseerd.' Mijn stem is gelijkmatig. 'Hij ligt stabiel op de IC.'

Tranen wellen opnieuw op en verzamelen zich in de ooghoeken van de vrouw, als het bloed op mijn OK-tafel. 'Dank u. Dank u, dank u, dank u.' Elk woord klinkt als een snik. Alsof ze teleurstelling gewend is. Alsof ze had verwacht dat ik zou falen.

Ze beginnen te stromen, een dijk die doorbreekt, een rivier van opluchting. De vrouw werpt zich op me met de roekeloze wanhoop van een patiënt met ventrikelfibrilleren.

Ik ben snel met hechten. Ik reageer traag.

Mijn ledematen verstijven. Mijn ademhaling stokt. Ik sta als een idioot met haar armen om me heen geklemd.

Mijn hart weet precies hoeveel slagen per minuut dit ongemak is. Ik beweeg niet. Ik adem niet. Ik negeer de beklemming in mijn borst. Ze houdt me vast alsof ik haar leven red, maar het enige wat ik voel is falen dat langs mijn ruggengraat omhoog kruipt.

Dit is het ergste wat ik heb meegemaakt sinds het blindedarmincident van 2018. Ik had nooit kunnen voorzien hoe hard de klap zou zijn.

Ik slik moeizaam, doorloop een emotionele checklist en kom met lege handen terug. Ik moet iets zeggen. Wat dan ook.

Een hele zin. Maar het enige wat eruit komt is: 'Het is mijn werk.'

Ik ben de minst menselijke mens die ze ooit hebben gezien.

Mevrouw Martin laat me los en zakt in de armen van haar dochter, waar de dankbaarheid iets meer verdiend voelt. Ik trek me in plaats daarvan terug, wrijf over mijn nek waar ik het contact nog voel. De warmte. Het falen.

'U weet zeker dat het goed met hem gaat?' Deze keer de dochter, hoopvol en verdrietig en twee seconden verwijderd van de ontdekking dat ik niets anders te bieden heb dan medische updates.

'We hebben de bloeding onder controle', herhaal ik, en schakel op de automatische piloot over op klinisch. 'U kunt bij de IC informeren.' De woorden vullen de stilte.

'Hij is stabiel', verzeker ik hen. De subtekst: ik niet.

Mevrouw Martin huilt in het haar van haar dochter. Het is een teder, stil tafereel waar mijn maag van omdraait alsof ik een virus heb ingeslikt. Het is het soort verbinding dat ik niet kan verwerken, dus ontleed ik het maar. Ik breek het op in kleine, beheersbare delen. Ik weet hoe dicht ik bij falen was. Zij niet.

'Dank u', zegt de dochter. 'Heel erg bedankt.'

Ik sta op en deins achteruit, stijf, me bewust van de puinhoop die ik heb achtergelaten. Mijn ruggengraat is stijver dan die van een lijk. De familie is een waas als ik me uit de voeten maak. Hun opluchting is te luid. Het maakt me ongemakkelijk. Het laat me voelen.

Ik doe alsof ik het niet hoor.

Ik pauzeer in het trappenhuis en laat de koude muur in mijn rug bijten, laat het me eraan herinneren dat ik een chirurg ben, geen mislukkeling. Er is een klein stemmetje in mijn hoofd dat verdacht veel klinkt als mijn vader, dat me vertelt dat het verschil tussen die twee flinterdun is. Ik sluit hem buiten, sluit alles buiten. Echo's van de afgelopen vierentwintig uur kaatsen tegen de muren en wikkelen zich om mijn nek. De onzekerheid van alles, behalve mijn uitputting.

Mijn lichaam doet pijn als een overbelaste spier. Mijn geest is erger aan toe, vol met ruis en bloedverlies. De adrenaline is verdwenen en ik voel elke seconde van de afgelopen dienst, twintig uur op elkaar gestapeld. Ik laat me langs de muur naar beneden glijden, zo ver als mijn trots toelaat, tot ik op de trap zit met mijn hoofd in mijn handen en de uitputting me inhaalt.

Gelach echoot door het trappenhuis, gedempt en ver weg en bedoeld voor mensen met een leven buiten deze muren. Het is een gesprek waar ik nooit deel van zal uitmaken, stemmen uit een andere wereld. Mijn hoofd is zwaar, maar het schakelt nooit uit. Het zoemt en neuriet en vertelt me dat rust is voor mensen die niets te bewijzen hebben.

Als mijn ouders me nu konden zien, ineengezakt op de trap, zouden ze zeggen dat ik een teleurstelling was. Ze zouden zeggen dat ik het lef of de gedrevenheid niet had. En ze zouden gelijk hebben. Dat heb ik niet. Niet vandaag. Niet zo.

De kou van de betonnen vloer trekt door mijn operatiekleding en tot in mijn botten. Ik sluit mijn ogen, maar dat is een fout, want het enige wat ik zie zijn de beelden die ik diep heb proberen weg te stoppen: het auto-ongeluk, het bloed, het kind dat bijna zijn vader verloor omdat ik had geaarzeld.

Het zal niet nog een keer gebeuren.

Mijn ogen schieten open. De steriele witte muren komen op me af. Mijn pols bonst in mijn oren.

De vrouw. De knuffel. De ongemakkelijke, gewrongen woorden die me een hulpelozer gevoel gaven dan een mislukte ingreep. Waarom moeten mensen de dingen zo verdomd rommelig maken? Mijn borstkas vernauwt zich en ik wil wegrennen, maar de vermoeidheid heeft andere plannen.

Dit is waarom ik mezelf niet laat nadenken.

Als je jezelf met hechtingen bij elkaar houdt, begin je te ontrafelen op het moment dat je stopt met bewegen.

De deur van het trappenhuis kraakt open en laat twee jonge arts-assistenten binnen, opgewekt en lachend alsof de laatste dienst een eitje was. Misschien was het dat ook voor hen. Misschien zal het dat altijd zijn. Ze lopen vlot langs me heen zonder me op te merken. Ik zou dankbaar moeten zijn. Als ze me onderuitgezakt op de trap zagen, zouden ze weten hoe dicht ik bij instorten was.

Ik leun met mijn hoofd naar achteren en staar naar het plafond, het geklop in mijn schedel en het kleine, hardnekkige deel van mij dat zegt dat dit niet vol te houden is, negerend.

'Pannenkoeken en wafels?', zegt een van hen, alsof hij niet kan geloven dat zoiets bestaat.

'Een kampioenenontbijt', antwoordt de ander. 'Reken op mij.'

Ik probeer niet bitter te zijn. Ik probeer mezelf ervan te overtuigen dat ik dat soort vrijheid, dat soort onthechting niet wil. Dat ik hiervoor heb gekozen, en dat ik het opnieuw zou kiezen.

'Gaat u mee, dr. Harper?' Een van de arts-assistenten stopt en kijkt op me neer. Hij moet me niet zo goed kennen. Hij moet niet weten dat ik een spook ben, dat op deze plek rond- dwaalt zonder nog te weten waarom.

Ik ben geneigd te snauwen. Ik ben geneigd iets wreeds te zeggen, zoals: 'Als je tijd hebt voor ontbijt, ben je geen echte dokter.'

Maar ik verras mezelf. De aarzeling is een vreemd gevoel, een onbekende steek in mijn borst.

'Misschien de volgende keer', zeg ik. Heel even weet ik niet meer wie ik ben.

De arts-assistenten vertrekken en ik luister naar hun verva- gende voetstappen, luister naar hun gemakkelijke gelach terwijl ze de deur van het trappenhuis op een lagere verdie- ping openduwen en in de wereld verdwijnen. Hun geluk is een echo, een hol geluid dat in mijn oren klinkt en me vermoeider maakt dan ooit.

Ik herpak mijn adem, mijn polsslag, mijn kalmte. Ik recht mijn schouders, duw mezelf overeind en verdring de vermoeidheid. Dit is hoe het moet zijn. Dit is wat ervoor nodig is.

Het is niet fraai, maar het is stabiel.

Ik duw de deur open en laat hem met een besliste klap dichtvallen.

# TWEE

## NOAH

Het bloed gutst eruit als in een slechte horrorfilm, een overdreven fontein van bloed en ellende. Ik tel zes hartslagen op de monitor — de een nog langzamer dan de ander — voordat het met die vent gedaan is, en ik ben niet van plan om ook maar één hartslag te verspillen. Vandaag niet.

'Noah, we verliezen hem', roept verpleegster Patty. Ze is er een van het kaliber 'niet lullen maar poetsen', wat verklaart waarom ik haar zo mag.

Ik werp een blik op het groentje, die op het punt staat zijn uniform te bevuilen.

'Moeten we niet op dr. Patel wachten?', vraagt hij met overslaande stem, maar ik trek al gehaast mijn handschoenen aan. 'Als we wachten, is hij dood.' Ik ben niet het type dat afwacht.

De slagader van die vent is opengesneden en zijn bloed vormt rode plasjes rond de wielen van de brancard. Zo'n bloeder hebben we sinds oudejaarsavond niet meer gezien — het soort wond dat je oploopt door whiskyflessen en keuen, niet de meer alledaagse steekpartijen.

Verpleegster Patty trekt een nieuw pak gaasjes open en werpt me een blik toe die zowel 'je bent knettergek' als 'schiet op' zegt.

'Hij crasht, Noah!', schreeuwt ze, terwijl ze bevelen blaft en de arts-assistent een elleboogstoot geeft om af te zuigen.

De monitors vertellen me dat ik geen enkele foutmarge heb. Geen ruimte voor iets anders dan een onregelmatige polsslag en een dalende bloeddruk. Een hartslag die alleen memorabel is omdat hij razendsnel keldert. Daarom denk ik geen twee keer na over de thoracotomie of over de problemen die ik ermee op mijn hals haal. Instincten zoals de mijne kun je niet aanleren, maar je kunt er wel flink voor op je kop krijgen als je ze gebruikt. Ik snijd met het mes zuiver in zijn borst en voel een lichte huivering als mijn hand de ribbenkast raakt. Het groentje wordt nog bleker.

'Gaan we dit echt doen?', vraagt hij, voornamelijk aan zichzelf, terwijl Patty haar handen al op de wond heeft. Ze houdt hem stabiel, houdt de situatie onder controle.

Ik weet beter dan te antwoorden. Ik focus me. De longen van de man zitten in de weg, zijn weefsel, spieren en vlees bieden weerstand. Het is alsof een anatomieboek op een zeer expliciete manier tot leven komt, en de jongen ziet eruit alsof hij op het punt staat over te geven. Ik wrik de ribben uit elkaar. Mijn gehandschoende hand vist in zijn borstkas, alsof ik op zoek ben naar de allerberoerdste prijs in een piñata.

Er zijn nu een paar seconden verstreken. Veel te veel.

'Negentig over veertig', roept Patty.

De arts-assistent houdt nog steeds zijn adem in, en ik sta op het punt om hem de lucht uit de longen te slaan als hij niet snel weer ademhaalt. 'En nu, dokter?', dringt Patty aan, zonder angst, alleen maar staalhard.

'Ik heb het onder controle', houd ik vol. Hoop ik.

Het orgaan is een slappe, paarsige massa van niks. Ik druk met mijn duim op de slagader en voel waar die is verknoopt, gescheurd en het wil opgeven.

Maar ik ben niet het opgevende type.

Dan: leven.

Het fladdert onder mijn vingers als een pasgeboren vogel-tje. Eén stoot. Twee. Dan een volledig ritme, en ik zweer dat het het allerbeste geluid is dat ik ooit heb gehoord. Beter dan vinyl. Beter dan oude gitaren. Een gestaag *boem-boem* van de ecg, dat de horrorshow uitwist. En even is er niets anders dan dit. De overwinning.

'Pols is honderdtien. De druk komt omhoog.' De monitor piept weer tot leven. Patty's mond trekt op tot iets wat door-gaat voor een grijns, en haar voldoening is bijna net zo goed als een bedankje. 'Niet slecht, dokter. Voor iemand die het alleen doet.'

Ik veeg mijn voorhoofd af met een bebloede pols en voel de spanning en adrenaline in elke vezel van mijn lichaam. 'Je kent me, ik ben dol op een goede afloop.'

Patty proest het uit. 'Dol op *iets*, ja.'

De arts-assistent krijgt weer wat kleur. Hij is nog steeds meer bang dan onder de indruk, maar hij komt er wel. De rest van het team haalt opgelucht adem. De sfeer in de kamer verandert van paniek in opluchting, de collectieve angst glijdt van ons af als een oude huid. Alleen het afzuigapparaat hijgt nog, het natte gespetter van bloed op de grond klinkt als regen. Ze hebben het allemaal gezien. Ze hebben allemaal gezien wat er gebeurt als ik te diep en te snel ga en er nog mee wegkom ook.

'Hij is stabiel. Laten we hem naar de OK brengen.' Patty neemt de leiding en duwt de brancard de deur uit, terwijl de rest van het personeel erbij staat alsof we net de laatste tien seconden van de Super Bowl hebben gezien. De meesten van hen weten nog steeds niet wat ze moeten zeggen als Noah Carter een traumageval kaapt, en dat is precies zoals ik het graag heb.

Voor nu, tenminste.

Want mijn feestvreugde duurt ongeveer net zolang als het

dr. Patel kost om binnen te komen waaien, een blik over het bloedbad te werpen en zijn ogen op mij te richten. Hij is onberispelijk. Ongehaast. Hij doorziet de hele situatie nog voordat ik de kans krijg om na te gloeien.

'Dr. Carter', zegt hij. 'Even spreken.'

De airco in het kantoor van dr. Ajay Patel staat zo laag dat ik mijn bloed voel verstijven. Als dit gesprek langer dan vijf minuten duurt, span ik een proces aan wegens bevriezingsverschijnselen. Het bureau is een kale woestenij, en Patels uitdrukkingen zijn al niet veel beter. Hij neemt niet de moeite om gedag te zeggen of te vragen of ik wil gaan zitten, hij komt gewoon meteen ter zake.

'Dr. Carter', begint hij zonder omhaal, 'u neemt zo'n beslissing niet zonder dat er een staflid aanwezig is.'

Hij is de koning van de regeltjes, en ik voel het protocolhandboek praktisch tegen mijn hoofd vliegen.

'Hij zou gestorven zijn', werp ik tegen, maar niet luid genoeg om te klinken alsof ik een poot heb om op te staan.

'Die beslissing is niet aan u', houdt Patel vol, zijn stem kortaf en steriel, net als de rest van zijn verdomde kantoor. Hij leunt achterover, met zijn armen over elkaar op een manier die mij ertoe aanzet om puur uit wrok hetzelfde te doen. 'U bent een arts-assistent, geen held.'

Mijn kaak trekt samen. Ik hoop dat het niet al te duidelijk is. 'Met alle respect, ik deed wat ik nodig achtte.'

Zijn ogen boren zich onophoudelijk in me, als een bijzonder vermoeiende CT-scan. Ik probeer nog steeds te ontdooien van de ijzige ontvangst, als hij de volgende klap uitdeelt.

'Dit is de laatste keer dat we dit gesprek voeren', stelt hij.

Het onuitgesprokene — *of anders...* — drijft tussen ons in als een ijsberg, en ik weet wanneer ik op het punt sta iets hards te raken. Het kost me alle zelfbeheersing om niet met mijn ogen te rollen of hardop te lachen. Niet omdat ik hem niet geloof, maar juist omdat ik dat wél doe. Patel is niet het type dat bluft. Sterker nog, hij is waarschijnlijk beledigd dat ik hem niet serieuzer neem.

'Begrepen', zeg ik, mijn woorden zo kort en scherp als ik ze kan maken.

Patel reageert niet. Zijn stilte spreekt boekdelen, waarvan de meeste de titel *U begeeft zich op verdomd dun ijs* dragen. Ik ben de deur uit en de gang op voordat de muren op me af beginnen te komen. Mijn hartslag is nog steeds hoog, nog steeds opgedraaid van de kick om er met gestrekt been in te gaan en ermee weg te komen. Bijna. Het enige waar ik een grotere hekel aan heb dan op mijn nummer gezet worden, is op mijn nummer gezet worden als ik weet dat ik gelijk heb, en het vreet me van binnen op.

'Patel ziet er kwaad uit', klinkt er een stem vanaf de verpleegpost. Marcus Young. Mijn compagnon, behalve dat hij nooit wordt gepakt en nooit een druppel zweet laat. Hij leunt tegen de balie, alsof het de normaalste zaak van de wereld is, en grijnst op een manier die me vertelt dat ik op het punt sta belachelijk gemaakt te worden. 'Hoe erg was het?'

Ik ga naast hem staan, probeer zijn nonchalante houding te evenaren, probeer de barst in mijn façade te vergeten die Patel vast en zeker gezien heeft.

'Had erger gekund.'

Hij schudt zijn hoofd met gespeelde ontzetting. 'Had beter gekund. Dus dat is, wat, je derde waarschuwing?'

'Vierde', verbeter ik hem, alsof het een erezaak is. 'Maar wie telt er mee?'

Marcus lacht, en het is een stevig, geruststellend geluid, als een warme deken over al die koude, klinische rotzooi. Hij geeft me een dossier om door te nemen en slaat me op de schouder.

'Jij', zegt hij. 'Althans, dat zou je moeten doen.'

Ik proest het uit, doe alsof het me niet kan schelen, maar het kan me meer schelen dan ik ooit zou toegeven. Het is elke keer hetzelfde liedje, en Marcus heeft me er vaak genoeg doorheen gesleept om het script uit zijn hoofd te kennen.

'Patel wil geen herhaling van vorig jaar, man. Je bent niet meer in New York. Houd je gewoon een tijdje gedeisd, oké?'

'Waar is de lol dan nog aan?', kaats ik terug, terwijl ik het dossier en zijn gezicht bestudeer. Hij is de enige die me de waarheid recht in mijn gezicht durft te zeggen, zelfs als hij weet dat ik toch niet luister. Zeker als hij weet dat ik toch niet luister.

We bevinden ons in het oog van de storm, verpleegsters rennen alle kanten op, klemborden vliegen in het rond, de dossiers stapelen zich op als achterstallige rekeningen, maar Marcus en ik staan stil in de chaos, verankerd.

Ik haal mijn schouders op, of probeer dat te doen. 'Zolang de patiënten in leven blijven, maakt het dan echt uit?'

Marcus' ogen zijn sympathiek, maar onvermurwbaar. Hij heeft dat hele 'opmerkzame beste vriend'-ding tot in de puntjes geperfectioneerd.

'Misschien niet voor jou', antwoordt hij, 'maar deze plek is geen sprookjesland, en jij bent niet de tovenaar. Ze spelen hier volgens andere regels.'

'Regels, regels', werp ik tegen, gespeeld dapper, terwijl ik de strakke knoop in mijn borst negeer. Die knoop raak ik nooit helemaal kwijt als iemand me op mijn nummer zet. Die knoop die Marcus zo klaar als een klontje kan zien. 'Het komt wel goed.'

Hij trekt een wenkbrauw op. 'Het gaat altijd goed, totdat het misgaat.'

Ik weet dat hij het goed bedoelt, maar het is meer dan ik nu aankan. Te veel waarheid, te veel realisme. Ik glimlach, een masker dat ik door de jaren heen heb geperfectioneerd.

'Je hebt gelijk, pa. Ik zal proberen de familienaam niet te schande te maken.'

Marcus lacht weer, dit keer luider. 'Te laat.'

En misschien is het dat ook wel. Misschien is het al veel te laat. Maar we lachen er tenminste nog om.

De zestienjarige skater die hierna op de lijst staat, heeft de bedremmelde uitdrukking van iemand wiens botten én trots zwaar gebroken zijn. Ik durf te wedden dat de trots het pijnlijkst is van de twee.

'Dude, ik denk dat ik hem heb gebroken', kreunt hij, terwijl hij wijst naar de opgezwollen ballon die ooit zijn hand was.

Ik heb net mijn eerste uitbrander van de week achter de rug, maar ik ben mijn talent voor omgang met patiënten en mijn sarcasme nog niet kwijt.

'Hoe kwam je daar nou achter?', vraag ik, terwijl ik zijn dossier bestudeer. 'Door de helse pijn of het feit dat je pols eruitziet als een krakeling?'

Hij kijkt me boos aan, de blik die elke tiener bewaart voor volwassenen die niet onmiddellijk erkennen hoe tragisch hun situatie is. 'O, je bent grappig.'

'De meeste mensen vinden van wel', kaats ik terug, een grijns die doorbreekt ondanks de blauwe plekken die Patels preek heeft achtergelaten. Ik geef zijn arm een zacht duwtje om de bewegingsvrijheid te controleren, en de jongen krimpt op dramatische wijze ineen.

'Raak ik hem kwijt?', vraagt hij, half bezorgd, half verwachtend dat ik hem ga vertellen dat hij nooit meer Xbox zal kunnen spelen.

'Je overleeft het wel', verzeker ik hem, terwijl ik een paar handschoenen aantrek. 'Maar misschien moet je je de volgende keer aan Tony Hawk houden?'

Hij lacht niet, maar ik zie zijn mondhoeken trillen. Weer een stoere bink gekraakt, met dank aan dr. Carter. De chaos in de kamer is anders dan voorheen, nog steeds druk maar het draait rustig door. Dit soort chaos kan ik met mijn ogen dicht aan. Ik voel zachtjes opnieuw aan de verminkte pols en kijk hem dan recht in de ogen.

'Klaar voor?', zeg ik, om er zeker van te zijn dat hij weet wat er gaat komen.

De tiener knikt, een daad van moed die welgeteld één seconde duurt voordat hij zijn ogen stijf dichtknijpt.

'Daar gaan we', zeg ik tegen hem, met vaste handen op de breuk. 'Drie, twee...'

Een snelle, precieze beweging. De krak zet alles weer op zijn plek met een bevredigende klik.

'Wacht, heb je nou...?'

'Al klaar', bevestig ik, grijnzend om zijn verwarde opluchting. 'Het doet even flink zeer, maar daar wen je wel aan.'

Ik trek mijn handschoenen uit en hij kijkt me aan met een vreemde mengeling van ontzag en ongeloof. Ik heb die blik al een miljoen keer gezien, maar het verveelt nooit. Er gaat niets boven indruk maken op een tienerjongen die nog nooit ergens van onder de indruk is geweest.

'Je deed dat in, pakweg, vijf seconden', zegt hij, zich duidelijk afvragend of ik aan de steroïden zit.

Ik leun achterover tegen de balie, sla mijn armen over elkaar en geniet van het zeldzame moment dat ik de goeierik ben, degene tegen wie niemand schreeuwt. 'Beter dan tien weken in het gips, hè?'

Zijn ogen ontmoeten de mijne, nog steeds vol argwaan en bewondering en een beetje van die overgebleven boze blik. Ik leg er een tijdelijke spalk op en stuur hem weg voor röntgenfoto's.

'Laat hem nakijken en stuur hem dan naar huis', zeg ik tegen de verpleegster, terwijl ik het dossier overhandig. 'Dit joch heeft een verhaal te vertellen, en dat klinkt niet geloofwaardig als we hem hier de hele dag houden.'

De verpleegster knikt, en de tiener werpt me een laatste blik toe terwijl hij wordt weggereden.

'Bedankt, dokter', mompelt hij, beschaamd en opgelucht, zoals de meeste van mijn patiënten. Zoals de meeste mensen in mijn leven.

'Geen probleem', roep ik hem na, ook al is hij al buiten gehoorsafstand. Ik verwacht geen parade ter ere van mij, maar ik zou genoegen nemen met een rustig kopje koffie, alleen ik, de chaos en het doffe gebulder van een trauma-afdeling die nooit stil is.

De balie ligt vol met meer dossiers. Een oudere vrouw met heuppijn, een man van middelbare leeftijd met pijn op de borst, een peuter met een Lego-blokje op een plek waar Lego-blokjes nooit zouden moeten zijn. Routine. Comfortabel.

Het is een dunne lijn waar we hier op balanceren. Het koorddansen tussen urgentie en gemak, crisis en kalmte. Het ene moment houd ik letterlijk iemands hart in mijn handen en knijp ik erin alsof ik de wereld opnieuw wil opstarten, en het volgende moment zet ik botten recht, maak ik grappen en doe ik alsof niets me raakt. Niet het werk. Niet de waarschuwingen. Niet de manier waarop ik van het een naar het ander ren, hopend dat deze plek me kan bijhouden, hopend dat ik mezelf kan bijhouden.

'Dr. Carter, we hebben u nodig in behandelkamer vier', roept de verpleegster, en de adempauze verdwijnt, een rookwolk. Een mooie illusie.

'Ik kom eraan', zeg ik, terwijl ik het volgende dossier pak en me klaarmaak om er weer in te duiken.


Tegen de tijd dat ik de pauzeruimte bereik, heeft mijn hele dag bestaan uit een cafeïnetekort, een afhankelijkheid van sarcasme en een wanhopige behoefte aan vijf minuten rust. Ik trek een blikje open en tref dr. Lily Harper aan, een ongelooflijke chirurg en de heersende ijskoningin van Emerald Bay, die bij de koffiepot staat alsof die zojuist haar hele familie heeft beledigd.

'Natuurlijk', mompelt ze, op een manier die me vertelt dat ik veel meer plezier aan deze ontmoeting ga beleven dan zij.

'Je lijkt verrast', zeg ik, terwijl ik nonchalant tegen de balie leun. 'Koffie van de nachtdienst is op zijn best een gok.'

Lily's scherpe gelaatstrekken staan strak van de geconcentreerde irritatie, het soort dat ze meestal reserveert voor onwillige stagiairs. 'En toch verlies ik op de een of andere manier altijd.'

Op de achtergrond is het gezoem van een kapotte airconditioning te horen. Ik neem een slok van mijn drankje en laat haar denken dat ze me negeert, wat precies het tegenovergestelde is van wat ze doet.

'Zware nacht?', vraag ik, met de meest onschuldige stem die ik kan opzetten.

Eindelijk kijkt ze me aan, haar bruine ogen flitsen met de intensiteit van duizend ontspoorde plannen. 'Ik heb de afgelopen vijf uur organen aan elkaar gehecht. En nu is het enige wat me op de been houdt op.'

'Het werk of de cafeïne?', grap ik, terwijl ik dondersgoed weet wat ze bedoelt.

'De cafeïne', stelt ze vlak, zonder een spier te vertrekken. Ik moet haar toewijding bewonderen. En haar koppigheid. Die is bijna net zo sterk als de mijne.

'Arme Lily', zeg ik, en de gespeelde sympathie druipt van mijn woorden af terwijl ik mijn halflege energiedrankje omhoog houd. 'Wil je de helft?'

'Nog liever sterf ik', kaatst ze terug, zo snel en kurkdroog dat het me bijna van mijn sokken blaast.

Ik moet lachen, want het is precies wat ik van haar verwacht. Op alles wat ik zeg, heeft ze een weerwoord dat twee keer zo snel en twee keer zo afwijzend is.

'Oké, dokter', verklaar ik, genietend van het spelletje, genietend van hoe erg het haar irriteert dat ze meespeelt. 'Laten we een deal sluiten. Ik vul de pot bij als jij toegeeft dat ik je favoriete SEH-arts ben.'

Ze staart me ononder de indruk aan. 'Dat is een gewaagde aanname.'

'Ik schat mijn kansen hoog in.' Ik grijns, en nu is het haar beurt om me te negeren, behalve dat we allebei weten dat ze dat niet kan. Geamuseerd kijk ik toe hoe ze eindelijk de koffiebus pakt en aan het werk gaat.

Lily Harper weet niet hoe ze moet verliezen, zelfs hier niet in. Ze weet niet hoe ze moet terugkrabbelen. Niet als ik haar zo in het nauw drijf, en misschien is dat waarom ik het doe. Om de barsten in haar pantser te zien, de flitsen van echte, menselijke irritatie.

Ik glimlach nog steeds als ze me haar rug toekeert, het universele signaal voor *ik ben klaar met jou*, wat betekent dat het slechts een kwestie van tijd is voordat ze er weer bij wordt betrokken.

De pot begint te pruttelen en ze besteedt er meer aandacht aan dan hij verdient, alsof ik vanzelf wegga als ze me maar genoeg negeert, alsof ze niet weet dat ik blijf tot zij als eerste met haar ogen knippert.

'Is dat alles wat je in je hebt?', vraag ik, dol op de koppige houding van haar schouders. Dol op de uitdaging.

'Ik dacht dat je te laat was voor een volgende heldhaftige reddingsactie', countert ze, zonder op te kijken, zonder de zelfvoldaanheid in haar toon te verliezen.

Ik grinnik en hef mijn drankje in een spottend saluut. 'Tot later, Lily.'

Het gebruik van haar voornaam levert me een frons op, maar het is het waard. Elke keer weer. Ik loop de kamer uit, het energiedrankje nog in de hand, en vraag me al af wat ze hierna zal zeggen. Ik tel de minuten al af tot ik haar weer kan uitdagen, tot ik die blik zie die ze speciaal voor mij bewaart.

Die vrouw is tergend. Die vrouw is briljant. Die vrouw gaat nooit, maar dan ook nooit toegeven dat ik haar favoriet ben. Maar op een dag misschien wel. En misschien meent ze het dan zelfs.

# WOORD VAN DE AUTEUR

Hoi,

Ontzettend bedankt voor het lezen van *Een Zomer in Maine*!

Het was ontzettend leuk om te schrijven. Ik hoop oprecht dat je van het lezen hebt genoten.

Als je het een leuk boek vond, zou ik je ontzettend dankbaar zijn als je zo vriendelijk zou willen zijn om een recensie achter te laten.

Recensies helpen auteurs om verschillende redenen enorm, niet in de laatste plaats omdat ze feedback geven over wat lezers leuk vinden en de zichtbaarheid van het boek in webwinkels vergroten.

Alvast bedankt en ik ben benieuwd naar je mening.

Alia xx

# OVER DE AUTEUR

Alia Smith schrijft hartverwarmende romantische komedies vol humor, charme en precies de juiste hoeveelheid chaos.

Wanneer ze geen liefdesverhalen schrijft, is ze meestal opgekruld met een boek te vinden, leeft ze mee met reality-tv of probeert ze te voorkomen dat Galaxy – haar kat en belang-rijkste muze – op haar toetsenbord gaat zitten.

Ze woont in een gezellig huis in Oxfordshire, waar ze er heilig van overtuigd is dat elke grote romance begint met een goede kop thee.

www.aliasmithbooks.com

# SUBSCRIBE TO ALIA'S MAILING LIST
# &
# RECEIVE YOUR FREE NOVELLA

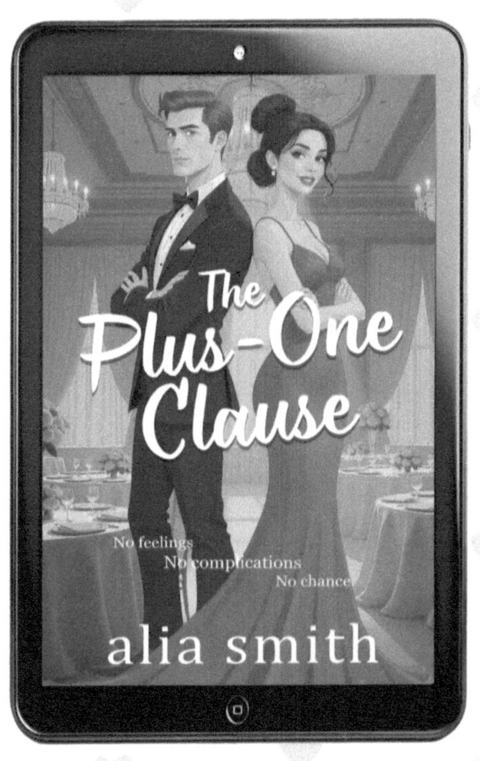


# www.aliasmithbooks.com

# BINGE THE SERIES

BALKON media

www.ingramcontent.com/pod-product-compliance
Lightning Source LLC
Chambersburg PA
CBHW030543190726
48283CB00006B/1996